黄裳集

创作卷XIII

珠还记幸（修订本）

山东人民出版社·济南
国家一级出版社 全国百佳图书出版单位

学术顾问： 李济生　杨　苡　黄永玉　姜德明
钟叔河　郑　重

编辑小组： 陈子善　胡长青　李　辉　陈麦青
陆　灏　吕　浩　励　俊　凌　济
容　洁　容　仪

晚年黄裳

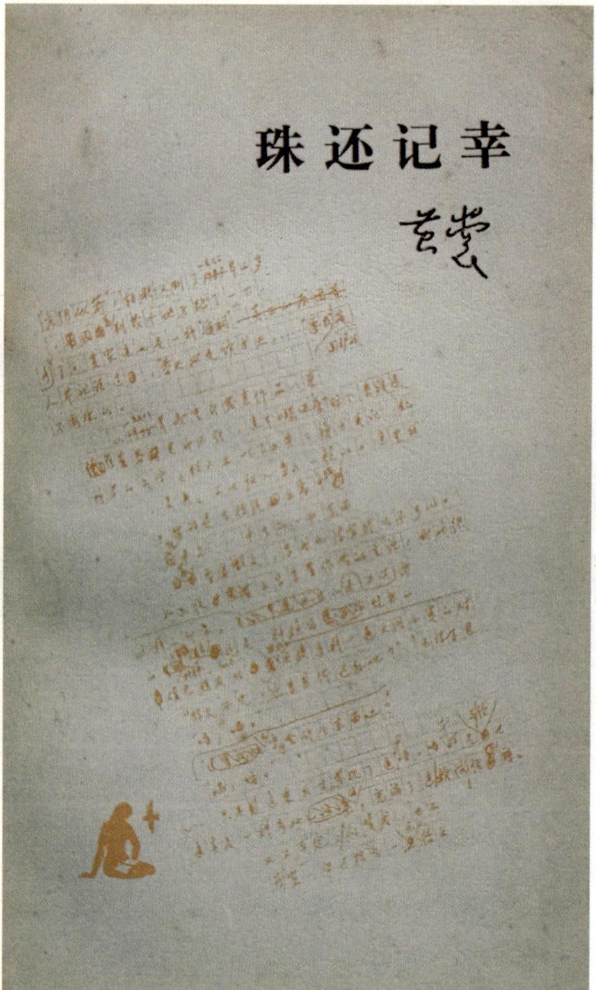

《珠还记幸》1985 年三联书店版封面

《珠还集》1985 年三联书店香港分店版

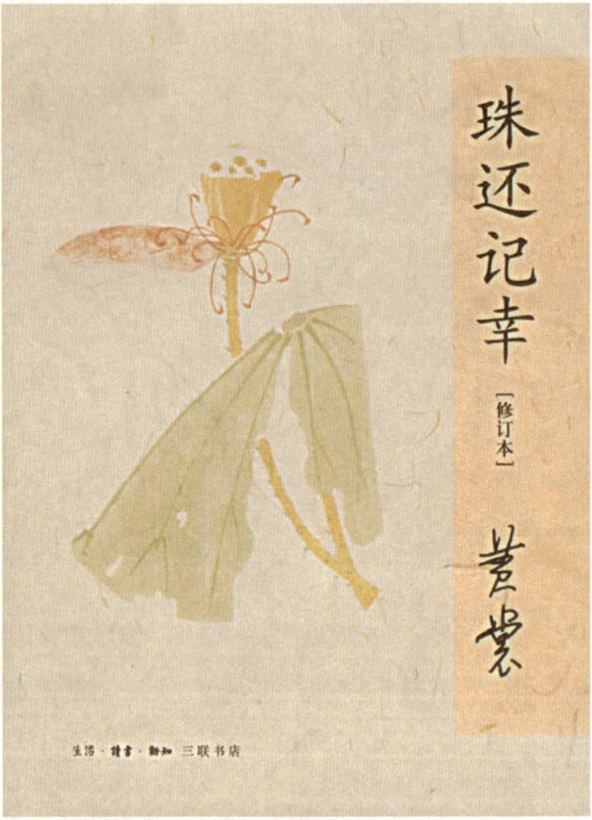

《珠还记幸》（修订本）2006 年生活·读书·新知三联书店初版书影

珠还记幸(修订本)

《珠还集》,散文、杂文集,1985 年 5 月三联书店香港分店初版,列为“回忆与随想文丛”之一。

《珠还记幸》,散文、读书记集,1985 年 5 月生活·读书·新知三联书店初版,列为“读书文丛”之一,为《珠还集》的内地增删本。

《珠还记幸》(修订本),2006 年 4 月生活·读书·新知三联书店初版,为《珠还记幸》的修订增删本。

今据《珠还记幸》(修订本)初版本编入。

二十年后再说“珠还”

写在新版《珠还记幸》重印之前

（一）

《珠还记幸》（以下简称《珠》）一九八五年五月由三联书店初版印行以后，迄今已经过去整整二十个年头了，一直没有重印的消息。慨自“读图时代”兴起以来，才陆续有几家出版社提议重版此书，并提出种种编排处理方案。不是我不想叨光吹来的这股春风，其实是考虑这本小书并无一张图片，有的只不过是一束写着字的纸片，怕够不上图文书的资格，不敢滥竽充数，因此一直没有应声。图文书是开国以来出版物的弱项，现在曙光初现，一扫过去寂寞空疏的局面，正是值得举双手欢迎的大好事，但图文书这玩意儿实在并非可以轻易着手的事物。前些时我印过一本《黄裳序跋》，编者自行删去了几篇较长的考订文字，腾出篇幅填上大量图片，相关和不相干的，打扮得花枝招展，就像大观园中的刘姥姥，经鸳鸯、凤姐打扮，插了满头花朵一样。刘姥姥心里明白这是捉弄她，但只能强颜欢笑地凑趣，共同演出这场闹剧，其处境、心情是可以理解、并予同情的，我不是刘姥姥，只得坦率地说出我被打扮后的不舒服来。这是我与图文书的第一场失败了的遭遇战。

说起图文书，在我国的出版史上并不是什么新鲜事。“左图右史”的老话不必说了，以通俗文学而论，从元代开始就有了上图下文的通俗读物，到了明的中晚期，大量附有精美插图的小说、戏曲出现了，俨然成为一座高峰。施用之广也绝不限于俗文学，举凡医卜星相、山川地志、祠庙纪功、诗词画谱，无不以木刻插图为必要的附着物。施用之广，制作之精，可叹观止。一部《西厢记》，竟出现了几十种刻本。各附有精心结撰、美妙无方的插绘，争奇斗艳，蔚为大观。这同时也说明了受到读众热烈欢迎的程度。刊于杭州的《水浒传》《金瓶梅》，都附有百幅左右的插图，在全世界的出版物中也是罕见的制作。在奉为古典小说“四大名著”中，只有晚出的《红楼梦》运气最差，乾隆中出现的程高本，也有插图，但却是拙劣不堪的木刻画，对这部名著实在是一种侮辱。直至光绪中才刻出了改琦的《红楼梦图咏》四册，多少弥补了些许遗憾。直至今日，大小出版社无不奉曹雪芹为衣食父母，《红楼梦》的异本迭出不穷。挖空心思，梳妆打扮，就能弄出一种新本，销量一直不衰，新本也就源源不断。同时为《红楼梦》作图的“名手”也随之出现，可惜无论如何变换花样，还是逃不出改七芗的旧套，一人一图，宝钗一直在扑蝶，晴雯总是补裘，无一人别出心裁，取书中无数精妙场面，作全景式的描画。理想的图文本《红楼梦》也一直陷入可望而不可即的状态，真是无可奈何。其实曹雪芹的文章俱在，读者读的是曹公的文字，而不是五花八门的插图或汇评……插图是重要的，但只能是文本的附着物，这是值得重视的第一点。

（二）

“五四”以还，作家自编文集有一种约定俗成的做法，那就是将一个时期或一年、数年所作的文字，统统收拢在一起成集。二周如此，郁达夫、朱自清、叶圣陶、俞平伯等也无不如此。凡一个时期所作所译，一览无余。看起来似乎庞杂无绪，但像古人的编年集似的，好处是说不尽的。叶、俞的《我们的六月》《我们的七月》《霜枫》等不必说了，鲁迅、周作人、郁达夫等的别集则不仅收创作，连译文、日记、序、跋、演讲、考证、诗词、通信，文白不论，无所不收。俞平伯的两本散文就干脆以“杂拌儿”命名，鲁迅的文集甚至连北洋政府密件的通缉名单也以“大衍发微”为题发表了。难怪吧儿们也说鲁迅杂文集的一条长长的尾巴最好看，指的就是篇末的“后记”。当然，在这些杂七杂八中，杂文是占着重要位置的。这种编法的好处是，读者可以从中了解作者所处的时代，当时的处境、心情，从而能更深刻清晰地了解作者及其作品，可惜这样编文集的风气已经逐渐沦没，极少见到了。

旧本《珠》为什么要将《张奚若与邓叔存》列为首篇？除了它涉及了收集名家墨迹，可以看出全书主体产生的因由以外，主要还是为纪念亡友静远。特别是写到静远替我取得胡适题字的一节。从中可以看出北大传统的风习在当时依然存在，学生可以径自跑进校长办公室和校长辩论，并请求题字。胡适的气度作风，我用了拳师对阵的譬喻，想想还不如说是禅师的机锋来得恰切，这就是胡适使用的带有他个人风格的战法。

旧本《珠》有一篇杂文《必胜》（今本已删），是为获得五连冠的女排姑娘们喝彩的。文章平平常常，与全书主体也没有关涉。可是想想，文章写于一九八三年七月，那正是三中全会开过，拨乱反正之后，全国人民意气风发，在改革开放的道路上大踏步前进之时，那么杂文所传达的信息就不仅是对女排的喝彩，也是为胜利喝彩，为人民鼓劲。也许这里说得过于夸大了，但全书有此一篇，时代气息就显然可见了。这就是“杂编法”的好处。

一九八三年秋赴京之前，去看巴老。他嘱咐我一定要抽空到现代文学馆去看看，回沪后把见闻告诉他。那时是文学馆的草创初期，暂时借住在万寿寺。我设法借了一部车子去了一趟，见闻就写在《东单日记续篇》里。设备简陋，困难重重，那真是“筚路蓝缕，以启山林”，工作之艰辛，看了使人感动。今天的文学馆之宏丽堂皇，已成京师一处名胜，可是谁能想到草创时期是那般窘迫。作为馆史之一章，“日记”是多少留下了些微时代痕迹的。

在设计全书篇目时，曾经听到过一种意见，删去所有“多余”的篇目，保留主体“珠还”部分，只留下两篇《东单日记》作为尾声。初见此设计时不免吃惊，继而失笑。不知道这算怎样的编书体例。真不愧为大手笔，“芟尽枝叶，仅留本根”。不禁想起《牡丹亭》中杜丽娘小姐说的，“似这般都付与断井颓垣”，好不凄伤人也。芟尽枝叶，只剩一株光杆牡丹，有何意趣。大约这就是极端“图文主义”的特色吧。

又有过一种意见，全部以图文部分为主，所有“无关”的文字都放在后面，有如“附录”。意在突出主干，避免“闲文”的“干扰”。

且试以《红楼梦》中曹雪芹写贾政带领宝玉与众清客验收大观园一回为例，稍做比较研究。开了正门以后，“只见迎面一带翠嶂挡在前面”，看来这就不合“图文说”的要求开门见山的主张，“园中所有之景悉入目中”才是。贾政的意见则是，翠嶂的作用正在这里，亏它挡在前面，否则一眼看遍全园景色，“则有何趣！”贾政虽然古板迂腐，不能不承认他的这番意见还是有道理的。

再说大观园的主要景点（或卖点），自然是被刘姥姥误认为“大雄宝殿”的“省亲别墅”，这是园中的主建筑，也是验收的重点，偏偏贾政没有仔细检查，只说了一句“这是正殿了，只是太富丽了些”便罢，戛然而止了。相反，对潇湘馆、蘅芜院、怡红院等处却细细观赏，评说甚详。后来写到元春临幸时，才不能不稍加点染，但使用的只是通常写景的套话，绝无情景交融的感情因素。曹雪芹没有兴趣向读者着力介绍重要景点（卖点），在安排、取舍、轻重上，他是采取了明显差别态度的。与今天编者的眼光确是大异其趣。

（三）

大约是一九四七年前后，我在巴金家里看见他所藏的鲁迅先生《立此存照》的手稿，是当年在《中流》上发表后保存下来的，十分歆羡。同时也解开了许久以来心中的谜团。先生的文字中每每有“剪而贴之”字样出现，一直不明白这是怎么一回事，现在看到手稿，才明白是用剪刀细心地从报纸上剪下，贴在手稿文字中间。这样做想来有两种好处。不必重抄那些“大文”，也可避免抄写错误。从手稿的仔细剪贴，精心勾画，可以想像先生夜深灯下工作的情景，即使是一篇短文，也绝不草率从事。想想那正是先生大病之后、逝世不久之前的笔墨，就更感到心情沉重了。巴金藏有两篇，慷慨地分了一篇给我。

鲁迅先生十分喜爱凯绥·珂勒惠支的版画，自费印行了她的选集，委托文化生活出版社经理印刷事务。先生亲自设计封面、版式，并手书书前题字，雄劲朴茂，宛如古刻。我是在文生社的积稿中发现的，讨了回来。从此我就收藏着两幅鲁迅先生的手迹，珍惜不敢付裱。回想我收集作家手迹的计划，应该是从此时植根的。这两幅手迹后来都捐给上海鲁迅纪念馆了，其实《珠还记幸》应该由它们领头开卷才对。

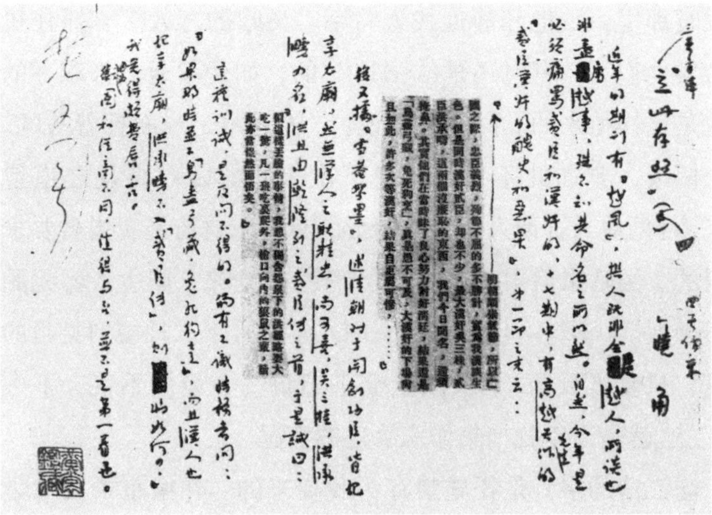

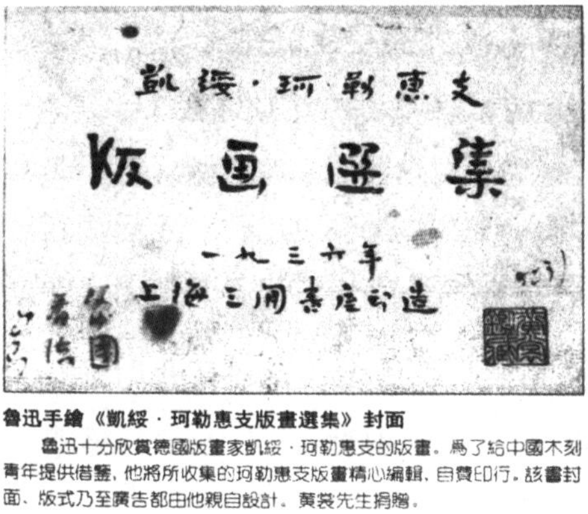

魯迅手繪《凱綏·珂勒惠支版畫選集》封面

魯迅十分欣賞德國版畫家凱綏·珂勒惠支的版畫。爲了給中國木刻青年提供借鑒，他將所收集的珂勒惠支版畫精心編輯，自費印行。該書封面、版式乃至廣告都由他親自設計。黄裳先生捐贈。

主意既定，就开始动手。我买了几盒荣宝斋的诗笺，放在吴晗那里，由他和静远找人写字。吴晗的客人多，抓住机会就要他们写，有时还是“强迫”的，如费孝通、张东荪的字就是这样得来的。吴晗信中说：“光旦字是当面押着写的。此公懒极，非如此不可。孝通下次来，当以对光旦之道待之。”可见他当日请人写字的情形。只有朱自清是我指名要求必得的。吴晗来信中曾说：“佩弦字今晨送来，附上。容元胎的当函促。”不料一年后，一九四八年八月十二日接到吴晗的短信，只寥寥数语：“朱佩弦今午逝世，心境极不快，不多谈。”这就是当年我搜集作家手迹的实况。

浦江清的字，是托施蛰存为我要来的。在南京中央大学教书的章丹枫老师为我约来了贺昌群的字。这样的“代理人”真有不少。

我的努力有两次是失败了。吴晗送了纸去，但张奚若不肯写，还写了一封工整的信来道歉。不过后来还是写了一张。在上海，我托了靳以，他有一封信给我：“前托之件，现始办妥。萧乾不写字，此外均办到。又随涂一张，仍不佳。弃之可也。”其实靳以的字是写得不错的。汝龙译的《契诃夫小说集》，好几十本，封面都是他的手笔。他还替我向张充和求字，三十年后才写了寄来，这事说起来又有许多感慨。见《珠》中《宿诺》篇。

梁漱溟的字是我写信到重庆讨来的。记得他还用了一块闲章，“远离·颠倒·梦想”，至今还记得清清楚楚。

更值得慨叹的是，我贸然写信给在台湾教书的许寿裳和乔大壮。他们都是鲁迅的旧友。我请许写鲁迅诗，请乔写他曾为鲁迅写过的楹帖，集《离骚》句的“望崦嵫而勿迫，恐鹈鴂之先鸣”。自以为这想法很不错。两位老人不以后生的唐突为忤，不久都寄了字来。不曾料想，没有好久就听到许寿裳被反动派杀害的噩耗，字幅就成为遗墨。许案发生后，大壮先生就拒不进食，只是喝酒，不久回国，不忘宿约，把那两句集楚辞联写成条幅寄来，字写得丰腴萧飒，题款是“丁亥始秋大壮书于白下波外楼中”，还钤了几方印，毫无异状。不料此老也于一九四八年秋在潇潇暮雨中自沉于苏州梅村桥下，于是他的手迹也成了遗墨。

一次，在巴金家里遇见胡风。据过去读他的作品印象，应该是一位严肃得不苟言笑的评论家，而且“左”得可怕。想请他写字却不敢出口，怕这种“风雅行径”会遭到一通斥责。不料预想完全不对。他笑嘻嘻地接过了笺纸，没有多久就写好寄来了。这是我和他仅有的一面之缘。

周作人的钢笔手书诗稿，是我在南京老虎桥亲自看他写下的。后出多种知堂诗集皆未收入。俞平伯见之，曾评论曰：“周出近题画诗示客，已颇觉奇。句云‘恰似乌台诗狱里，东坡风貌不寻常’，竟自比东坡，可谓奇中之奇，读之令人寡欢。”（《暮年上娱》第五二六页）

报馆封门后，在版面上制版发表的机会失掉了。手边的字幅却有了一大堆。闲时整理，在旧日记里有过记录。查一九四七年十二月七日日记有云：“至今日止，所收字共八十幅，书者五十六人。因有人写的不只一幅也。”解放初批《红

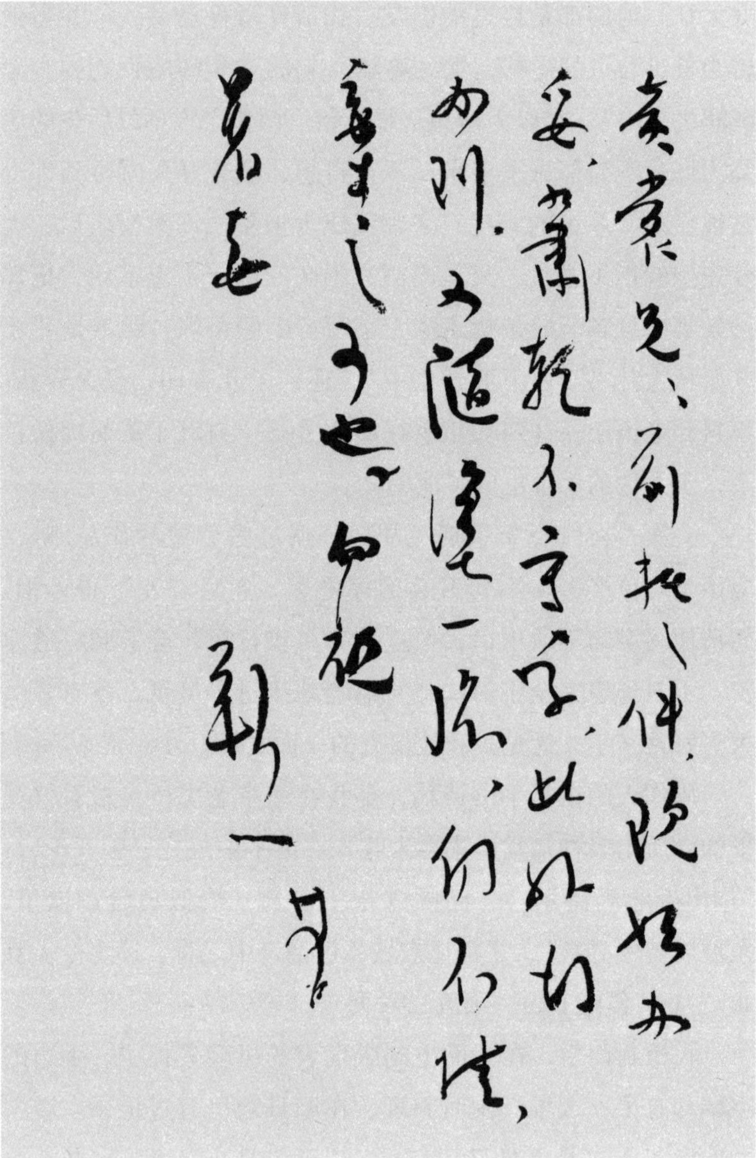

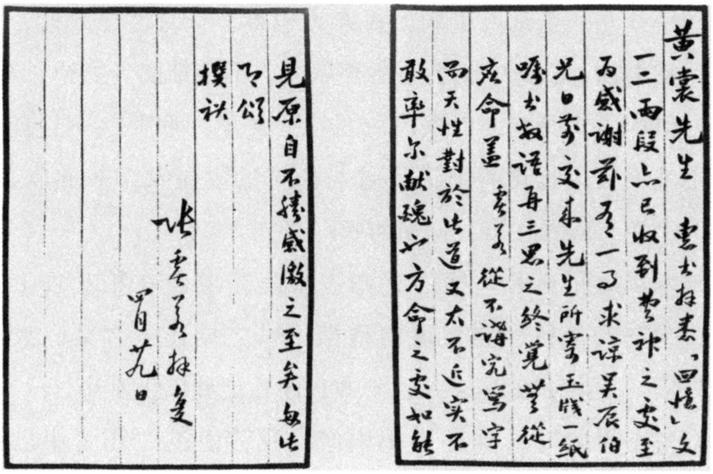

黃裳先生：惠書拜悉，回憶文
二三兩段已收到，贊許之處至
為感謝。弟不一一求諒。吳辰伯
兄日前交來先生所寄五箋一紙
囑書數語，再三思之，終覺無從
應命。蓋弟從不講究寫字
而天性對於此道又太不近，實不
敢率爾獻醜，方命之處如能
見原，自不勝感激之至矣。匆此
即頌
撰祺
[illegible] 拜復
[illegible]日

楼梦研究》、批胡适时，我还沉得住气，没有想到捡出俞、胡的书件销毁，心想来日方长，批判未已，如一一抽毁，势必抽光毁尽而后已。这样一直挨到“文革”，挺不下去了，终于将胡适写的那张字拣出烧掉了。最后是抄家，全部抄去，一张都不剩。

一九八二年春，这些纸片又奇迹似的回到我的手中，零零落落，只剩下四分之一光景，用来夹存这些纸片的一大册《古逸丛书》本《梅花喜神谱》也不见了，我不知道它们在流浪中的命运，也猜不出它们经过怎样的甄别而终于放还。无论如何，总还是高兴的。于是就发兴整理，写题记，陆续发表，就是收进《珠》中的二十七篇。《珠》出版后，又续作了几篇，发表在《良友》画报上，后收入《春夜随笔》，现在连同别的几篇一起辑入新本《珠》中。

一九九八年家人重病，我素无积蓄，一时慌急无计，只好斥卖书物，急迫中就手边所存斥去，不遑细阅。身边长物，一时俱尽。幸而这一束纸片，因与《文集》底稿，一起置于乱书堆下，因得留存。记得曾与病中的妻说及，彼此欣喜，以为大幸。回思往事，怆痛何亟。

六年后张充和写赠的《归去来辞》卷忽在拍卖场上出现，为友人董桥所得，重加精裱，以之见还，这又一次的“珠还”，真使我惭感交并，不敢言谢，记此以识不忘。

二十年前写《珠》书小引时，我曾说过“作者中已成‘古人’的，亦已居泰半”的话，今天这句旧话已不再适用。算来只有年逾百岁的巴金老人与杨绛、张充和两位老太太依然健在，也都年过九旬了。想想这些前辈师友不嫌一个年轻人的唐突、冒昧，热情为我写字的情谊，还有那些帮助我搜求书迹死去的朋友，真想将这本劫余的小书尽可能印得精致些，用以纪念这番难忘的因缘。这就是我微薄但却真挚的愿望了。

黄裳

二〇〇五年六月二十二日

目　录

张奚若与邓叔存

一九四六年我在上海编报，先编文教版，后来改编副刊。当时编报的人手是很少的，文教版两个人，副刊三个人。约稿、看稿、作标题、退稿、复信、安排版面、拼版，直至某些文章的校对，都由自己动手。此外，还得赶写文章。记得副刊《浮世绘》开张的时候，没有稿子，只能由我们自己“包办”，我包了一个专栏，就是《旧戏新谈》。此外还化名写些“游记”和杂七杂八的文章，以填满版面为度。《文汇报》是一张穷报，只能对一些生活困难的作者付给菲薄的报酬，编者自己是拿不到一文稿费的。黄永玉在副刊创刊时送来了一批木刻画和好几十只木刻“头花”，由我说好说歹才付给他几十元稿费，大约相当于我们半个月的工资，也就是说可以买一条裤子那么点钱。这些“掌故”今天说起来有点像笑话，但确是真实的情况，上帝作证，并无半点虚夸。解放后报纸“公私合营”时，我们这些人得到通知，从这时起算是参加革命工作了。听了当然是很高兴的，但也有点觉得可笑。难道过去那些年一直是在资本主义道路上拼命的么？

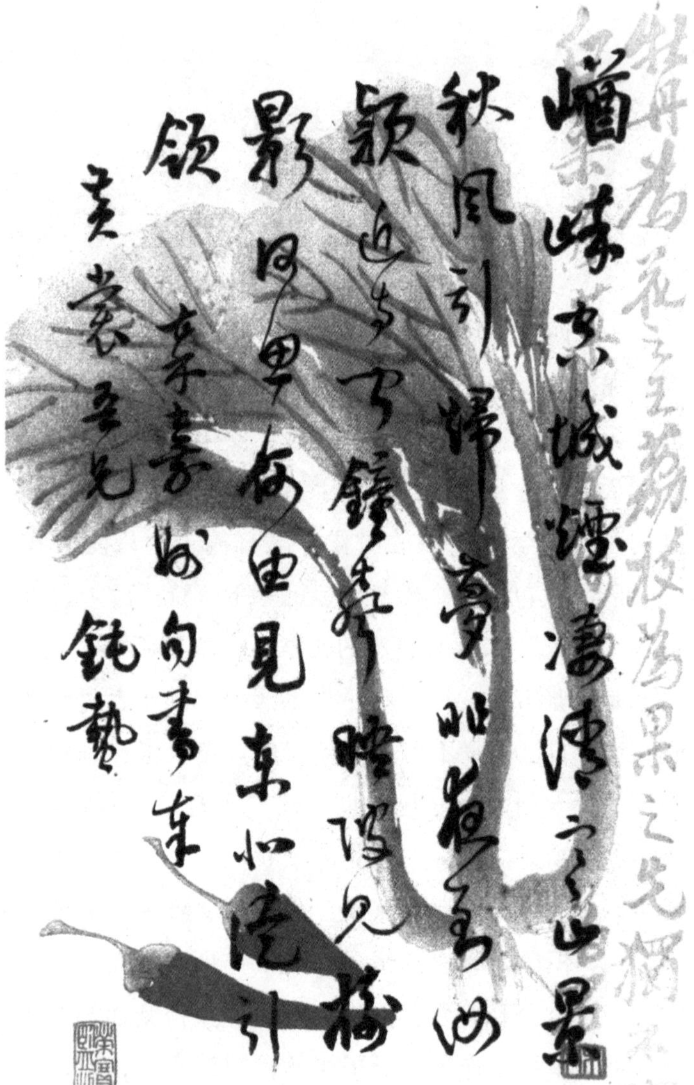

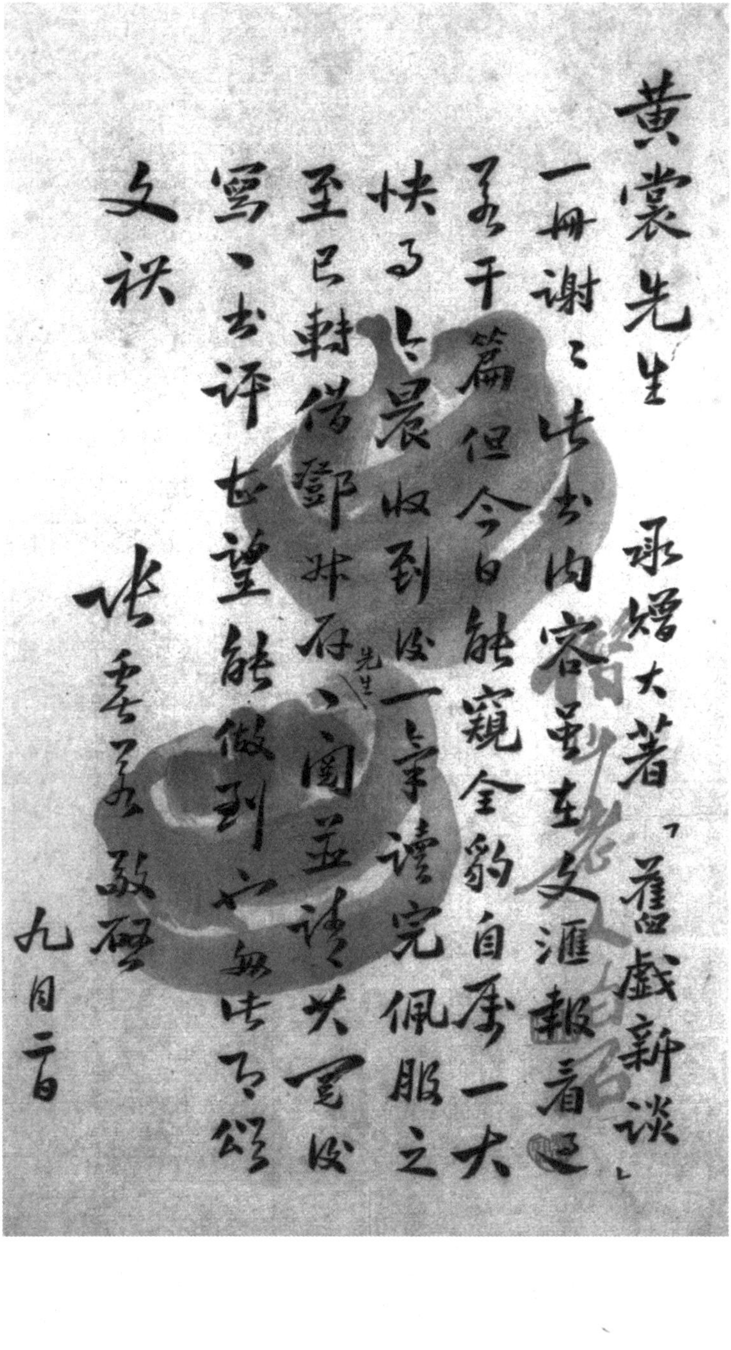
黄裳先生　承贈大著「舊戲新談」一冊，謝謝。書內容曾在文滙報看過若干篇，但今日能窺全貌，自屬一大快事。今晨收到後一氣讀完，佩服之至。已轉借鄭林存先生閱，並請其覽後寫一書評，也望能做到，如無法可公諸
文祺
敬啟
九月二日

说“拼命”倒也有几分像。今天想想，真不懂怎样会有那么旺盛的精力。文教版的重点文章几乎都是从北平约来的。当时的北平和上海都是全国重要的文化中心，就思想界说，是进步与反动势力激烈斗争的焦点。那里有大量全国知名的学者、教授，旗帜鲜明地站在进步阵营中的是少数，反动的也是少数，大多数是同情、向往人民革命的知识分子。抓好这一头，与上海的斗争结合在一起就能很好地反映、推动全国的斗争形势。当时不像现在，可以随时乘飞机到北京去组稿和联系工作，就是靠写信抓住了还没有见过面的吴晗，还有就是吴晗的学生潘静远。主要就是抓住了这两个人。

静远在十年动乱中不明不白地死去了。至今我还打听不出他的死因和死法。每一想起，真是惆怅得很，充满着向子期《思旧赋》中所流露的那种感情。我还保存着他写给我的几封长信，也许只是我们之间通信的百分之几吧。我们当时真的是把写情书的全部精力与时间都用来写这种工作通信了，也真是其乐无穷。

静远是一位天才勤奋的记者，活动能量是非凡的。他在北大读书，在这以前就在上海的《周报》上写过一些出色的通讯了。他曾是吴晗的学生，同时也是许多位名教授的学生，他与学生组织的关系就更不必说。他在教授群中活跃得很，无论左、中、右，他都能登堂入室，随时进行各种必要的访问、谈话。指名请他采访组稿，进步作者自不必说。就是某些国民党官方人物，也能随时知道他们的思想动态与言行。通过通信，对北平知识界各种代表人物的动向是可以弄得一清二楚的。

有一次他以北大学生兼《文汇报》记者的身份跑到北大校长办公室找胡适谈话了，谈话进行得很热烈，自然是不同意见的交锋。谈话结束以前，静远摸出一张花笺来，说我想请胡博士题字。这其实并不是我的请求，而是静远的主意。就在几天前我在报上发表了一篇《过河卒子》的杂文，对准备下海参加伪国大竞选的胡适进行了抨击，这事胡适当然是知道的。据静远在信中得意地告诉我，胡适听后笑了笑，爽快地打开墨盒从容地写下了“有一分证据说一分话”九个大字，题了款并签了名。我想这就像拳师比拳时摆出的某种架势，例如洪教头的什么“引火烧天”式，意思不过是说，“你骂了我，可是证据呢?”博士到底是博士，懂得君子动口不动手的精义，话又说得那么含蓄，但其实是厉害的。静远的意见是，搜集名人墨迹不可一面倒，不论哪方面人物的都应该有一点。这意见我以为是对的。

但这意见到了一九六六年初，就明显地露出了它的“反动”性。一天夜里，我将这“墨宝”找出来，毁掉了，所以它等不及被抄走，也就更不可能“珠还”。

静远接近的进步教授中的重要人物是张奚若。当时的清华大学政治系教授。他是老同盟会员，有很高威望的老资格的教授，在当时的进步教授中有着山斗那样的威望。我写信给静远请他设法请张奚老给报纸写个连载。这是一个困难的任务。他从来不写文章，好像毕生也没有留下过什么著述，又加上忙。所以就连吴晗在一边敲边鼓也无效。这时就可以看出作为新闻记者的静远的功力了。他找到张奚若整整谈了一个晚上，直至深夜，写成了一篇《辛亥革命回忆录》，在报纸上连载了半个多月。后来又由吴晗拿到生活书店出版。这就是一九四七年十一月初版的一本小册子，只印了一千本。署名是“张奚若　丕强”，丕强就是静远。这也要算是珍本了，我还保存着张先生签名题赠的一册。这本书解放以后曾经几次在《陕西文史资料》和辛亥革命史料中重印，但是两位作者的序大抵删去了。现在将张先生的序文抄在下面：

没有丕强君的劝说和劳力，这些回忆是永远不会写下来的。因为就“史实”说，我的活动范围实在太有限而所涉历到的又皆与辛亥革命的主流无关；至于说到“教训”（史实、教训二词皆用丕强君语），那就更加渺茫难稽了。我觉得这些回忆若是留给家人看，或有相当亲切意味；公之于世，总觉没有多大意义。这并非自谦，这实在是我的真实感觉和看法。

这些回忆，原用《回忆辛亥革命》为题，发表于三十六年四月十六日至五月五日上海《文汇报》。印为单行本，大半是出于吴晗先生的怂恿。吴先生是历史专家。专家多半有癖，而癖多半没有理由可言。吴先生这种“史料癖”似乎就是一个例子。

单行本将付印，丕强君来索序。没有别的话值得说，乃述个人感想及印行经过如右。

张奚若

三十六年七月三十日清华园

从这短短的序文里可以领略老人的风趣，也可以看出他对静远的才能与努力的赞赏。这本回忆录记录得很好，真实而生动。文章中还有许多丕强加的附记，都是很有风趣的。这些在翻印本中好像都删去了。我觉得这是一个新闻记者能够写出的最好的记录的范本。真实与文采极好地融合在一起，但它并不是“报告文学”。丕强在前记中写了这样几句话：“请张先生讲的是辛亥革命旧事（张先生在当时是同盟会会员）。事情是过了，而记载一方面可以作为史实来看，另一方面当年的精神今天仍是活着的，许多事在我们也还是很好的教训。”这就是张先生在序中所说的“史实、教训二词皆用丕强君语”。这许多在当时是不可能详细论述的，只能用“渺茫难稽”四字带过。不过，静远的意见是正确的，读者也懂得他的意思。这就是当时斗争的策略、方法。

在我的《旧戏新谈》中有一篇《念小翠花》，一开头就引用了邓叔存（以蛰）先生的几句话：“‘蒜瓣儿就凉水儿，凉水儿就蒜瓣儿，我是这样想你！’这几句戏词，若由小翠花的嘴里吐出，越发干脆，没有挽回的余地。”这几句话我是从《大公报》的副刊上读来的，印象深刻。听小翠花的戏，总要想起它。我总想，评论小翠花的艺术风格，尽管曾出现过千万言的文字，却总抵不上这简单的几句话。这是一个高超的艺术鉴赏家的话。中国古代的文评中有一种特别的品种，例如司空图的《诗品》，能用简洁的语言，就勾魂摄魄似的抓住了对象的本质。这是很困难的工作。“得来容易却艰辛”，话不多几句，却是酝酿了很久很久以后才能说得出来。

这种方法可惜后来被低能的评论家用滥了，变成了空虚浮泛的朦胧概念，近似道士的“青词”那样的事物了，真是一种不幸。

邓叔存也是清华的教授，与张奚若先生是亲密的朋友。他是邓石如的后人，收藏了不少完白山人的遗墨、遗印，有的是家传的，有的是历年收集起来的。这许多在五十年代都已经捐献给国家。我不知道邓先生在大学里开的是什么课，但无疑他是一位非常高明的美学家、评论家。我不知道他是否还有别的著作。但这一九三三——九三四年欧游笔记的《癸酉行笥杂记》，后由良友公司于一九三六年印成为《西班牙游记》的，却是一册非凡的“游记”。这书也只印了一千册，今天也应归入珍本之列了。

《游记》第一篇是《行前之巴黎》，开篇就是“蒜瓣……”那几句话，接下去提出了“把一切意义都结局到弹指般的干脆”的艺术欣赏境界。下面，作者引了“文字矜贵的奚若给我来了一封七篇纸的长信”中的一段，说的是巴黎可爱的若干特点，如“巴黎生活的半现代半中古的地方”，法国人的气质，城市的美丽，法国语言之美，法国菜的特点。处处以祖国、以北京作比较，是有高度文化素养、趣味的鉴赏家阐发的美学观。就从这封信开始，邓叔存写出了他从法国到西班牙一路上的所见所感。这不是通常的游记，是一位美学家丰满的旅行感受记录。我们实在不该忘却这本小册子。

奚若、叔存两先生都是既了解东方又了解西方的人，又都是热爱祖国文化的学人。他们又都挚爱京戏。这是很值得注意的。从吴晗的信里知道，他们都爱看《旧戏新谈》，当然是这本小书的一些浅薄的议论引起了他们对京戏长久积蓄起来的爱恋之情。一九四九年冬我到北京，在清华园里拜访了奚若先生，听他海阔天空地谈论天下大事，真是一种快乐。自然谈话最后总要归结到京戏。他告诉我他曾经看见过的演员、欣赏过的名作。有许多我是从来不曾见过的。没有插嘴的余地。他这些议论、见解，我在《新北京》里记下了一部分。有一些忘记了，有些是由于顾忌不敢写下来。这些意见，在当时和以后一段长时期里，看来都是“惊世骇俗”的，可是今天回忆起来，却是大胆而正确的艺术评论。奚若先生是一位老资格、有高度修养的艺术鉴赏家。他并不是剧评家。

作为一个记者，比起静远来，我的胆识、能力，可实在是差得远了。

在清华园里记得也曾看到邓叔存先生。这是一位和善的老先生，沉默着没有多少话，与张先生正好是个鲜明的对比。三十年后再也记不起他的简单的谈话了。

我请他们两位写字，张先生无论如何不肯写，只是在笺纸上工整地写了一封信；邓先生写了一首岑嘉州诗，署款“钝蛰”。

一九八二、十二、十四

谈“掌故”

掌故，也有人写作“掌固”。它的溯源也算得很久很久，在《周礼》这样的古书里就出现过了。那是管建筑工程的一种官，大概这就是取名为“固”的由来。汉代也有同名的官，不过任务已经变为掌管礼乐制度等等事务，“掌故”的名目也在这时出现。“故”者故事也。后来就一直泛指上起朝章国故，下至乡里旧闻，上下古今无所不包的一种记事为“掌故”。好像一直也没有一种严密的界说，“四库”里“杂家”与“小说家”中有许多书就都可以归入此类。恐怕一直到清代后期，才逐渐有了一种较为明确的概念。笔记小说中谈考订、论诗文……这些内容都被排除在外，只留下有关政治史风俗史的部分。或者可以称之为小道新闻与家长里短的集合体。但到底也说不清楚。有许多事原是只可意会而不可言传的。例如研究有关官制与行政规章这些内容，如法式善的某些著作，在龚自珍看来就是正宗的“掌故”。但这只有留心政治制度史的人有兴趣，一般读者是不大看的。常人所读的掌故书有时也会包含这些内容，但重要的是要有故事性，或能说明某一政治事件者才算合格。这就是掌故通俗普及的过程。与近代政治、经济生活的急剧变化也有着密切关系的。几十年前出现的著名的《凌霄一士随笔》可以算是一种代表作。人们心目中的掌故概念就是这样逐步形成的。

为什么人们对掌故会发生如此的兴趣呢？我想这与人民对政治逐渐增长的关注是有密切关系的。我们都知道清末民初是怎样一种时代，在水深火热中过活的人民是不能不关心政治的。他们听厌了官话，看够了现实。自然想知道在这两者之间到底掩藏着怎样丑恶的东西。这中间也许有好奇心的驱使，但主要的还是想明白真相。小道新闻就是这样产生的。因为没有“大道”，“小道”的出现就不可避免。“小道新闻”是禁不绝的。经验说明，只有“大道”通畅，人民能及时知道他们关心的事，才是杜绝“小道”的惟一有效途径。有人把“小道新闻”写下来，做成一种笔记。过若干时，有时并不要多久，就是“掌故”了。

掌故也有缺点，那就是传闻异词，不实不尽。这是难免的。变成了“野史”的“掌故”，曾出现过不知多少。写这种东西的人，一不想骗钱，二不想出风头。因为这既不能公开印行发卖，也做不成登上学者宝座的阶梯。倒是危险得很，弄不好会招来意想不到的祸事。没有强烈的政治冲动，他们是不会动笔的。这些“野史”虽然有缺点，但功绩是不可磨灭的。正史里不敢记、不愿记、不能记的事，就大半保存在这里。即有不实不尽，经过历史研究者的比勘研究，可以得到补充、纠正。“野史”的价值，已经为无数研究家加以证实，抹煞不掉的。

掌故的有趣，还在它包含着另外丰富的内容。例如写《随笔》的（徐）凌霄（他是“一士”的哥哥），就是久居北京、知识非常渊博的一位“杂家”，他的重要研究方面之一是戏剧。他看过许多名演员的演出，和他们成了熟悉的朋友，自己也能粉墨登场。他对京戏艺术有很高的欣赏力，是真正的“内行”。他写的掌故里就包含了大量可贵的京剧艺术发展史料。他们弟兄合作的《随笔》在《国闻周报》和其他地方连载发表了若干年。今天计划重印徐一士的著作时，就应该更广泛地搜求、整理，搞得更为完备，把值得保存下来的东西全部拿到手。

举出这个例子，就是想说明掌故的内容的广阔与丰富，有关文化史、风俗史的许多方面，都是不应遗漏的。

过去有许多读书人有一种习惯，喜欢随时将读书所得、耳目所及、听来的故事、偶发的感触等随笔记下来。积久就变成一种“札记”或“笔记”。许多掌故的内容大抵就包含在这样的笔记之中。我以为这是一种好习惯。至少在表现了作者的勤奋这一点上是值得佩服的。当然，由于作者的见识、理解、学养的不同，这样积累下来的笔记质量差别极大。有像《日知录》那样的作品，也有庸俗无聊、充满了“逆妇变猪”“雷击不孝”之类“故事”的大杂烩。这是难以避免的。不过不要紧，时间的推移、人民的鉴定，最终会做出公正的筛选。我见过不少明人笔记，论版刻之古、传本之稀，无疑都应列入“善本”之林，但一看那内容，则庸腐俗滥，简直使人生气。我想这也许就是它们之所以成为“善本”的最重要的原因。因为这是早为读者厌弃，因而被淘汰的幸存物。我想，也不必因此就束手束脚，写回忆录、写笔记的风气还是应该大大提倡、鼓励的。不能因为有“流弊”而将正确的东西也一并抛弃了。

抢救材料的说法好像是近几年才有人提起的，这确是非常紧迫的一项任务。有许多装了满肚子珍贵“掌故”的老人已经一一离去了，不能不引起我们的重视、焦虑。徐森玉先生是我国著名的文物鉴定家、版本学者，更因为他活得长久，经历了现代史上几个重大的历史阶段，见闻就自然丰富。他曾被周恩来同志称为“国宝”，确是当之无愧的。但也因此而在十年动乱中吃了很大的苦头，死去了。我认识他时，森老已经七十岁了。他是喜欢谈天的，一谈就是好半日，天南地北，无所不及。这里面就有无数“掌故”。有一次，听他谈起刘申叔（师培）的故事，那真是生动极了。刘师培的有些佚事过去我是听到过一点的，但这次才知道了那真实的详情，还有细节。可惜我不会作“报告文学”，没有记下来。又一次谈天时有许君在座。森老就谈起他的先祖许梿来，就是选刻了有名的《六朝文絜》的许珊林。森老称赞许梿是晚清有极高成就的刻书家，列举了他刻过的许多种有名的书，有些名目连他的裔孙也不曾听见过；又谈到在苏北曾看见许珊林的遗墨、信札，谈到他的生平活动，这些也一点都不错。这许多都使我非常敬佩。他的腹笥之宽与记忆之强真是少见。遗憾的是森老从来不写笔记，满肚子的“掌故”没有一个字记出、留下。六十年代前后，组织上为他配置了年轻的助手，协助他整理出了几篇著作，是有关碑帖、石刻的论文。听说他不怎么习惯于这种工作方式，往往寂然相对，兴致索然，再也没有了那种雄谈惊座的兴致。我想，助手的学识、兴趣、工作方法……都是起很大作用的重要因素。这个问题今天也还是存在的。为老专家选配助手、研究生……时，都值得细密考虑，绝不是简单地派了人去就万事大吉了。

最近看到一份古籍出版规划，看到其中“历代史料笔记”中的选目，觉得非常高兴。也为“掌故”之学得到应有的重视而感到安慰。这里就选入了徐一士的两种作品，都是曾经印行过的。我当然希望不只限于重印，还可以搜集旧刊，选辑佚文，使之更为美备。又看见《立斋闲录》的名目，也像遇见老朋友那样的高兴。不知道所据是否鲁迅旧藏的明抄本。鲁迅先生在文字中曾两度提到此书，其中记有明永乐帝的许多故事。这类野史曾给先生以不小的影响，正是鲁迅思想形成的重要来源之一。记得这书好像是收在一部名为《国朝典故》的大丛书里，《闲录》只是其中的一种残本。曾见过不少这丛书中的零种，都是明人皮纸蓝格写本。这书今天也还不难配全的吧，那么就不如印全书。明人很喜欢编印这类掌故大丛书，如陆深的《俨山全集》，事实上就是一部当代掌故的汇编。

看看选目，也真有过屠门而大嚼的快乐。更希望的是能尽快地陆续印出、到手。选目也还可以补充，印行也可以考虑缓急先后。首先考虑的应是质量，其次则是传本的多少。如顾起元的《客座赘语》，实在是一部非常重要的书，是明代前期直至隆、万之际社会、政治、经济、文化各方面掌故的汇集。又如鲍鉁的《亚谷丛书》，就是传本甚少的著作，一直未能见到。比起王阮亭、焦袁熹的一些笔记，少见得多，似乎理应先印。不过经过十年动乱，《居易录》这样的书，也轻易看不到了。情况已有所改变，但总的说来，给予有分量的稿本、罕见本以优先的地位，是应该的。重复见于“善本丛书”选目中的稿本《蝇须馆丛话》五十二卷，就不知道是怎样的著作，以张秋水的生平学养估计，这著作必然是内容非常充实而重要的。能抓紧印出，当是读者殷切的期望。至于怎样印，也是值得考虑的。读者当然希望得到整理排印的本子，不只方便，而且价廉。非不得已，可以少用影印。国藏的善本孤本，不只有文献价值，又有印刷工艺重要价值的，就要印得精，价高些是无妨的。这既是代表国家文化水平的印刷品，也不是人手一册的普及物。现在读者最头痛的是印了一些不是非常必要而又价格奇昂的书。如暖红室的曲子、疆村所刻词等，动辄数百元，宣纸大册，锦函精装，有什么必要呢？又有多少读者买呢？充其量不过在一些机关、学校的图书经费中占去一份金额而已，实在是一种浪费。宋蜀刻本唐人集确是够得上“国宝”资格的书，但现在的印制是不能令人满意的。原本的风貌与雕版工艺之美很难从中看到了。如果排印一下，前面加上几叶书影，是容易的，价钱也会低得多。不妨参看一下几十年前日本影印的《东京梦华录》等。我认为，以我们现有的印刷水平，加上努力，完全有能力赶上以至超过日本印本。这样才不致辱没了我们社会主义祖国的“重宝”。

要想找一本有代表性的掌故书来试加评说很不容易。手头有一本分量不多却很有特色的小册子，是文廷式的《闻尘偶记》，发表于一九八一年四十四号《近代史资料》，不大为人所知。其实是可以单行的。

文廷式是戊戌政变前活跃于中国政治舞台的有名人物。他是“帝党”，也是“清流”，但思想开明，学养深厚，有浓厚的爱国思想。这本小册子记的是自己亲历亲闻的政治逸闻，抒发了深切的感愤。有不少具有史料价值和至今读来仍可发人深省的章节。劈头第一句作者就说：“闻事不记，释家之智；闻事辄录，史家之学。”这就有很深的感慨。文廷式精于佛经，他的《纯常子枝语》中有许多篇幅都说的是这个。我读了一点也不能懂，不知道这里所说可有别的奥义。但照我粗浅的理解，作者只是说，老和尚装聋作哑，两耳不闻窗外事；自己却做不到，他做的是“史官”，只能随时记一点下来。书末又有一条说：

> 杂史之类虽文笔俚鄙，识见猥下，然后世必有取焉，以其记载当时之事足资考证也。乃若十余年来，则秉笔之徒，大率市井；其受重资而任编纂者，意主于谀，固不必论矣。如近日所刻《中兴名臣事略》者，则惟誉曾门，而于各军之得失，将帅之功罪皆不能言。

不但痛快揭穿了古今官史的通病，也正好说出了掌故的价值。作者在小序中又说：

> 俄而天衢有棘，海水群飞；身列史官，职居讲幄。既与其事，当尽其言。是非在人，毋庸私著。和戎经岁，嬉游任时；砚水不干，嘉谈易忘，随而笔之，命曰《闻尘偶记》。后有览者，知其意焉。丙申正月，罗霄山人书于京邸。

这年的二月他就被那拉氏削职赶回家去了，所以书中后半出于追记，不及前面记事之详密而有价值。小序写得很美，也很好地写出了作者的性格、心情。那有感即书的意见，也是很好的。书中所记，多半是当时政治之昏暗与官吏之庸愚，特别是当帝国主义者的炮火打破了闭关锁国的中华帝国大门之顷，朝廷贵官和士大夫阶层的反应，特别具有史料价值，也显示了作者头脑的清醒。

例如，“余曾记朝列中长年者”，大学士张之万已经八十六岁了，句下附有小注：“官年如此，或云九十矣。”其他一律在七十以上，连武臣也不例外。年老还不打紧，思想状态如何呢？

> 天下之病莫过于陋。荀子以劝学为亟，儒家之至言也。乃近时则闾巷之论议出于小说，士大夫之道学亦只出于善书。若徐荫轩协揆固未尝非端人，而其津津乐道者乃以《太上感应篇》《文昌阴骘文》为极则。翰林之

无识者靡然从之。以此为学，而欲内修政治，外攘夷狄，岂不难哉！

这真是可怕的事。也是难以想像的事。茅盾小说《子夜》中的吴老太爷死抱着一本《太上感应篇》，刚接触十里洋场的粉香艳笑就送了老命，有的人还不相信，以为是小说家的装点。在这里就得到了历史的证据。这《感应篇》原曾是当年的权威政治课本，不见旧记，是不可能明白这底细的。更可叹的是被文廷式认为不失为“端人”的徐桐，也就是徐老道，在四年以后庚子之役中又闯下了滔天大祸，不但自己的老命，连国家的命脉都差点给断送了。“端人”也许可以译为“正派人”或“老好人”吧，但如不同时还是一个“明白人”，那就将比一般庸碌人要更危险。历史上说得就是如此明白！

这些大官怎样对付“深沉”的俄国使臣呢？“惜吾中朝大臣惟知向琉璃厂争购瓷器以为答礼，无有知其觇国之意者矣。”这是必然的，一点也不值得奇怪的。

甲午战败以后，朝野纷纷议论办洋务，文廷式的意见是“然天时人事则犹有所待也”。因为“中国未有行政之人，则一切善法皆成秕政”。在当时能提出这样的意见，不能不说是非常难得的。他又记德国使臣的话说：

德使升科语人云：“中国此时又急急置船购械，此吾德国所愿。然中国有船而无驾驶之人，有炮而无教习之人。不知费息借之金钱，办此无益之废铁，果何谓也。”箴砭切至，足以悚愧！

文廷式所极为震动、惭愧地接受了的意见，按照我们今天的理解就是，四个现代化不是可以买得来的。

我看，这一些就是《闻尘偶记》的精华所在。此外，当然还有不少有趣的记载。如“甲午开捐，举人二万金一名”，这是官定的“功名”的市价。“戊子、己丑以来，京师爱着薄底靴。达官贵人尤尚之，其名曰‘跑得快’。”我想这并非什么“服妖”，而是老百姓深刻尖锐的批判。文廷式对翁同龢是有看法的，说他身兼师傅、军机等五个“至要之职”，但还是说“不能办事”，“一彼一此，迄无定见”。误国的责任他是推卸不了的。同是清流，同为帝党，他也并不回护。至于“朝鲜兵事初起时，凡有要电，均由译署。枢廷酌改而后进御”；“闽督谭锺麟电请以兵船游弋海面，属台湾抚唐景崧请派战船扰日本海边，此两电五、六月到京，迄今九月，上竟未之见”。这样的怪事，在当时是不奇怪的。甲午战后割台，文廷式说：“台境沦胥，致命之士不见一人，而仗节死义者乃平日之商贾庶民也。盖朝命予敌，固不以身殉责之官吏欤！”作者的悲愤与同情所在是极鲜明的。“丁酉十月，德意志国取山东胶州”，这时北京正为慈禧太后补祝万寿，大家欢天喜地。作者记下了当时南北洋大臣的来往电文：“北洋之致南洋也，电文曰：‘无理可讲，无法可挡！’南洋之致北洋也，电文曰：‘无兵可调，无饷可筹。’”作者又记下了当时出现的“怪话”，“说者以中国为四无之国云”。一切怪话都是这样产生的。必须先出了某种“怪事”，接着才会产生相应的“怪话”。作为一个唯物论者，就不能不看事实，专责怪话。这也是可以看得明明白白的。

一九八三、一、七

《别时容易》续篇

前些时写过一篇短文《别时容易》。张大千曾用此四字刻过一方印章，我从大风堂旧藏的什么画的印本上看到过，大抵总是石涛或八大的画吧，而且见过不止一次。同时一起印在画幅上的总还伴有另外一枚“大千好梦”的印。

这四个字源于李后主词，原句下面还有“见时难”三字，所以颇带有一点歇后语的味道。为了什么原因，画家割舍了心爱的藏画，在别离之顷印上这两方印，表示从此很难重见，也许只有在梦里才得相遇的惆怅心情。这种心情，过去收藏书画、文物、书籍的人大抵都是能够理解的。

在过去，书画文物作为私人藏品，是常常在藏家、店铺中间流动的。这就是在不少旧画旧书上留下许多藏印的原因。既然已经成为商品，自然要受到价值规律的制约，同时也成为谋利的手段。此外，一位书画家或别的什么收藏家，在过去的时代里想要增长见闻、提高鉴别能力与艺术修养，也不能不借助这种手段。从前图书馆、博物馆很少，难于看到真迹、善本。其实就在今天，想满足学习、欣赏的要求，也并非怎样容易的事。过去的收藏家，如非大地主或百万富翁，

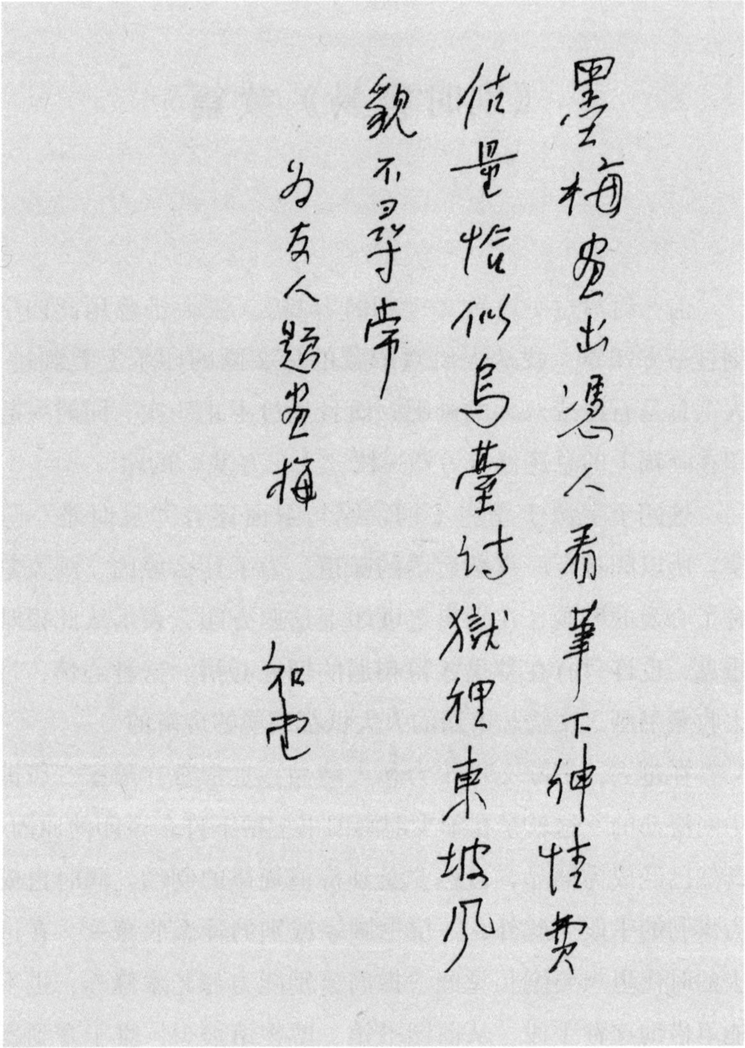
墨梅画出凭人看
笔下神情费估量
恰似乌台诗狱里
东坡风貌不寻常
为友人题画梅

就很少有只收进而不卖出的人。金冬心、丁钝丁都是兼营书画文物的，这是他们的一种谋生之道。只是后人震于他们画家、印人的盛名，忽略或简直忘记了另外一面了。杭大宗得罪了乾隆皇帝，差点儿被杀头，后来总算放归田里了。皇帝南巡，召见，问他这些年靠什么方法过活，回答说“开旧货铺”。皇帝大笑，写了“买卖破铜烂铁”六个大字赏给他。从表面看这很像一件“笑话”“佳话”，其实中间弥漫着十分严冷的气氛。杭大宗是著名的学者，却是靠买卖古董吃饭的。这种事在过去知道的人很少，但并不希奇。

我这里说的“别时容易”意思却稍有不同。前些年家中搞过一次“大扫除”，多年来积存下来的书籍、画本、字幅……一股脑儿被塞进麻袋、扔上卡车，运走了。虽然动员了几十条大汉，两部卡车，但只用了一天时间就完成了任务，确实“容易”得很。等到时移世换，要想找回这些破书、旧画，可就不容易了，难得很。线装书不必说，就是铅印新书，也几乎无处寻觅。难得在旧书店里发现了踪迹，等到去买时，回答却是要留做复印的底本，不卖。简直一点法子都没有。

这就使我增长了见识。过去只知道在木板旧书中才有版本书，有值钱的“宝贝”；现在懂得，这范围已经扩展到新文艺书中来了。也许是我少见多怪，耳目闭塞。早在六七年前，住在香港的热心朋友就曾寄给我两册旧著的翻印本。可见这行当在许多地方早已盛行。后来知道，“五四”以来的许多书籍，域外差不多都有了重印本。那么在国内新兴的这种“事业”，也不过是受到了“外来”事物的启发与推动，一点儿都不值得奇怪，只能怨自己的孤陋寡闻或头脑“僵化”。

在上次的文章里，我所说的大索京沪两地旧书店而终不可得的是一本什么书呢？说出来人们也许会感到奇怪，甚至皱眉。那是周作人于敌伪时期在北平印的一本散文《药味集》。

我过去收集得有周作人的几乎全部译作。像《红星佚史》和《玉虫缘》这样的罕见书都找到过。但后来逐渐散失了。抗战开始后周作人落水当了“教育督办”，几年中间还印过好几本文集。一九四六年我从内地回到上海，不费力地就在地摊上全部找到。读过以后觉得这是一些很独特的“文献”，是研究周作人不可缺少的原始资料。周作人的值不值得“研究”，看来到今天也还会有不同意见的，何况是在一九六九年。一位当时领导着我的小头目在我家的乱书堆里抽到了这本《药味集》，不禁得意地对我冷笑了，他拿着这本书在我面前晃了几下，露出雪白整齐的牙齿，然后就放进了他那只存放“要件”的皮包。看得出他是很得意的，不必说我的诚惶诚恐也是毫不夸张的事实。我的一本《药味集》就是这样失去了，再也没有了下落。这位小头目现在还在什么地方执掌着“文衡”，当他知道这本邪书已经化为“善本”还可能被重印流传时，我确实很难猜测他会有怎样的“感想”。

我为什么要费力去大索这书呢？说来也很可笑。因为近来在重编过去的文集，有一篇一九四六年在南京写的通讯，是记到老虎桥去“访问”周作人的经过的，那次前往手边就带着这本在地摊上买来的《药味集》。记得这书中有几篇颇能反映他在当“督办”时期的复杂、变态心理。很想问问他写出这些文字时的心情与思想活动。他的动机到底是什么……当然，当时是不可能在老虎桥进行这种细致、敏感的问答的，“访问”只能草草了事。记得要他写过一张字，那是一首诗，后来也抄在通讯里了。我很想再看看这本书，证实一下当时的印象。至于是否想过细地研究周作人，倒还没有这意思。

我的“大索”给朋友们知道了，大家都帮我找，但并无结果。去年秋天，九月下旬的一个下午，我在李先生家里谈天。过了一会，他一个人走出客厅到楼上书房里去了。几分钟后又慢慢走回来，手里拿着一本《药味集》，还有两本《谈虎集》。说这是他二十年前托旧书店找来的，现在没有用了，就送给我。我真是非常的高兴了，赶紧接过来翻看。这时发现了更使人吃惊的“奇迹”，这本书里有我的印记，书里的扉叶上还有着两行周作人的亲笔题字：“民国丙戌秋分节后一日在南京，周作人。”那张“题诗”的原迹也还好好地夹在书里。一时大家都觉得希奇。如果说世间真有什么巧合的话，这恐怕应该算是一件。

我想近来的记忆力也确实是坏得可以，许多事都记颠倒了。二十多年前我搬过一次家，旧居由一位亲戚借住。一些旧书报都被他处理掉了。这本书想来就是那时流入旧书店的。李先生说他买来以后就一直堆在那里，并没有翻看过。就这样，这本《药味集》几经周折奇妙地又回到了我的手中。在我的藏书中间，这也算是入手最早的几本之一。至于被那位小头目拿去的，则是一九五〇年我在北京东安市场书摊上买得的另一本，记得书中还钤有古钱形的作者名印，那是直接从“苦雨斋”中流散出来的。记得同时所见还有好几份周作人的手稿，都已经发表过，用毛笔写在特印的稿纸上，不过我没有买。

我一向主张买书不必有过分严格的“洁癖”。当然，我不想开图书馆，有些看不懂或太贵的书也不想买。但我想，尺度总是宽一些的好，其实信奉的也不过是“兼听则明”的老道理。好人的书固然应该买，坏蛋或有大小各种毛病的人的著作也不能弃而不顾，否则我们就不能看见事物的全局，只能从一个狭小的角度进行窥察，费力不必说，想获得接近完整的认识几乎是不可能的。秦会之（桧）的文集不传了，可惜得很。否则我们也许会更早也更容易了解风波亭一案的真相。记得我还曾想法去买过阮大铖的《和箫集》，费了很大的力气。书未买成反被经手人打了一个小报告，奉送给我一顶专收坏人著作的“桂冠”，结果连自己所藏并非全是坏人的著作也一股脑儿都被车拉去了。有时也真不易想像买书会碰到如此的艰难和危险。但这却是事实。

近来听见一些议论，说是不应该把兴趣过分集中在研究某些“过时”的作家身上，更不应该盲目信奉从西方吹来的“风”，例如把某些久矣夫没人提起的作家捧到天上之类。我觉得这些意见不是没有道理的。有些老办法似乎到今天也还是行之有效、历久常新的。例如过去有些人跑到外国的大学校里，交上一篇“孔夫子论”，使洋鬼子目瞪口呆，骗得了博士头衔；回国就又用这洋头衔在中国的大学里当教授，这回他不讲孔夫子了，讲的是华盛顿之类。这就叫做“左右逢源”。长久被人忘记了的中国作家好比出土文物，外国人看了新鲜，比孔夫子更新鲜和有吸引力，于是研究家趋之若鹜了。既想出卖货色，自然要说得它好，闭起眼睛来吹捧一通也是可以理解的，因为这可以证明研究者独具慧眼，是他发现了被不公正埋没了的珍宝。这些秘密恐怕从事外贸工作的同志比文学批评家看得还会更清楚些。但我想我们的读者也并不弱。听了洋喇叭立即目瞪口呆流下口水的并不多。即使有那么一两位，在群众的笑声中也终于会发现自己的呆相而憬悟的吧。

总之，我觉得还是广大的读者最有眼力，完全可以信赖。真的光辉掩盖不了；真的渺小也变不得伟大。我们完全可以放心。无论新抽的嫩竹还是出土文物，在读者面前都将得到公正的评价。

曹雪芹是伟大的，大概没有异议了。吴敬梓呢？蒲松龄呢？好像也应该有他们的一席座位，虽然可以审慎地姑且暂不称之为“伟大”。我们总希望我们的花园是万紫千红的，即使是小小的草花也有存在的余地。一色的牡丹园固然壮观，但也单调。会使某些游客怀疑是患了某种“色盲”。这些外行话不知道在真正的园艺家听来会觉得怎样？这里也不过是一种“野人芹献”。

说到周作人，情况就更不同。“出土文物”是确实的，但怎样评价呢？有些评论家认为他的前期还是做出了成绩的，后来逐渐不行了，终于堕落为不齿于人类的角色。这论断大体上是公正的，也并无翻案的余地。但如想进一步加以研究，至少就还有几个方面可以引起注意。例如，周作人从“五四”走到三十年代那一段过程，就很值得分析。这是他“晚节”形成的准备阶段，也是一个人的头脑从清醒趋向昏愚终致“僵化”腐烂的过程。一个人的思想中正确的一面怎样被落后反动的因子逐渐包围、侵蚀，终于引起了质的变化的过程是很复杂的，也是完全可以加以说明的。这样的研究在今天也还是有用的。具体的时代特征、思想斗争的客观条件……是完全不同了，但有些发展规律还是近似甚至相同的。巴金写过一篇小说《沉落》，写的就是周作人。不，不是周作人一个，而是一群。这样的一群在三十年代确是存在的。但今天就完全消失了么？我看不见得。也许衣服换了，语言也有了变迁，但病毒的细胞依然潜伏在那里。我们有责任找出那病原体，制出有效的制剂加以抑制、克服、消灭。

另外，我想周作人在新文学史上的出现和消失，也并不是“史无前例”的现象。在中国文学史上，相近的作者和作品是有过的。汉代就出现了苏李诗，虽然这是假的，但也不失为高水平的“拟作”，《文选》里就选入了。可见这种题材感情曾引起过作者的浓厚兴趣，于是才加以拟作。读者也觉得值得注意，流传下来了。后来就又有以庾子山为代表的一大批南北朝的作者。明清之交就又有遗民文学，以及以钱牧斋、吴梅村为代表的“二臣文学”。这名词是我杜撰的，没有办法，只能把他们归入一类。具体的作者的情况各不相同，但总的创作倾向却有一致性。

庾信和周作人不同，不能相提并论。杜甫说“庾信平生最萧瑟，暮年诗赋动江关”，这话也加不到周作人头上。周作人晚年作品集如《苦口甘口》《立春以前》……和这本《药味集》，中间有一些文字，有时隐隐约约、吞吞吐吐，透露出来的就往往是同一类凄苦的心情。比起苦雨斋的《五十自寿》诗来还表现得更为清晰。就如这《药味集》，抄了许多朱舜水的故事，中间一条就是说，舜水住在日本很久，平常说日本话，“然及其病革也，遂复乡语，则侍人不能了解”。谈到杨大瓢，又引用了他的《西湖杂咏》诗，有“世事成今日，乾坤岂旧时”“宝石春风到，燕支少妇来”这样的句子，并说：“但是一件事觉得有点特别的，便是诗里的黍离麦秀之感。”谈北京的糖炒栗子，转弯抹角终于抄下了陆放翁《老学庵笔记》中所记李和炒栗故事。李和是汴梁的小商贩，卖炒栗子有名。南渡后南宋派大臣到沦陷后已成敌国的北地来“出使”，过燕山，见有持炒栗来献者，“自赞曰李和儿也，挥涕而去”。最后又附自作二诗，其二曰：“家祭年年总是虚，乃翁心愿竟何如。故园未毁不归去，怕出偏门过鲁墟。”像这一类的文字是不少的。三十多年前初读这些文章，觉得可笑。和他在国民党政府法庭上交出的“自白书”里为自己辩解的话对比一下就尤其觉得可笑。仿佛这些都是早就准备好了的“自白书”的附件。三十多年过去了。觉得如果作为一种特殊的文学现象来观察，也许更切合实际一些。站在高台上穿了少将军服“检阅”童子军的“督办”大人和躲在苦雨斋灯下写这些文章的是同一个人。三十多年前我在老虎桥听周作人说过，几年中他的那些丑恶行径只不过是“作戏”，他说得很坦然，一点都没有羞愧或负疚的心情，觉得很奇怪，不能理解。现在似乎有点懂得了。在旧社会，这正是一种常规。言行不必挂钩，两面派是公认的正当的做人的道理。不值得大惊小怪。在当时的周作人看来，我这个年轻记者提出的天真的问题不但幼稚，简直没有回答的价值。现在这个问题是到了研究一下的时候了。说真话不容易，但两面派的日子也许更难过。周作人不过是碰上一个大时代，做了一阵子特别规格的两面派，经受了特殊的痛苦。这样的现象，我看是很有研究的必要的。

一九八三、二、十五

傅增湘

听说《藏园群书题记》要重印了，又从书架上取出这书的原刻本来翻看。仿宋、白纸、大册，印得相当精致。《续集》前面还有作者的两方朱记。我买此书还在一九四二年的冬天，正是离沪入蜀的前夕，曾草草读过一遍。后来又搜得《初集》八卷，则是五年以后（一九四三）所刻，所收全是过去曾在《国闻周报》上陆续发表过的题跋文，早已断续地读过了。《国闻周报》是可以与《东方杂志》相比的重要期刊，虽然出世较后，但作为一种时代历史的记录，也自有其价值。《周报》在天津出版，所反映的政治观点也与《东方杂志》不同。它有几种连载，《凌霄一士随笔》、后来当了大汉奸的王逸塘（揖唐）的《今传是楼诗话》，还有一块发表遗老们旧诗词的园地。此外就是傅沅叔（增湘）的这些藏书题跋。天津靠近北京，与十里洋场的上海不同，弥漫着更浓厚的封建气息，就在这几种"连载"中也反映得清清楚楚。这是很有趣的一种文化现象。

提起傅增湘，总不能不想起鲁迅。《病后杂谈之余》里曾经说起："这书（明抄本《立斋闲录》）我一直保存着，直到十多年前，因为肚子饿得慌了，才和别的两本明抄和一部明刻的《宫闺秘典》去卖给以藏书家和学者出名的傅某，他使我跑了三四趟之后，才说一总给我八块钱，我赌气不卖，抱回来了。”这里的傅某，就是傅增湘。当年琉璃厂书铺的伙计就是每天用蓝布包袱包了一叠“头本”跑宅门送书的。住在宅门里的“藏书家”大抵都是老爷，总要到近午才会起床，小伙计们就在门房里排排坐，等候老爷的传唤。选书，论价……起码要跑好几趟才能做成一笔生意，还要看老爷的脸色。这种细节，今天的年轻人大抵不大了然了。因此，读了鲁迅文章“跑了三四趟”，也许不大能理解这里面的种种意思。何况，傅增湘在民国七年前后还当过北洋政府的教育总长，正是鲁迅的上司。

在鲁迅的《而已集》里有一篇《谈所谓“大内档案”》，记着在清朝内阁里积存了三百多年的“大内档案”命运的有趣的故事。他说：

> 这回是F先生来做教育总长了，他是藏书和“考古”的名人。我想，他一定听到了什么谣言，以为麻袋里定有好的宋版书——“海内孤本”……有一天，他就发一个命令，教我和G主事试看麻袋。

鲁迅这里所说的F先生，也就是这个傅增湘。在《群书题记》中，也正有着记述：

余于戊午（一九一八）长教部时，发敬一亭所度内阁红本麻袋，检出宋残本数册，命储之历史博物馆中。其散落于厂市者李椒微（盛铎）师收得数册，余亦收得二册。（校宋绍兴刊唐六典残本跋）

至于这些“麻纸广幅、蝴蝶装、纸背钤有国子监崇文阁朱文大印”的宋版《唐六典》怎么会散落到了厂肆里，他又是怎样“收得”的，就语焉不详了。

最近在山东发现了一本《永乐大典》，现在已经收藏在北京图书馆里了。人们都知道“大典”是在“八国联军”那一次被帝国主义侵略者彻底糟踏光了的。但在这以前，被翰林院的老爷们陆续偷出来的也很不少。不只是“大典”，连没有发还的“四库底本”他们也要偷。在《题记》卷八“宋本新刊诸儒批点古文集成”的跋文中，傅增湘就说：

（此书）初藏汪启淑家，继进入四库馆。书成，移归翰林院。同治时，湘潭袁漱六在清秘堂窃之以出。

傅增湘又转录了莫棠跋：

此宋椠实馆阁旧书。当时四库据以入录。卷首典簿厅关防宛然也。季贶（周）又言：“其兄星誉与路小洲、袁漱六辈同官翰林，往往私携馆书以出。”故此本入袁氏，同朝皆知之。

周氏兄弟、袁芳瑛都是有名的藏书家，各有书目传世。但人们很少知道他们的“藏书”有些就是这样偷来的。好像大家司空见惯了，也并不看做怪事。他们其实是孔乙己的前辈，所持的“理论”也是一样的。区别只在名人偷得的是宋版，不但平安无事，而且传为“美谈”；孔乙己偷的不过是三家村塾本，一旦发现就立即被打断了腿骨。

以上是我多年前读《藏园群书题记》所得的印象，也是我对此书感到兴趣的所在。对著名藏书家傅增湘其人也从中得到了一种清晰的印象。譬如鲁迅还曾说过：“大约是几叶宋版书作怪吧，F总长要大举整理了。”“整理”了一通以后怎样善后呢？“F总长是深通‘高等做官学’的，他知道万不可烧，一烧必至于变成宝贝……所以他便不管了，接着，他也就‘下野’了。”他“挂冠以后，定居北平。闭户不交人事。所居有山石花木之胜……聚书数万卷，多宋元秘本及名钞精椠”（余嘉锡序）。作为二三十年代北平文化界名人、雅人的标本，从这正续两部《题记》中是可以约略窥得一二的。

这种读书法真可谓“买椟还珠”，在版本学者看来，恐怕是不足为训的。《题记》也自有其另一方面的价值，值得重印。傅增湘著录了他多年来经眼的许多古本，在题跋中详细著录了版本、行格、纸墨、流传、优缺点……这许多都较前人的书目更加详细，着实跨进了一步。他继承了乾嘉以来学人校书的成法，也就是所谓“死校”，在这一点上，并没有什么大突破，也远远赶不上孙（星衍）、顾（千里）、钱（大昕）等取得的成就，他几乎不能运用“理校”的方法。

主要的原因是他只是把古书当做玩赏的对象，又并无一定研究的专题。所以就远远称不上是“读书”，难怪不能深刻理解、发现古本的好处与缺点。对书的内容，有时也浮泛地讲点意见，但大都来自四库提要之类，绝少新意。在有些题跋中，也附有一些“校记”，但多数并不完整，因而参考价值也不大。在这一点上，就远不及章式之。后者下死功夫把《资治通鉴》细校了好几遍，留下了一大部校记。当新印《通鉴》时就起过不小的作用。最有趣的是一次傅增湘买到了宋眉山本《南齐书》，在题跋中津津有味地记下了他如何与书贾讨价还价，“持书疾归，展览竟夕”的经过。但到底不能知此书的好处何在。直等到一年以后书被章式之借去细读，才发现了中间的“奇秘”。原来自明以来，《南齐书》传本一直缺失四叶，在这一本中却保存了其中两叶。这说明，把古书当做古董，只是摩挲展览，却不细读内容，被讥为“古董家数”是并不冤枉的。

更为有趣的是余嘉锡为《题记》所作的序。请人作序无非是希望说两句好话。余序中自然也有许多好听的话。不过季豫先生大骂黄荛圃，而在描写作者时，又俨然使读者看到了一位极精明的老书贾形象，这恐怕就不是傅增湘始料所及的了。但他到底还是照样印在书前，不能不说还是有气量的。

余先生说：“其后如黄荛圃者，尤以佞宋沾沾自喜，群推为藏书大家。而其所作题跋，第侈陈所得宋元本楮墨之精，装潢之美，索价几何，酬值几许，费钱几两几缗，言之津津，若有余味。颇类卖绢牙郎。至于此书何为而作，板本之可资考证者安在，文字之可供雠校者谓何，则不能知也。”

这里所描写的正是傅增湘题跋中最显著的特色。后面的几点也正是《题记》中弱点所在，多数只能说一些皮毛话，没有真知灼见。如将“黄荛圃”换为“傅沅叔”，这一节论述几乎可以不必更动一字。余先生后面又称赞傅沅叔说：

> 藏园先生之于书，如贪夫之陇百货，奇珍异宝，竹头木屑，细大不捐；手权轻重，目辨真赝，人不能为毫发欺……有以书来者，望而知为何时何地所刻，几于暗中摸索，能别媸妍者。

当然，季豫先生的这些话是不免有些偏激的。古书的古典文献与工艺美术价值是不能否认的。而目录学家与各有专攻的学者的任务也是不同的。我们不能要求图书馆工作人员都精通全部学科；也不能要求学者懂得自己专业以外的所有版本知识。不过在学者看来，《题记》所提供的参考资料是不能使人满足的。

《题记》也有一些纠正或超越了前人的地方。如他驳正了袁克文（这更是一位以宋版书为玩物的大少爷）关于宋本《水经注》刊刻时地的谬说；纠正陆心源吹嘘所藏宋本《白氏六帖事类集》的不实之词；纠正吴兔床将许自昌刻《太平广记》说成谈刻的错误；跋宋本《谢宣城集》时，广搜异本，辨析源流，理出了谢集历代传刻的流变。方法细密，带有科学性。此外，对传世何义门校本和临校本的纷繁复杂情况做过探索；对校书的方法也有不同于黄荛圃的见解。他说：

> 凡校书之法，切勿笃信前人。世人偶得名家校刊之书，辄笃守其本，谓已绝无罅漏。岂知异钞秘椠，海内方迭出不穷，吾辈览玩之所及，或为昔人耳目所未经，刻意寻求，往往后来居上。正不必奢于前贤而自画也。（校明刘大昌刻本《华阳国志》跋）

傅增湘在这里表现出来的发展观点与反对本本主义的思想，也是难得的。

对于《四库全书》的篡改古书面貌，他也有不少揭发。他指出："凡篇中酋虏夷狄犬羊等字，显然刺目者，固在所屏除；即稍指斥之文，宋贤章奏，煌煌巨篇，亦逐段刊落，自数十言及至数百言。"（宋本《新刊诸儒批点古文集成》跋）在跋《袁海叟集》时对朱元璋的疑猜残暴大为不满。袁凯为了逃过太祖的疑忌而装疯。朱元璋派特务去侦察，袁凯"潜使家人以炒面搅沙糖，从竹筒出，状类猪犬矢，遍布篱根水涯，自匍匐往取食之。太祖使人觇视，以为食不洁矣"。这才骗过了这位好杀的皇帝。在跋《大金国志》《靖康要录》这类书时，也流露了家国之感。在"一·二八"时他说：

> 时国难方亟，连日海上交锋，飞机翔于云霄，短兵接于衢巷，烽火仓皇，人情汹激。余中情激越，宁有好怀，耽玩卷帙。（影洪武本《蜕庵集》跋）

在这些地方，流露了一个中国人必然会有的感情。

北平沦陷以后，有人请他写过文章，如一九四三年他为《国立北京图书馆由沪运回中文书籍金石拓本舆图分类清册》写过一篇序，这正是“周公启明（作人）以教育当局，兼摄馆事”的当口。但傅增湘不曾落水，《题记》初集的刊成也正在这时候。他虽与王叔鲁（克敏）是老朋友，但始终保持了名节。

傅增湘的藏书，还带着浓重的旧眼光。重视的是群经、正史，地志、集部是并不看重的，更不必说小说、戏曲了。这是时代的局限。但他也对野史杂书有兴趣。在题跋中往往记下了有意思的掌故。如在《写本〈菰中随笔〉跋》中就详细记录了顾炎武的著作遗稿目录和遗书后被徐乾学兄弟取去的故事。在《遂园禊饮集跋》中记他当故宫图书馆馆长时，“于懋勤殿搜得秘箧，中储故牍六七十通，皆江南士民控诉健庵（徐乾学）交通外官、营求索贿，与夫子弟奴仆乡里横恣之事。与董文敏（其昌）家居时控案情状相类。其中亦附总督判牍。意督臣傅拉塔以原卷解送于朝，仁皇不欲暴扬其罪，故阁置未究，遂扃镭至今也”。

傅增湘还刻过李光地的《榕村语录续编》。徐、李是政敌，这些材料都是研究康熙中朝局政争与乡宦种种罪恶行径的第一手材料。从董其昌到钱谦益、徐乾学，几乎是一个模子里刻出来的。改朝换代对他们似乎毫无影响，他们就是袭用传统的方法，随时加以“创造发明”，残酷地剥削、镇压着人民群众。江南如此，全国也总是一样。这些都是清史学者的极好研究题目。

又如乾隆六十三年时宪书（历本）这样的书，一般藏书家大抵是不会买的，但傅增湘却加以重视。这种时宪书是专为已经当了太上皇的乾隆帝“内廷颁赏之用”的。那用意是“现在颁朔以嘉庆纪年，而宫廷之内，若亦一体循用新历，于心实有所未安”，因而采取了特别的处理方法。这种特制的历书一直印到乾隆六十四年为止，是专为退休皇帝准备的有趣文献。《藏书题记》中所记种种掌故，如琉璃厂书肆情形、书价的变迁、藏书家之间的交际、书籍流散转移情况等，都是很好的藏书史料。傅增湘买得残洪武本《宋学士文粹》，“浼世好乔君大壮……按其行格，各分写一卷，俾成完璧。二君皆雅嗜词翰，笔法俊丽，而大壮尤秀异入古”。乔大壮是傅的同乡，与鲁迅同官教育部，曾为鲁迅写过楚辞联。

据作者自记，初续集《题记》刊成后，尚有拟入“三集”的二百余篇，未及刊行。这手稿应当尚在，重印时是应予补入的。傅增湘又曾写过不少序文，还精印过一小册七十自述，也可以考虑辑入。这七册《题记》虽然印得讲究，但还是有着不少错字，重印时都应一一加以订正。

三十多年前我买到过一本许梿刻的《六朝文絜》，这是清刻本中的名书。以选择精当、写校工致、朱墨套印而为读者所爱重。许梿的刻书是非常讲究的，在用纸、抚印、封面、签题许多方面都力求精美。初印的本子还往往钤有许氏自用印，也每本不同。但我所得的一本却是没有套印朱评的“白文本”。前无序，只有“道光五年乙酉七月讫功”的扉叶，钤“享金宝石斋校本”朱文大方印。物希为贵，被藏家视为宝贝。特于书前请吴庠、傅增湘作跋。傅跋说：

> 此许氏刻成最初印本，行间尚未以朱色圈点加入，颇为难得。余前岁曾于文友书肆获一帙，私自珍异。今来申江，于静庵案头乃见此册。始知箧中之物，固不能独擅其奇矣。按文字标点，起于南宋坊估，于古法已相违戾。至明季闵凌二氏乃创为新式，取圆围角点，以五彩套印，烂然行间。其意要为便坊塾诵读而作。近世士夫，转争相赏玩，高价购取，置诸精本之列，侈为美观。此其所见与儿童何异。如许氏此编，缮刻既精，楮墨尤雅。清斋展卷，焚香细读，自足怡目悦情。必欲效越人之文身，强西子以黔面，而用以为美，宁非无目者耶？余深慨晚近以来，风雅沦丧，俗论自喜，而真赏无人，聊假此一发狂言。静庵解人，或能共喻此旨也。丙子九月朔，藏园老人傅增湘识于古柏公寓。时南来兼旬，行将北返，倚装待发矣。

这里所发表的正是典型旧派藏书家的意见，他们对待出版事业中的新创造、童蒙读物的态度是一贯的，本不足为奇。可怪的是傅增湘又曾为陶兰泉的《闵版书目》写过一篇序（壬申九月），却对明末吴兴闵齐伋、凌濛初所创造的五色套印本大加称赏。说“其书则群经诸子，史钞、文钞，下逮词曲，旁及兵占杂艺，凡士流所习用者，大率咸具。其格式则阑上录批评，行间加圈点标掷，务令词义显豁，段落分明。皆采撷宋元诸名家之说而萃之一编。欲使学者得此，可以识途径、便诵习。所以为初学计者，用心周至，非徒为美观而已……近世侈谈版刻，闵氏之书，或以为近于批尾之习，为大雅所不屑顾。谛观之，其标点脉络分明，使后学披览有引人入胜之妙。其版刻精丽，足娱老眼。而唐贤诸集，尤多源出善本，固贤于麻沙坊估远甚……涉园其世宝之，勿轻循流俗之见而自贬其声价可耳”。

陶兰泉是有钱的“雅人”，他收朱墨套印本，收殿版开花纸本，收汲古阁本，收明版白棉纸精印本。惟一的标准是要好看，和傅增湘走的是两条路。陶兰泉所收的也有好书，如后来为郑振铎买得的五彩套印本《程氏墨苑》就是涉园的旧藏。

把上述两篇文字放在一起，几乎使人不敢相信这是出于同一人之手。时间相去不过四年，议论竟相去如此之远。四年后所发的“狂言”正是本人大声所痛斥过的“流俗之见”。真可以算得是有趣的文献。

一九八三、三、二十四

琉璃厂

三年前来北京，住了十天。琉璃厂也去过一次，不过只是匆匆地走了一转，前后一总不过半小时。后来曾在一篇文章中说起，那次来京，没有买到一本旧书，没有听过一次京戏，觉得可惜。不料这句话被朋友记住了。这次他特地到吉祥去买了两张票，又约我吃过中饭一起到琉璃厂去看旧书。使我一下子弥补了三年前的两种缺憾，真是值得感谢。

六月初的骄阳已经很有点可怕了。马路平直而宽阔，不过路边的行道树却稀疏而矮小，提供不了多少绿荫。走过全聚德烤鸭楼大厦，走过鲁迅先生当年演讲过的地方——师大院外高墙，随后发现了一座有如小型汽车加油站似的“一得阁”墨汁店。加紧脚步，好不容易才奔到了琉璃厂。看见在荣宝斋对面正加紧恢复兴建原有书铺的门面与店房。“邃雅斋”和“来薰阁”的原址都已出现了青砖砌成的铺面，除了柱子是水泥构件以外，其他似乎都保存了原貌。橱窗镶上了精细镂花的木框，还没有油漆。这一切看了使人高兴，在大太阳底下也不禁伫立了好半晌。

接着我们就走进了中国书店。朋友和在这里工作的两位老店员相熟，我们被邀坐下来喝茶，看书，谈天。这一切都还能使人依稀想见当年琉璃厂的风貌。不过几十年过去，一切到底已经不再是从前的旧样了。

翻翻零本旧书，居然也买到了几册，没有空手而归。

《百喻经》二卷，一九一四年会稽周氏施银托金陵刻经处刻本。这是有名的书。三十七年前我在南京曾亲自跑到刻经处买过一本，不过已是新印，印刷、纸张都远不及这一本。但这是否就是原跋所称最初印的“功德书一百本”之一，却也难说，但初印则是无疑的。

此书已由江苏人民出版社印行，是为纪念鲁迅一百周年诞辰而重印的，而且有两种版本。但到底都不如这原刻的可爱。也许这就是为许多人所嘲笑的“古董气”，不过我想多少有一点也不要紧。

《悲盦居士文存一卷·诗剩一卷》。赵之谦撰。光绪刻本。作为书画金石家，赵㧑叔的声誉近来是空前地高涨了，印谱、画集都出版了不少，但他的诗文却极少为人所知。这虽然不过是光绪刻本，但并不多见，《诗剩》我还是第一次见到。薄薄的一本诗集，中间却有不少史料。太平天国攻下杭州，赵之谦逃到温州，这样，“辛酉以后诗”中就往往有记兵事和乱离情景的篇章，小注记事尤详。“二劝”诗并前序记平阳“金钱会”与瑞安团练“白布会”斗争情形甚详尽，是珍贵的史料。当然赵之谦是站在清朝官方一边的，他对太平天国的议论自然可想而知。

使我惊异的是，赵之谦对吕晚村也深恶痛绝，没有别的理由，只因吕是雍正帝钦定“罪大恶极”的“逆案”首要。诗注说：“南阳讲习堂，留良居室也。籍没后犁为田。今则荒烟蔓草矣。”这是吕晚村故居的结局。诗注又说：“然理学大儒合之谋反大逆，言行不相顾，不应至斯极也。往居都下，见书摊上有钞本留良论学书数篇，邵阳魏君源加墨其上，言留良人当诛，言不可废。余不谓然，取归摧烧之。”

这种推理方法与行动今天看来都是奇怪的。在赵抝叔看来，“理学大儒”必然应该也是忠臣，如与这模式不合，就是“言行不相顾”了，当然更不必追究逆案的是非曲直。这是从典型的僵化头脑中产生的思想，是极有价值的一种标本。魏源就和他大不同，虽然不能不承认“其人当诛”，但却肯定了其人的思想，至少他明白两者之间应有区别。但赵之谦不能同意，取来一把扯碎烧掉了。这种行为简直不像是一个艺术家干得出来的。思想僵化之后就有可能化为鲁莽灭裂以至疯狂，这里就是一个好证据。

像这样的旧书，是算不得“善本”的，但买到之后还是感到喜欢。这大概就是所谓“书癖”了吧。不用说更早，就是五十年代，像这样的书也多半没有上架的资格，它们大抵睡在地摊上。三十年来，琉璃厂（以至全国）旧书身价的“升格”是惊人的，根本的原因是旧书来源之濒于绝迹。这在我们的闲谈中也是触及了的，书的来源日渐稀少，这与全国机关学校大小图书馆的搜购有关。经营旧书的从业者也大大零落。仅有的一两位老同志都已白发盈颠，接班人则还没有成批成长起来，青年同志对这一“寂寞”的行业也缺乏热情。谈话中彼此都不免感到有点沉重，但也想不出什么“妙策”。

前一天正好访候了周叔弢先生。九十三岁的高龄了，他的精神依旧极好，眼睛能看小字，记忆力也一点都没有衰退，只是耳朵有点背了。只要一提起书来，还是止不住有许多话想说，他说的自然都是“老话”，但有许多是值得思索的。

他听说琉璃厂在重建了，非常高兴。但又担心，这些老字号恢复以后，有没有供应市场充足的货色，有没有精通业务的从业员，读者、买书人能不能从琉璃厂获得过去那种精神、物质上的满足，好像都是问题。

典籍、文物、艺术品、纸墨笔砚……这些都不是单纯的商品，过去读者逛琉璃厂也不只是为了来买书。我想，我们至今还没有足够的、标准的、门类齐全的图书馆、博物馆，但在过去，我们却有很好的替代物。例如，人们到琉璃厂来在某种意义上说是奔向一所庞大的、五彩缤纷的爱国主义大学校、展览馆。不只能看，还能尽情欣赏、摩挲品味，可能时还能买回去。这是一座文化超级市场，门类之广博，品种之丰富，新奇货色的不时出现，对寻求知识的顾客都有强烈的诱惑。这一切，今天的博物馆、书店……一切文化设施都不可能完全代替。人们在这里得到知识，还受到传统精神文明的熏染、教养；封建文化中有精华也有糟粕，但归根结底爱国主义内容的比重是占着重要地位的。

过去人们到琉璃厂的书铺里来，可以自由地坐下来与掌柜的谈天，一坐半日，一本书不买也不要紧。掌柜的是商人也是朋友，有些还是知识渊博的版本目录学家。他们是出色的知识信息传播者与咨询人，能提供有价值的线索、踪迹和学术研究动向，自然终极目的还是做生意，但这并非惟一的内容。至少应该说他们做生意的手段灵活多样，又是富于文化气息的。

在书店里灌了几碗茶，依旧救不了燥渴，这时就不禁想到在左近曾有过一家“信远斋”，小小的屋子，门上挂着门帘，屋里有擦得干干净净的旧八仙桌、方凳，放在角落里的几只盛酸梅汤的瓷缸。那凉沁心脾、有桂花香气、厚重得有如琥珀的酸甜汁水，真是想想也会从舌底沁出津液来。那不过是用“土法”冰镇的，但在我的印象里却觉得无论怎样先进的冷冻设备都不可能达到同样的效果。也许关键不只在“冷”，选料、配方、制作也有极大的关系。这样的“汤”吃了两碗以后就再也喝不下了，真是“三碗不过冈”。酸梅汤现在是到处可见了，人们一致公认这是好东西，还制成了卤、粉、汽水……但好像都与信远斋的味道有些两样。

不久前在银幕上曾出现过一批以北京地方为背景的作品，其中有些是相当突出的优秀制作。《茶馆》《骆驼祥子》《城南旧事》《如意》《知音》……广大观众对此表现了浓厚的兴趣。能不能把这看作一种“怀旧”的风呢？从现象上看好像很有点像。但这与好莱坞曾掀起过的怀旧浪潮并不就是一码事。像这样的社会文化现象的出现，那原因往往是非常复杂的。过去的事物中确有值得怀念的东西，历史不能割断，记忆难以遗忘，这是极自然的。不同人对同一事物的看法则大不相同，好恶也两样。往往许多人都喜欢某种东西，但取舍之点并不一致。鲁迅也是爱逛琉璃厂的，但与某些遗老遗少就全然不同。鲁迅北来也到过信远斋，买的是蜜饯，那是因为天冷了，酸梅汤已经落市了的缘故。

从几十年前起，在北京这地方就一直有许多人在不断地“怀旧”。遗老们怀念他们的“故国”，军阀徒党怀念他们的“大帅”……随着岁月的推移，这中间很换了不少花样。但这与住在北京的普通老百姓的牵连则不大。比较复杂的是作为文化积累的种种事物。有几百年历史的名城，这种积累是大量的、丰富的。好吃的菜肴、点心，大家都爱吃；故宫、北海……旅游者也一致赞叹；吃着“仿膳”的小窝窝头而缅怀慈禧皇太后的，今天怕已没有；游昆明湖而写出吊隆裕皇太后的《颐和园词》的王国维，也早已跳进湖里死掉了。总之，许多事物，在今天已只因其现实意义而为人民所记住，多时不见了就怀念。至于这些事物产生发展的政治历史背景，一般人是不大注意的，或简直忘却。这是完全不同的一种“怀旧”，与任何时代的遗老遗少都扯不到一起去。

研究近代文化史、文学史的专家，还没有把注意力更多地集中到近几十年以北京为中心产生的许多文化现象上，其实我倒觉得这是颇重要的，是了解新文化运动的产生与发展必不可少的环节。

以谭鑫培为代表的谭腔、以程砚秋为代表的程腔，为什么先后在北京这地方风靡一时，我想这和当时的政治局势、人民心理都有极密切的关系。他们创造的新腔，正好表现了人民抑郁、愤激的复杂心情，新腔的特点是低回与亢奋的交错与统一。旧有的声腔，无论是黄钟大吕或响遏行云都已无法加以宣泄了。谭、程的声腔是不同的，这些差异也正好细致地反映了他们所处不同时代的细微变化。

以黄晦闻（节）为代表的新型宋诗流派，或“同光体”的发展继续，也可以看做一种时代的声音。梁启超喜欢集宋词断句作对联，同时搞这花样的还有一大批人。如其中有名的一联“更能消几番风雨，最可惜一片江山”，就不能看做简单的文字游戏。它道出了住在北方的中国人的普遍心情。姚茫父（华）曾为琉璃厂的南纸店画过一套小小的笺样，每幅选吴文英词句，用简练的线条加以表现。我以为也不失为杰出的作品。画面境界的萧瑟荒寒，不只表现了画家自己，同时也是人民的情怀。

三十年代林语堂编的《宇宙风》上，发表过不少记载北京风土、人情的文字，后来汇成了一本《北平一顾》，这应该说是有代表性的典型怀旧之作。过去我一直觉得这是没有积极意义的小品文、小摆设，抒发的是没落的感情与趣味。但后来想，这些文字都作于“九一八”与“七七”之间，那正是北平几乎已被国民党政府放弃了的时候，那么，这些文字就不能简单地划入闲适小品，而应更深入地体会那纸背的声音。

在那段时期，像这样的社会文化现象并不是个别的、孤立的，综合起来就能较为全面地反映人民的内心活动。在许多艺术家或并非艺术家说来，这就是他们反映社会现实的独特方法。

时代发展、社会变革必然要使许多事物化为陈迹，这有时是不可避免的、理所当然的。其中也有一些是还应该存留、或以新的面貌恢复存在的。无论是哪一种情形，我们都应该加以分析、研究，为之做出可信的历史总结。这将为我们带来很大的好处，从而保持必要的清醒，不致陷入糊涂的、低级趣味的怀旧的泥坑，也可避免做出可笑的蠢事。对社会上存在或曾经存在过的一切事物，人们都必须表态，回避不了。而这正是对人们思想是否健康、成熟的一种考验。

一九八三、六、十

往事

偶尔翻到三十多年前写成的一本小书《关于美国兵》，书中记下了一个年轻的大学生在抗日战争后期经历的一段奇特生活与感想。这一切都已成为历史了。不过这一转瞬即逝的历史边角在纸上留下的痕迹并不多；而书中涉及的一些问题就是在今天看来，也依旧不曾完全失去新鲜感，因此也许它暂时还可以起一点备忘的作用。此外，在我自己，则还有另外值得纪念的意义。当时动手写这书，一则由于胸中塞满了过多的积郁，不稍稍倾吐就不痛快；同时这又是换取温饱的手段。在学校里读的是工科，战后本当重理旧业，但却因此机缘，从此改行，以至今日，这实在是始料所不及的。这本小书得在当时上海出版的《周报》上连载，有如一份“投名状”（典出《水浒传》），为我方便地取得了记者的资格和职业。因此，对它我又实在不能没有一点“故剑之情”。

出现在这本小书中的某些话，某些议论，今天看来，可能不只是浅薄、偏激，甚至迹近胡说八道了。以自己当时的年纪、教养竟狂妄地来议论这类重大的题目，后果似乎也只能如此。当然，也还由于种种客观的限制。最近读了美国迈克尔·沙勒所作的《美国十字军在中国（一九三八——九四五)》，明白了一些历史事件的背景材料，觉得很有兴趣，获益匪浅。沙勒收集了大量第一手材料，这许多在当时都是绝密或简直无法看到的。这不只是饶有兴味的，更是能够借以解开历史的“谜”的钥匙，可以用来解释许多当时使人觉得奇怪的现象，也可以找到何以产生种种误解的原因。即使根据的是同样的材料，不同的研究者得到的结论也会是截然不同的。譬如沙勒在研究之后虽然肯定了当时美国制定的是一项“不幸的政策”，但还是留下了一连串没有答案的问题。这些问题有些看来并不是重要的，或只具有一种学术研究上的兴味；有些则是明明白白的，但对美国的专家却又显得烦难。不过从开列的没有解决的问题看来，这本研究著作不只是一本历史书，同时还是一本有强烈现实意义的书。作者试图探讨的是一种对美国统治者说来是“明智”的对华政策，一种在最大程度上有利于美国统治阶级的政策。这种愿望的表现是坦率的、一贯的。这一基本立场可以用来解释美国军队作为“盟军”来到中国战场以后中美关系的衍变，并延伸到未来。作者研究讨论的也仅仅是怎样的具体做法才是“明智”的或“不幸”的。

在我的小书中企图反映的则是普通美国人的面貌和心思。这显然是一种更艰巨的课题，不过这设想当一开始与美国兵接触时就产生了。我得到的结论是美国人民是中国人民的朋友。虽然这并不是一个可以套向每一个具体个人头上而万无一失的“公式”。

小兵与将军不同，普通人民与统治者不同。这些普通的知识在我则是通过与具体人物的接触懂得的，因此印象强烈而鲜明。也许有人会觉得奇怪，在头号资本主义堡垒的美国怎么会有人同情在残酷剥削下陷于悲惨境地的中国人民，但这是实在的，正是“全世界人民大团结”的理论基础。

这本小书在写成两年之后作为《周报丛书》出版时，曾受到一位论者的批评。使他感到最不能理解的就正是这一点。论者甚至断言这书是为了缓和中国人民对驻华美军恶劣到极点的印象而做的。这自然不是事实。同时为这位论者所存而不论的许多对现实阴暗面的暴露与对丧失民族气节的无耻行为的抨击，则是不应抹掉的另一方面。这可是一个有深远历史渊源的老问题。我在《关于翻译官》里曾粗略地进行了回顾。同样的问题在今后也将依旧存在，也许还会更为突出。自从经历了这一段奇特的生活以后，我就深深懂得了奴才不是办外交的合适人选的真理。同时又悟出，帝国主义国家过去在中国办了那许多学校、医院、教会……固然培养了一些得心应手的理想奴才，但更多的怕还是造成了自己的对立面。这是他们所始料不及的。

书中涉及“金元文化”与美国生活方式的部分，是过去受到批评家注意的另外两个方面。

第二次世界大战后期，美国动员了全国力量为战争服务的行动与努力，确曾使我看了吃惊。特别是生活在抗战中后方，看惯了国民党政府统治下的黑暗现实和人民的苦难，这差异就更不能不使我吃惊。强烈的感受激起我“写真实”的愿望。我选择了在我看来是最方便也极有效的揭露黑暗的方法，有时候简直用不到多余的评论。

至于面对残酷现实，个人的思想活动倒是复杂的。羡慕自然有，但并不曾达到“不已”的程度。这主要是受到在每一个年轻学生身上程度不同地存在着的民族自尊心制约的缘故。我想起了长城抗战中的大刀队和穿了单衣草鞋英勇杀敌的战士；我也对美国少爷兵的战斗能力产生过真正的怀疑。我很自然地想到了鲁迅先生的“拿来主义”，但这一切似乎都与当前的实际离开得很远。很容易看清楚，当时的统治者不懂也绝不会实行什么“拿来主义”，他们忠诚奉行的是乞讨主义，这是不必读过沙勒的书就能明白的道理。

以自己当时幼稚的认识水平，很难就此得出应有的结论，倒是流露了一些显然谬误偏颇的认识。在美国物资在抗日战争中所起的作用、陈纳德的“飞虎队”与昆明上空的制空权之类的问题上，就做了不符实际因而也是错误的估计。但真正值得思索的问题并不仅仅只在这里。

文化，是一个非常广阔的概念。有时我想，就连飞机、坦克这些分明是“武化”的事物也应算作文化的内容之一。从石斧、弓矢开始，它本身也有长久发展历史了。从几千年前人类就开始积累为生存而斗争的种种经验，逐渐形成人类的共同财富。不同的民族、国度继承、发展着世代积累下来的人类共同文化成果，也赋予各不相同的色彩、特征。过去我们习惯用“金元文化”代表美国文化，就指的是这一点。怎样正确对待贴着各种花色历史标签的文化成果，还是不能不运用鲁迅提出的拿来主义的原则。

视而不见或不承认主义是不可取的，因为这不是唯物主义的态度。“贫穷的社会主义”的鼓吹者则是利用了人民群众可贵的爱国主义与民族自尊心推行的别有用心的骗局。但这些伎俩并不能经久不败，一碰到现实就立即破产了。这也是往往伴随而来的闭关锁国方法的由来。凡此都是不可忘记的历史教训。三十多年前曾流行过大刀队胜于坦克车的传说，“十年动乱”中“越穷越革命”的“理论”也曾迷惑过许多人。这些古怪思想的出现并不全是个别孤立的现象。用“儿不嫌母丑，狗不厌家贫”来描绘爱国主义，确有悲壮的鼓舞人心的力量；但一旦被当做落后、愚昧的辩护词使用，也就立即失去了它应有的魅力。

五十多年前鲁迅先生在《拿来主义》结尾处写道：“没有拿来的，人不能自成为新人，没有拿来的，文艺不能自成为新文艺。”这是确切的。不过他没有接下去讨论拿来以后的问题。这是因为当时还没有需要与可能想到这类迂远的要求。

“文化”如果是以“金元”为牌号的，它必然带有金元的臭味。在拿来之前，必须经过辨识、处理的手续。“或使用，或存放，或毁灭。”这在“沉着、勇猛、有辨别、不自私”的人是可以做到的，但要花费大气力。即使经过这样的努力，由于上层建筑与经济基础之间紧密的依存关系，未来的“新宅子”中必然要带有某些“新气象”，也是不待说的。

已故历史学家陈寅恪于一九三三年为冯友兰著《中国哲学史》下册所写的“审查报告”中有这样一节话：

> 窃疑中国自今日以后，即使能忠实输入北美或东欧之思想，其结局当亦等于玄奘唯识之学，在吾国思想史上，既不能居最高之地位，且亦终归于歇绝者。其真能于思想上自成系统，有所创获者，必须一方面吸收输入外来之学说，一方面不忘本来民族之地位。此二种相反而适相成之态度，乃道教之真精神，新儒家之旧途径，而二千年吾民族与他民族思想接触史之所昭示者也。

这是一种值得注意的思想。在同文中陈先生又说："寅恪平生为不古不今之学，思想囿于咸丰同治之世，议论近乎湘乡（曾）南皮（张）之间。"这就又极坦率地承认他是属于"中学为体、西学为用"那一思想体系中的人物。曾国藩、张之洞所开始倡导的改良运动早已失败了，看来这曾为陈先生带来思想上大的冲击，使他比自己的前辈前进了一步。他终于承认了外来事物进来之后必然要引起变化，看出了僵死的二元论的"体用"思想的荒唐无稽。人们不应使行动和思想南辕北辙，各不相谋。他开出的虽然是可笑的药方，但他在接受了痛苦教训之后获得的认识，是得来不易的。接受了外来的"坚甲利兵""奇技淫巧"之后，也应该对思想意识必然发生的变化做好充分的准备，保持应有的清醒。放进一部分、顶住一部分已被证明只是幻想。

《周报》于一九四五年在上海创刊，那正是抗战胜利，国民党政府从后方回来进行疯狂"劫收"的时候。短短几个月，中国人民上了极为深刻的现实一课，多年来人们眼上蒙着的帷幕一下子被掀开了。《周报》在这时候问世，把努力放在擦亮人民眼睛的工作上，是完全正确的。我选取关于美国兵的题材，不只因为它具有强烈的新闻性，还有强烈的政治性，通过这一侧面也更易于窥见当时中国真实的政治实际。在动手写作时，则很自然地采取了一种自由的形式。除了真实性必须坚持，习惯的某些新闻报道格式是被有意识地突破了。我一向坚信，鲁迅先生开创的光辉的杂文文体，不只能运用于论文、散文，就是在新闻的范畴中也应该得到充分的重视与利用。这样做可以为作品带来更大的自由、更多的活力，可以方便地把作者的爱憎融入记述之中。可以有作者自己的议论，但也不是直截的、刻露的、结论式的。

通过第三者的眼睛观察，并发表意见，有时会带来某种方便。但这也必须确守真实的原则，不能将随便什么意见任意安排给谁。

开始动笔时事先估计到文章发表后可能引起的困难。在“叙言”中有几句话：“自己相信，要说的话，牢骚多于称颂，感慨溢于谀辞，恐未必有合于敦睦之道。”说明的就是这种预感。那是一个伟大转折的时代，全国、国际的政治、经济形势都经历着急剧的变化，人民群众的思想认识与感情也以难以预计的速度变化着、前进了。就在这本小书从动笔到出版的短短一两年中间，作品中的弱点、缺失就逐渐暴露出来，这使我感到沮丧，但也同时感到快慰。没有一个作者希望自己的作品只有短促的生命，但是也没有一个正直的作者为了自己抨击时弊的文字“不朽”而希望现实的黑暗永存！

近四十年的时光过去了。世界经历了很大的变化。小书中的一切缺失、谬误在今天读者面前都已成为显而易见的东西。他们将从这里看到生活在那一特定历史时期的人们思想急剧变化的轨迹和留下的斑斑遗痕。他们也将看到，作者不是带着固定的观念模式去图解、解释生活，而是在生活实践中逐渐改变了原有的、同时也形成了新的观念。在这样做的时候，是诚实的。

以上这些断续、零碎的感想，是在重读这本小书时陆续想到的。惭愧得很，几十年中并没有好好想过这些，而真的当了记者以后更没有想到去写一本同样性质的稍有长进的作品。除了客观因素之外，全然由于自己的懒惰，而这就更加使我惭愧。

一九八三、六

谈影印本

《古逸丛书三编》已出版了第一种《忘忧清乐集》，《金石录》也将继续出书。“三编”的目录也已初步拟定。这都是听了使人高兴的消息。选印古善本书的工作得到国家的重视，具体进行规划并付诸实施，在解放后这还是第一次。周叔弢先生说，“不能让商务印书馆专美于前”，确是许多人想说的心里话。《古逸丛书》是清光绪中黎庶昌编刻的。黎庶昌和杨守敬在日本发现了许多中国古书，都是一千年来各种访华的日本人士陆续带回国去的。其中有许多在中国已经少见或失传了。于是他们就收购、编选、照式翻刻，集成了一部丛书。同时杨守敬又刻了《留真谱》初二编，每书只取一至数页，依原样翻刻，作为版本学者的参考。这是我国继影抄影刻之后最早出现的书影，在版本目录学上也有重要的意义。日本在明治维新之后，有一个时期社会上也产生过轻视古代文化的思想，于是，这些辛苦从中国得来的古书有很多流落在旧书店里了，价钱也便宜，能为黎庶昌等买得。不过，日本人对问题发现得快，改得更快。不久以后，就把湖州陆氏皕宋楼的藏书全部买去，藏在静嘉堂里了。这以后的几十年中，更从中国弄去了大量古书，形成了一面倒的局面，致使郑振铎在四十年前发出了“史在他邦，文归海外”的惊叹。

若干年后，商务印书馆在张元济主持下，又编印了《续古逸丛书》，先后也印出了几十种。张先生把雕版改为石印，选材也更广阔、精审，那最后一种杜诗，是直到解放以后才出版的。商务印书馆影印的古籍，此外还有《四部丛刊》《四库全书珍本》《元明善本丛书》等许多种。他们还曾打算印一套《国藏善本丛书》，目录、说明、样张已印成一本精致的小册子，作为广告品散发，后来却并未印出。这个丛书是作为《续古逸丛书》的补充而设计的，其实与《四部丛刊》的性质也是相近的。不过没有严密的分类比例，只从版本角度出发加以选择而已。这与今天拟印的《古籍善本丛书》（第一集）性质也是相近的。如果说“三编”选印的是甲等书，那么不够甲等资格的就统统收在这里了。

在商务印书馆复印的古书中间，《续古逸丛书》是有代表意义的，在选目印制时，自有其特定的标准。“三编”继此而出，这是在新时代、新要求下对前人业绩的继承，有些过去看不到或不可能提出的设想也应当考虑、吸收，这样就有可能在前人的基础上，取得进一步的发展与提高。

大体上说，编印“三编”工作的重点，就在选目和印制两个环节上，而决定这两者的前提则是出版这样一套丛书预期达到的目的。

看了初步拟定的“三编”书目，似乎可以说，这些书都是应该印的，只可惜数量太少。如从发展的眼光看，“三编”实在不应只收这几十种为限。如从缓急先后考虑，那对选目就可能有不同看法。从选目的简略说明可以看出，入选的标准有这样几条，首先是古刻本（事实上也就是宋本）、孤本和传世有重名的书，例如曾受到黄丕烈重视的“百宋一廛中有重名之书”，就是好几种书的重要入选理由。

如果“三编”的编印是以保存、介绍我国辉煌的古典文化为主要目的，那么理所当然地就应该着重考虑反映我国从什么时候开始就已为人类雕版印刷事业做出了怎样的贡献，在雕版、抚印上已达到了怎样的工艺水平，而且，这一切又是发生在怎样广阔的地域之中。

这样，就不只要考虑时代之古，还得注意到工艺之精，以及出现在全国不同地区的雕版印刷品的不同风格和因纸张、印刷技术而形成的地方特色。孤本自然是一个重要的取舍标准，但不应是惟一或首要的标准。严格说来，只有未经传写、未经刊刻的稿本才能称得上是孤本。有许多已付刊刻的书，流传少到只有一部的通常也往往称之为孤本。但细想并不十分科学，还不如使用“世无二帙”这样的用语好些。有的书，如宋本《金石录》，就是在“断种”若干年后又突然出现了的，这就说明了孤本不孤的可能性。何况作为宋本，龙舒郡斋本《金石录》今天固然是“世无二帙”了，但《金石录》这书则是别有传本的，刻本、钞本都有，实在也不好称之为“孤”。

从选目看，底本大半取之于北京图书馆，这是理所当然的。但其他全国重要的图书馆藏品收的就过少，几乎不成比例，似乎不能全面反映国家典藏的实际情况。如上海图书馆的藏书中，有许多就是极重要值得通盘考虑安排的。如宋蜀本唐人集，就是不折不扣的“孤本”，已有几种影印了出来，但印制水平不高，不能保存原本的风貌。作为普及本，又觉得过于浪费，为一般购买力所不及。上海是印过《纳兰容若手简》那样水平的影印本的，相信完全有能力印得更好些。已印而水平不高的，也可以在将来考虑重印。我们还有大批重要的古籍收藏在台湾，选其菁英列入选目更应是题中应有之义。推而广之，则一切流入域外的中国古刻善本，也都应在考虑之列。这设想看来有些迂远，但其实是必要的，至少在远景规划中应该予以周密的考虑。

说到内容，自然也是值得考虑的重要方面，但这与原本的雕版文献价值相比，却不能不放在第二位。在人们公认的古善本书中，不少是广泛流传的必备典籍，并非一般的读者、研究家必须加以参考的。另一些内容重要，从无传本的古籍，读者自然渴望一读，但从印数、书价各方面考虑，用“三编”的形式印行，都难以满足广大读者的要求。如果说，过去人们“以代钞胥”还太烦难，那么今天，我们就可以用铅字排印。如再嫌烦难，那么就用石印，如上海古籍出版社的印《清人别集丛刊》，就用的是商务印书馆印《四部丛刊》的方法，也是行之有效的。最近看到台湾书店印行了大量解放前从大陆运去的善本古籍，一律新闻纸双面影印，小册硬面装订，“硬领皮靴”，用的也是同样的办法。当然这都与

“三编”的任务和要求不同。

还有一个完缺的问题。过去的藏书家一直抱着牢不可破的完缺之见，他们轻视一切残缺不完的本子，影响所及，在书坊里的标价也大相悬殊。这种传统观念好像从毛子晋才开始逐渐打破。《汲古阁珍藏秘本书目》中就著录了大量的残本书，有些书的残缺部分还精工抚抄补足，这就是被人们称赞为“下真迹一等”的“毛抄”（“毛抄”不只是抄配，也有许多影抄的是全书）。汲古阁开了风气后，清代许多著名藏书家在书目中也著录残本了；到今天，我们看许多国藏善本书目，残本的比重实在是很大的。这是应该肯定的实事求是作风。这样，有许多“世无二帙”的古书，就不能因其残缺不完而加以忽视；有些残宋本，缺卷由明人抄补，纸墨精妙成为别具一格的艺术品，更不宜以完缺之见决定去取。“三编”拟目中选入《钜鹿东观集》十卷，仅存七卷。余卷明人抄配，精妙绝伦，即其一例。自然，只存零页或大部书只存一二残卷，如无特殊理由，是要慎重考虑的。

说到选用底本，那就应该更多听取老专家的意见。在这里，一位经验丰富、见多识广、对古刻善本具有高度赏鉴水平、真能识得旧本之美的专家意见比起只是版本目录学者的意见就来得尤为重要而可贵。周叔弢先生对“拟目”中选入的宋刻《陶渊明集》提出过这样的意见：“首行挖补，汲古阁诸印皆伪，似不可列入甲等。”这部“百宋一廛中有重名之书，称北宋本”的陶集原来也是叔弢先生的旧藏，是黄丕烈陶陶室旧藏宋本陶集之一。《中国版刻图录》说明中说：

“毛氏汲古阁秘本书目定为北宋本，恐不确。”查《秘本书目》（拜经楼吴氏钞本）也只是说它是“宋板”并盛赞本子之好，并未明确指实为北宋，“说明”所指不知根据何在。看《图录》所收《陶集》书影，这是一种已经相当后印的本子，卷首第一行“卷第一”下有挖补一条，“宋本”“甲”“毛晋之印”，三印模模糊糊，看不真切。如未亲见宋本，仔细观察，仅凭书本记录，或只看在黄丕烈的分上，听信后来藏书家的宣传，就做出决定，怕不是稳妥的办法。叔弢先生另推荐了也是他旧藏的宋刻《汤汉注陶诗》，理由是“精印，人间孤本”。这部“黄氏陶陶室旧藏宋本陶集第二部”，是《四库全书》所未收的，大字建本精品，没有通常闽刻那种严谨而显得局促的气势，来得分外雍容俊爽。如非“精印”，这些特点是很难领略的。

总之，选择“三编”底本，需要集中多方面的意见。尤为重要的是有机会多接触实物者的意见。文献与目录学家的意见当然应该尊重，一直被当做“古董家”“赏鉴家”们的看法也不能忽视。我认为“三编”必须从审美角度进行判断，才能做出适当结论，这一点是没有疑问的。

新印的《忘忧清乐集》我在书店的玻璃橱里见过一下，没有麻烦店员取出来细看，因为我想价钱一定很贵，大约不会买。因此说不清印刷质量到底怎样。只是觉得比起商务印的《续古逸丛书》来，开本小了一些了。《金石录》比起《忘忧清乐集》来要重要得多。原本二十多年前曾在徐森玉先生的办公室里看见过一次。徐先生那天兴致非常好，他对我说："你看看，这部《金石录》，像不像嘉靖本？"这部南宋孝宗淳熙龙舒郡斋刻本《金石录》，初上手真会使人看做普通的嘉靖刻本。那款式、刻工、纸墨、装订都非常相似。纸是白棉纸，没有一方藏书印记，原装也是朴素简单的，订书的丝线也有些脱落了。但仔细看时，就立即发现两种不同时代刻本的明显差异。同是写刻，同是精整的楷书，但气氛完全不同。宋版书的书手并非个个都是书法家，但他们写出的每一个字都有自己的精神、风貌、意趣，有时还带有特定的古拙，值得一字字地细细观赏。明刻就往往经不起这样的审视。有些嘉靖本手写极工整，书法极漂亮，但就是不耐看。清代也有极精的写刻本，情形也差不多。倒是有些明初写刻本还保留着这种书手雕工的鲜明个性。尽管比宋本已有很大差距，有时比规范化了的元刻本还要好得远。

这部宋本《金石录》从南京津逮楼甘家发现，是被当做废纸称出的，一时人们都感到意外。津逮楼甘氏过去印过一些南京地方史料，如《帝里明代人文略》等，但并没有藏书目流传，人们猜不出竟藏有这样的奇书。一百年来，南京屡遭兵火动乱，这部书得以历劫幸存，也实在不可思议。五十年代初我路过南京时曾访问过津逮楼的遗址，那是一座双层木构的楼，相当大，虽然年久失修，但依旧保存完整。雕花的木窗上空荡荡的没有一张窗纸。我走上楼去看，地板上空荡荡的，只在一个墙角还堆着一些烂纸。其中有残零的清刻本书，上面都钤了津逮楼的印记。楼下有一排矮小的平房，住着甘家的后裔。我在他们手里还看到过一部嘉靖刻、白棉纸印的医书，有甘氏印记。这楼后来不知道怎样了。今年春天我在南京曾向文化界许多人打听过，已经没有人知道津逮楼的名字了。

想用文字来说明宋明刻书的差异是困难的。我想有一种简单有效的方法，就是取宋本原刻与明人翻刻对照观察。传世有很出色的明翻宋本，如袁刻《世说新语》，东雅堂、济美堂翻世彩堂本韩柳文……这些书的宋刻原本都还依然健在，没有毁失，只要将两者加以对比，就能非常容易地看出那差异所在。我们很难方便地看到宋版，这里书影就成为不可少的参考资料。而书影必须是精印的，能忠实反映原刻风貌的，才能作为比勘的依据。明人翻宋本有时是很忠实的，当时宋版书还不像今天这么希奇，有时就将原书拆散一张张贴在木板上，请刻工依式翻刻。难怪有时候竟达到了形神逼肖的程度。不过刻工的技术水平、工作习惯、使用工具到底不同了。他们的工作方法与审美标准也改变了。方块字的许多细部构成，如书法家的“永字八法”所分析的结构组合，都出现了分明的差异。这种差异就在不同时代形成了不同的风格。在书法、雕版中都存在着这种变化，而且大体上也是一致的。鉴定书画与鉴定版刻都不是神秘的、高不可攀的学问，必要的知识往往可用比较研究的方法获得。

时代风格之外，在鉴定雕版时也还另有一些辅助依据。如不同时代、地区使用的不同纸张与印刷方法，文献中的著录、收藏印记、装潢样式……也都有一定参考价值。一切与书画鉴定都非常相似。书籍在它应有的文献价值之外，又有自身的文物价值、工艺美术价值，就因这些重要因素形成。

取古刻书一页至数页，忠实地依式翻雕，集多种书的样张，就能为读者提供一种认识、鉴别古刻本比较系统的参考资料。杨守敬想出了这个主意，刻出了《留真谱》，这是与《古逸丛书》相辅而行的划时代著作，是在宋元本行格表一类研究成果基础上进一步的发展与创造。等到石印与玻璃版的印刷技术出现，许多新的书影出现了，比《留真谱》又前进了一大步。

作为一种新生事物，《留真谱》为传统的版本目录学增添了新的科学性；在当时雕版技术上也达到了高水平。杨守敬的这些贡献是应该肯定的。七八十年来旧本书和书影的复印，有了很大的发展。企图达到的目的是两个，在保存、流传古典文献之外，还要求在最大可能限度内传真，保留本书的原有风貌。使读者在阅读之余同时获得欣赏古代印刷精品的愉悦，并增加鉴别古书的知识。

粗略地计算一下，一些重要的藏书家，常熟瞿氏、吴兴刘氏、武进陶氏（所收大半为木犀轩李氏书）、松江韩氏和故宫博物院都出了藏书的书影，《文禄堂书影》《明代版本图录初编》等也相继出版。商务印书馆的《四部丛刊》则更是一部大书影。这许多大都用的是石印方法，也间有用少量珂罗版的。建德周氏所印宋本《鱼玄机诗》《孝经》等尤为精美。明本《杂剧十段锦》《琵琶记》《苏门啸》《千秋绝艳图》等也都有珂罗版印本，都达到了相当高的水平。从数量上看，商务印书馆的成绩最大；从质量上看，则还远远算不得精美，就连有名的《续古逸丛书》也还是用的石印，只不过开本特大、用纸讲究而已。鲁迅、西谛翻刻的《十竹斋笺谱》，西谛编印的《中国版画史图录》（珂罗版、罗纹纸）则是这一时期出现的有代表性的重要图谱。

日本印的《图书寮宋本书影》《静嘉堂书影》等都非常精美，特别是按原式影印的宋元旧本，以《东京梦华录》为例，不只用珂罗版精印，还套色印出了收藏印记，连蝴蝶包背装也照原式复制，确是远远超过了《续古逸丛书》的水平。不过因用日本皮纸印刷，与中国古书的风貌不能不产生某些距离，此外也还有其他可以改进提高的处所，并不能认为已是无可超越的。

建国以后，北京图书馆编印的《中国版刻图录》是一部高学术水平、印刷也相当精美的图谱。此书用珂罗版影印，其中彩色套印诸幅，尤具匠心。编印依时代、地域为序，也是有创造性的处理方法。说明部分反映了多年来版本目录学术研究的成果，总的说是一部有代表性的重要的版本学著作。

除此书外，长期以来同类印刷品的质量则是不能令人满意的，比起过去的水平是下降了。一九七八年上海古籍书店复印的《善本书影》恐怕是自有书影以来少数印刷最差的一种。它可以提供一种样本，说明古刻的面貌、风格可以被歪曲到怎样的程度。《中国古典文学版画选集》则是另一个例子，证明线条的失真（主要是变粗）可能给版画效果带来怎样的损害。这两书都不是石印，但效果比石印还不如。珂罗版是比较理想的印刷手段，但效果也可能大相悬殊。在这里，工艺水平是起决定作用的。掌握了一定的技术，还应对古刻风神、韵致有必不可少的敏锐感受，这样才有可能想方设法运用恰当的印刷技巧加以再现。总的来说，近三十年来善本复制的工作没有能达到过去曾经有过的最好水平，也没有在使用新的印刷手段中创造新的经验，这是不能令人满意的。

复印古书本身有不同的任务与要求，理所当然也应采取相应的不同对策。如只是为了文献资料的保存与流布，那就应该采用较为简便、低廉的印刷工艺，以适应普及的需要。但为了重视古代雕版文化的高度成就，检验今天印刷技术达到的高度，那就是另一回事了。应该毫无顾虑地创造前所未有的优秀成果，印出哪怕是少量的但具高水平的具有民族风格的豪华本来。这是一个光荣而艰巨的任务。前人辛勤创造了那许多惊人的雕版印刷精品，在我们面前树立了高标准，我们理应交出无愧于先行者的答卷来。

一九八三、八、十八

谈“全集”

书店架上除了摆着大量的单行本，也点缀着名家的文集、选集、译文集、全集等多种名目。这里面以全集为最少见，目前好像只有《鲁迅全集》一种。不过郭沫若、茅盾的全集也都已开始编辑，并陆续出版。随之而来也听到一些议论，全集到底应该怎样编才好？的确，这是一个值得慎重考虑的问题。

真正的全集，据我想，自古以来就从来不曾有过。虽然旧书目录里间有诸如《山谷大全集》那样的名目，不但“全”，而且“大”，但同时也就暴露了这名目的可疑。既有“大全集”，不就暗示也有不够全而且大的“全集”吗？还有，这又是按了什么标准区分的呢？总之，所谓全，充其量只不过显示了一种相对的完整性而已。

既然称之为“全集”，顾名思义，那么就应该把作者平生的一切言论，见诸文字和口头的意见都一一收罗在内。最好还包括了作者的“行”。蔡元培的《蔡孑民先生言行录》的编辑方式是不错的，虽然那也并不是“全集”。

新版的《鲁迅全集》在作品之外又尽可能收入了完整的

日记与书简，这方法是好的，但严格说来还算不得“全集”。先生大量的译作，整理、辑集、校定的古籍，收集的汉画像、古砖，辑印的中外版画……就都因实际困难没有一一收入。缺少了这些，读者就难以见到先生的“全”。作为“全集”，也就多少失去了依据。

认为只有创作才是应该收入“全集”的惟一内容，看来不能说是全面的。

四十年代后期，巴金曾经打算编定他从事文学工作以来比较完整的结集，就是将译本考虑在内的，初步定名为《巴金译作集》。后来有人说“译作集”读起来有点像“遗作集”，恐怕不妥当，计划搁下来了。

上面所说的其实是很难实现的一种“高调”，而“高调”最后又十九会变为“空论”。为了切实起见，倒不如研究一下编“全集”可能遇到的主客观种种困难，也许对实际工作有些好处。

“全集”一般说有自定和代编两种。人们大抵重视自定的“全集”，因为它可靠，没有误收的伪作，也反映了作者晚年最后形成的见解。这当然是不错的。不过照上面所说对“全集”的要求加以衡量，却并不尽合理想。白居易的诗集是他自己定稿的，一式抄写了好几份，分藏在几座庙里。（我怀疑乾隆皇帝将《四库全书》分抄几份藏在全国各地的几座“阁”里，就是从这里受到的启发。）因此流传至今的白氏《长庆集》是比较完整的。但到底经过了作者的修改、删定，显示的是白居易晚年定型的思想。如果想研究他前期中期的思想变化，就得格外小心，应该设法搜求他的朋友、同辈的诗文和史料、笔记仔细比勘，才有可能明白较近事实的真相。凡是自定的“全集”，都多少存在着这方面的问题。有的作者把“身后名”看得很重，不是企图以道德家面目永存，就是想以文章家资格传世。这些私心杂念都会影响原始真实面貌的保持。朱彝尊晚年编定全集，不因贪吃冷猪肉而删去二百韵的《风怀》情诗，曾使许多人佩服；但他到底还是删去了不少旧作。有的作品因不够成熟或显得平庸而被删，那是可以理解的；但有些不坏的作品却因另外的原因删去了，如朱在中年自刻的《腾笑集》中的一些诗篇。“腾笑”是朱彝尊自嘲的话，表示了他改变政治立场后的复杂心情。他在晚年删去了这些带有自我批判气味的作品，还砍去了与牵入政治案件的许多友人的关系之作，证明手定的《曝书亭全集》其实是并不“全”的。想研究朱彝尊，想知人论世，只靠这样一部“全集”是不够的。

同样的例了还可以举出许多。李慈铭的《日记》手稿上面，被他用墨涂掉了许多，有时几乎是整页的涂，这并非一般的文字修饰，或对学术观点的修正，几乎都是丑诋别人的话。从删而未净的语句的恶毒，可以推想那些涂掉的字句都是怎样的东西，大约是连他自己也觉得不像话了的。

作者自定全集，当然有他自己的自由。或严或宽，各人都有自己不同的标准，也都应该受到尊重。不过一旦白纸黑字写成文字，作品即成为客观存在；若已流传，就又产生了社会影响。作者可以“悔其少作”，表示自己后来的态度，但应负的责任总是推卸不掉的。在历史学家和文学史家看来，资料的收集当然以尽可能的完整、真实为第一要义。如作者已经逝世，无法对身后旁人的辑佚……工作表示任何意见，当然不成问题；作者如还健在，那就可能发生种种麻烦。有的作者是深悔其少作的，非常希望若能侥幸逃过“摸金校尉”之类人物的翻尸倒骨，就是如天之福了。可惜近来文学史家中的考证流派逐渐兴旺发达，各种旧期刊、旧报纸、罕见的书本也都一一复印行世。此外还有不少奇异的渠道，例如在档案袋中有时就藏着珍贵的文学史的材料……真是使人寝食不安。我有时确也对此深表同情。“文化大革命”中抄家风起云涌之际，我就见过弄堂里一位老太太被勒令穿起她几十年前的旧旗袍、高跟鞋、涂起口红来上台示众。这些东西都是从她家的箱底里翻出来的，也确是她当年用过的衣饰，完全是历史的真实，赖也赖不掉。但同样真实的是，她已有好几十年没有这样打扮了。怪只怪她因懒或舍不得，没有及早处理掉这些“四旧”的遗迹。大约许多人都从这类“革命行动”中吸取了“教训”，大家不约而同地一起烧起书来，还有字画、古董……一切看来不妥的东西。这真是一场浩劫，是水火兵虫之外更厉害的一场浩劫。

被“发掘”出自己的“少作”的作家的心情，大约和那位被“勒令”穿起旗袍示众的老太太有点相似，着实值得同情。作品又不比旗袍，只有几件、十几、几十件，而且又流散到天涯海角了，想销毁也办不到，真是命该如此。古往今来的作家，有许多都曾有过这种苦恼。有些作家而兼宰相以至皇帝的大人物也曾动用过政治力量与影响来销毁已不合时宜的旧作，成绩也不理想。韦庄费了许多力气想从文学史上抹掉自己的早期名作《秦妇吟》，不料一千多年后还是从敦煌石室里被发现了，还不止一种抄本；雍正帝下令销毁御制的《大义觉迷录》，二百年后也在琉璃厂的破书堆里发现了。只不过便宜了书店掌柜，卖得了好价钱。

这一切都说明了一个事实，用笔写下来的东西，是砍不掉的，只能老老实实地承认，世上如真有热心好事之徒，具有曹操发明并设置的“摸金校尉”那样的能力与品德，从什么地方发现了自己的“少作”，最好还是抱欢迎、合作态度。在鉴别真伪、说明背景、阐释立意等方面加以协助。当然也有权表示对这些“少作”的处理意见，而这是完全应该受到尊重的。我想在这方面为我们做出了极好榜样的还只有鲁迅先生。他的态度、意见就非常明确地写在《集外集》的序言里。

我这样说，只是表示自己对鲁迅先生意见的完全赞同，并无怂恿作家们都来编印“集外集”的意思。理所当然，有资格、有必要编“集外集”的作家，除了鲁迅之外，并不是很多，这是必须遵循实事求是的精神来对待的。近年来海外有些研究中国现代、当代文学的学人，做了大量、细致的工作，积累了不少珍贵的资料，提出了一些有分量的研究课题，这都是值得感谢与佩服的。流风所被，也给国内的研究工作以刺激、推动，这也是好现象。只是有一节，海外学人那种“为文学而文学”的、猎奇搜秘的、乾嘉学派式的繁琐考证学风也传了进来，并在某些方面得到了表现。这就使人看了有时感到老大的不舒服。例如一些已经谢世的著名作家，他们的遗稿、逸事都有人在着意搜求，并陆续发表、成书。这工作自然是可取的，也是为读者所欢迎的。不过有时泛滥无归，连私塾窗课和早年幼稚的艳诗那样的物事也拿来发表、出版，就不免有些奇怪。我是懂得这类物事的价值的，也主张应予大力搜集、妥善保存。但它们应该被安放在文学资料馆里，而不是印成几千、上万册，放在新华书店架上。凡事不可一刀切，万一真的发现了鲁迅当年在三味书屋里的窗课，或在江南水师学堂里做的《云从龙风从虎论》，那自然应该区别对待，收入《集外集拾遗》中去。

还是鲁迅说过的话，文人或作家，“一瞑之后，言行两亡”，于是身后的一切就只有听人摆布了，这实在是一种很大的悲剧。这中间，孝子贤孙以及各式各样的“无聊之徒”的代为编刻全集有时就会成为极重大的不幸，鲁迅真的也有自知之明和预见，他自己在十多年前就曾被各色人等牵出来戴上时髦的纸冠，披上异样的服饰，串演了不少活报闹剧，这一大笔宝贵经验到今天还不曾很好地结算过。但要使工作取得决定性的改观与进步，首先要紧的还是对旧经验的总结，也就是说在付了昂贵的学费以后要翻翻成绩报告单。

鲁迅是幸运的。他的全部著译除了一二小篇，都已在生前手定出版；他又在编《集外集》时明确表明了对自己著作的态度，由旁人编定全集时就不会发生什么困难。收集的逸文也都是手稿或剪报，只有少数使用少见笔名的文字出现过争论，也无关大局。这就使他作为一个作者能够立于不败之地。无论旁人怎样出于好心或恶意给以梳妆打扮，都不必担心。铅华洗尽见真醇，鲁迅还是鲁迅。人们对鲁迅是非常尊重的，虽然没有谁说过鲁迅的话“句句是真理”，但也没有谁敢从他的“全集”中删去任何篇目。连“四人帮”也不敢，只偷偷地抽去过一些书简。这自然是由于先生的崇高威望。其实这也是人人应该遵守的公正对待任何作者的正常态度，不过实行起来是很不容易的。

在作者身后为之编定全集的大抵总是与作者有亲近关系的人，如朋友、子孙、崇拜者。为论敌出版全集在过去是很少的，人们还没有发现“反面教材”的利用价值，常用的手段不过是烧和禁。自从乾隆皇帝编定《四库全书》，在手法上才有了突破，但也只是偷偷摸摸地搞一些小动作。整个衡量起来，其作用就远不及孝子贤孙、诸亲好友做出的“蠢事”效果的显著。我以为，在这里“蠢事”这个词用得是恰当的。一般说来，只有好心办出的坏事才能称之为“蠢事”，即使有时事情办得已经近于可恶，但也只好依旧称之为“蠢事”。这中间是有一条不容混淆的界限的。

我买到过许自昌的几本诗集，这是“借茶”“活捉”（《水浒记》）作者的诗集，流传很少，连《千顷堂书目》里都没有著录。这书是从甫里（苏州甪直）许家流散出来的，是万历原刻。卷中有作者和他的儿子、孙子、重孙（许自昌、许元方、许虬、许心扆）四代藏印，可见是许氏世守之书。许自昌的诗作得并不怎样高明，几乎湮灭不传也是无怪的。

但在他的子孙们看来，却不是这样，一定要重刻“全集”。在重刻之前就得重行编定，于是这两种诗集《咏情草》和《卧云稿》中就布满了朱笔墨笔圈点删改的痕迹。不但删改，而且还随处留下了记事，看来还是在北上起旱骡车中所改。修改有许元方、许虬的笔迹，也有不知谁何的笔墨。改笔大不高明，有时反而越改越坏。有些改动是可以明白那用意的。如“若还识得妾心愁，犹胜沙场战胡虏”句，“战胡虏”被改成了“建旗鼓”；“郎征胡虏为封侯”句的“胡虏”改为“辽海”（俱见《咏情草·寄征衣》篇），这是清初犯忌的字眼，为太平计，是非改不可的。但“辽海”也并非怎样稳当。改来改去也不过是换汤不换药，难怪重孙许心扆就在书眉上跋道：“此册墨笔未知谁手，俱非先子（虬）书，改句未妥。丙申（康熙五十五年，一七一六）七月十六日申时附识。紫逊弟同阅片顷。丹丞。”

从书前书后的许多题跋中可以看出，许自昌的子孙是很宝重先人的遗稿的，保藏了一百多年，还打算重刻“全集”，但却辛辛苦苦做出了这许多蠢事，不过后来终于未能刻成，只留下了这原本，保存了许自昌的本来面目。他的诗作得并不高明，写的多半是醉生梦死的生活，公式化、概念化的倾向也是严重的。但他在饮酒拍曲之余，心里也还记挂着东北的“边事”，这一点很清楚。也许是当时“诗人”的时髦题材，也说不定。这岂不是无论哪一派的文学都无法完全脱离政治的一个好例吗？如这诗集经孝子贤孙删改之后付之重刻，那么后来的读者就连这一点也将看不到了。

这种大刀阔斧地修改前人旧稿的风气，在明末大抵十分流行。这种作风的形成又与当时选家势力的膨胀有关。晚明资本主义萌芽在出版业的表现形式是书坊林立，执“选政”的编辑大量出现。他们不但选刻时文，还编刻大量的通俗书籍、畅销的经史基本读物，杂凑丛书，代刻文集，业务兴盛得很。许多旧书在改头换面之后就化为崭新的“著作”。明代初期雕版家笃守原书、翻刻旧版的严谨作风遭到了很大的破坏。这风气一直延续了下来，直到清初朴学学风兴起才开始得到扭转。

生活在康熙、雍正、乾隆时期的沈德潜曾是红极一时的选家，他的《唐诗别裁集》等选好以后先送呈御览，目的无非是借皇帝老倌的声势树立自己的权威，虽然经历了一些波折，到底如愿以偿，将御制序刻在《唐诗别裁集》的卷首，四周围起龙纹花边，朱红套印，以别于墨印的正文。这种宣传手段是有点用处的，有效期竟一直维持到不久以前。《别裁集》的真价只能由文学批评家来评说，我在这里想指出的只是沈德潜一种极坏的恶习，就是像三家村塾师那样喜欢篡改古人的作品，而且并不声明，连金圣叹使用过的抬出“古本”来的手脚都免去了。可谓鲁莽霸道之至。如有空闲，找出入选的原作，一一对校，那是会找出全部罪证来的。为简便起见，姑举二例。

《含翠轩诗钞》，长洲陈叶筠撰，康熙王闻远刻本。原书书眉有旧人墨笔注，卷二《张睢阳庙》诗上注云：“此首归愚尚书选入《国朝别裁集》，后半首经其点窜。”原诗下半

"遗像眦还裂，英雄气尚嗔，惊飙何处起，犹似扫黄尘"四句被沈德潜改了三句，变为"卞壶拳还握，苌弘血尚新，灵旗风卷处……"不论原作或改笔，我都看不出有什么好处，实在没有什么金铁之分。另一首入选的《寄许子逊》，原作的起句"一别经年尺素虚"，被改为"不见南来双鲤鱼"；"春来何处堪凭吊"，"来"改为"深"。这真是好恶随心，信笔点窜，恰如老夫子批改学生的课卷。选家而有这样的专断权力，是使人吃惊的。

沈德潜对古今诗人，都看做自己的"诗弟子"，就连他自己的祖父也不曾放过。《明诗别裁集》卷十一收沈钦圻诗五首，但小传下识语却说"兹录感时伤事六章"，不知何故。（据上海古籍出版社一九七九年版）

沈钦圻字得舆，诗集名《晤书堂诗稿》，乾隆中沈德潜刻本。前有陆世廉序，后附沈德潜撰《先祖行述》。集甚少见，三十多年前我偶然买到朱鹤龄的《愚庵小集》，这诗稿就附订在第四本后面。后被掠去，好不容易最近才找了回来，使我有可能与《明诗别裁集》对照，举出沈德潜删改的实例。

沈钦圻的诗写得不坏，有感情、有文采、有史实。但沈德潜所选的并非集中代表之作。五首之中，也点窜了三处。《书事》诗尾联"唐家灵武业，望断素冠人"，"冠"改"衣"。这是因改字面，同时也抽换了原意的。《咏史》诗指斥南明弘光小朝廷的乌烟瘴气。第二首颈联云"殿上黄幡绰，宫中郭顺时"，被沈德潜改为"乐奏李天下，歌传郭顺时”了。

汤大奎《炙砚琐谈》卷中一节：

> 太仓崔不雕（华）诗，“丹枫江冷人初去，黄叶声多酒不辞”，人目为“崔黄叶”。沈归愚以丹枫黄叶，不无合掌，易“丹枫”为“白蘋”。归愚好擅改名作，往往点金成铁。此却大胜。然亦有来处。明鄱阳董士昂（轩）太宰句云，“黄菊清香人病后，白蘋风冷雁来初”。二诗风味何相似也。

汤大奎指出了沈德潜的恶劣作风，可见这已是很多人都知道的公开秘密。又指出沈的点窜原则，不过是“合掌”之类的老教条，也就是只求字面好看，事实全可不顾。至于字面到底是否真的能改得好看，实在也危险得很。奇怪的是汤大奎说沈德潜也有改得“大胜”的时候，还找出了那“来处”，似乎颇有点比较文学研究的味道。不过我以为这正是谬论。脱离实际，脱离作者原来的真实感情，只求字面上好看，不惜作伪，这正是一种恶劣的倾向。将古今一切诗人，包括自己祖父在内的作品，一并看做小学生的作业，放手点窜，毫不脸红，还把改头换面后的赝品充做原作，推荐给普天下看官。这种作风，放在今天，是应该吃官司的，实在已脱离文学批评的限度很远了。

由别人来编“全集”或选本，发生沈德潜这种事故的例子是很少的。但也还是逃不出“为尊者讳，为亲者讳”这一条大原则。出于种种不同动机，人们总希望先人或名人脸上有光，这也可以称之为一种“好心”吧。但效果却往往适得其反。混淆了是非，塞进了假货，佛头着粪，弄巧成拙，在汗牛充栋的旧书中，这种例子多的是。说来说去还是吃了不老实的亏，只因缺少起码的实事求是精神。这种惨痛的教训值得我们牢记不忘，在今天编“全集”时也不宜忽视。

一九八三、九、十六

读画记

从杭州回来，看见案上放着一只大画夹，是画家马得送来的。他的画戏作品打算选印成集，前些时来信说希望我写几句话印在画册前面。这是一个困难的任务。对于中国古典戏曲和绘画，我都只是一个热心的外行观众，并非合格的评论家，恐怕说不出什么有价值的意见。正在踌躇的当口，画家却把作品送来了，殊有迅雷不及掩耳之势。不过看画到底是愉快的事，于是就来细看原作。这些画真的给了我很好的美的享受，似乎只有做小孩子时第一次看到小人书的惊喜可以相比。如果说连环画是低幼儿童的读物，那么这些画是可以看做成年、中年或老年人的恩物的吧。

坐在台下看戏的观众中间，真正的戏剧评论家恐怕只占极微弱的少数。不过这并不妨碍人们对演出做出自己的评判。正如剧评家用文字写出剧评一样，普通观众用嘴巴叫好，用手鼓掌；画家就用笔来画戏画。他们使用的工具与方法不同，但想表达自己观感的愿望是一致的。

我国画家画戏是有悠久的传统的。金元时期出现在山西一带寺庙中的壁画，传世的宋元之交的小幅绢画都有采用杂剧作为题材的作品。清代产生的工笔戏画，无论出于宫廷或民间画家之手，都忠实地记录着舞台场景，更大量的同类作品是不同时期各地产生的木版年画。在历史题材的连环画中不可否认也存在着这一形式的深刻影响。作品的精粗美恶尽管悬殊，但基本的写实画风是一贯的。只有到了晚近才出现了戏画的新形式。作者有意识地摆脱忠实记录舞台形象的旧法，用简练的笔墨线条再现从舞台演出中得到的画家自己最强烈的感受。以速写为基础，从漫画获得启发，创造了崭新的画种。历史并不很长，但作者却并不寂寞。因笔墨情趣的不同也形成了不同的流派。这现象在画苑中是值得注意的。

漫画本是一种外来的形式，这并不存在太多的争论。但我曾想，在我们悠久的艺术传统中，也并不是完全找不出一些漫画的痕迹来的。罗两峰的《鬼趣图》是大家都熟悉的作品，中国画家又非常喜欢画钟馗，终南山进士并没有留下标准像，他的形象只存在画家的想像中。于是就产生了胖的、瘦的，沉醉的、清醒的，和善的、严厉的等等不同的钟馗。石涛曾画过在牛背上打瞌睡的自画像，齐白石画过不倒翁，配上画家的诗跋，我看就都是典型的漫画。就是在以传神为主的人物画中，任伯年在《酸寒尉图》中所写的吴昌硕的苦脸，却使我们联想起千多年前《夜宴图》中的韩熙载。笔墨技法尽管有绝大的差异，“传神”的精神却是一致的。米家云山和金绿山水的格调可以说天差地远，但作者努力追求的却是同一个真实。

在中国，画家的眼睛和戏剧家以至广大观众的眼睛有着使人惊奇的一致性。我想，这中间就藏着民族传统、民族风格的奥秘。

许久以前曾经听到过对中国画家不懂或不讲究透视……因而造成画面缺乏真实感的责难。这是用某些外来的艺术标准衡量中国艺术品的必然结果。我想，如果不换上一双中国人民艺术欣赏的眼睛，恐怕许多东西都是通不过的。在石涛的山水画中，常常出现一两个古衣冠的人物，严格按照实物的比例看来，这些人物不免画得太大、太突出了。有时，一只小船，一间茅亭，大小也往往和周围的事物不相称。是石涛不懂得写生吗？那当然不是。“搜尽奇峰打草稿”的石涛，是深深懂得“师造化”的重要的。不只是石涛，就是界画的山水楼台中活动的人物，《秋山行旅图》中出现的旅行者，在普通照相机的镜头中也不可能看得如此清晰。只有一种解释可以说明，画家的手眼有些像多种焦距的长镜头，可以按照不同需要把重要的形象捕捉在同一画面之中，不必受到自然的限制。这种艺术上的自由在舞台上得到的是更为充分的发挥，形成了民族戏曲艺术的重要特色。中国人民接受并习惯了这种表现方式，早把一切视为当然；只有被各种技法框框捆得紧紧的外国艺术家，才能发现这种自由的可贵而发出惊叹。

在《长坂坡》中，曹操站在山头上看赵云在万马军中厮杀，这场面，无论在怎样宏伟的舞台上也不可能“真实地”再现。《三叉口》中两人在暗黑中交手，刀尖过处，距离鼻尖不过一公分，观众看到的则是光亮如昼中真实的特写。这种变幻不居、十分经济而又高度自由地再现人物、环境转换的手段，是中国戏曲艺术的重要特征之一。艺术家牺牲了形式上僵死的自然主义，却获得了真正的艺术上的真实。在这一点上，中国的传统绘画与戏曲是有许多相通之处的。齐白石在大写意花草的枝叶上，用工笔添写出极为逼真的草虫，可以看做《三叉口》的处理方法在纸绢上的运用。

在必要的地方不惜付出最大的劳动与笔墨，否则就惜墨如金。

在舞台上一次上下场就过去了若干年，一个转身就行遍千百里的事是常见的。艺术家在这里获得了“随心所欲”的绝大自由，但他所追求的却是写出真正的真实，而不是制造弥天大谎。这才是判断作品的重要标准。手段是重要的，但并非起决定性的因素。

画家画过《烂柯山》中的场面。这里的《痴梦》是昆曲中精彩的单折戏。过去我曾说过，《痴梦》里面有着意识流的方法，也许有人觉得牵强，因为这与现代西方的意识流并不完全是一回事。不过我想说的只是，艺术家在进行创作时，苦苦追求的只是尽可能真实地塑造出人物来，他可以尝试使用种种方法，摸索每一条可行的途径。有时不同时代、不同民族的作者遇巧是会想到一起去的。在文学史上这种例子多有，目前流行的比较文学研究探索的就是这方面的现象。评论一部作品属于什么主义什么派别是评论家的事情，他们为了探讨或其他原因，不能不把作品详细分类，进行比较研究。这是可以理解的。但从作者方面看，事先立志想写出一部什么主义作品的人到底不多。万一他把精神集中在这里，就十九写不出好的作品。如果把《痴梦》的创作方法归入心理分析一类，也许更容易使人信服。但在《烂柯山》产生的时代，一切“时髦”的创作方法都还不曾出世，却也是文学史上的真实。

传统戏曲反映的是封建时代的生活。长时期得到人民保护得以流传至今传唱不衰的优秀作品，几乎无一例外都是表达了人民的心愿同时获得了自己的生命的。画家选题、落笔当然都注意到使他受到感动的东西。这中间值得注意的是尤为接近漫画或杂文风格的作品。如题做《少年英雄风尘老》的林冲，实在画得有力。线条极简单又极精炼，充分发挥了中国画的笔墨功夫。林教头拖着迟缓的脚步踽踽独行，回首望去，在漫天大雪中只见花枪挑着的酒葫芦和枪头的一点红色。寂寞极了，沉重极了。《六月雪》的控诉，《打神》的无告，《写本》的决绝，《空城计》的冷嘲，《蒋干盗书》的牢骚，《写状》的严冷……都是用画笔做出的戏评，既论戏态，也写人情。笔姿墨韵，神情俱足。画家在这方面接受的传统影响可以上推到青藤、八大、板桥、冬心以至齐璜，并发扬光大了。更不需要题词，自有读者观众熟悉的舞台形象加以补充，帮助欣赏、理解。

画家最得意，为之花费了更多笔墨的作品是《牡丹亭》。长眉入鬓的少女杜丽娘的似水春愁，全凭飘拂的衣襟和水袖，倾泻出来。寥寥数笔跳跃而有弹性的线条，浅淡的着色，衬景的配置，都是经过仔细经营的。

画家笔下出现得最频繁的题材是昆曲，无疑是受到了剧种歌舞比重的有力吸引。南京有一个出色的昆剧院，拥有一批优秀的演员，很自然地成为画家的生活基地。把舞台上瞬息万变的光影捕捉到纸上不是容易的事情。艺术就是克服困难，这中间有着多少创作的愉悦，是可以想像得出的。

戏画主要是人物画，不过这是充满了动作的人物画，与以描摹静止状态的对象为主、细写人物须眉的传统人物画是不同的。画家善于使用纤柔劲健的线条，但更喜欢也更得心应手地运用粗笔挥洒，画面上洋溢着笔情墨趣，这中间有许多我们非常熟悉的传统中国画中的东西，但又是有发展、有创造的。《见都》的况钟扬鞭策马深夜疾行，草草数笔写出了人物身上蓝袍的飘拂，写出了身段，也描出了人物内心的焦急。从墨彩晕染的层次上可以看出，极经济的笔墨往往是经过反复考虑经营的。打虎的武松也只使用了浓淡两种墨色写出了最后一击的武松是怎样使尽了平生的力气。《戏叔》的武松的身躯长得像一根电线杆，他微侧了上身，像在躲避什么极为可怕的事物的袭击。生动极了。至于这是对武松的歌颂还是揶揄，持不同观点的读者可以得出自己的结论。《杀惜》的宋江一手抓住对方的领口，短刀藏在背后。画家把他画得那么瘦弱，又那么“勇敢”，仿佛可以看到他在打颤、在喘息。用焦墨补出的两缕“黑三”也不是静止的。

画家在人物面部使用了最经济的笔墨。美丽女子多半长眉细目，勇武的男子也只是画出了他们的浓眉。这种简略也是深思熟虑后的安排。《别姬》有两幅，画家巧妙地借了霸王脸谱眼圈的特色，写出了焦急无措、穷途末路的项羽的心。在另一幅《虞姬伏剑》中，这两只眼窝又变为两团墨块。但读者都认识，这是同一个项羽。画家在写人物时，无论是在静止或急剧动作中，身段都表达得极为准确，用的是非常简练的笔墨。我想，在这里，也只有奔放但有控制的粗笔才能达到这样的效果，工笔画怕是无能为力的。

在传统戏曲舞台上，曾经出现过数不尽的美丽的造型。在不同性别、不同身份的人物身上，在不同情境中出现了变化无端的无数举止、身段，这不只是解释动作，同时也是传达情绪的。在画家笔下，写身段比写眉目成为更重要的捕捉、表现情绪的手段，不是没有原因的。三十年前，在与盖叫天先生的接触中间，发现他在琢磨、追求创造人物造型上花费了可惊的精力。他不倦地追求的是舞台上的美，这美则是通过真实人物的完美的再现获得的，是形神兼备。这一切必须通过艺术家剪裁、提炼的创造过程。盖叫天先生常常批评一些不懂得美的造型的重要的演员为“棒槌”，这是很深刻也很形象的概括。他的批评也不只是专为武生演员而发，女性的身段也包括在内。繁琐的、卖弄的、无目的的旦角身段也是另一种意义的“棒槌”。在细读画家的作品时，我想起了这一番话，就试图借助这一方法作为欣赏的标准，我觉得是找到了一把可信赖的钥匙了。

我也愿意把这方法推荐给欣赏这本画册的读者。

一九八三、十、二十五

北京诗话

——《竹叶庵文集》

我过去买书杂乱得很，没有什么一定的方针。经部书是不大买的，史部中大部头的书也很少。此外就没有什么限制了。这样收集下来，必然的结果是有许多集部书。在集部中间，像唐宋八大家那样的文集也很少，更多的是不见著录的无名作者的小集，而尤以清人著作为多。这里自然也有客观的原因，一是数量多，可以自由选取；其次则是价钱低，书坊的不看重这些东西也是有理由的，其情形大约与有的编辑部的看待大量群众来稿有点相类。群众的投稿当然不可能篇篇都是杰作，不过也不见得都是毫无价值的。至少，所提供的某些情况，发表的某种见解，也还是值得听取、注意的，也都是有用的资料。

古籍整理已经提上了议事日程，这实在是值得欢欣鼓舞的盛事。这是一件伟大艰巨的工作，需要考虑的问题也极多。我想，像清人别集这种东西，无论从需要与可能哪一面来考虑，都不能不放在次要的地位。但先从某一侧面，揭开这一巨大宝藏的一角，稍稍窥视其内容，也许能为全局的规划提供一点设想的依据，也许不是全然无益的吧。

我现在想谈谈的只是一个小小角落里的一点不大引起人们注意的东西，但我看确是闪烁着星星光彩的。因为时令接近春节，因此就在诗文集里特别留神说到过年种种的所在，看看人们过去这时有一些什么好玩的活动，吃些怎样好吃的东西……而更加注意的则是北京地区的风习。这样，用自己还是孩子时的经验一对照，真是趣味盎然。

我翻到的第一部书是吴县张埙的《竹叶庵文集》。说是文集，其实全部收录的是诗词。全书共三十二卷之多，又是编年的，使读者很易于判断写作的时代与地区。这样的文集我是喜欢的，比分类的编辑法要好得多。

文集卷十一，撰于乾隆四十、四十一年（一七七五——一七七六）。收有《杂咏京师新年诸戏》十首，包括“太平鼓”“钟幡”等十种名色。这中间有些我们是熟悉的，如“高跷”“秧歌”；有些就陌生，即如这“钟幡”就不知道是怎样的事物：“巨竹参天直，风幡正动时”，大约是在广场中竖起了一根长竹竿，上面挂着不知道怎样的旗帜。

《象声》一诗说：“一幔春风秘，声稀渐觉繁。妇姑同夜局，鸡犬共花源。不碍音闻积，乃成世界喧。窌鸣与登木，万窍在乾坤。”这恐怕并非今天的相声，而是一种口技。《聊斋志异》里就有着出色的描写。

“蝴蝶儿”（亦名“蝴蝶闹蛾”）也不知道是什么玩意儿。“图象乾蝴蝶”“一铃初缀处，飞到哪人家”“竿头摇漾似，争逐七香车”，从这些词句里也只能约略知道一些模糊的影子。

《西洋景》诗说“意大利亚国，天西大小洋”，可见当时士大夫对西方的认识。西洋景这东西恐怕至今也还在广大乡村里存在着的吧。有趣的是“火判”，“街头烧火判”。这是用泥塑纸扎的判官，放在街上烧。而《镫戏》诗则说：“软锈前门路，梨园半夜开。一声导丝竹，千火上楼台。霞吐妖童面，珠明神女腮。花瓶共莲座，戏歇总成灰。”看来也是烧灯的一种，并非剧场里在演出夜戏。

烧判官之外，还有“烧秦”（原题注：“京师灯夕，岳庙中作秦桧夫妇泥像，穴其中烧之，曰烧秦也。”卷五）。

文集卷二十四有《走马灯》一题，这是今天还能看到的一种灯彩。

文集卷十《八角鼓》是一首七古，写得细致而生动：“鼓八角，上缀小金铙十四。蒙以蛇皮四寸五，以手挝之不计数。丁丁隆隆技辛苦。夜凉天街月色午，贸贸然来曰有瞽。问瞽所鼓谁流传，瞽言亦不知其祖。瞑臣习此手玲珑，笙磬柷敔弃如土。千人百人俱道好，一家衣食八角鼓。吁嗟乎，灯火楼台夜未央，闻声哀乐感彷徨。空山独奏灵鼍响，风雨高天谁断肠。”这是乾隆乙未（一七七五年）北京八角鼓艺人演奏的真实记录。与后来成为杂耍之一的情形已有很大不同，原来仅是一种夜间走街串巷的盲人卖艺形式，可以算得是珍贵的史料了。

这一类的材料，在诗文集里是很有一些的，但比例却很低。通常知识阶层是不大肯记录这些市井琐事的，觉得这是不登大雅之堂的事物。因此偶然发现就不能不使人感到稀罕，认为难得了。这样零碎的材料，收集起来也是不大容易的。以个人的力量，恐怕无论如何也搞不好。我想可以有计划有组织地发动群众的力量。例如大学或研究院里的同志，就可以每人分别承担通读若干部文集的任务，分类做出索引，把资料汇集起来。期以数年，将我们现存的文献资料摸一次底，并非完全是虚幻的设想。

陈援庵在《论学书札》里曾说过这样的意见：学者为了某一专题到书丛里去找材料，如果只注意一点而不及其余，其实是很大的一种浪费。例如诗文集中涉及的方面就很广，五花八门，绝非某几个专题所能包括。如能把眼界放大，则社会生活、文物古迹、山川形势、朋友往还……处处都能发现有用的资料，只除了那些质量低劣、无病呻吟的吟风弄月的篇章，不在此列。因此就需要拟订一个细密而有独特见解的提纲，把一切值得注意记录的材料都收集起来。老一辈的学人，“皓首穷经”，毕生努力得到的成果，实在远远抵不过他们付出的劳动。这种情况今天实在需要加以改变。如果三年、五年，十年、八年，我们的工作有了成效，初步奠定起一个较为坚实丰厚的研究基础，我相信，学会运用新的观点方法的研究者必能据此做出超过前人甚远的成绩。这将是无可置疑的事实。

北京诗话

——《京师百咏》

浙西释元璟借山的《完玉堂诗集》也是一部有趣的诗集。共十集十卷。

元璟是弘觉冢孙 · 天岳老人入室真子，是清初济宗木陈道忞 · 天岳本昼的直系弟子，行辈颇老，和康熙中不少著名文士都过往甚密，诗写得也不坏。大约因为木陈的旧关系，康熙癸未，“天子南巡召对……膺命入都，殊非初志”。他本人是并不情愿的。洪昉思说：“余送之曰：‘心欲东林住，身为北阙游。自承清问切，难任白云留……’公留别有‘……偶尔应明诏，故人知我深’之句。”可以看出他不是那种喜欢权势、热闹的和尚。

借山住在北京的时候还写下了一百零一首《京师百咏》，余澹心的儿子鸿客的《题辞》说：“红椒老人《京师百咏》，盖仿应璩百一诗，劝百而讽一之义也。宛微庄丽，有体有则……余选五十余篇入《神京纪胜集》中。”余鸿客的《神京纪胜集》大约没有刻成，不过他的设想是不错的。认真选这样一部地方风土诗，那必将是可以与《帝京景物略》相辅而行的有价值的读物。

《京师百咏》有古体有近体，题材包括风景点、历史人物……许多内容。有趣的是，这位和尚也非常关心市井生活，注意观察社会动态，有许多诗都写到了这一方面的题材。

《报国寺集》是一首古诗，极生动细密地描写了庙市的风貌：

月之朔望廿有五，报国寺集看贩古。何异东京上巳时，洛阳桥上人织组。青黄朱紫绀黑白，王公士宦兵优竖。蓊蓊济济蜂户然，也有闲人闲步武。山门以内地稍宽，叠乱云霞旧章甫。零星阁帖残蠹书，依稀冷摊殿两庑。渐由东廊布翠幌，铜雀金鸭傍玉虎。珊瑚朝珠翡翠簪，宋爵唐琴供摸抚。其最夺目楼东角，洋盒洋盆颇媚妩。斗鸡酒缸久已无，何者柴官哥定汝。藕心钱破菱花暗，石黛朱砂剥欲腐。大概瓶炉冒宣德，商彝夏鼎谁能估。西廊迤逦亦可玩，米珠燕石知无数。鱼肠罗睺雕镂带，牛铎匕首摩尼杵。倪黄王李迹模糊，米董苏黄款错迕。凡马皆称松雪翁，顽山尽识仇实父。眼眵意倦两足酸，虚费天光悔何补。从来帝京市若蜃，真者难售假易贾。茫茫谁是赏鉴家，大笑出门日卓午。

这是二百八十年前北京报国寺庙会的一篇诗速写。诗中写了各种游人、百般货色，形形色色，跃然纸上。一向为前人所艳称的庙会，却充塞了那许多假古董和赝本书画。和尚的诗笔充满了幽默，也不曾忘记这里还有“夺目”的洋货和少数民族的用品。看诗中所写的种种情形，与《帝京景物略》所记城隍庙市大体一致，而报国寺在崇祯时不过是以古松著名的送客置酒之处而已。可见，这如不是庙会有迁移，就是寺名前后异称。而崇祯年间庙市上珍品罗列，到了康熙中却成为假古董的集中地，好像也是一种可注意的变化。只有“月朔望廿五日”的集期却一点都没有变动。

借山的诗题还有“野狐精”，是讽刺那些得到皇帝赏识的大和尚的。下面一题是“闲的儿”，其实就是游手的“闲汉”。“老天养就闲的儿，人人有钱皆可须。不忮不求亦不迂。请君弗笑闲的儿，除了京师天下无。”说明这是京城的特产。另一题“小李”，也就是扒手。“闯将”则是流氓了：“南京风浇多辣子，北京俗悍有闯将。甘心作孽行狭斜，大胆过人逞伎俩。”《红楼梦》里的王熙凤人称凤辣子，可以在这里找到典据和它与金陵的关系。还能使我们对“辣子”的领会更进一层，实在并不如一般所理解的只是心狠手辣那样简单。

“吹筒”则不知是什么物事，好像是“五陵公子”随身携带的一种用具，“轻轻吹，悄悄走，雀在丸，鸽在口。此中之乐君知否?”难道是烟袋吗?

《蟒式》（一曰《莽势》）诗是一首五言排律，描写细腻，看来是新春中为皇帝表演的一种舞蹈。《撩交》诗写的是摔跤，相当出色：“一夫意抖擞，一夫神毷氉。仇雠相对惊貔豹，桃花狼藉春风扫。全力在肘，藤纠棘拗。捷以取势虚而巧。一挑一钩时一蹈，浑脱乃悟张颠草。堵墙围，鸟雀噪。持之既久似欲平，砉然地裂高山倒。”

“春风骀荡春日丽，人日游观何处美。德胜门外喇嘛寺，打鬼年年作佛事。”这是打鬼一诗中的句子，写正月初七北京的著名宗教活动。“节节高”则是一种少女表演的舞蹈。“放空钟”“鞭陀罗”都是人们熟悉的耍货。“卖解（音虢）”写少女马上奇妙的骑术。这中间很有特色的是写贵族小儿玩陀罗的情景：“京师小儿玉瑳瑳，紫貂裹袖红锦靴。嬉戏自三五，乐莫乐兮鞭陀罗。香尘堆里，牛羊马骡；鞭个走珠，鞭个旋螺。随风展转呼如何。‘阿哥，阿哥！明年带刀佩箭跃马金盘陀！’”这里描写的分明是一个满洲贵族孩子的形象，这诗是有地方色彩也有时代色彩的。

从上面所举的两个例子，多少可以看出一种情形，在浩如烟海的集部中间可以找到怎样一些有用、有时还颇为珍贵的资料。虽说这只不过是一个角落，一个不大为人们注意的角落，但其实很值得进行一番发掘。同样的情形在绘画、建筑、服饰……许多方面也都存在着。譬如，故宫里收藏的十七、十八世纪的戏衣就有数千件之多，这在世界范围内也是惟一的、罕见的。同时，故宫所藏若干宫廷历史画图卷中曾经画过几十种演戏的场面，都是极为珍贵的演剧史料。前不久得沈从文先生来信，就提起此事，他说：“似以康熙卅五年第二次南巡图最为重要，燕子矶……极壮观。”“还有江宁织造署图像十分重要”，“均值得设法一一看出。若依据此等世界稀有材料，用一二年时间写一部大书，印十来本图像，在世界上亦必成一种伟大无比工作”。

我们今天进行历史研究，眼界、眼光都比前人开阔、深刻得多了。看画不只局限于宋元，不专注于写意，像《南巡图》这样的宫廷画，过去只见其“颂圣”“匠气”一面的，今天就更能发现其记录历史面貌、人民生活等许多无可比拟的特色。当时皇帝出巡，没有照相机，更不可能拍纪录片，只能动员全部宫廷画家，包括王石谷这样的名手来做画面记录，因而具有高度的真确性。像江宁织造府这样的图录，过去研究《红楼梦》的专家们就都不知道有过这种原始的、精密的第一手画面记录，只能从地方志里选用粗略的木刻图谱，不能不说是一件憾事。但这也正好提醒我们，利用今天还能掌握的大量实物、图画，书面材料，写出一部恢宏巨丽、图文并茂的《红楼梦笺证》，也就是十七、十八世纪中国政治、经济、社会风俗史，那将是十分重要的。

一九八二、二、二

春夜随笔

春天终于来临了。虽然还有余寒，还有冷雨，但到底已经是春天。火炉依旧放在那里，却不再想到去点火，仿佛已逐渐忘记了它的存在；案头供着的一盆春兰，也已开始放花；即使并非什么“一字肩”“素心”，也觉得满意而高兴。本来是一角五分钱从摊上买来的货色，一开始就不曾寄予怎样的奢望的。像“例行公事”似的，在这早春时节又得到通知说，我的旧藏书又找到了一点，要我去领。这次发还的只有三本小册子，但都是很有意思的。“亡书久似忆良朋”，这句不知谁做的并不高明的诗，在我，倒确是反复、深刻地领会了其中丰富的含义。“亡书”的历劫归来，那么，在“诗人”的眼里，岂非与“剑合丰城”“珠还合浦”有同等意义的大喜事吗？

这三本小书，拿到手中，不消几分钟，就翻过了一遍。古书就是这样，号称若干卷的，排成铅字，也往往不过只是几十页。何况这本来就是小册子。

第一本是残本。崇祯绛趺堂刻的《棘门集》，只剩下了卷七、卷八两卷，是“吴郡姚希孟孟长父著”的。姚希孟的著作不少，《文远集》我没有见过，买到过的有《丹黄集》二卷，是他给皇太子上课时的讲义。《松瘿集》和这《棘门集》都是文集，好像传本不多。这一册中所收大抵是祭文、题跋之类，其中是有一些史实、典故的，但过去不曾细读过。

另一本小册子只有五页，在封面上写着："近诗十六首呈政。《秦淮后游词》求跋。"下面有两方印："金埴之印"（白方）、"小郯"（朱方）。

开首第一页的大题是《春堂行笈编（庚寅）》，第二行题"会稽　壑门　郯孺子　金埴"。庚寅是康熙四十九年（一七一〇），书是稿本，行中还有作者的改字。这是所谓"行卷"之类的东西，也可以称之为"诗筒"，阔气的诗人往往拿来刻版，没有这力量的就只有手抄。用来送给朋友或大人先生，求序，求题，打秋风，拉关系。可惜这一本不知道是送给谁的。金埴的《巾箱说》听说中华书局要重印了。他是绍兴人，不知是不是一位师爷，总之是一位"寒士"无疑。他一定有"诗集"，但没有见过著录，那么这本小册子也许就是仅存的遗作了吧。

我是在书店架上看到这书的，价钱奇昂。因为看到卷中有《金陵谒曹督造子清兼两淮巡鹾二首》，就决心买下，寄给周汝昌去看。后来他就把这两首诗收入了《红楼梦新证》。《新证》里有许多材料就是他这样一点点积累下来的，我也提供过一点。不想这却成为替曹寅编《年谱》的话柄。其实给曹寅编一本《年谱》也是应该的、重要的，这并不只是看在他是曹雪芹的祖父（?）的分上。但可惜这道理至今恐怕对某些专家还是说不清。真是没有法子想。

这四页、十六首诗里反映了康熙季年南京、扬州的风物、故实，很有点史料价值。《秦淮后游词》的小序说：

> 梅子留春，樱桃迎夏。偶从浙浒，再抵秦淮。谒开府之巨公（督造曹公。——自注），访过江之名士。虽飞来燕子，旧垒都非；而别后乌衣，流风尚在。苑家茶社，美人袖舞春风；白下珠帘，织女梭穿夜月。（时有苑氏者，煨茗廊下。值虞美人、芍药、玫瑰盛放。余每过啜茗玩花，闻织户轧轧机杼声。——自注）重问桃叶之渡，试效竹枝之歌。用慰旅怀，仍续游草。

从小序中可以知道，金埴这次是投奔曹寅来的。他所说的苑家茶社，其实是当时极有名的一家茶馆，在清初人的诗集里常常提到，应是继“闵老子茶”而起的有名茶馆，是当时时髦的“咖啡馆”那样的地方。附近传来的轧轧机声，大约也就是督造曹大人管领之下的“机户”或“外包工”。《后游词》中有一首是：

> 香侑卢同乱点霞，名流风味苑家茶。白门朝见粘红字，新榜芳名第一花。（金陵茶廊以花侑茗。花多者胜。每开一种，题绛帖于旗亭。曰“某茶社异本某花，香艳第一。大放可观”。苑家尤雅胜他社。——原注）

这小注告诉我们，当日南京这类茶社有许多家，它们之间有着剧烈的竞争。彼此在热闹地方贴红纸广告，用以号召的不是什么电子音乐、女招待，而是花。这样的风俗史料是别的地方很难找到的。《后游词》中反映的还有“碧纱帐剪刚迎夏，铜碗声敲早卖冰”。这是“冰激淋”的先河了。

《后游词》的末一首是：

> 闻减西湖织女机，金陵不住玉梭飞。九重倚得亲臣掌，蟒绣攒花贡御衣。（末句后改为“补衮心珍山甫衣”）

这当然是“主题”所在，写给曹寅看的。仔细斟酌改动，也可见用心之苦。同时还反映了当时杭州织造的任务大加削减，把生产重点放在南京的事实。此外《临邛富人歌》《卖珠儿篇》《东家起第篇》等长古，都有故实，或发牢骚。《起第篇》说：

> 东家鳞鳞起大第，近在四邻无隙地。邻无隙地意未足，墙根直逼人家筑。高屋常憎矮屋多，富邻不愿贫邻睦。……

这里面所反映的现实状况和作者的思想也是很明白的。

第三本是《晤书堂诗稿》，“长洲沈钦圻得舆”撰。

三十年前买得了一部原刻的朱鹤龄的《愚庵小集》，望江余氏经锄堂藏书。这是著名的清初名集，传本甚稀，但还不是绝无仅有。有趣的是在书后又附订的这《晤书堂诗稿》，才是真正少见的书。而在《愚庵小集》发还时，却发现附订的部分已被拆掉了。

沈钦圻是《五朝诗别裁》编者沈德潜的祖父，是一位很有骨气的明遗民。他生于万历四十四年，卒于康熙十八年。明亡后以授徒为生，没有出来做官，也不与名流来往，只留下了这一卷诗。书前有同里友人陆世廉叙，后有沈德潜写的《行述》。钦圻卒后十七年归葬长洲。《行述》当撰于此时，也就是康熙三十五年左右。但看刻本，却与原刻的德潜《说诗晬语》相似，是乾隆刻本的风格了。

沈德潜的《五朝诗别裁集》前些时曾被当做诗选的典范，还特印了大字精印的本子，说起来实在要算是一桩笑话。从浩如烟海的古诗总集、选本中挑中了这样的“宝贝”。沈德潜诗学的见解与水平姑不具论，只就他在选前人诗时按照自己的好恶删改字句这一点，就可以看出其品质之恶劣。特别是许多明遗民诗，都被他一一删去愤懑牢骚，精心改为俯首帖耳、吞吞吐吐这一节，就实在可恶透顶。这是连他自己的祖父也没有逃过的厄运。我见过有些原刻的明遗民集，经前人用“别裁”本校过，一一揭出那校改之迹，看了是要令人发指的。沈德潜这样做也许有他不得已的苦衷。我曾得到过一部最初印桃花纸本的《清诗别裁》，书贾告诉我，这是难得的本子，是还没有经过删改的初印本，与通行本大有不同。可见这书刻出没有多久，沈德潜就发觉不妥，赶紧做了手脚，然后才恭谨进呈“御览”，希望得到乾隆皇帝的一篇“御制序”。结果还是讨了一场大大的没趣。总之，无论沈德潜有怎样的“苦衷”，他的这种行为是卑劣而不道德的，是不能原谅的。沈德潜还选过一部《七子诗选》，这七位都是他的晚辈，当然更是不在话下，公然拿出了老师批改学生作业的手段。这七位的原集都在，如有人花些时间对校一下，是可以看出该打屁股的往往不是学生而是老师。七人之中的钱大昕就不服气，在《潜研堂诗集》的序里说过一些怪话。他说自己的诗写得确实不好，但也不好随便承认流行选本中那些劣伪作是自己的作品。钱大昕不曾点名，我看他指的就是沈德潜。

我没有沈德潜的《明诗别裁》，也不想特地买来对读。现在就用这原刻的《晤书堂诗稿》来看看沈钦圻的作品。

书中第五诗的诗题是《童奴石义，托身阮怀宁府中，颇用事。招家五弟衷赤柱，谓微官可得。既至，弟识乱征。时游倡楼，示荒嬉不可用，乃放归。乍归而留都不复守矣。喜其能识时自污以免，因赠以诗》，诗是七古：

都督满街走，职方贱如狗（时童谣。——原注）。此时乾坤入醉乡，君臣嬉戏同披猖。剪伐连枝折故剑，一网尽欲罹鸾凰。仆隶招邀吾弟去，人头畜鸣日相遇。寸心陡触大厦倾，厝火积薪难久驻。自荒于色耽倡楼，是乡足乐真温柔。香浓魄醉不知返，一笑似欲三年留。怀宁谓是妄男子，收拾行装子休矣。归来三月陪京亡，子婴奔窜绁于枳。沙虫猿鹤总消沉，大地旋看换涂轨。吾弟依然把耒耕，闲中常话小朝廷。从今永断冠缨梦，抱犊眠云无限情。

关于阮大铖的记事、评论从当时到现在确是出现了很不少，一时收罗不尽。近来《咏怀堂诗》有重印的拟议，书后理应附一份“阮髯事辑”。这工作极不容易，没有一年半载的闲空遍读明、清易代人著作，恐怕只能挂一漏万，不完不备。而且材料零碎地散在各处，搜罗不易，这类材料中尤以当时人记当时事者为最可贵。譬如这诗一开始就写出了当时流行的童谣，这是曾多次见于野史的，增一新证，可见并非造谣而是确有其事。

《赠金孝章先生（俊民）》：

那知世上更秦汉，聊以生涯托钓耕。画不着人空眼界，史偏投井晦声名。山林底用征周燮，经术空劳访伏生。踪迹未之湘水上，何妨幽兴托荃蘅。

《陆子秋玉（泓）无家，图己像于水墨中，自称“水墨中人”。作诗赠之》：

台佟闻凿穴，之子境逾穷。人在云山外，家居水墨中。论交联木石，阅世悯鸡虫。莫谓无功业，平章到韭菘。

《感事》云：

出山忽见易冠缨，马首纷纷颂太平。却哂夷齐太多事，漫将饥死换虚名。

像这一类诗是全部《诗藁》的基调。《感事》中所抨击的，当然是以钱牧斋为代表的一大批贰臣。沈钦圻有一首《闻钱蒙叟尚书辞世》，曾被《虞阳说苑》的编者采入，可见是有定评的作品了。诗云：

真共麻姑阅海桑，俄看文曜掩寒芒。石城众只哀袁粲，南部名曾重范滂。已陨柳枝空有室（时河东君随死，所居名我闻室），未荒红豆尚留庄。史才天与因多寿，转使辞人咎彼苍。

这诗是可以作为明遗民对钱牧斋评价的代表的。他们并不否认牧斋的文采与史才，但对他的没有能早死表示了“惋惜”，态度是异常严厉的。对牧斋南都迎降，败坏了他清流领袖声名的一节，特别加以谴责。但对柳如是还是寄予好感的。表示了相似的感慨的还有《题宋辕文（征舆）李舒章（雯）诗稿后》诗：

江总才华本绝尘，子山丽句足为邻。壬申文选风原旧，宋李诗篇格又新。名节虚称头腹尾，功名恐愧影形神。他时草野存公论，肯使云间混玉珉。

宋、李的诗才又岂下于陈卧子？不过人品相去，可就差得远了。《几社壬申文选》还在世间流传，而宋、李“新诗”的调子却全是另一回事了。这诗的辞旨也是同样严厉的。可巧，陈、宋、李又都是与柳如是有过一些非比寻常瓜葛的人。与此相反，是他对瞿式耜的态度。《闻瞿稼轩先生致命，诗以吊之》云：

石斋以后先生死，志气还逾金石坚。绵竹战余惟有血，崖山覆后并无船。一生所学何惭圣，九宇斯人不顺天。他日师门逢地下，可能相对各欢然？

这里又提到了牧斋。稼轩殉难时，牧斋还活着。诗人真不能想像他日师弟两人地下相见将是怎样一种情景。

江郑堂《舟车闻见续录》“张同敞”条云：“同时吴下沈君有闻瞿稼轩死节诗，其警句云……（按即引此诗颈联尾联，少有异字。）沈君忘其名。白堤钱丈景开有沈君全集，谓余曰：归愚尚书之父也。”

钱景开所见的沈君全集大抵就是这一本，说钦圻是德潜的父亲也错了。所引诗句也有错字，大抵都是江郑堂事后追记弄错的。

我得到此书后，书友郭石麒告诉我，这是非常罕见的书，曾有铅印本，未见。陈乃乾曾先见到此书，颇想攘去，不料终于为我所得。又吴氏《测海楼书目》中曾著录一本，前当尚有“琅琊同学弟王光承玠右序”。此本则已失去。

这本《晤书堂诗稿》的得以回到自己的书架上，是使我感到了意外的欢喜的。因为它本来被钉在《愚庵小集》的后面，抄去时并没有记录。如果被谁拆了去那就一点也没有法子想。现在终于发现、发还，可见图书馆的馆员们的工作做得还是很仔细的。

一九八三、三、二十九

关于地方文献的出版

近一两年来各地出版社开始重视地方文献出版工作，很有成绩。这是一件好事。我国一直有重视地方艺文的优良传统，无论是地方志还是乡贤著述，都有许多人一直在努力编辑出版着。这种论著不可避免地带有浓重的乡土观念、宗法意识、封建思想。书中或为同乡前辈吹捧、辩护，或为地方政治集团进行宣传鼓动，是有不少消极作用的。但从文化的保存与积累、流通和发展上看，自也有其不可抹煞的好处。

在我们这样一个伟大的社会主义国家里，单纯依靠中央国家一级的出版机构，很难面面俱到地照顾到丰富、庞杂的地方文献的整理、出版工作。切实可行的办法应该是调动、发挥中央与地方两个积极性。在地方上说，则又是一种责无旁贷的光荣义务。他们完全有条件开展这一工作，也应该得到全国人民的鼓励与支持。

随便举一些例子。广东整理了《南汉书》等“广东地方文献丛书”，福建出版了《先王实录校注》等“八闽文献丛刊”，四川出版了《巴蜀古史论述》等“巴蜀史研究丛书”……就都是有重点、有规划的丛书。湖南出版了有关王夫之一套书和近代湖南历史人物丛著，也是规模宏大的。山东出了牟庭《同文尚书》等一套“山左名贤遗书”，还有王献唐的遗著，都带有更浓重的学术性。其他省市也都出版了类似的地方色彩著作，数量、质量虽然参差不一，但却表现了相似的理解、方向，可以说已初步形成了一种风气。这是一种好的风气。总的说来，这类书本身在文史范畴内都有一定的学术价值，但在国家出版机构的统筹安排中，却不一定都能得到优先的考虑，但从地方角度看来，分量就大不相同。这类书都不是能够赚钱的货色，相反，往往是要赔本的。出版社能放弃武侠、惊险小说而出版这类严肃的著作，也是值得鼓励的。同时，这类书在地方上出，在编辑上也有其特定的有利条件。即使在工作中有困难，也还可以取得当地高等院校以及全国的学术力量的协助。目前看来，在选题、整理、校订等方面存在的某些不足之处，都可以通过这样的渠道得到改善与解决。

浙江在这方面的工作值得注意。这与地方特点是不可分割的，既是人文荟萃之区，又拥有西湖这样的胜地，先天的条件是极好的。关于西湖的一些小册子，很早以前就已着手编印了，可以说是理所当然的事，着重点也放在普及与适应旅游需要上。《武林旧事》《梦粱录》这样的书的重印，是部分满足了读者需要的。但只是据常见的刊本翻印，没有经过更好的加工。后来在这基础上又印出了《南宋临安两志》等“杭州掌故丛书”，则是进一步向纵深的发展。没有看到丛书的编辑意图说明，读者的希望自然是不能让钱唐丁氏的《武林掌故丛编》专美于前，或仅只是它的重复。应该有更广阔的视野与崭新的风格，在重印旧作时也应有更高水平的加工。他们又印了《浙江文献丛考》一类的新作，还开阔视野印行了浙江地方志的新著，都显示了新的努力方向，但在体例、内容、写法上都还有更加提高的余地。主要是内容的不够丰富、充实，还不能取代旧时的《浙江通志》与府县志，即便是对现状的记述也还是简略和欠生动的。《浙江近代史》则概述了鸦片战争、太平天国以来浙江的历史，是一种有意义的开拓，在全国地方史研究中是有新意的著作。也说明了出版者眼光并未受到某种特定的局限。

说到地方史，和地方名产一样，全国各地都各有其代表性的历史人物与历史事件。研究好这些课题是可以为全国性的历史研究打下良好基础的。例如东北地区就出版了不少从清开国史直到“满洲国”的研究著作与人物传记（如《清太宗全传》与《张作霖传》），四川出版了四川军阀的史料，山西研究阎锡山，河南研究袁世凯，云南有方国瑜教授的《滇史论丛》（上海出版），就都是具有不同程度学术价值的著作，有些也是饶有趣味的历史著作，是受到许多读者欢迎的。

最近在书店里又看到浙江人民出版社出版的一本《流寇志》，这是“明末清初史料选刊”的一种，是浙江海盐彭孙贻的著作。奇怪的是却陈列在文学艺术柜里，与当代作家的小说放在一起。买回来一看，前面有“代前言”，说明了此书的流传、衍变与特色，是有自己的见解并对读者有所帮助的前言。全书校点印刷也很不坏。可惜还有错字。如“代前言”中引“弘光五年”正月张缙彦奏，五年就可能是元年之误，弘光小朝廷实在没有如此长命。对张缙彦这个人物的估计也不免过于忠厚。这时他恐怕还在李自成部队的看管之下。当然他也有可能钻空子与弘光小朝廷暗通声气。

过了两天，无意中在另一家书店里却听到一种有关的议论。他们在担心这《流寇志》怕是订得太多了，可能销不掉，弄不好会落得个廉价处理的下场也说不定。决定订数的同志一见这书名就条件反射地想到了《荡寇志》，那可是卖得快的旧小说。书名虽有一字之差，想来内容也差不多，就大方地订了若干册，连预定通知中的简单说明好像也不曾看。

这当然也就说明了为什么它被放在“中国小说”柜台里的原因。

说到这里，不能不想到，对出版界出现的这一新风气，广大读者，出版部门，领导机关都还未给予应有的重视与关怀。肯定成绩，指出缺点，热情扶持，使之有更大的发展。首要的一点怕是得花些时间与气力，对已出版的有关书籍读一遍，分析研究一番，并写出有分量的评论来。这类书必然有它的读者，数量也不会太少。但与《荡寇志》之类比起来，读者是要少一些的，而且销得必然也慢一些。因此，万一一时“滞销”，也不必急于“处理”。

一九八三、九、二

忆侯喜瑞

昨天早晨参加了一个茶话会，会上谈起了最近戏剧院团的改革。总的印象是形势大好，问题不少。形势大好是必然的，因为改革是全国人民一致的迫切愿望与要求，无论什么力量也将无法阻挠。而改革途中新问题的不断出现，更不是什么意外的事。这是必须用认真的态度一一加以对待、克服的。不能退缩，不能只是摇头叹气，更不能以此为借口而按兵不动、趑趄不前。人们提出来的问题之一就是一些新组成的包干演出队的重点剧目太少。少者三四出，多者十来出，有的还需要紧张的回忆、排练。总之，"资金"短缺，无论就演员或剧目来说都是如此，因而带来了经营上的困难。有人说，例如《战宛城》，如能列入上演剧目的话，就没有了能演得好典韦和张绣的演员。而擅演曹操马踏青苗的，现在也只剩下了一位侯喜瑞，他也已九十多岁，演不动也教不动了。言下不禁唏嘘。

下午看晚报，就吃惊地知道，著名京剧表演艺术家侯喜瑞老先生已于一九八三年二月二十二日以九十二岁高龄在北京逝世。在惊悼之余，不禁引起许多往事的回忆；不用说也更加强了在改革中提出的一些具体问题必须抓紧解决的紧迫感。

我是五十年前开始看侯喜瑞的戏的，一下子就被他吸引住了。他是引导我熟悉、理解并热爱京剧艺术的重要的演员之一。他是带领一个孩子走进奇伟瑰丽京剧画廊，第一次认识了张飞、李逵、牛皋、窦尔墩、马武……这许多可爱的活生生人物的人。小孩子最初走进剧场喜欢看热闹，能多少理解剧情、欣赏艺术那是后来的事。可是侯喜瑞给人的不只是热闹、火炽，而是一连串粗豪、勇敢、正直、妩媚的活的形象，这许多都是旧时代的英雄人物，他们都有各自的缺点，并不是“完人”。他们往往会因自己的粗鲁、不沉着、缺少心机而上当受骗，吃亏或出洋相。但他们到底是可爱的，这毫无疑义。一个孩子，如果说有机会能和张飞一起做游戏，那将是多么高兴的事。没有谁会一见张三爷的丈八蛇矛就心惊胆战。不，绝对不会发生这样的事情。这是值得思索的一个问题。至今我也说不清京戏给我带来了哪些积极和消极影响，也就是说，对旧戏的教育作用与危害性的估计，依旧说不清楚。但可以肯定的是，对两面派、口蜜腹剑这种角色的深恶痛绝，是早在儿童时代就已坚定树立起的概念了。而教给我这一切的不是课堂上的先生，而是包括了侯喜瑞在内的许多人。他们没有给我上大课、作报告，他们是用另外的方式、舞台上的形象说服、影响了孩子的人生观的。为此，我至今也并不失悔，只有感谢。

侯喜瑞是喜连成科班出身的老辈，很早就出名了。但一生都没有作为主要演员在场上出现过，最煊赫的经历也许是陪杨小楼演《连环套》的大轴。平常也只是演配角，或单挑的折子戏，那又往往是开锣戏。但这并不影响一位表演艺术家在观众中的威望。我就常常买了票去看他演一出《取洛阳》《丁甲山》的开锣戏就满意地退场了。我想，这种现象到今天也是值得许多演员同志思索的。“威望”的树立，在过去并不依靠戏院老板的赏识或小报剧评家的吹嘘、阔佬的捧场。这些都有点用，但不经久。在侯喜瑞的开锣戏后演出的许多当时的有名演员，他们的名字有许多我已记不起、说不出了。

一九四六年我在上海报纸上发表《旧戏新谈》，曾为五位健在的演员各写一文。当时曾为自己设下了一点限制，尽可能不为当时在舞台上活跃的演员专设一题。但这五位是例外，他们是梅兰芳、小翠花、萧长华、侯喜瑞、郝寿臣。除了梅畹华，其他四位在当时都是陷于寂寞或困境的演员。当时报上有消息说侯喜瑞晚境潦倒，已经沦落在天桥的茶馆里清唱，这真不禁使人愤慨、叹息。于是就写下了《怀侯喜瑞》。当时完全没有料到，他是五人中享寿最高、晚境甚佳的艺人。为了庆祝他九十岁的生日，北京曾举行过盛大的纪念演出。他真幸运，一直活到了开国以来最好的时光，在晚年真正尝到了人民对优秀表演艺术家的尊重与爱惜。

我在一九六二年侯喜瑞的一次南游中才第一次看到了这位可敬爱的老人。当时他已七十高龄，可是兴致极好，在上海中国大戏院的后台我看他剃须、画脸谱、上装，在上场门后面试着腿脚，那真是“跃跃欲试”啊！从那时我就想，在新中国，有多少这样的老人，人是“息影”了，可是心还是炽热的。他们心里的火是扑不灭的，这是中华民族伟大优秀的传统得以流传不坠的根本保证。那天侯喜瑞演出了他的得意的作品《飞虎梦》，也就是牛皋招亲的故事。他穿了大红官衣，纱帽两侧插着一对喜庆的金花。他的台步、身段、声口……依旧可以使人追想当年的风范，他的动作是有点迟缓了，但节奏更清晰、分明；他不删去每一个表现人物性格的微小的表演细节。老人在舞台上追寻他的盛年旧梦，想唤起老观众美丽的回忆，给年轻人以清晰的提示。我看得出，在演出中他得到了非凡的快乐。

后来我又到旅馆中进行过一次访问。这位朴实、和善的老人，带着极为浓郁的扑面而来的“北京味”，穿着黑色的紧身棉衣。我向他表示了一个普通观众从小孩时就开始聚积起来的敬意和爱。我太笨拙了，也许老人有点拘谨，谈话进行得不能令人满意。回来以后几次想写一篇访问记，但终于没有写成。我发现，演员和他的观众都已经没有了过去的那种情怀。

侯喜瑞一生在舞台上塑造的人物不只限于张飞、马武……他还是“活曹操”，最受欢迎的刘瑾，还有《失街亭》里的马谡、《珠痕记》里的中军、《红拂传》中的虬髯公……大大小小的角色他都演，在新编的《桃花扇》里还演过苏昆生。他一生演过多少角色？他能演、常演的剧目有多少？他的代表作是哪些？这些问题到今天一下子也还回答不出。这对只掌握了几折或十来出戏的演员是一个很有意义的提醒。不只主角才可能是最佳演员，能上能下，能单挑也能演好配角才是一个优秀演员必备的条件。配角的光芒罩过了主演的例子太多了。

改革的重要目的就是解放生产力。生产力能否得到解放，自然要由经过改革的制度来保证，但最重要的还是被解放者本身的要求和动力。从旧社会过来的演员是在旧制度的压迫、束缚、限制下挣扎、奋斗过来的，他们的得以生存，并有发展，取得成就，主要依靠的是他们对艺术事业的忠贞。今天这些旧的束缚、限制已经一去不复返了，但又为我们自己善意设置的许多条条框框捆住了自己的手脚。现在应该做的就是努力解开这些新的束缚，使蕴藏在人们身上的力量充分发挥出来。在进行这种伟大艰巨的改革中，老辈的经验对我们依旧是珍贵的。

古代诗人说过“功夫在诗外”的话，这是很有深度的经验之谈。艺术方面的事情大抵差不多。多年来我们比较重视艺术家表演经验的记录，自然这是很重要的，也是做得远远不够的；但多少忽略了他们在艺术之外的许多经验、“功夫”。

侯喜瑞演《法门寺》里的刘瑾，当他恭恭敬敬地把太后送走以后，重新整冠，拂带，转身，向正中的宝座稍一凝视，接着就摇摇摆摆地几步登殿升座了。只这几步路，就能走出满场彩声。观众欣赏的是演员的身段，同时也为在一刹那中鲜明无误地看到了刘瑾的两种面目、两种气势，看到了终于脱下了伪装的刘瑾的心而感到非凡的满足。这一类的表演，小孩子是不能理解的。为什么“老观众”的意见有时值得重视呢？就是因为他们见的世面多，看惯了在街上时时走过活着的“刘瑾”，积累了许多印象、感想，这时突然与演员的表演一下子合拍起来了的缘故。至于演员怎样获得了这样的表演技巧，我相信也并非完全是从师傅那里照猫画虎地搬了过来的结果。

这就提醒我们，不能只去学表演艺术家的表演技巧，还得懂得学会他们怎样继承、发展、创造这些技巧的方法与道路，必须努力获得点铁成金的指头。

京剧是程式化了的。程式是从生活中提炼出来的，并非先验的唯心主义的产物，用形而上学的方法继承、学习是不行的。侯喜瑞的“马踏青苗”是看过后使人难忘的。曹操率领大军兵发宛城，舞台上人马簇拥，将士如云。忽的一下子大军出发了，台上空落落的只剩下了曹丞相一个。他在马上得意得很、自信得很，他没有信辔闲行，而是纵横驰骋。他掌握不住身下的坐骑，终于失去控制，踏坏了麦田，自己陷入自己刚才宣布的以脑袋为惩罚代价的军令。一座空台，观众看见的却是一望无际的春郊旷野，看见曹操在怎样纵马，战马怎样失足，他怎样吃力地控制，终于失败。只听见了他一声恨恨的长叹，发出了“军马撤回！”的命令。观众看见的不只是曹操在骑马，还看见了他的骄纵，他的由得意而吃惊、挣扎、失败、悔恨的心理变换过程。这全部表演不是记熟了程式就能再现的。其中还有极重要的程式以外的东西。

荡马也不过就是这样。一套戏装，一根马鞭，程式也就是那几样，马失前蹄也有一定的表演方法。可是换了杨小楼的《艳阳楼》，马鞭拿在高登手里，就完全是另一回事了。那真是一场高度真实的春郊纵马的再现。程式依旧是那些程式，除规定情景有所不同之外，好像也并无多少差异。可那完全是不同的另外的杰作。

在京剧的抢救、继承、发展问题上，我也像有些同志那样时时感到了任务的非凡艰巨与紧迫，但并不像他们那样的悲观。许多老辈的优秀表演艺术家离开我们了。有些人没有能很好地把身上的东西留传下来，这是非常可惜的，也是由于工作中失误产生的不可挽回的后果。但程式仍在，至少规模尚在。重要的是能掌握运用它们，懂得它们怎样产生、改进、丰富的过程与规律。“定本”是没有的。像绘画一样，齐白石有许多“粉本”，但他的画没有一幅是一丝不苟地从“粉本”中抄下来的。何况是在舞台上。我不相信有、也不想欣赏一个模子里刻出来的侯喜瑞。

创作新编的历史剧、现代剧的情形也是一样。困难所在是我们缺乏又不善于创作、运用应有的表现手段。程式也是人创造出来的，来源是生活。离开生活我们就既学不好旧程式，也搞不出新程式。

在悼念优秀的京剧表演艺术家侯喜瑞逝世的时候，想到了这一些极不成熟的意见，就以此作为对侯老的纪念。

一九八三、二、二十四

珠还记幸小引

前天忽然得到通知，说是又有一些抄去的书物要发还给我了。这种通知前后已接到过三四次，每次时隔一年左右。这次的清单上写着有一般书十二本和几十张纸片。这就引起了我的好奇，这到底是些什么东西呢？

那十二本书是一部《适园丛书》本的《千顷堂书目》。书自然是“一般”的，并非善本秘笈。这是《丛书》刻成后的校底本，是帮助张石铭编刻丛书的费寅（景韩）手校的，同时他又用朱笔过录了杭大宗校本、拜经楼钞校本、奋叟过校况本，因此算得上是一部汇校本。《千顷堂书目》是迄今收集最为完备的明人著作目录，一向只有抄本流传，到张氏适园才第一次墨板。因此，我一直将它放在手边，每逢买到或看到什么旧书，只要是明人著作，就去查一下，并记下版本、书名、作者、行款……来。原目有错就更正，原目未收就补足，十年中间也写下了许多校记。因为曾花过许多功夫，所以原书重新回到手中就不能不高兴。

稍稍翻阅，发现书中夹了许多夹签，知道有人曾经根据这书进行过校订了。夹签中还特别注明，凡是我所增补都一

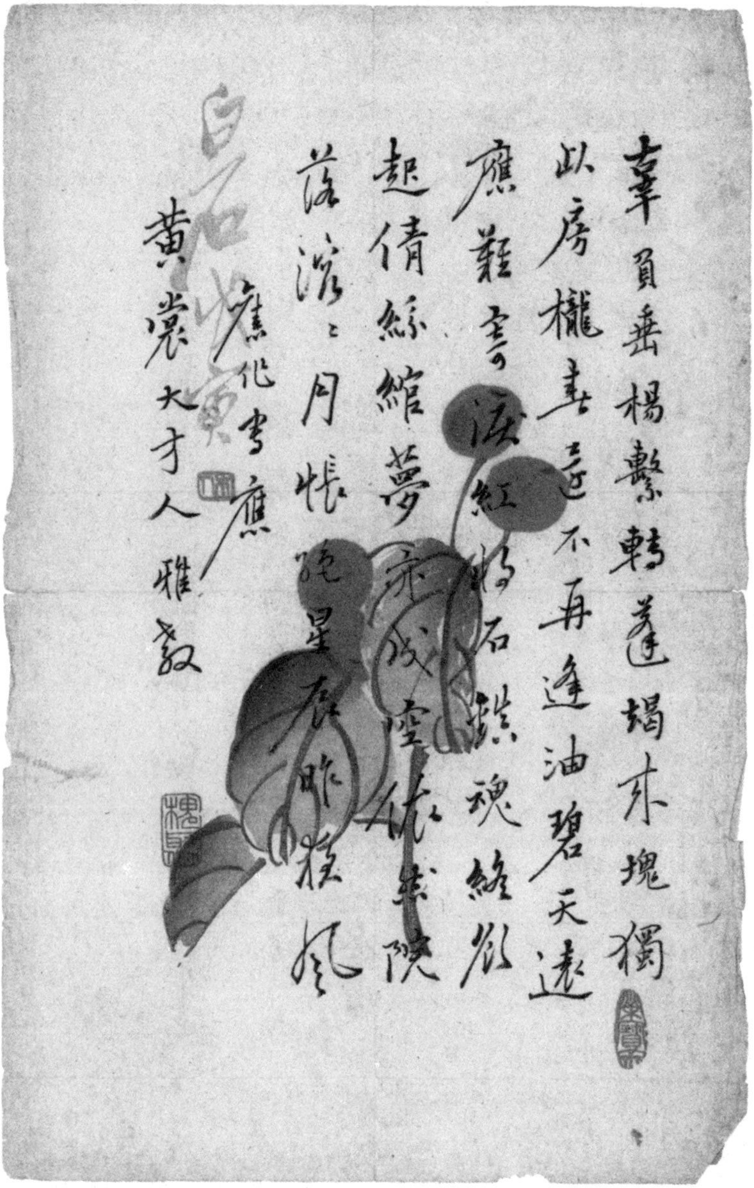

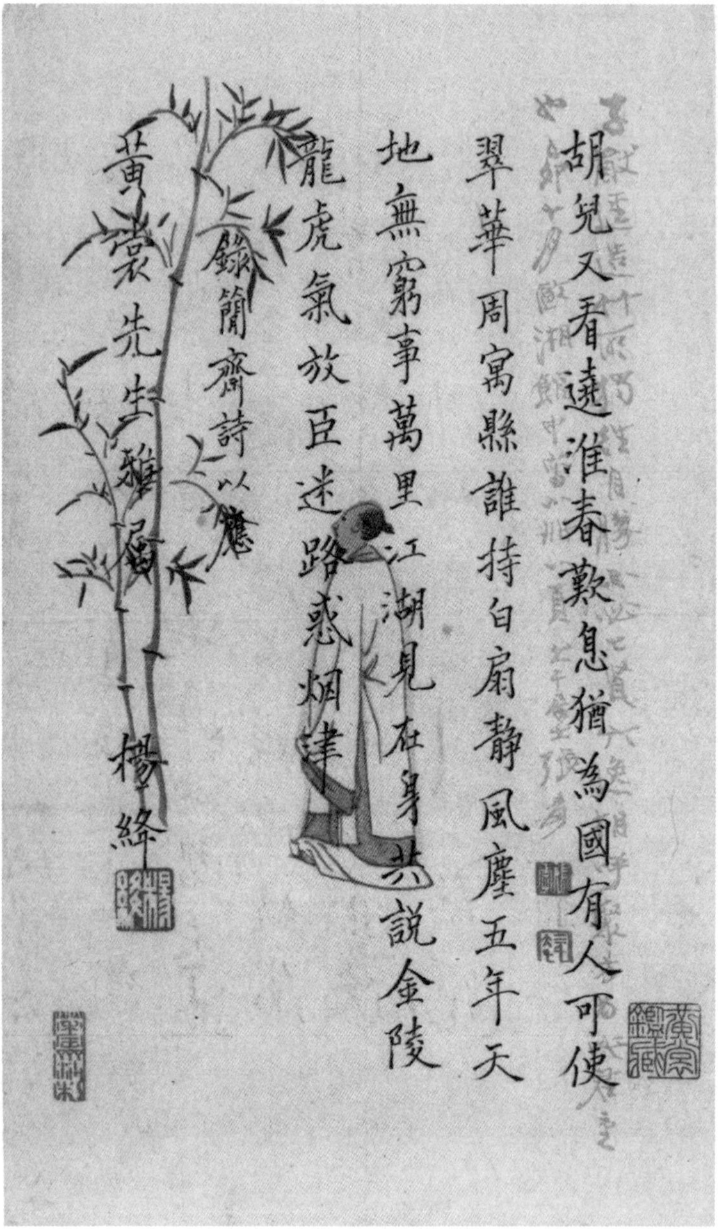
胡儿又看遶淮春歎息猶為國有人可使
翠華周寓縣誰持白扇靜風塵五年天
地無窮事萬里江湖見在身共說金陵
龍虎氣放臣迷路惑烟津
錄簡齋詩以應
黄裳先生雅屬
楊絳

律不出校。可能因为体例不同，或“威望”不够，不值得校入，也许还有别的什么微妙原因，猜不透。但使用了若干年之后，终于决定“发还”，盖上“退还图书章”以后回到我的手中了。这是值得欢迎的。负责办理手续的人员要我回家安心等待，什么时候“发现”了我的藏书，一定负责退还。我对他的好意表示感谢，也相信他说的不是空话。

至于那些“纸片”，当我最初拿到手中时，几乎不能相信自己的眼睛。这就是我曾在别的地方说起过的三十多年前搜集的名人墨迹。原来的打算是积有成数以后在自己所编的副刊上制版连载。这计划终于未能实现。收集的墨宝却已有了不少，就一起夹在一本《续古逸丛书》本的《梅花喜神谱》里。十多年前被抄去以后，一直没有下落。真猜不透何以通过这条渠道又回到自己手中。检查一下，有不少张已经不在了，这中间就有周作人、梁漱溟、胡风、吴晗、费孝通、唐弢、李广田、蒋维乔（竹庄）、靳以等所写。这一定是经过了仔细的审查、检选，留下作为我“结交匪类”的罪案了。但章靳以为什么也得到如此待遇，那原因却参不透。而同时所得巴金写的一叶却安然无恙。巴金一直谢绝一切题词的请求，像这样用毛笔写在彩色诗笺上的墨迹，实在不能不说是难得的珍品。这些纸片被抄去的当时靳以早已成为“古人”，巴金则正处于风浪的巅峰。为什么厚此薄彼，这道理也参不透。

许多年来，对于人的评价，是曾大起大落过若干次的。我最初的收集这些墨迹，原也没有一定的标准，也不存在一条严格的界限。只要是师友，文化界有成就影响的人物，都在搜罗之列，也只当做“文献”看待。大起大落之际也不一一检查，剔出销毁。到了今天，却已成为不折不扣的“文献”，真是意外的幸运。作者中已成“古人”的，亦已居泰半。其依然健在的，也多八十左右了。真想什么时候裱成一部册页。有机会也想介绍一点出来。

被抽去了的记得还有一张梅兰芳写的字。为什么要抽去，原因也是可以懂得的。当时在干校，有人曾在闲谈中问起“四大名旦”是谁，被站在一边的吧儿听见了，后来就变成了一次“批判会”的主题。可见这一群都是不该提起的人物，其墨宝照例也应“抽毁”无疑。不过我怀疑，恐怕这还并不是真正的原因，也许是被当做稀有的名物暗暗地“收藏”在什么地方也说不定。不过我想在这里说一句“煞风景”的话，这墨迹其实是假的，是代笔。一九四七年我还不认识梅先生，这字是辗转托人求了来的。写的四个大字是“和光同尘”，当时就知道靠不住，不过还是保存下来了。

这里介绍的是钱锺书、杨绛夫妇写的两页：

> 辜负垂杨系转蓬，朅来块独此房栊。春还不再逢油碧，天远应难寄泪红。将石镇魂终欲起，倩丝绾梦亦成空。依然院落溶溶月，怅绝星辰昨夜风。

默存先生的早年诗带有浓郁的玉溪生风格，书法和近来的腴美却截然不同，是瘦劲的。杨绛先生写的是陈简斋诗。

近世诗人多喜宋诗，并不以多说理而轻视。在南北宋之交诗人中，简斋的作品是包含了浓挚的家国之感的。如果“说理”指的是思想，那就正是诗人的佳处，区别于无病呻吟者也正在此。色泽又是那么艳丽，“翠华”“白扇”一联，用如此美丽的语言传达极为沉重的感慨，这类诗，确实不是作出来的。

一九八二、三、七

郭沫若

一

一九四六年五月四日，在重庆的“抗建堂”举行了一次文学工作者的集会。有郭沫若的演讲，艾芜、杨晦等有关小说、理论等方面的工作报告。参加者还有曹靖华、力扬、黄芝岗诸位。我当时在为上海的一家报纸作特派记者，就坐在台下第一排听讲。郭老那时不过五十刚出头，精神饱满，作报告声音极响亮，演讲的内容已经记不起来，不过可以肯定的是，他对当时的时局是充满了愤激的。那正是旧政协会议和较场口事件之后，只要是有正义感、爱国心的人都不可能有怎样平静的好心情。郭老慷慨激越的演讲，自然就不可能不带有特定的时代色彩。

郭老讲完，从台上一跃而下，坐在我旁边的空位子上。抗建堂的台口并不高，但他这一动作还是使我吃了一惊。

我心里在盘算，这是一个很好的采访机会，不可放过。郭老是重听的，交头接耳的方式不行，怎么办呢？我从笔记本里摸出了一张纸，写下“请郭先生赐予访问的机会”几个

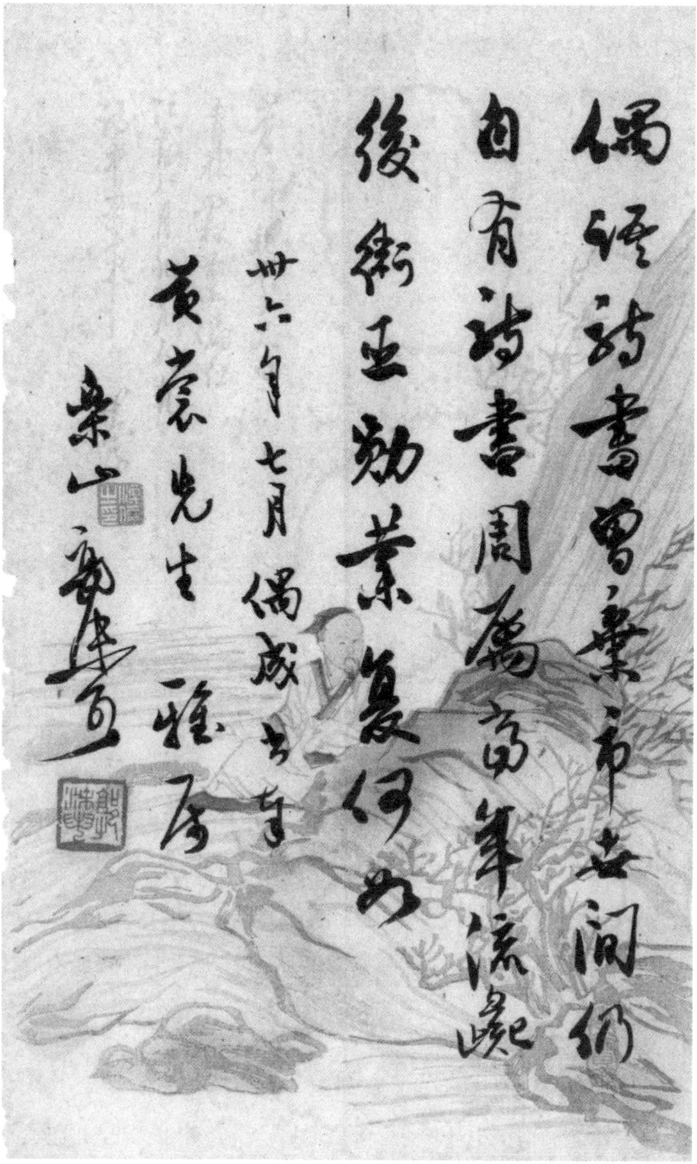

字，接着又提了六个问题，下半留着空白，就请他用笔作答。

我把这个“问题表”递了过去，他接过一看，马上就接过我手里的钢笔，作出了答案，很快地还给了我。

这张“问题表”后来被我夹在一本书里，久已忘却，前些时候从发还的乱七八糟的文件堆里又被我重新发现，真是说不出的惊喜。现在就摘抄几条在这里。

“先生何时赴京？”

“六日至十日之间。”

“先生赴京后工作计划如何？创作？剧作？”

“将往上海。两种都想进行。另外还想研究历史，尤其是农民运动史。”

“对于郁达夫先生遗集事，及郁先生的最后的情形有所闻否？”

“到上海后进行全集事。无所闻。”

“先生对最近时局的观感若何？”

“我是乐观的，虽有曲折，但民主终必胜利。”

我还提过一个问题：“先生近有诗作（旧体诗）否？可否见示一二。”因为问题写在纸背，他没有看到，没有作答，真是可惜的事。

二

一九四七年，我在上海编报。报纸有一个《文学周刊》是郭老主编的。另外还有《新思潮》等几个周刊，也得到他多方面的支持。工作做得热气腾腾，十分起劲，斗争越尖锐，白色恐怖的阴影就逼得愈近。当时朋友们都有一种明确的预感，报纸迟早要被封门，这是不可避免的。那么就来抓住这最后的机会，大干一场吧。我曾为副刊设计了一个栏目，分请一些文化界的作者、作家……写字，准备集有成数以后制成锌版发表。不过无论我们怎样加紧工作，终于还是赶不上反动派的封条来得快。这些墨迹的陆续收到绝大多数都在报纸封门以后了。一起约有近百张，我一直好好地保存着，但在十年前的一天，一起被拿去了，被看做“反动”的“罪证”，至今还下落不明。

又是一个意外，郭老给我写的一张字，却被夹在最近取回的一本旧书里。为什么它没有和其他墨迹放在一起，连自己也记不清楚了。

这是写在溥心畬画的诗笺上的一首七绝，诗题是“三十六年七月偶成”，其时约在报纸被封两月之后：

偶语诗书曾弃市，世间仍自有诗书。
周厉当年流彘后，卫巫勋业复何如？

当重新发现这诗稿时，我的惊异更是难以形容。如果不是原迹写着明确的时间，人们是有理由怀疑它是十年前的“近作”的吧。

诗里用了两个典故。“偶语诗书”，自然说的是秦始皇帝；周厉的故事则见于《史记》的《周本纪》。周厉王是周夷王的继承人，是个著名的坏家伙，正因此他才得到这样一个难听的谥号。他在干了许多坏事，弄得“民不堪命”、闲话蜂起以后，大怒了，想出了一种古怪的对策。找来了一个卫巫，使他“监谤者，以告，则杀之”。那后果是“国人不敢言，道路以目”。这使他得意极了，把爱说真话的召公找了来，对他说：“吾能弭谤矣，乃不敢言。”召公的回答却是：“是鄣之也！防民之口，甚于防水。……”召公还说了许多道理，这里不多引。这些早在公元前八百五十多年说过的话，今天听来也还是非常新鲜的，简直就像刚从报纸上看来的一样。

厉王自然不会听这样的老实话，他的结局也一点都不会使人惊奇，“耳根清净”的日子过了三年，就被国人赶到彘去了，那地方就是现在山西的霍县。

郭老并不是刘伯温那样的“预言家”，他这首诗的抨击对象是一九四七年的国民党反动派，但诗人创作时运用了历史唯物主义观点却使他的作品有了长久的生命力，时间过去了三十多年，它仍然活着，而且还将更长久地活下去。

一九七九、九、十四

朱佩弦

这是朱自清先生给我写的一首诗，原作共四首，这是第一首。全诗收入《犹贤博弈斋诗钞》中。

一九四八年，报纸早被封门，副刊也不办了。但早已开始了的收集时贤手迹的工作并没有停止。我买了一盒笺纸放在住在北平的吴晗那里，请他随时留意约人写字。请朱先生写字是我特别提出的请求，搁了很久才写好寄来。几天后又接到吴晗“朱佩弦今午逝世，心境极不快，……”的信，这是一九四八年八月十二日的事。

今天我还能够清楚记得这消息给我带来的震动。当时住在北平的名作家，名教授多得很，但朱先生是不同的。在当时的知识分子和青年中间，他的“分量”是非常重的，这事到今天还值得沉思。

我没有认识朱先生的机缘。一篇《背影》是中学时就当做课文读过了的，也是从那时起，知道并敬佩着这位作者了。朱先生是著名的诗人、散文家，但他的诗我却读得很少。他的散文给后辈带来的影响真是非常非常的大。从他的文字中读者认识了他这个人，也懂得了他是经过了怎样的途径打动

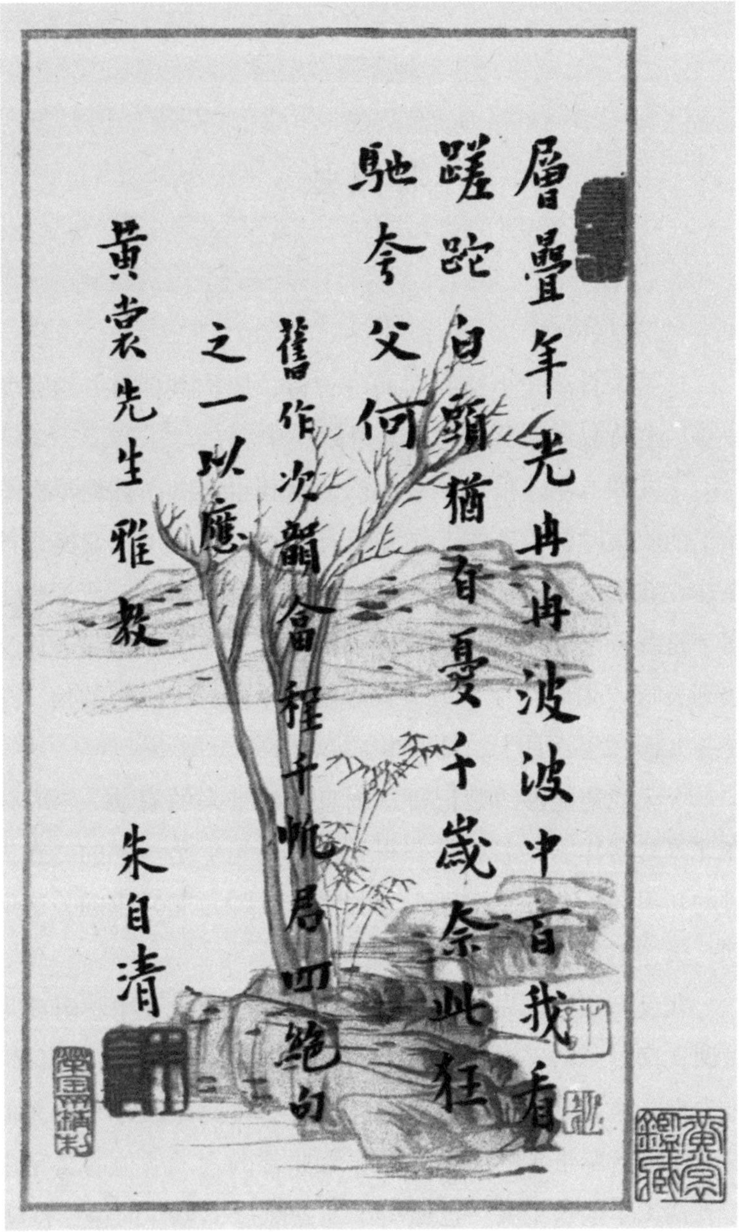
層疊年光冉冉波波中百我看
蹉跎白頭猶自憂千歲奈此狂
馳令父何
舊作次韻答程千帆居四絶句
之一以應
黃裳先生雅教
朱自清

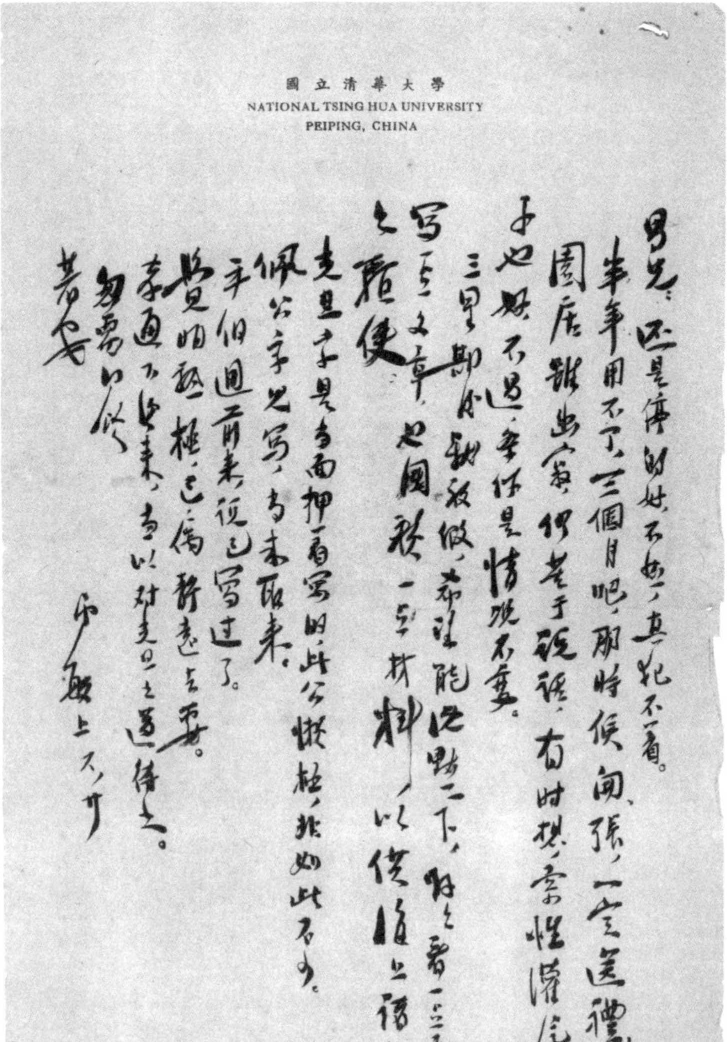
國立清華大學
NATIONAL TSING HUA UNIVERSITY
PEIPING, CHINA

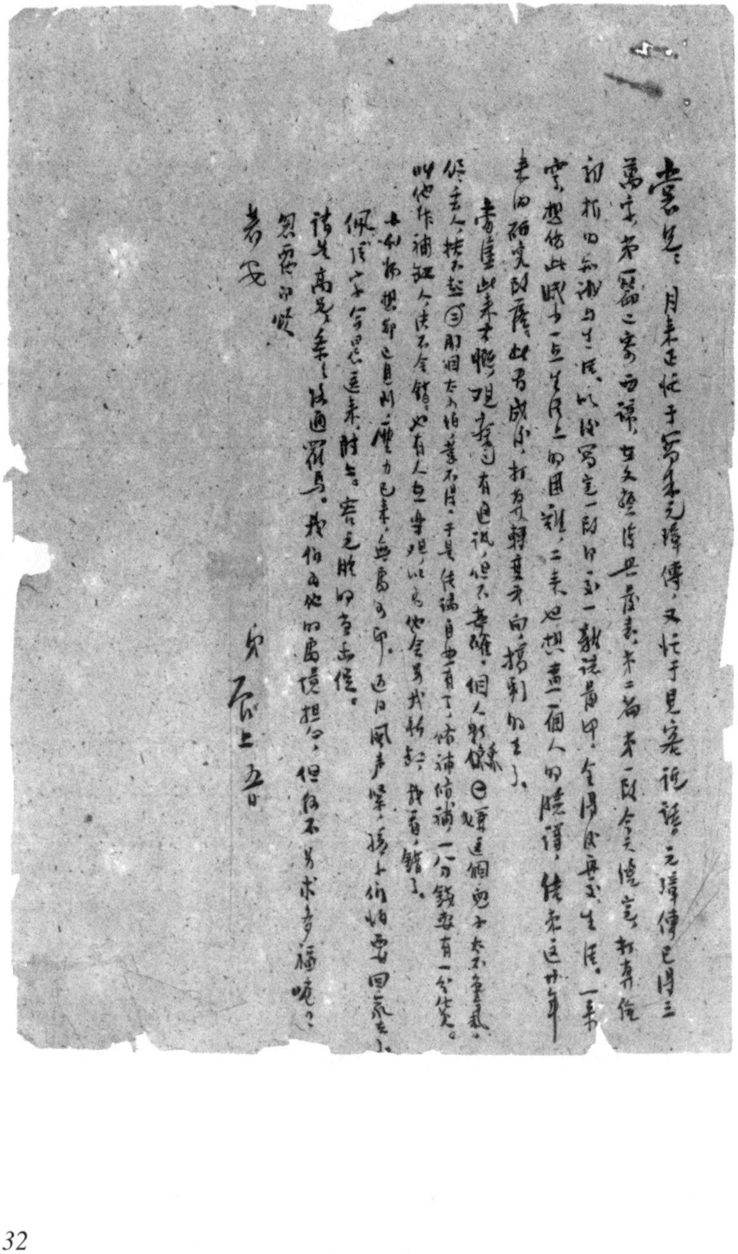

裳兄：月来正忙于写朱元璋传，又忙于见客、说话。元璋传已得三万字，第一部已寄西谛，如文艺复兴肯发表，第二篇第一段今天续写，打算从初期的[illegible]与生活，此段写完一段即[illegible]一部[illegible]。全用以其生活。一方面想借此明了一点当年的国社，二来也想画一个人的性格，总共这卅年来的研究的成果。此书成后，打算转变方向，搞别的去了。

[illegible]此来未[illegible]，[illegible]有信，但不甚确。[illegible]从去人，[illegible]叫他作补[illegible]人，决不会错。也有人要出，以后他会写我转告，我看，错了。

[illegible]已见到，压力已来，无处可印。近日风声紧，[illegible]怕要回家去了。

佩弦字[illegible]速来，附去[illegible]。

请先高先生[illegible]。我们在此的处境相同，但仍不易求幸福呢？

匆匆即颂

著安

弟 晗上 五日

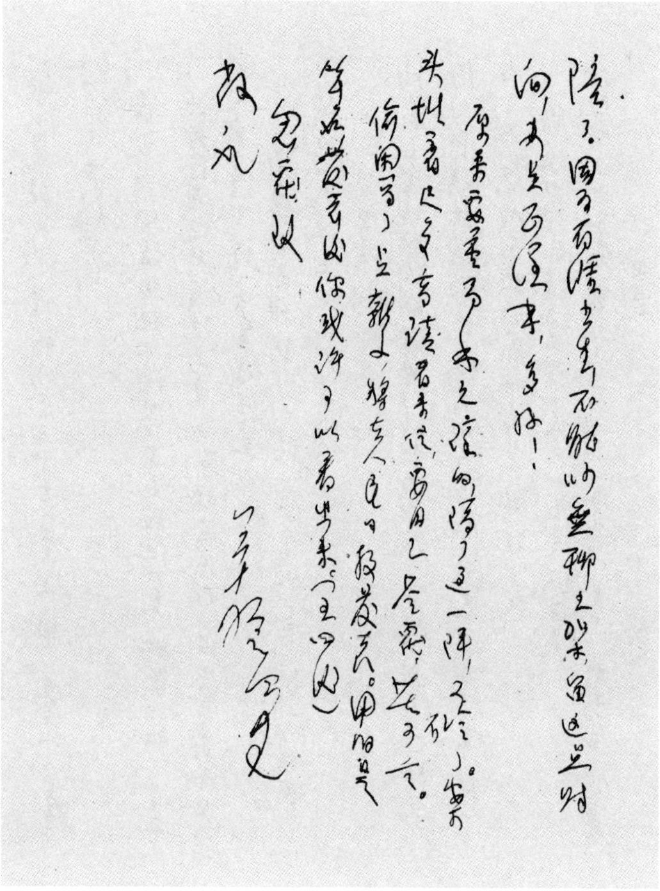

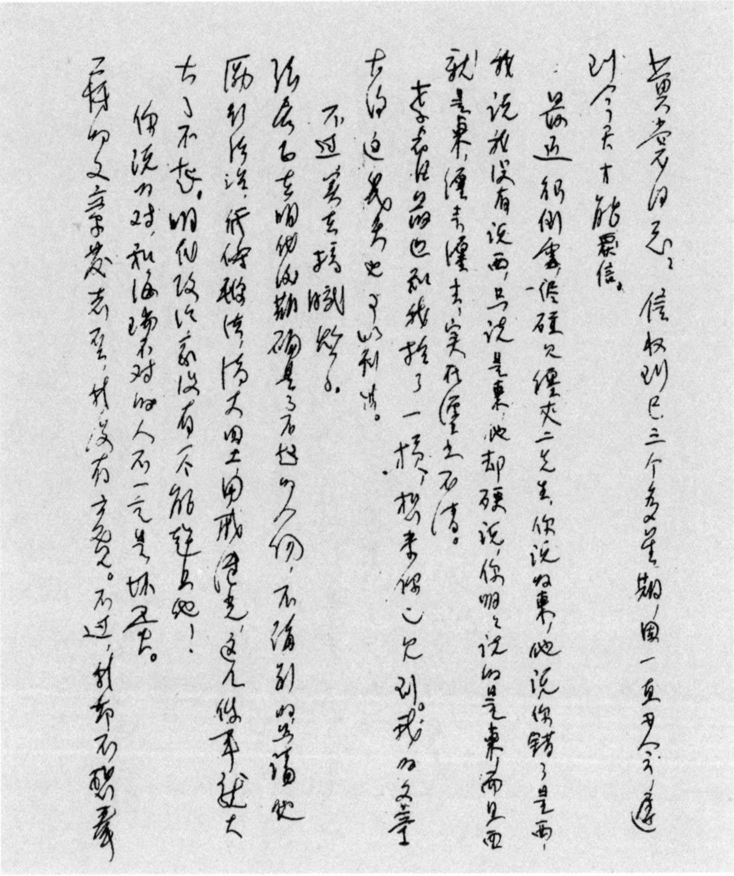
黄裳同志：
信收到已三个多星期，因一直开会，遂到今天才能覆信。
最近报刊上很确实有缠夹二先生，你说的东，他说你错了是西，我说我没有说西，只说是东，他却硬说，你明明说的是东，而且西就是东，缠来缠去，实在缠不清。
李荒芜同志也和我提了一提，想来你已见到我的文章，去的这几点也可以和谈。
不过莫去搞脑筋了。
你在书明明地说错就是不那么的人物，不论别的书篇也顾到这样，使你难读，读大田土田戒律，这几乎是大大了不起。明白地说，就没有不能犯戒吧！
你说的对，和你论不对的人不一定是坏蛋。
工程的文章发表至，我没有意见。不过，我却不赞成并征服了自己。朱先生是个平凡的人，是一位教员，从中学教到大学，除了偶然写点小文章以外，就是编教科书，编讲义，后来还做一点考证、研究的工作。他只活了五十一岁。五十年代印成的《朱自清文集》一共有四册，成绩不算小，但他最好的东西还是散文，在《文集》中占的分量并不大。能用这么精致、少量的作品奠定了自己文学史上的地位是很不容易的。那原因我想应该是，通过文字，读者非常容易就接近了作者，了解了作者，而且一点都没有拘束地和他成为熟人，并喜欢了他。朱自清实在是个非常天真、平易、正直、真诚的人。

他身上的“分量”在他生命最后的一两年中急剧地增重了。在昆明的西南联大，在劫后的北平，在那么复杂、残酷的现实斗争中，病弱的他加紧迈出了艰难但踏实的步子。人们可以清楚地看出在这个诚实的作家身上有着怎样惊人的勇气。他成了向新时代、新社会不停步前进的知识分子的象征，使人信服的象征，因而他有了自己的“分量”。

正因为他平凡，所以他有更大的代表性，所以他伟大。

他向全社会说出了一个正直的中国人在那个时候应该说的话，没有半点装饰、虚夸。

很有意思的是“五四”以来的许多新诗人晚年都写起旧诗来。朱先生是喜欢宋诗的，这无论在他的作品还是教学中都可以看得清楚。即以这首诗而论，明显地表示了他的迟暮的焦虑心情。但不是消极的，实在是很积极的。

关于朱先生晚年的心情和精神境界，叶圣陶先生在《谈佩弦的一首诗》里写得很清楚、深刻。文章写于一九四八年八月十八日，在朱先生逝世后六天，收入新近出版的《叶圣陶论创作》中。这里不必多引，只将朱先生的原诗抄在下面，这也是一首好诗：

中年便易伤哀乐，老境何当计短长。衰病常防儿辈觉，童真岂识我生忙。室人相敬水同味，亲友时看星坠光。笔妙启予宵不寐，羡君行健尚南强。

这首诗和这里的一首写的几乎是同一种心情。

一九七四年底，叶圣老填了一阕《兰陵王》，怀念朱佩弦。起因是俞平老信中提起了当年在杭州时的往事。叶老说“佩弦之逝已二十余年，览此（指俞信）感逾邻笛，顿然念之不可遏，……”就在这种心情下填了这阕词。词经与俞平老反复斟酌商定。叶至善有《书后》一文详记其事。结尾说到俞平老特别欣赏的一句是“君辄沉沉醉凝睫”，说：“初见此句即激赏之，以为神似。”

这些是只有老朋友才能说得出来的话，不是没有得见颜色的后生晚辈所能想像的。

一九八二、三、廿五

茅盾印象

茅盾一直是我非常爱重、佩服的作家，可是一直没有拜见的机缘。一九四六年秋在上海编报，常有机会看到他的手稿。那实在是非常可爱的，一笔娟秀的小字，写在毛边纸或宣纸上，几乎很少改动。这样的稿子不但在编辑部，就是在排字房也是受到欢迎的。可惜的是，大家都并不觉得珍贵，用过以后大抵散失、毁弃了。不过我有时也想，这样的字如果是写在漂亮的诗笺上，那该是更加出色的吧。于是有一天路过荣宝斋，就买下了一匣诗笺，打算什么时候去碰碰运气看。我的忽然想起要收集作家手迹，好像最初就开始于这时候。那是一九四六年秋天的事。

茅盾当时住在上海，就在闸北的什么地方，这我是知道的。不过因为种种原因，住所保着密。但在报社里打听起来也并不困难。那是一九四六年十月二十八日的早晨，决心去访问了。为了壮胆，还拉了一位朋友作伴，同时也分给他两张笺纸。茅盾的住所在北四川路底的大陆新村，门牌号码忘记了。好像是住在二楼。我们走上楼梯，立即看到打开的房门外面放着一把椅子，上面端端正正地坐着一位中年并有些

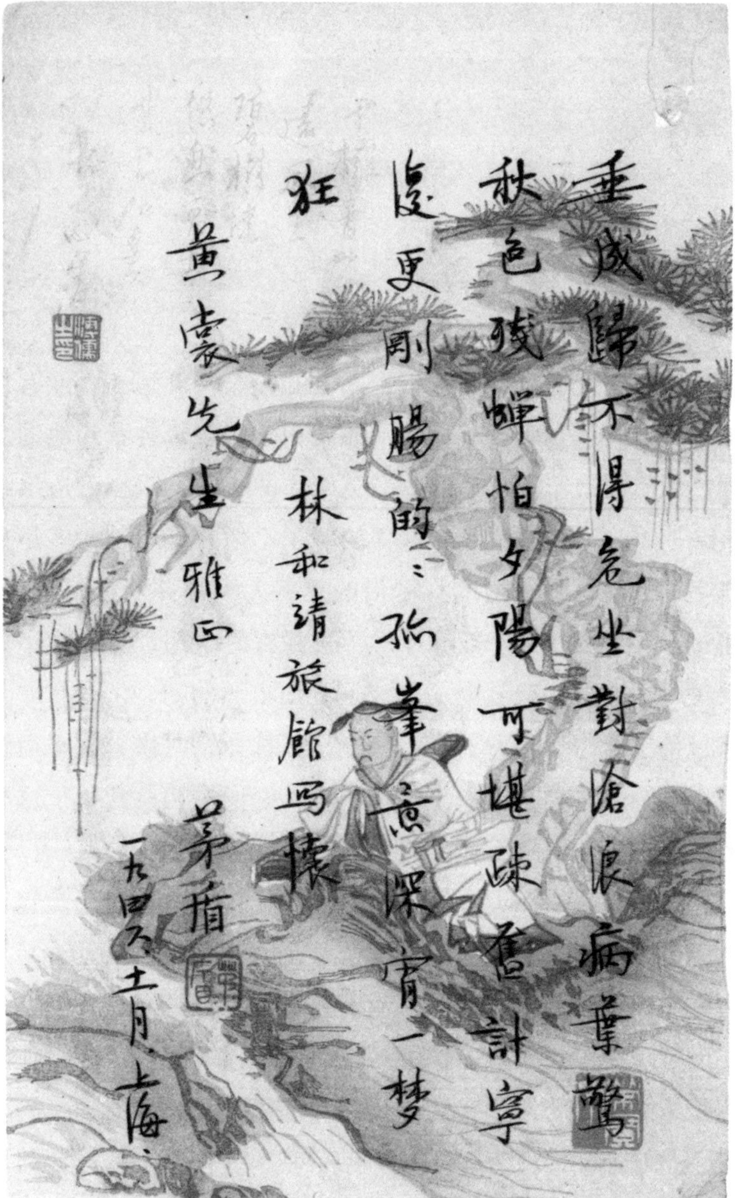
垂成歸不得危坐對滄浪病葉驚
秋色殘蟬怕夕陽可堪疏舊計寧
復更剛腸的的孤峯意深宵一夢
狂 林和靖旅館寫懷
黃裳先生雅正 茅盾
一九四八、十一月、上海、

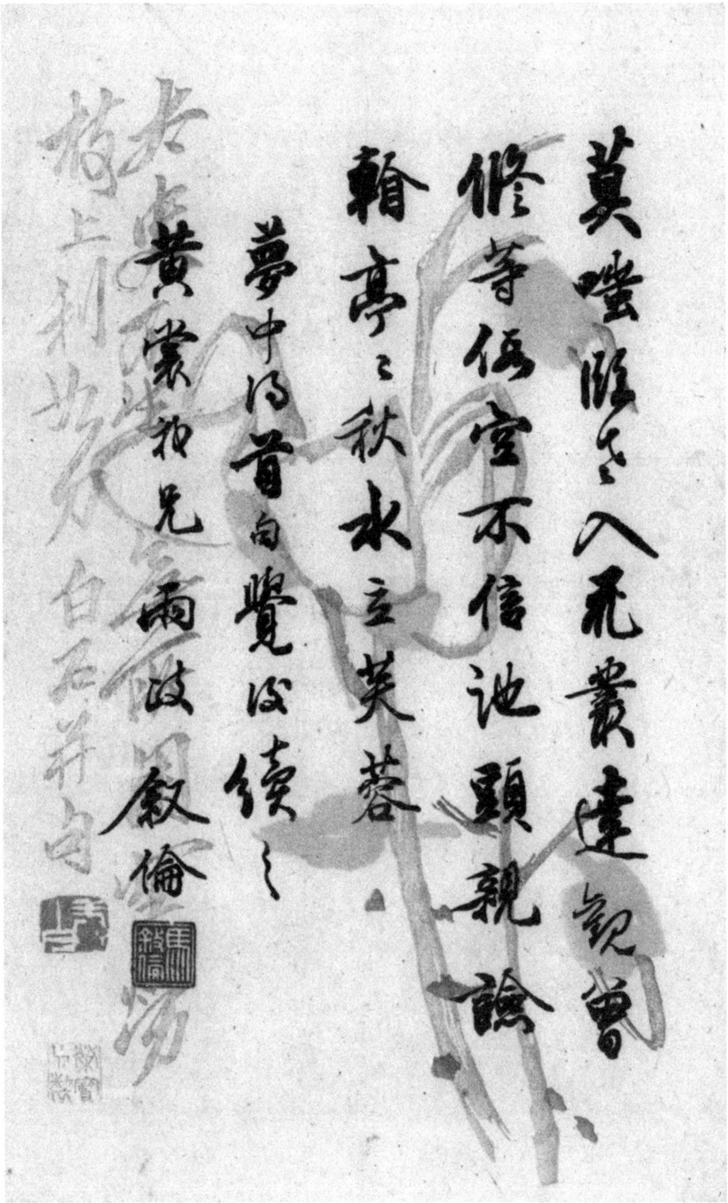

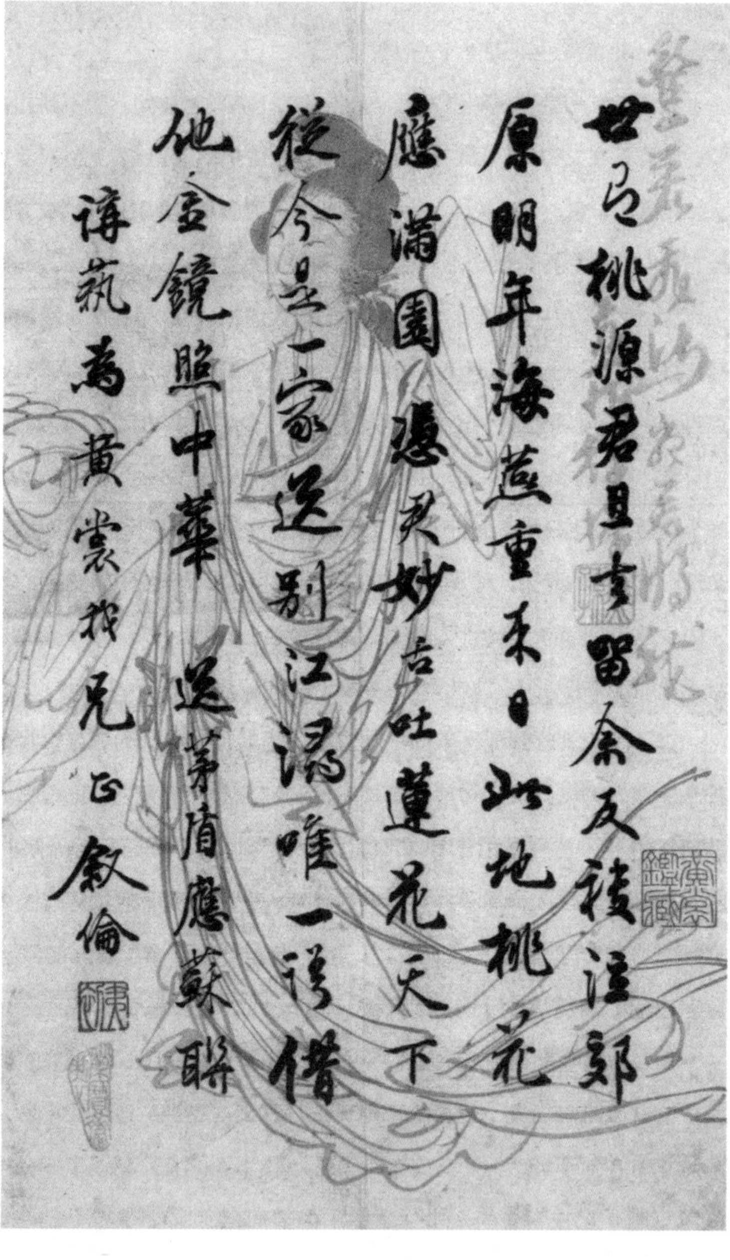

发胖了的太太。虽然是第一次看见，但直觉地判定，这一定就是孔德沚——茅盾夫人了。

我们恭恭敬敬地说明了来意，是报社的记者前来访问。想不到孔先生告诉我们，茅盾正在发痔疮，睡在床上。我从门隙里一张，果然看见他蜷着身横卧在床头。没有法子想，只好告辞。从身边摸出了一张名片，请孔先生转交并代致敬意。正当我们想转身下楼的当口，名片已经到了主人手中，只见他从床上一跃而起，跳下床来，赶着唤住了我们。在我的旧日记中记道："握手甚久，极致殷勤之意。吁！可感也。"当时的这印象，到今天还是非常鲜明的。至于谈了些什么，可是一点都记不起了。我想他一定告诉了我们，为什么他要睡在床上；以及当他知道了我们是谁、在什么地方工作时，他的"宿疾"就立即霍然的原因。这一切都是很有趣的，谈话因此也极为自由而亲切，谈话的对手也完全不是我想像中的大作家。他的热情，对后辈的爱护，对共同奋斗着的事业的激情，都是不易忘却的。我记得只说了很少几句仰慕的"套话"，但都是真实的话。此外，没有了。只好取出带来的笺纸，说明了来意，站起来告辞。这次会见，前后不过十分钟。

过了几天就收到他寄来的一叶诗笺，写的是林和靖的《旅馆写怀》。果然神采飘逸，秀气扑人，和他的手稿、他的本人都一般无二。记得那天他穿了一袭灰呢夹袍，清瘦，但却神采奕奕，好像身体内部正蕴蓄着无限的创作力。

他当时为什么选写了林和靖的这首诗，我其实并不曾细想过。今天重读，似乎多少可以了解此中“微意”。特别是在知道了《子夜》的原题本是《夕阳》以后，就更感到十分亲切了。

第二次看见茅盾是一九五〇年一月二十七日的晚上，在北京东四头条他的寓中。这次是陪柯灵一起去的。柯灵正打算把《腐蚀》改编为电影，去听取他的意见。在他那舒适但不免有些冷清的小楼下面的客厅里谈了一会。柯灵把他的意见随手记在带去的一本《腐蚀》的封面上。这次谈话的时间也很短。

这就是我与茅盾仅有的两次会面。

大约是一九七九年，因为旧有的那张手迹“失落”了，觉得可惜，就写了一封信去，请他再给我写几个字。不久得到家属的复信，说茅公身体不好，还是不要多浪费他的精力，让他能集中精神完成回忆录的写作为好。我觉得这意见是很正确的，虽然感到遗憾，也决定不再想方设法去打扰。茅盾晚年为许多人、在许多地方题字。数量之多几乎可以与郭沫若媲美。有些写的是自作的诗词，其中有很好的作品，无论是诗或字。但我还是觉得三十六年前得到的这张手迹最可爱。当然这只是我个人的意见。

茅盾后来应苏联的邀请，去游览讲学。住在上海的许多朋友都曾到码头上送别。马叙伦先生作了两首诗，后来也写给了我：

世有桃源君且去，留余反袂泣郊原。明年海燕重来

日，此地桃花应满园。凭君妙舌吐莲花，天下从今是一家。送别江浔唯一语，借他金镜照中华。（送茅盾应苏联讲艺）

这也是一件历史文献了。诗中反映的是当时当地朋友们的共同心情。马夷老的善良愿望有的实现了，有些则不免成为虚幻的梦。“桃源”“金镜”其实都不像诗人所想像的那样美丽。不过，作为历史的遗痕，却是真实的。

一九八二，清明后一日

许寿裳

许寿裳是鲁迅的老朋友，终身的朋友。他留下的两本关于鲁迅的回忆录，是非常重要的鲁迅传记资料。他们之间友谊之深厚，交往之密切，都不是别人所能比拟的。鲁迅生平的交游极为广泛。尤其是在不同时期随时接近青年，团结他们一起战斗，前进，成为先生光辉的一生的主要基调。因此人们好像留下一种印象，他并没有几个老朋友，其实这当然并非事实。老朋友也很难经过几十年一直志同道合，就像许寿裳，在思想认识上和鲁迅也不是没有分歧。但他们之间始终保持了诚挚的友谊，这一点我觉得是非常可贵的。鲁迅就曾经说过，并不像一些人所想像，他也还是有着保持了几十年友谊的老朋友的。只要不是明目张胆地走进了敌对的阵营，那就还是朋友，是可以求同存异，并不一概视为仇雠。这一点，我以为非常重要。有一个时期，因为机械地突出鲁迅的战斗精神，将他描画成一个终日横眉冷对，面无笑容的“英雄”，其实正是歪曲了先生的形象。

记得刘半农逝世时，鲁迅和周作人都写过纪念文章。当时读了就给我留下了非常鲜明、深刻的印象。觉得从两篇悼

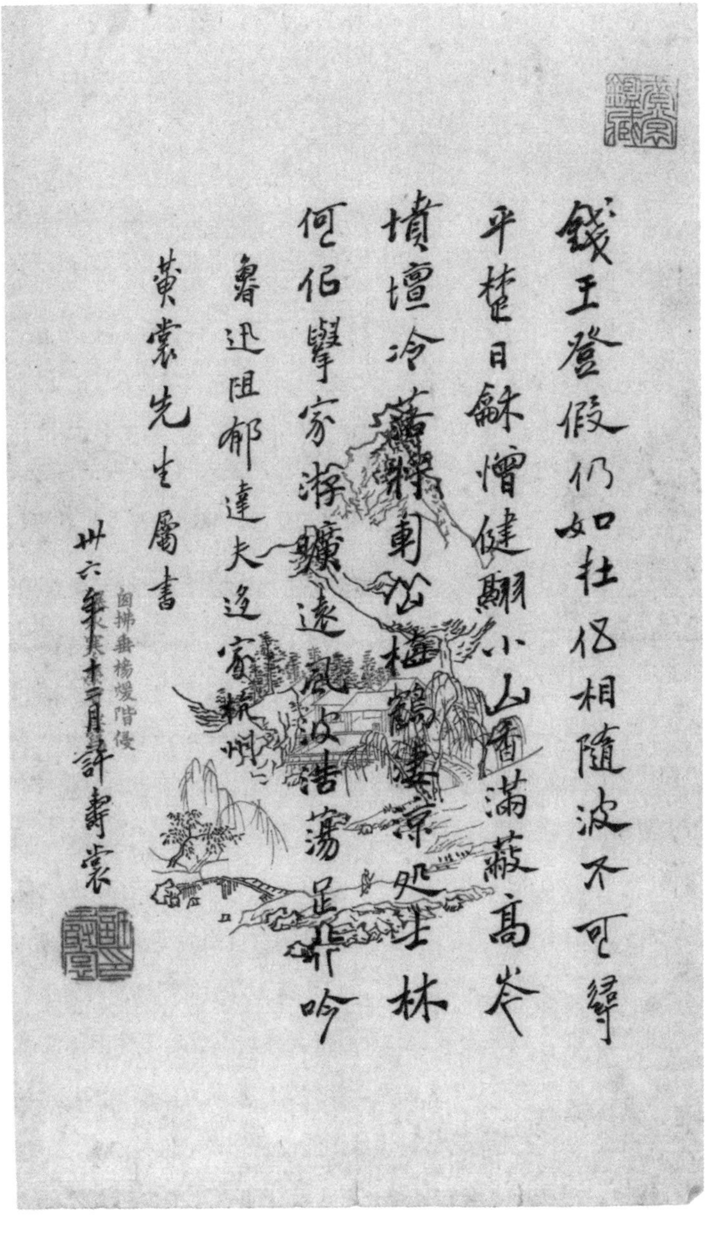
錢王登假仍如在伍相隨波不可尋
平楚日龢憎健翮小山香滿蔽高岑
墳壇冷落將軍岳梅鶴淒涼處士林
何似舉家游曠遠風波浩蕩足行吟
魯迅阻郁達夫移家杭州
黃裳先生屬書
卅六年一月許壽裳

文里，完全可以看出两种不同的立场、感情、胸怀、气质。这是两种截然不同的“老朋友”观。怎样才是正确的对待友谊的态度，这里表现得明明白白。

许寿裳并不曾一直和鲁迅并肩战斗，但他一直坚信鲁迅所做的一切都是对的。这事情发生在两位思想上有着距离的老朋友中间是很不容易的。这就是友谊，是古人所说的那种“真堪托死生”的友谊。好像有人说过，在某种意义上，鲁迅可以说是一位结束了若干年来中国传统学者风习的最后一位大师，我以为说得好。看来在对待友谊的态度上，也正有着同样的特点。

我于一九四七年秋冬间，写信给在台湾的大学里任教的许寿裳先生，希望他给我写两张字。当然希望他写鲁迅的作品。当时我没有见到发表在女子文理学院的校刊《新苗》上的《上遂庼诗草》，不知道他也能诗。否则一定也要请他写几首自己的诗的。很快就接到他写来的两叶诗笺，写了鲁迅的两首七律，都是有名的作品。在《阻郁达夫移家杭州》那一张上，还留下了日子，“三十六年（一九四七）十二月”。当时因为某种原因，我的许多函件都托上海出版公司代转，不免有些延误。等这两叶手迹到了我的手中，好像没有几天，就在报上看到他惨遭杀害的消息。这真不亚于晴天霹雳，手里持着这可能是最后的遗墨，一时竟愤慨得说不出话来。这以后，我就随时注意、剪存了当时报纸上发表的此案的全部报道，读尽了编造得漏洞百出的“神话”，据说最后终于捉到了“凶手”，而且立即枪毙了。“正法”以后的尸体照片也

運交華蓋欲何求未敢翻身已
碰頭破帽遮顏過鬧市漏船載
酒泛中流橫眉冷對千夫指頫
首甘為孺子牛躲進小樓成一統管
牠冬夏与春秋
黄裳先生屬書
許壽裳

登在报上。这一束特别的文件，后来失落了。只记得全案被说成是一件因细故而引起的“仇杀”，凶手是曾在许家做工的两个年轻人。真是只能骗鬼的拙劣的“神话”。

许先生的书法是清劲的，当然不能说是怎样出色的法书，不过在我看来却别有趣味。特别是多用古字的一点，就分明表现了曾从章枚叔学习《说文解字》的遗痕，好像这中间也存在着与鲁迅的某种联系似的。

章太炎、鲁迅、许寿裳、郁达夫都是浙人。这中间好像确也存在着一种微妙的联系。

一九八二、四、八

乔大壮

我的知道乔大壮，是从很久以前谁写的回忆鲁迅的文章里，看到在北京西三条先生故居里有他给鲁迅写的一幅集《楚辞》字轴的时候。这字轴是有名的，就是“望崦嵫而勿迫，恐鹈鴂之先鸣”这十二个字。

这给我留下了非常深刻的印象。仿佛通过它我才了解了鲁迅。今天这样写着的时候，自己也不免觉得有些玄妙而不可思议，但事实确是如此。这十二个字的力量真的超过了数不清的对鲁迅的评论、批判、回忆……

乔大壮是谁呢？却依旧不清楚。只知道他是鲁迅在旧教育部中的同事和朋友。他的字写得好，人也总是正直的，不然鲁迅就不会请他写字。后来看到商务印书馆出版的他和徐旭生合译的一本波兰小说家的小说，才知道他是懂法文的，不是只会挥毫染翰的旧知识分子。

抗战中在重庆，有一次去逛市中心的一个什么商场（名字忘记了）。那是一个奇妙的地方。大体上说颇有些像北京的东安市场，但小得多也“洋化”得多。市场内最多的是拍卖行，里面充满了用飞机从“驼峰”那面运了来的各式各样的

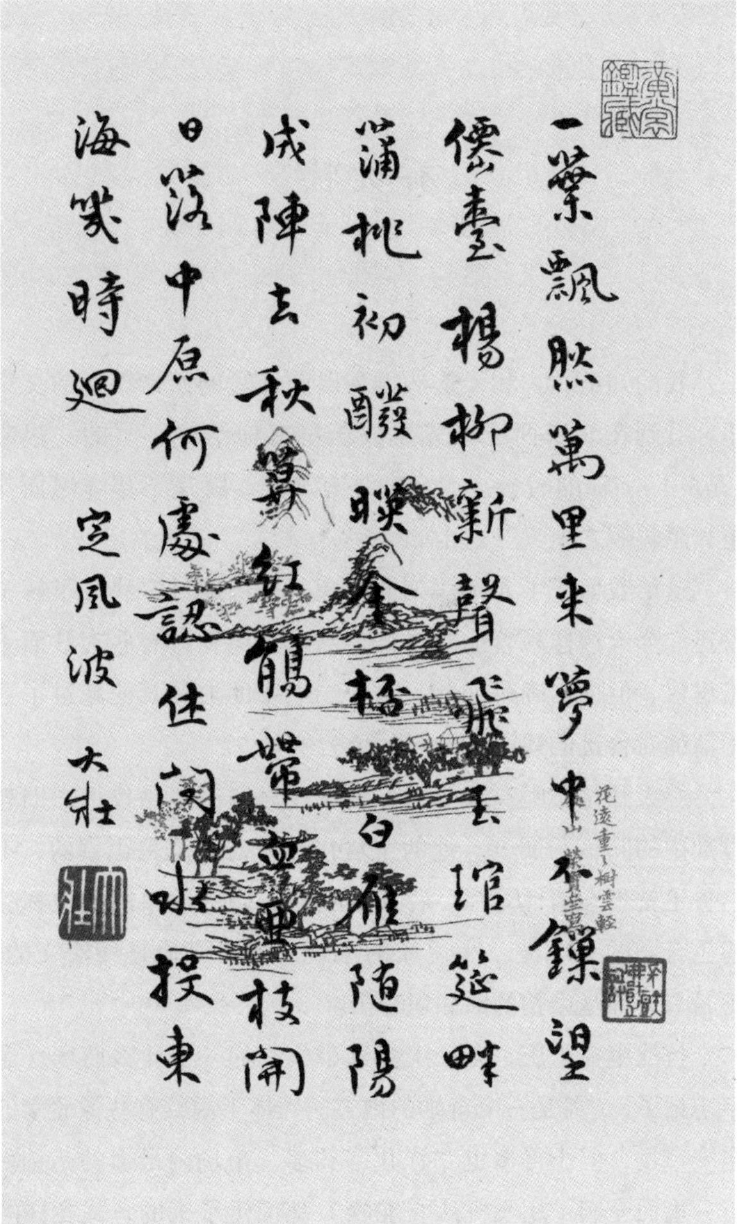
定風波
大壯

“舶来品”（其实应该改称“机来品”才对），标着惊人的价格。这价格，我在参观时是从不去看一眼的。在那里也能看见穿着“奇装异服”的男女，大腹便便的豪绅巨贾。有一次竟还看见了杀人如草刚从新疆“下野”归来的盛世才，真是饱了眼福。这许多特点都不是东安市场所能有的。但这里也有旧书铺、笺扇店。里面陈列着新刻的《诗婢家笺谱》，墙上挂着书法家、篆刻家的“润例”。这就有点东安市场的气息、风味了，免不了停下来多看两眼。就是在这里，意外地发现了乔大壮治印的印蜕。

这真是有如在异乡遇见了老朋友一般的使人高兴。记得当时确曾起过请他刻一方图章的野心。但一看那陈列着的闪着奶黄光泽牙章的标价就立即清醒了，标价使我明白，这些象牙也是乘飞机来到重庆的。

当时重庆公务员的生活是非常非常清苦的。不禁想，乔大壮刻印，可能也是为了生活吧。但这只是猜想，没有去打听，也无法打听。

一转眼忽然到了一九四七年，从什么地方看到，乔大壮与许寿裳一起要去台湾大学教书了。他们都是鲁迅的故人，我就寄了纸去，请许先生写鲁迅诗，请大壮先生写前面提到的有名的集《楚辞》句。我觉得这请求非常合适，也先后收到了他们寄来的书件。集《楚辞》句写成了一个条幅，书体依旧是丰腴遒美的，但有些拘谨，不如给鲁迅写的那张的豪纵了。我寄去的是一张整纸，因为印象里挂在“老虎尾巴”里的是一张条幅，后来亲自去了西三条，才发觉上了当。那原是一副对联，给鲁迅裱成整幅，又被写回忆录的人马马虎虎看做一张条幅了。

这幅集《楚辞》句下面有纪年题款，记得是“丁亥始秋大壮书于白下波外楼中”，下钤白文“大壮”二字印，右上方押角有“波外楼”三字朱文腰圆印。丁亥是一九四七年，是他离开南京到台湾去投奔许寿裳之前。这张字幅我非常喜欢，裱好以后挂在书桌旁边，日夕相对。可惜十多年前一去，至今渺无踪影。我想奇迹可能不再出现了，因为“英雄”们大抵不会知道乔大壮的姓氏，他既非古代名人，又非近时名宿。进博物馆没有资格，换花纸也无人过问，多半怕是被当做废品“处理”了吧。

但“慰情聊胜”的是，这次又意外地收回了他所写的两叶小词：

> 一叶飘然万里来，梦中不锁望仙台。杨柳新声飞玉琯，筵畔，蒲桃初酦映金杯。　　白雁随阳成阵去，秋暮，红鹃带血亚枝开。日落中原何处认，休问，水投东海几时回。(《定风波》)

> 过雨尘清汗血骄，旧闻歌处近南谯。春来杜宇还乡梦，水际吴王送女潮。　　花有信，燕无巢。薄寒浓暖夜连朝。四弦拨断扳鞍去，帐饮经年酒未销。(《鹧鸪天》)

词是写得好的。尤其动人的是那低回掩抑的凄苦之情。

大壮先生是四川人，他说到杜宇，揭出了不尽的乡愁。这两首词不见于曾克耑印的《波外乐章》，我想应是到台湾后所作。他是一刻也离不开故园的人，在祖国的东南一角，时时遥望“中原”，“水投东海几时回?”大壮先生的发问三十年后变成了全国人民共同魂牵梦萦的追问。但那徘徊、疑虑、凄苦的情怀却已不复是当年的旧样了。

当许寿裳被惨害以后，他再也待不下去了，终于在第二年回到南京。不久又来到苏州，于一九四八年七月三日自沉于梅村桥下。“水际吴王送女潮”，他是把姑苏当做了“故乡”的归宿之处的。

大壮先生是印人。我买到过他的两册《印蜕》，因为印得不好，看了很不满意。我想这怕不是我个人的私见。印谱最重原拓。原拓而不精，就更不如看他自己用于手迹上的印记。在这两叶词笺上保存了“大壮”二字名印，和“大壮小词”“千秋孤垒”等数印，是可以窥见他的治印的风貌与功力的。和他的字一样，非常端严谨饬，一点都没有“野”气；但又有多种姿媚，毫无匠气。这也正是他做人的风格。

一九八二、五、十

附记：

大壮先生自用印有“千秋孤垒”一钮。我对辨识六书缺乏必要的训练，常常是以意逆之，有时就难免读错。承马国权先生指教，“千秋”应作“文梁”。当是。附记于此，并志

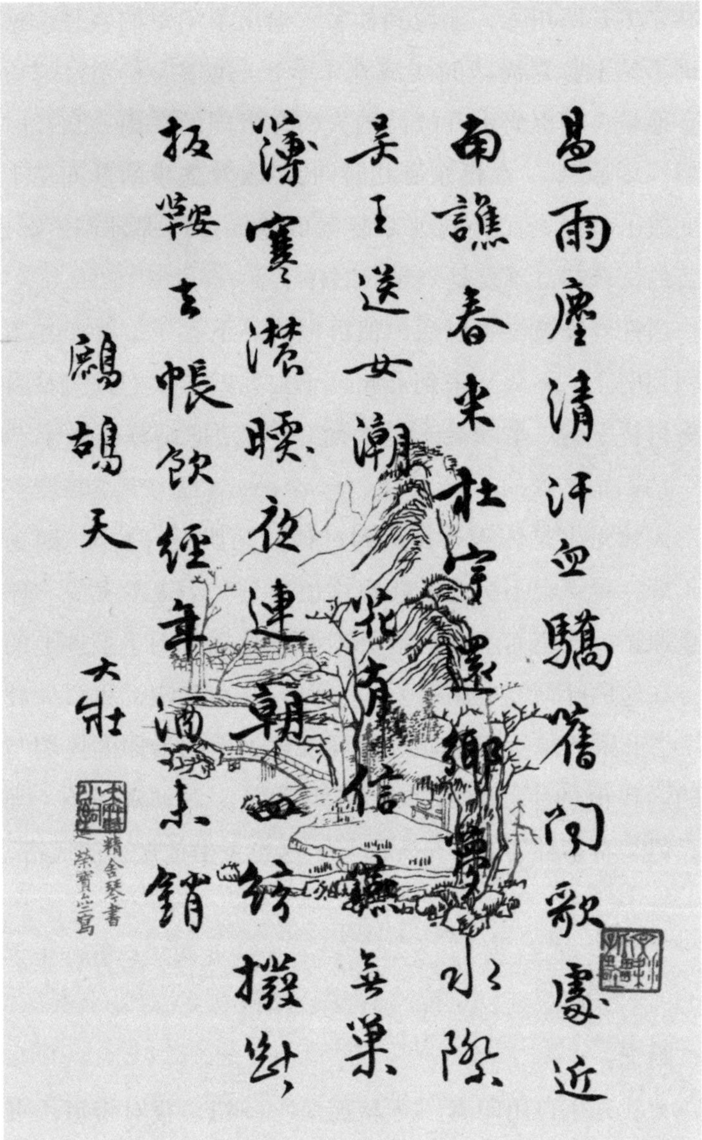
暴雨塵清汗血驕舊聞歌處近
南譙春来杜宇還鄉水際
吴王送女潮花有信燕無巢
薄寒潛腰夜連朝綺撥對
按鞍去帳飲經年酒未銷
鷓鴣天
大壯
精舍琴書
榮寶齋寫

嘉惠。

又一朱文方印云“长短弗卙（与‘辑’通）之诗”，亦承马先生指示，始能通读。

五月卅日

大壮先生次女无疆同志近见访，告知先生遗集将于明年由四川人民出版社陆续刊行；又得知先生华阳祖茔早平毁，其地设公路车站名“乔家陵”。一九八二年双流县委访得先生骨灰罐及徐森玉书表墓原碑，计划恢复。又出示先生诗稿小册，仅存诗十余题，淡墨行草，确是手迹。

先生遗著《波外楼诗》，家属亦未见传本；词集《波外乐章》则有海外影印本两种，惟俱未收《定风波》《鹧鸪天》二词，今得补入；《印蜕》二册则系石印本，不能传原印丰神，可能在陕西家属处尚有遗印若干。

又承以照片数种见赠。有先生为豫才先生书集《离骚》句联，徐悲鸿为“吾友大壮词宗造像”轴及先生书赠朱东润教授联，“尽卷帘旌延竹色，想衔杯酒问花期”。此联属“丁亥七月”，正与赠余书集《离骚》句轴写于同时，忆所题为“丁亥始秋白下波外楼中”，皆一九四七年晚年书也。

一九八三、十二、十二补记

冰心的手迹

冰心女士的《到青龙桥去》是我在小学时读过的国语课本中的一篇，说来已是五十年前的事了。这大概是我最初接触的新文学作品之一，比认识鲁迅、叶圣陶……都还要早。后来进了中学，春假到八达岭去旅行，爬山、看长城、瞻仰詹天佑的铜像，细心观察火车是怎样前拉后拥地爬过山头……脑子里还总是记着冰心写青龙桥的那篇文章。

我第一次看到冰心的照相是从郑振铎的《西行书简》前面的插图里发现的。她们站在大同久胜楼（传说是李凤姐卖酒的地方）头的一张不清楚：穿了矿工服装站在矿井前的全影也不清楚。只有与雷洁琼在蒙古包前的一张是清清楚楚的。我真高兴，第一次认识了自己崇拜的女作家。

《春水》《繁星》我没有好好读，《寄小读者》零碎地读过其中一部分。《南归》给我的印象最深，应该如实地说，我不大敢读这篇文章，它给我带来了多么深的哀愁与痛苦。最近得到《记事珠》后又翻看了一下，感想依旧，很快就掩卷了。

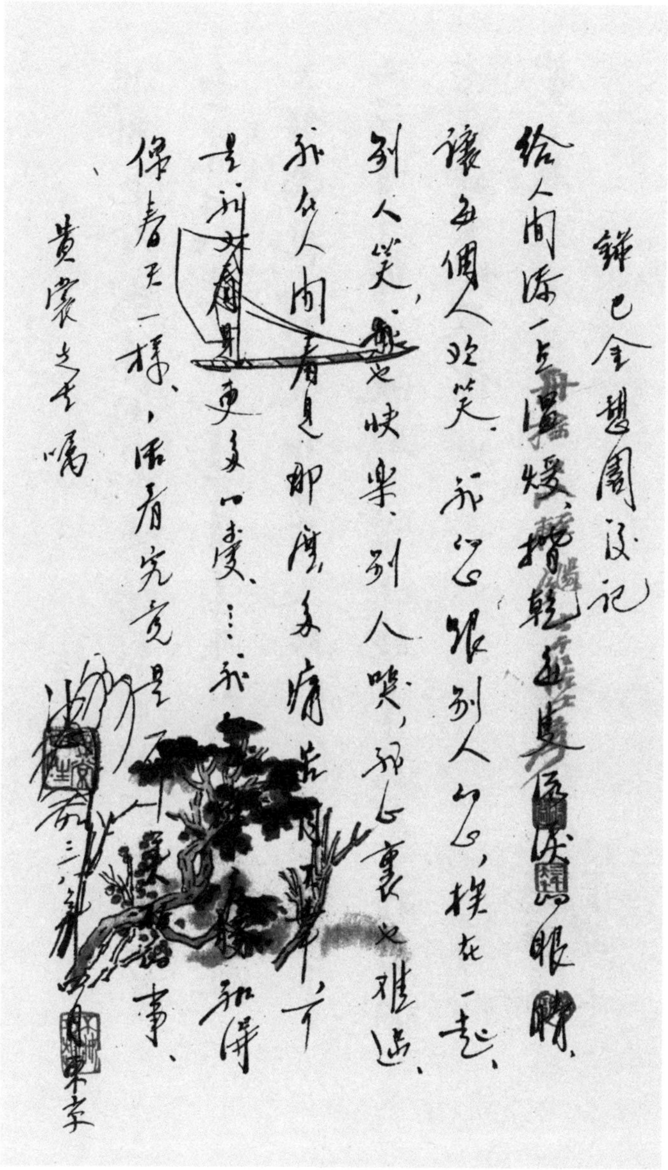
鍾已全慧圓設記
給人間添一點溫暖、增[illegible]眼睛、
讓每個人歡笑、我的心跟別人的心、挨在一起、
別人笑、我也快樂、別人哭、我心裏也難過、
我在人間看見那麼多痛苦[illegible]幸、
是我對[illegible]更多心愛、……我[illegible]
像春天一樣、活著究竟是不[illegible]事、
黃裳先生屬

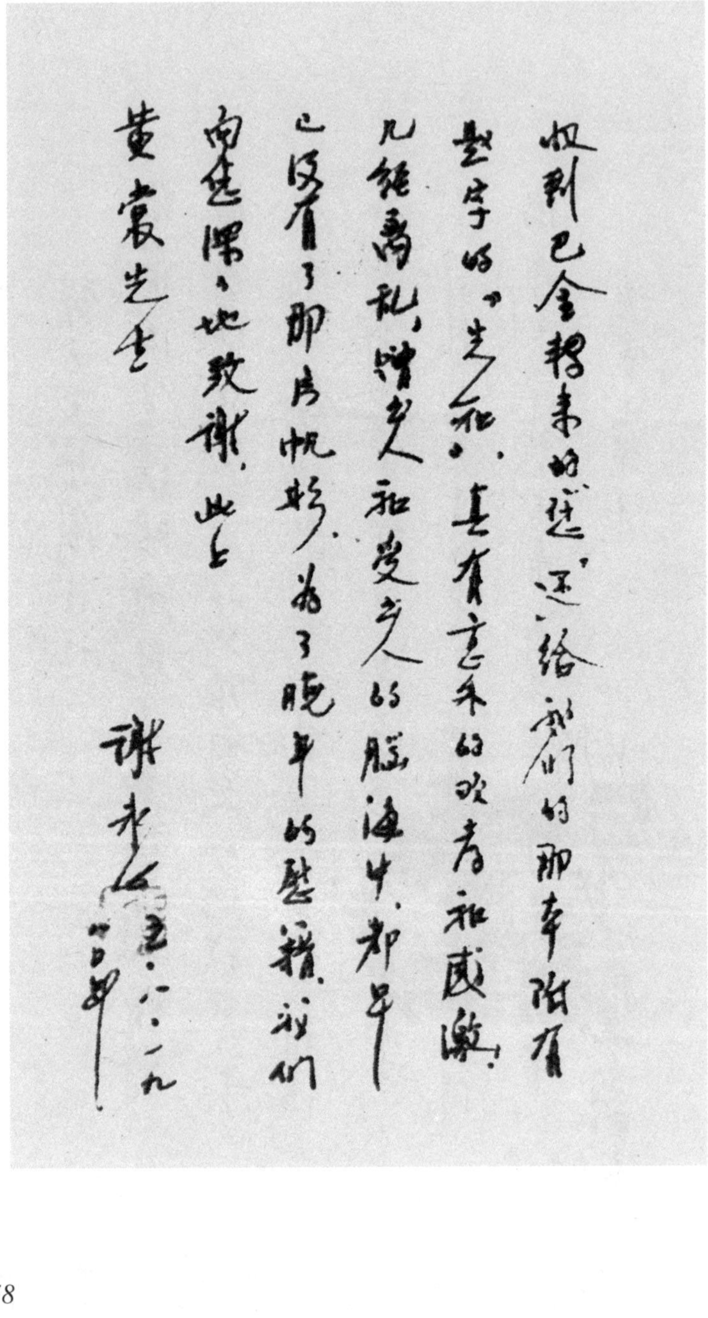

收到巴金转来的您“还”给我们的那本附有
题字的《先知》，甚有意外的欢喜和感激！
几经离乱，赠书人和受书人的脑海中，都早
已没有了那本《帆影》，为了晚年的慰籍，我们
向您深深地致谢，此上
黄裳先生
谢冰心
吴文藻
八〇・一・一九

于是我懂得了冰心作品中最重要的东西，母爱、孩子，还有大海。

冰心的小说，我曾经爱读过一篇《我们太太的客厅》，这是写三十年代北平高级知识分子生活的。

最近读杨绛的《倒影集》，在卷末又发现了那篇《路路》，真是如遇故知。这也是我当时喜欢的小说之一，曾收入《大公报丛刊小说选》。这篇写的是学生生活，与冰心的一篇合看，当时北平高等学府里的侧影依稀可以看到了。两位女作家写的都是她们熟悉的人和事。我的喜欢这两篇小说自然也说明了我那时做着的是怎样的梦。

幸运的是，这样的梦终于被抗日战争的炮声惊醒了。

我是在重庆的豆油灯下第一次读到署名"男士"的《关于女人》的。记不起是早就听人说起，还是自己从文字中辨识出来，这其实是冰心的作品。我当时就想，这是冰心最好的作品。作者到底已经从"客厅"里走了出来，抬头一看，外面的天地是多么空阔，人间的悲欢又是多么深广。在作家说，这是一次真正的解放、升华，但却没有割断与过去的联系，因此倾泻的感情也是实实在在的，作品是真正茁壮地成长了。

据作者说，这里写的是十四个女人的事。"连带着也呈露了我的一生。"这就是了。这大约都是"真人真事"，但仍然经过了艺术加工。但我不想把它算做什么"报告文学"。文学就是文学，作品就是作品，自有客观标准加以检验、衡量。

三十四年前正当我起劲地收集师友"墨宝"时，曾问过巴金，想请冰心给写字，不知道行不行。他说可以，就为我寄了一张笺纸去。不久，就收到她从东京寄来的一张字，写的是《憩园》后记中的一节。但她把一九四八误写为一九三八。这是在《憩园》出版三年以后。

一九四一年巴金为冰心编《著作集》，在抗战中的内地重印。巴金在“后记”中说：“（冰心）抗战后新写的《默庐试笔》，及译作《先知》一册，因原稿散失，一时无法找到，只好从阙……”

这《先知》，我却在抗战初上海的旧书摊上得到了译者自藏的校改本，书前还有自跋。这是被我看做“善本”中的“善本”的。战后归来，依然无恙。一直藏到十年前，被抄去了，但终于回到了书架上。我就又和巴金说，这本书还是给译者自己收藏吧。他说“好，好！”就代我寄还给译者。我当时又曾说起，一九四八年得到的那张字没有了，能再请冰心写一张就更好，结果就是她在一九八〇年五月八日写来的一幅，这次的笺纸是她自备的，我手中已经没有了笺纸，而她大概还保留着三十四年前在花笺上写过一张字的印象吧。这次她写的是：

> 收到巴金转来的您“还”给我们的那本附有题字的《先知》，真有意外的欢喜和感激！几经离乱，赠书人和受书人的脑海中，都早已没有了那片帆影。为了晚年的慰藉，我们向您深深地致谢。

应该致深深地感谢的是我。能珍藏从儿时起就尊敬、爱重的前辈作家的手迹，隔了三十年先后写下的两张手迹，不能不使我感到极大的幸福。

一九八二、十一、十六

王剑三

王剑三（统照）是文学研究会的发起人，五四新文学运动初期重要的诗人和小说家。最近，《王统照文集》已经由山东人民出版社出版了五卷（共六卷）。第四卷所收是新诗五集、旧诗三种及补遗。据《剑啸庐诗草》自序："四年前之夏，予既已重录旧诗凡千余首装册备存矣，然幼嗜涂抹，自髫年为此，其间零星散佚或未经录稿者岂止此数。"序写于一九二三年。这以后，他一直没有放弃旧体诗的写作，积稿之富可知。可惜已大部散佚，现在印出来的只不过百分之一吧。不像有的作者，只是到了晚年才开始写旧体诗，或作为"余事"偶尔写一点，他是从年轻时就一直不间断地写了下来的。在新文学运动早期作家当中，还有一位郁达夫也是如此。应该说都是一种个人特色。

翻翻五大本"文集"，惭愧得很，包括重要作品长篇小说《山雨》在内，都不曾好好读过，但对他的敬重却是从中学时代就已开始了。抗战初在上海，在柯灵主编的日报副刊《世纪风》上，有时可以看到他用笔名发表的文字，知道这位文坛老将依旧站在"孤岛"文化战线的前沿，总是会产生

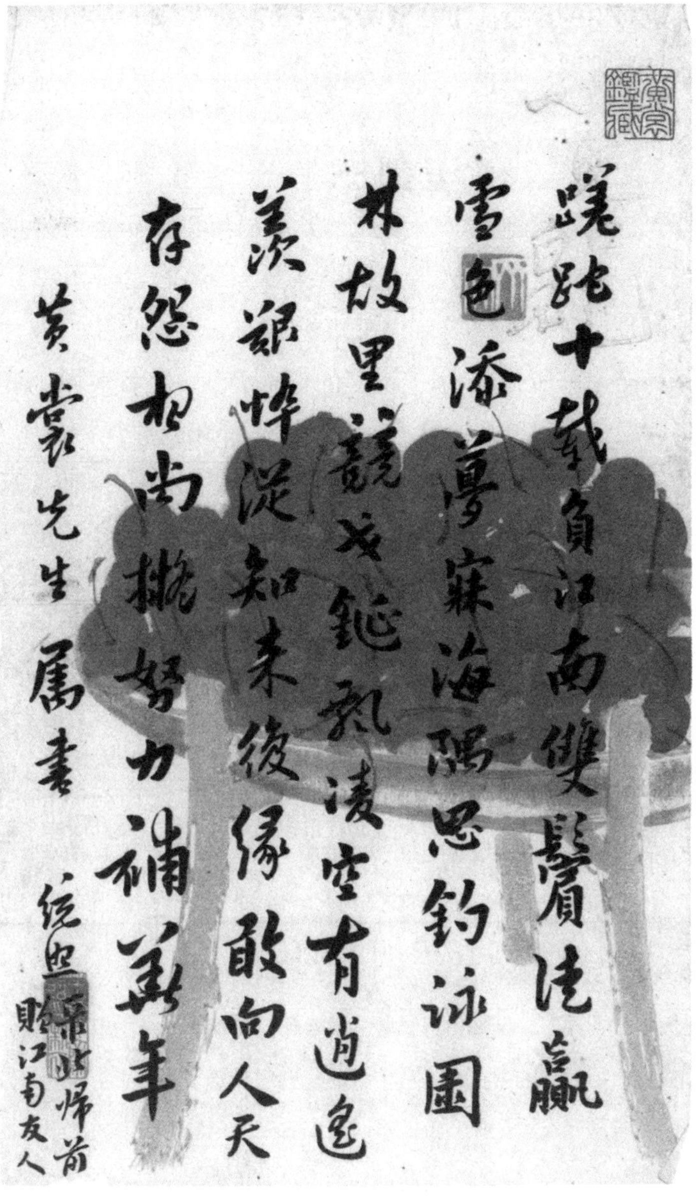

一种说不出的激奋。虽然他的一些带有浓重哲理色彩的杂文，不易完全理解，但文字中的愤激之情，是可以明白无误地感觉到的。

王统照是《文学》月刊的最后一任编辑。抗战爆发，杂志停刊，他就留在上海，参加了开明书店的编辑部。开明曾出版过一套不定期的丛刊“文学集林”，第一辑《山程》中开卷就是他所译的《美利坚战歌》四首，笔名卢生；波兰凯拉苏赛诺司基所作长诗《破碎的商籁诗》，笔名韦佩。诗后都附有后记，说明了为什么在此时此地译出这些洋诗的本意。这些译诗，他自己是很喜欢的，后来自费集印为一册《题石集》，毛边纸线装，相当精致，在今天应该也算得上是“珍本”了。可惜新刊的“文集”中没有收入。其实这些诗因其译出的特定时代与背景，其意义就不只局限于外国作品的介绍，更重要的是表现了译者思想感情与时代斗争的融合、变化，作为“文集”是不宜舍弃的。

我不记得曾有与他见面交谈的印象，也许在有数的几次文艺界聚会中曾见过面，但那是算不得相识的。直等到一九四七年才写了一封信去请他写字，得到了一叶手迹，写的是一首《北归前赠江南友人》的七律：

蹉跎十载负江南，双鬓徒赢雪色添。梦寐海隅思钓咏，园林故里竞戈铤。飘凌空有逍遥羡，艰悴从知来复缘。敢向人天存怨想，尚拟努力补华年。

诗笺上画着一只高脚瓷盆满满盛着大红樱桃，是白石个人特色最浓的作品，题词“女儿口色”四字，不用说也是借山吟馆主人的神来之笔。写在这诗笺上的统照先生的法书就尤为精妙。笔致的丰腴，墨色的凝重，风姿的流美与诗笺画面映衬得恰好。没有这样风格的书法，是压不住那么浓艳的色彩的。字写得精力弥满，而又风神骀荡，确是佳作。从中几乎看不出诗人清瘦病弱的影子。

与诗笺一起寄来的还有一封信，信封上印着“国立山东大学”字样，可知他在抗战胜利后北归，这时已在故乡的大学里执教了：

> 黄裳先生：寄函奉到旬日。适值校中学年考试，试卷颇多，阅评费时，故今晨方得暇将佳笺涂抹。纸薄墨劣难看，聊答雅意，不堪示人。此两阕旧词，当时曾由刊报剪下，置于沪上存书中，遂尔忘怀。今易三字，似较佳。海滨半月连雨，阴雾迷朦，并无中夏气候。以言凉爽，固非它处可比，然湿重亦殊闷人。前见开明广告，知足下有一散文集印出，如能惠寄一本，先睹为快，是所盼也。柯灵君刻在沪否？久不见其文字，或它往就业耶？面时希代致意。在此琐务分神，难得作点稍为惬意之文，良时易逝，自愧之至。专复，即候夏安。统照启。七月廿日。

信上他用的是不经意的行草，对比看来，知道那首诗确是用心写在笺纸上的。信里提到柯灵，这就提醒我可能从他那里打听一些诗人的故事。不过也没有什么可以援引在这里的材料。统照先生是山东人，他那淳朴、热情、谦虚、恳挚的诗人性格从作品中也可以清楚地领略到。抗日战争时期，他住在上海的吕班路（今重庆南路）上，左右住的都是俄国侨民。房子只两间，非常局促。友人来访，总要把家人送进里间然后才郑重接待。有一次聚饮席上，上了一只红烧牛尾（?），一位冒失的客人就联想到是不是驴子身上也有可以入馔的东西。因为座中有杨刚，统照先生就立即神色端重地把话题岔开去了。

解放以后他身体一直不好。离开大学以后担任了山东省文化局和文联的行政工作，很少写作了。好像只印过两本小书。《鹊华小集》是一九五七年十月他扶病选辑自费印行的旧体诗集，只一百零一首。我过去没有见过，这次从《文集》里才第一次读到。集前序言写得很有感情。他说："我在中学读书时，校址就是现在的'山东教育厅'。当时鹊华桥街西头靠近'大明湖'码头的'鹊华桥'还拱立在'明镜'中央。……虽然所谓'大明湖'，所谓'鹊华'等等，都是旧诗人的好材料，但这与我却无多大关系。"接下去他又说七年来在参观、体验生活、旅行中也写了一些旧体诗。序的结尾说：

> 解放后不能深入各种新生活的奋斗场中，没曾写出可以兴感的新诗篇，殊为惭愧！三年以来"锢"疾日

重，说话、行动都感困难，以言多见、多作，如同隔世。

对伟大的时代有何贡献？对热爱的人生有何歌颂？俯首自思，岂惟怅怅！

写了这些话后没有好久，诗人就逝世了，只活了六十岁。

他还有另一本小书《炉边文谈》也是同年（一九五七）出版的。我得到的是第二版，一直珍重地藏着。这是他因病休养，“日与炉火相对”时写下的随笔，只有八篇，一万八千字。这里面有两篇谈《聊斋志异》的文章。他对短篇小说《崂山道士》的短小精悍给予了高度评价，说这五百八十八字的短篇“在‘挥毫如云烟’的看来，真是不值计数，连千还不到，何况动称多少万言呢”。这对当前短篇逐渐向中篇“发展”，动辄一两万字的趋势，也是并未过时的重要意见。

另一篇则是谈《公孙九娘》的。他指出这是蒲松龄为清初山东抗清农民起义——于六、于七的悲壮斗争写下的一篇值得深思的作品。像这样终于被镇压下去了的农民起义，当时不知道有多少起，但大都湮没不传了。关于于六、于七的戏文，好像也只有一出京戏《洗浮山》。统照先生说，蒲松龄在小说一开头就用“史笔”勇敢地概括地记下了这次惨案：“在当时可谓是颇为大胆的笔墨。试查与蒲松龄同时代的山东文人们比，不管他是作过官的，或是白丁，在留下的一些文集、笔记中敢于这样叙写于七一案的能有几个？不但没有几个，多是只字不提，惟恐从文字上受到连累。然而《聊斋志异》成后纷纷传抄，见者甚多，蒲氏对于这篇也绝不更换字句。别小看这一点，时代不同，在清初的文网严密之下，蒲氏竟敢对执行清廷意旨的官方这样记述，没有一股勇气和愤感哪会如此？”

这是他对这位同乡先辈伟大作者的高度热情赞颂。在他们身上，无疑都散发着浓重的山东人气质。

最近在杭州，又到秋瑾墓前去过一次，重读了一下吴芝瑛为鉴湖女侠所写的碑文。后来又到绍兴看了秋瑾的故居，得到了好几本宣传烈士事迹的小册子。电影《秋瑾》也上映了。烈士在身后颇不寂寞，使人感到安慰。但人们提到吴芝瑛女士的却少。应该承认，在秋瑾被杀头以后，为之收尸、营葬的吴女士也确实是了不起的。统照先生评论蒲松龄的话在这里也是适用的。

时代不同了，个人表现也不尽同。但这样的人物的出现在历史上从未中断过。这是我们应该引为骄傲的。

一九八三、十一、九

诗人冯至

冯至是诗人，他写的散文也凝聚着极为精练的诗的素质。《伍子胥》是小说还是散文诗，就很难说得清楚。正如何其芳是诗人同时也写王子乔的故事一样。“五四”以后小说中有此一派，作者不多，也几乎没有什么影响，但却是应该给以注意的。

冯至在《伍子胥》的后记里就直白地述说了他写作的最初曾受到里尔克的散文诗《旗手里尔克的爱与死之歌》的影响。里尔克这篇作品有卞之琳译本，收入《西窗集》，题《军旗手的爱与死》。卞之琳在《西窗集》的题记里说过一句话：“编理完了，仿佛在秋天的斜阳里向远处随便开了一个窗，说不出的惆怅……”这句话很好地说明了这一文学现象的时代背景与踪迹。“五四”以后，从“西窗”里吹来的一股清新的风，吹醒了一些沉酣于古代诗歌海洋里的年轻诗人，他们摩挲着迷离的睡眼，想起要做一些新的尝试……

冯至在《伍子胥》的后记里说明了他这本作品从最初的酝酿到最后完成中间经历的过程。伍子胥最早曾音乐似的在他的头脑中闪过许多遍；经过了许多年，他的青年时的梦想

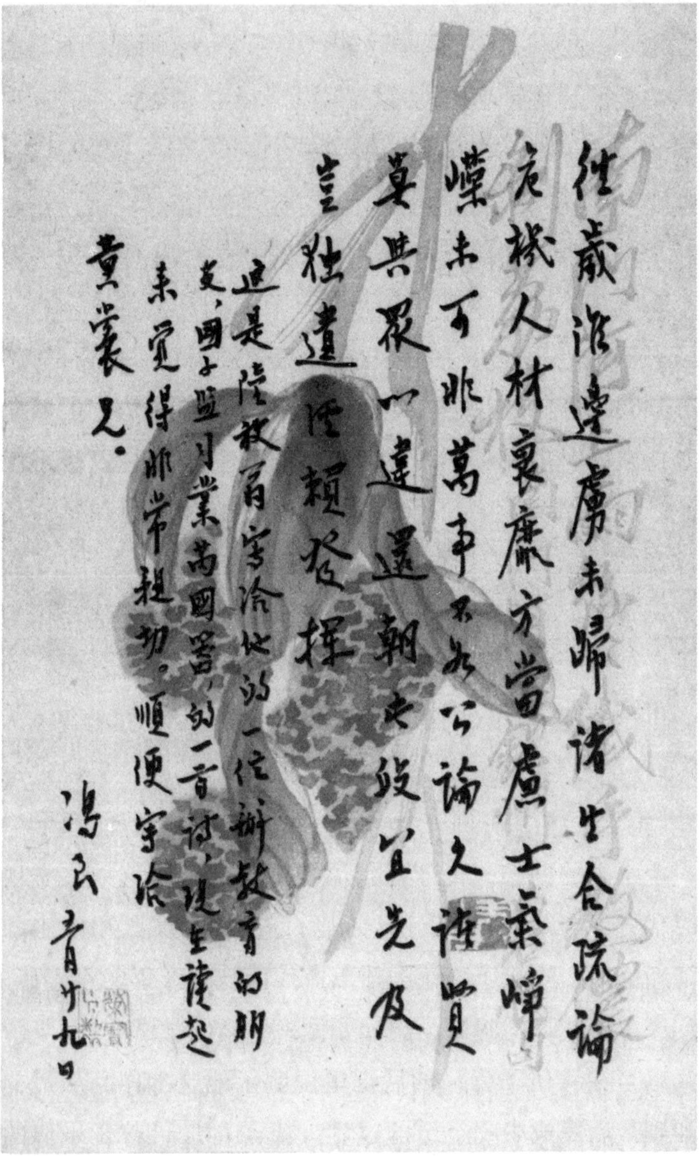
往歲淮邊虜未歸諸生合疏論
危機人材衰靡方當慮士氣崢
嶸未可非萬事不如公論久諸賢
莫與眾心違還朝要路宜先及
豈独遺經賴發揮
這是陸放翁寫給他的一位辦教育的朋
友、國子監司業芮國器的一首詩，現在讀起
來覺得非常親切。順便寫給
黃裳兄。
冯亦
二月廿九日

一部分已被经验填实，一部分则被驱散。等到作品完成时，冯至说：“里边既缺乏音乐的元素，同时也失却这故事里所应有的朴质。其中搀入许多琐事，反映出一些现代人的，尤其是近年来中国人的痛苦。”这些话是一九四四年冬写下的。

我得到他写的这一叶陆放翁诗，正是在这两年之后。

那时冯至已经回到北平，仍在北京大学里教书。从他在放翁诗后面写的几句话，也可以看出那时一个“中国人的痛苦”。诗人仿佛又返回诗的故国，惊异地发现生活在南宋的大诗人竟自写出了使一九四六年的读者“觉得非常亲切”的诗句。

三十年后重展，也实在不能不使我感到惊异。现实主义的力量真的如此强大，可以使作品永远有着旺盛的生命力，历千百年而不褪色。陆放翁写这诗时已经老了，但他关心着年轻人，寄期望于年轻人，他知道希望在他们身上。诗人对自己和自己的同辈的告诫是“万事不如公论久，诸贤莫与众心违”。这是陆放翁考虑了一生所得到的结论，这结论是正确的。

得到这一叶诗笺以后两年，我在北京的北大教员宿舍里访问了作者。在那小小四合院的南房里，四周是矮矮的一圈书架，放满了德文书，有许多是精装的。诗人有着温柔敦厚的典型特征，非常随便的谈话，简直看不出他就是《伍子胥》的作者。

冯至近来好像一直在从事外国文学的研究和领导工作，好久没有写诗了。

今天整理书橱，找到了一九五五年作者自选的《冯至诗文选集》，这是一本薄薄的册子，共两辑，第一辑是诗，第二辑是一九三九年以后所写的散文，这里面就有一篇写于一九四四年昆明的《一首陆放翁的诗》，讲的正是两年以后写给我的这首《送国子监司业芮国器》。可见放翁这首诗在他心中徘徊了许久，一直没有忘记；也证明一九四四年在昆明引起的感慨，到了一九四六年的北平也还是没有多大的变化。作者在文章的开始时说：

> 近来电力不足，常常灯光如豆，晚间不能看土纸印成的书报，不得已只有读大字的古书了，一天晚上，无心拿起一本陆放翁的诗集。窗外黑暗的天空上飞机的声音没个停息，自己读着“小楼一夜听春雨，深巷明朝卖杏花”，是多么无聊；但是开卷有益，翻了几页，却碰到一首好诗……

读了这一节，仿佛也牵引起了我的旧梦。我不是西南联大的学生，但我有些同学在这个学校里工作，不过工作的地方是工学院，地方在拓东路。我在抗战中有好几次路过昆明，有时也借住在朋友的宿舍里。上面所说的那种灯光昏暗的情形，也是经常遇见的。不过我没有古书，在地板上打地铺时也还是只能看土纸印的书报。拓东路离开巫家坝很近，美国飞机不停地起落的噪音听得也更为清楚，但习惯了，好像也并不影响谈话或睡眠。这些记忆直到今天也还是鲜明得很。

作者文章中有些话，我觉得今天读来也还是很有意思的。他说：

> 在抗战的艰虞中是产生能手的好机会，难道人材根本没有吗？我想绝不是。反而我相信人材可能很多。只是他们有的像是石下的小树，要伸腰无从伸腰，有的像是壅塞的流水，要前进无从前进，他们都在重压与壅塞的状况下凝滞了。这个状况是怎样造成的呢？那些老名字要负大半的责任。——我并不是不敬长者，可是我敬重的是领导着来者前进的长者，而不是自己高高在上使来者凝滞在苦闷里边的“长者”。

这些话是说得很好的。他是在一九四四年的昆明说这番话的，指的当然是当时的人和事。但近四十年后重读，依旧觉得说得很好。因为这是可以说明他写下放翁诗的心情与意见的，所以不惮烦地介绍在这里，算做一点补充。

一九八二、四、六

废名

废名是五四前后出现的很有特色的作者。关于他的小说，鲁迅先生有过这样的评论：

> 后来以“废名”出名的冯文炳，也是在《浅草》中略见一斑的作者，但并未显出他的特长来。在一九二五年出版的《竹林的故事》里，才见以冲淡为衣，而如著者所说，仍能“从他们当中理出我的哀愁”的作品。可惜的是大约作者过于珍惜他有限的“哀愁”，不久就更加不欲像先前一般的闪露，于是从率直的读者看来，就只见其有意低徊，顾影自怜之态了。

这简短的一节话，很能说出废名小说的特色，在《桃园》《桥》《莫须有先生传》中显露的就正是这种特点。记得我在中学里读废名的小说，就不能懂，不知道他在说些什么。我想那是因为自己的幼稚，还说不上“率直”。废名是北大出身的，他虽然写小说，但我想从根本上说他还是一个耽于哲学玄想的诗人。他的小说似乎也是近于新感觉派那样的作

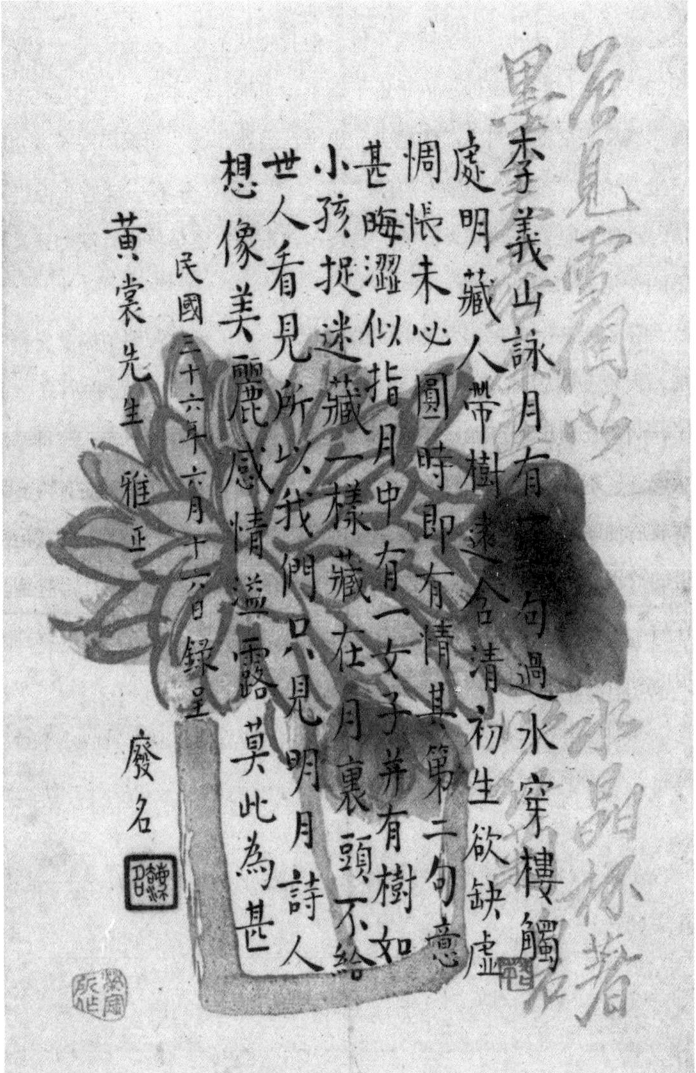
李義山詠月有一句過水穿樓觸處明藏人帶樹遠含清初生欲缺虛惆悵未必圓時即有情其第二句意甚晦澀似指月中有一女子并有樹如小孩捉迷藏一樣藏在月裏頭不給世人看見所以我們只見明月詩人想像美麗感情溢露莫此為甚
黃裳先生雅正
民國三十六年六月十六日録呈
廢名

品，他想描述的不过是他的一些思想活动，对生活的感觉、思维。当然，这一切都局限于非常狭小的圈子里，他的“哀愁”也是“有限”的。“哀愁”并不一定是非否定不可的感情，重要的是要看这是怎样的“哀愁”，是阔大还是狭小、深刻还是浅薄。鲁迅的意见原是很明白的。

废名后来一直在北大教书，作品不大写了，兴趣转移到儒家、释家哲学上来，人也变得古怪了。据说他曾与熊十力讨论佛学，争论到后来，没有声音了，两人在房里无言地扭打起来。但第二天又照旧讨论下去。这种举动和他的小说一样都很不好懂。但他讲唐代的杜甫和李义山的诗却实在有许多好意见。解放后他在东北的大学里教书，有《杜诗讲稿》发表在学报中。我记得他讲杜甫的“影静千官里，心苏七校前”两句实在讲得好，好像把杜甫赶到灵武的行在后，喘息未定的内心活动都揭发出来了。我就想，废名讲唐人诗和他写小说用的好像是同样一种方法。

写到这里，从书架上找出人民文学出版社一九五七年版的《废名小说选》来看。书前有作者的自序，他在序里说：

> 我最后躲起来写小说乃很像古代陶潜、李商隐写诗，——这个判断是真实的……

又说：

> 就表现的手法说，我分明地受了中国诗词的影响，

我写小说同唐人写绝句一样……我的一篇小说………实是用写绝句的方法写的，不肯浪费语言……运用语言不是轻易的劳动，……

我很高兴，我前面的猜测没有大错。

废名还忍不住要在小说里写出他的诗论。如《桥》中就说：

今天的花实在很灿烂，——李义山咏牡丹诗有两句我很喜欢，“我是梦中传彩笔，欲书花叶寄朝云”。你想，红花绿叶，其实在夜里都布置好了——朝云一刹那见。

他给我写的这一张字，也是转录他自己的玉溪诗论。不知道出处在哪里，废名好像一直没有散文集出版：

李义山咏月有一绝句：“过水穿楼触处明，藏人带树远含清。初生欲缺虚惆怅，未必圆时即有情。”其第二句意甚晦涩，似指月中有一女子，并有树如小孩捉迷藏一样，藏在月里头，不给世人看见，所以我们只见明月。诗人想像美丽，感情溢露，莫此为甚。

这是很好的一节“诗话”。李义山也实在被人说得滥了。特别是前些年，许多论客一窝蜂地拼命把李义山说成政治诗人，使他百口难辩。不论他在写爱情，写幽期……都是在暗暗地影射着什么重大的政治斗争。这原是古已有之的一种研究方法。我们也不否认义山确实写过一些政治诗，但说他连睡觉喝酒吃饭打嚏都忘不了政治可就不免近于胡说八道。几年前的那一窝蜂，其实不过是一种历史沉渣的泛起，一点都没有什么新鲜。这样，读了这样的艺术分析就使人特别喜欢。他就像一个小孩述说自己对诗句的思索、想像、理解一样，语言特别朴实、真挚。自然我们也不一定就完全接受他在这里的解释，也许李义山写的是现实境界，不是月宫中的事情。但这并不妨碍我们欣赏废名眼中的义山诗。

废名的字写得也很有特点，稚拙得像小孩写小楷似的，就像他那么顽强地雕琢着他在小说中使用的语言一样。

我觉得废名在新文学史上的努力与表现是应该受到注意的。他开了一条寂寞的头，接下去就被人忘记了。但我想他并不是孤独的。如何其芳，也曾在《画梦录》里摸索过同样的道路；何其芳在写他的美丽的散文时也是非常顽强、艰苦的，也深知运用语言不是轻易的劳动。我相信，在何其芳身上就有着废名的影响。

废名还有过一本《谈新诗》，是他在大学里讲课时编的讲义；解放后他还写过一本鲁迅先生与青年的小册子。好像他已经不在世上了，什么时候死去的我也说不清楚。但我想他的有些遗文是应该辑印问世的。如他讲杜甫、李义山的文章就是如此。

一九八二、五、八

今天买到新出版的何其芳的《一个平常的故事》，从其中一篇《给艾青先生的一封信》中知道刘西渭（李健吾）先生曾经非常认真地读了何其芳的《画梦录》，但“主要地只看出了我受了废名的影响的那一点”。何其芳说，接下去他又列举了对《画梦录》曾经有过一些影响的作者的名字，其中有废名。

刘西渭的文学评论在一个时期里很有名，但我却不曾看过。何其芳的这封“信”过去我也没有见到过。不过我却得到了与他们相同的结论，我是通过作品的阅读感受到这一点的。我很高兴在这里自己没有猜错。

一九八三、十二、六，重校记

周乔峰

周建老给我写的这张字，说不清是怎样求来的了。也许是通过了许广平先生之手，现在也记不真切。当时，一九四六年吧，拿到这张字时真是吃了一惊，同时也非常激动。他写的不是古人的言语，也不是自己的作品，却抄了一条《大公报》的新闻。他自己的话只有五个字，就是双行小字缀于篇末的“真旷世奇闻”。这在我收集的墨宝之中真可算是一种特异的别格。

乔峰先生是鲁迅先生的三弟，与晚年的鲁迅过往甚密，也写了许多回忆鲁迅的文章，尤以记述早年生活及绍兴旧事部分最有价值。乔峰先生曾译过达尔文的著作，但不多自作短文。我只藏有一册《科学杂谈》，那是一本非常有趣的小书。他的文风极朴实，科学家的气息极浓厚。不作惊人之语，但处处流露着非凡的风趣，有时则简直是辛辣的。我有时就想，这恐怕多少也是受到鲁迅的熏染与影响吧。科学家多半是老实人，不说“豪言壮语”，不说假话，在揭示真实的自然现象时，也没有什么顾忌。这样，他在剪下真实的人间相时，所持的也依旧是这种态度。这不就是杂文么？不就是像

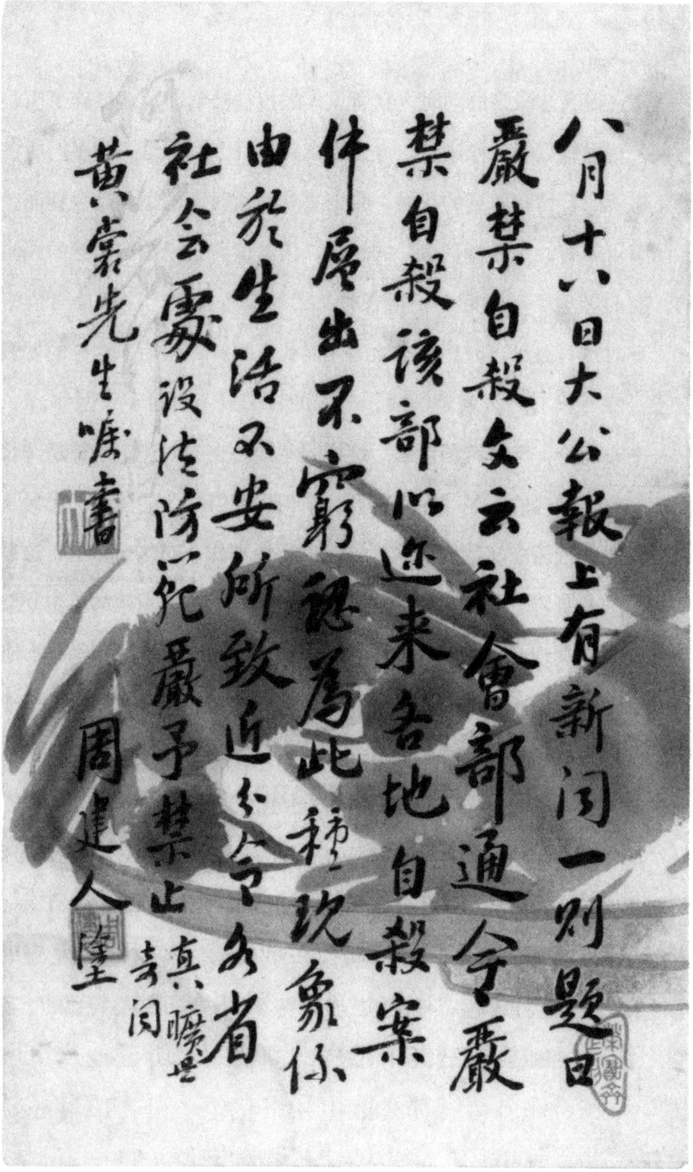
八月十八日大公報上有新闻一则題曰
嚴禁自殺文云社會部通令嚴
禁自殺該部以近来各地自殺案
件層出不窮認為此種現象係
由於生活不安所致近令各省
社会處設法防死嚴予禁止
真真曠世
奇闻
黄裳先生噱書
周建人

鲁迅写的“立此存照”那样的杂文么?

就在得到这张字的同时，我所工作的报社被封闭了，打碎了饭碗，只好在一家公司里做点小工作糊口，办公室内订有许多种报纸。同事们所注意的多半是交易所的行情和舞场的花絮，我则喜欢阅读时事消息和社会新闻。那真是个“怪事年年有，今年特别多”的时代，读着读着自己拍案叫绝的经验是很不少的。有时就剪下、贴起，记得曾收集了厚厚一大本。这都是写杂感的绝妙素材，有时也写点给当时还在出版的《时代日报》，但后来这样的发表机会也没有了。幸亏没有好久就是解放，气闷的日子只不过过了一两年。

平心而论，像“严禁自杀”这样的奇闻，在当时还不能算是“代表作”，但却是有代表性的。是“民不畏死，奈何以死惧之”的注脚。已经下了自杀决心的人，一纸通令在他们看来，怕连放屁也不如。在这一点上，这些老爷比起在泰山的舍身岩畔立起“猛回头”“想一想”之类石碑的善士还要低能到不知多少倍。善士们还想用“劝”的办法，老爷们则只会下命令。他们也知道“此种现象系由于生活不安所致”，但只是关起门来闭着眼睛下命令。因为他们除此以外，再也没有了别的方法。“奇闻”就是这样件件出现的，等到日报上满纸“奇闻”之顷，也就到了解放的前夕。

周建老今年已经是九十出头的高龄了。听说他八十以后眼睛就不好，许多文章都只能由秘书代笔。可是最近还曾见到他在《北京晚报》上发表的谈《物种起源》的文章，这是他自己写的，并非代笔，只要一读就能辨别出来。

在这张墨迹的最后，他用了一个“涂”字，也是颇有特色的。印章也不讲究。这一切都似乎是在表示对传统的“风雅”的抗议。

一九八二、五、六

海内存知己

前天到医院去探望巴老。坐下不久，曹禺来了。这是我最近第二次在医院里看到他。回想年来几次与曹禺相遇也总是在巴金家里。他们是老朋友，谈起天来热烈而随便，海阔天空地谈着许多事情。坐在一旁听他们谈话也真是一种快乐。他们对谈，有时也争论。曹禺的耳朵不大好，戴着助听器也还是时时把头凑到巴金身边去，因此巴金说话时就比平常更放大了声音。我坐在对面，他们就像发表演讲似的面对着我这个惟一的听众，摆出他们的看法，好像时时想打动、说服我。这可真是非常的有意思。

记得是一九四六年在霞飞坊巴金家里我第一次看见曹禺。他是我爱重的剧作家和前辈。他在南开中学搞演剧活动还在我走进这个学校的六七年以前。一九四六年他好像正在导演他自己写的电影《艳阳天》，剧本同时也在文化生活出版社出版。我得到了一册签名本，顺便又请他写字。这就是写在诗笺上的“海内存知己，天涯若比邻”两句诗。我不知道他为什么写下了这两句，也许是他在哪个剧本前面的“献辞”吧，但确也能形象地写出了他的为人。他似乎是可以随时和

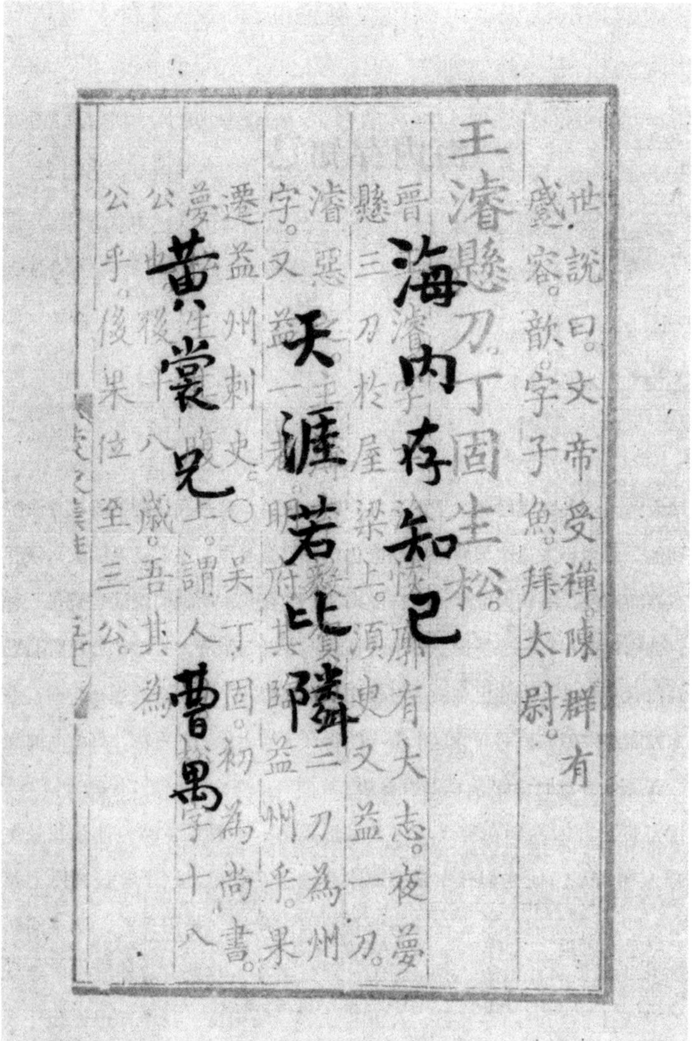
海内存知己
天涯若比邻
黄裳兄
曹禺

随便谁都立即成为极熟的朋友那样天真的人。这当然只是我从表面取得的认识。可以作为例证的是有一次在上海大光明电影院门口的经验。那是一部有名的美国西部片的首映日。片名被译成了《三叉口》。散场以后在影院门口的人潮中碰到了。我问他片子怎么样？他说好，很好，同时还做出了好像只有一个中学生才能做出来的表情动作。这使我很吃惊并留下了至今不能忘记的印象。我想，曹禺真是浑身充满着青春活力的人啊！

当时我们没有什么私人的来往，也不怎么清楚他的生活情况。只从朋友们的谈话里听说他做电影导演并不如意。我想这是很自然的。一个大剧作家为什么要去当导演呢？有时偶然在咖啡馆中相遇，也只是遥遥地招呼一下。有两次我看见他陪了一位女性同坐。那是只有在北京的来今雨轩和天津的起士林座上才能见到的一位女性。这使我一下子就想起了《北京人》。

这以后就是三十年不曾重见。

十年动乱中间和以后也偶然听到关于他的种种消息。有人说他的身体很不好，有病。情绪很不稳定，有时激动，有时颓唐。我很担心，对照过去仅有的印象，我懂得他曾经受过怎样的痛苦，他的那些“病”也是必然的，不这样才是大大的怪事。但我也直觉地感到，他会走过来的。我总觉得他身上有一种奇妙的能适应种种情况的强盛的活力。同时他还是一个有着很大激情的善良的诗人。（不一定写诗的才是诗人，这是我最近产生的一种强烈感受。）这样的人不容易在风浪中被冲垮、卷走。

我的猜测可能并没有错。

近来曹禺常常从北京到上海来住一阵子。他是来工作的。工作之一是想完成他三十年前没有完成的剧本《桥》。工作是艰巨的，重拾旧梦并不如想像的那么容易，可是这是值得努力以赴的工作。在巴金家里有几次都谈到了《桥》。曹禺说他在设法找在《文艺复兴》上发表过的前两幕原作；他在努力寻忆、收集四十年代重庆的生活印象；他在努力继续写。有时表现出非常吃力的样子。这时巴金就给他打气。“打气”并不能概括他们对话的全部气氛。发生在两个老朋友之间的对话使我这个旁听者受到了非比寻常的感动。巴金已经是近八十岁的老人了。我看他就像推着一部车子过桥，他吃力，但耐心，一点点地使劲地推。他微笑着，说着笑话，但总不离开主要的目标。笑话有时是有点辛辣的。这时曹禺就像个爱娇的孩子，要躲闪；但也会承认自己的有些举动有时是可笑的。在这种地方我看到了曹禺的诚直、天真，这是非常可爱的性格。我想，他总是会被一步步推上桥顶的吧。

巴金对曹禺说的话，有些已经写进《随想录》了。近来巴金有机会就要劝朋友多写作品，多做工作。他对不同的对象说的话是不同的，方式也不同。但目的总是一个，希望人们努力工作，争取为人民多留下一些精神财富。老人拳拳的心是摸得到的，从温煦直至炽热。从他和曹禺的谈话中我仿佛看见了从读《雷雨》原稿时就已经点燃了的火焰，一直燃烧到今天，四十多年了，依旧、也许是更加炽热了。

这是我所看见过的少有的一种人间美丽景象，也就是我们习惯称之为“友情”那样的东西。

一九八三、二、九

忆李广田

汉园三诗人中现在活在世上的只剩下了一个卞之琳，想起来真使人感到惆怅。论年龄，算到今天他们都只不过七十左右，本应可以好好地工作更长一段时期的。

我手边有两本书。一本是商务印书馆出版的《汉园集》，是何其芳、李广田、卞之琳三人的合集，李广田的诗题作《行云集》，收诗十七首。三位诗人的风格有其共同之处，但又有各自的特色。在《地之子》和《上天桥去》两诗中就显出了李广田的特点。在共同的玄想、哀愁、寂寞、呻吟中，李广田是表现得较为踏实，带有更多的泥土气，也更多注视着人间相的一位。

另一本是收在《文学丛刊》第九集中的散文《日边随笔》，薄薄的一本小册子。诗人这时已久不写诗了。“我离开一个最宜于做梦的大城，又到一个最不宜于做梦的小城……”这小城就是昆明。昆明市中心有一座近日楼，这是书名“日边”的一个理由。他依旧用诗人的眼睛观察人间的动静，但这些年他看见的是“如此伟大而壮烈”的时代。不过他还是忘记不了萦回在心头的旧梦，于是在序言一开始就写下了：

“日边清梦断。”若干年前，我曾经喜欢过秦少游的这句词。这自然依旧说明了他的诗人气质。他始终忘不了一些清词丽句，富有哲理性的美丽语言，但又好像在二十多年前就已预示了他在昆明的结末。……

我只见过诗人一面，那是一九五六年冬我旅行经过昆明的时候。当时他已是云南大学的校长了，完全变成了一位学校行政干部。我到云大去访问，他热情地带着我参观学校的校园、建设、图书馆……又坐在他的办公室里谈天，他谈得高兴、畅快，多半是关于学校的事情。他几乎不谈诗，好像与云南作家的来往也很少。我当时不禁想，这难道就是《行云集》的作者么？

我和李广田在文字上打过两次交道，但却都为他带来了麻烦，今天想起也还感到遗憾。

一九六二年在报刊上曾经展开过一次小小的讨论，那是因对杜甫诗“香稻啄余鹦鹉粒，碧梧栖老凤凰枝”的不同理解而展开的。我发表了他的文章，引来了非难，后来他又写了一两篇论辩的文章。详细的论点记不清楚了。总之是为他添了麻烦。我觉得杜甫这两句诗是无可争辩的名句，也一点都不难解。我是个粗疏的人，不耐烦研究杜甫在这两句诗里用的是否倒装句法，也不想深究诗里表现的是怎样嘲讽的微意。只要从全诗中领会到诗人情感上的低回、叹息就行了。诗中的含义，也是清清楚楚的，用不着一点点地来坐实。

一九四六年我搜集师友墨迹的时候，也得到过他的一幅。

但后来抄没了，也没有找回来。但原信却在的，写在一张草纸上。

黄裳兄：字愈写愈难看，真是无可如何也。匆此候安。李广田　六月廿一日

信封上写着“天津南开大学李缄”。

此外还有一封信，附着一张剪报。信上说：

黄裳兄：示悉。剪报两份，已读过，觉得十分好笑。一卒先生意见，我完全赞同，翟君的访问记却真令人糊涂。事先既不知道他作访问记，事后也未看过他的原稿，其过失一在于我说话不清楚，也并不认真，再则在于翟君听话与记言均未到好处。此事与吾兄无关，徒惹不快，亦至歉然！对此决作缄默态度，因不值一辩，也愈辩愈糟也！以后翟君有稿，务须改正后再刊，不然则可不用。匆复，即候著安。李广田　廿五日

这次的乱子惹得比较大。一九四六年冬我由南京调回上海，在报社编“文教版”。发了一篇《李广田访问记》。作者自称是他的学生，所谈则是有关抗战中戏剧运动的意见。我没有经过核实并多方面听取意见，就贸然发表了。这一方面固然因为没有经验，更重要的则是自以为是。草草看了一遍，觉得被访问者八年中一直在内地，是文化界中人，他的意见

也算是一家之言，就匆匆见报，让他文责自负了。不料立即引来了批评。当时年少气盛，听不得不同意见，就“反攻”回去，和一位朋友讨论后写了一篇答复，把问题搞得越发复杂。事情以我被撤换结束，改行去编副刊了。工作改变使我不能不为填满版面而赶写连载，几个月中成为我写得最多的一个时期。正是所谓“失之东隅，收之桑榆”了。

我寄了两份剪报给李广田，现在信封里却只有一份“依人”作的《戏剧作品的思想问题》，看样子是从《联合晚报》上剪下来的。“一卒”的一篇不见了。看“依人”的文意，我是被称为“杂感家”的，可见我作为“杂感”作者的历史确也是很长久了。“依人”的结论是：“戏剧作品的思想内容，不是死盯在作品上能发现的，也不是作为时代的传声筒能唱出来的，更不是‘杂感’家的‘感一感’能求得的。”这些话虽然不无道理，但也较为深奥，不是当时的我所能安然接受的。一卒的文章可能发表在《新民晚报》的副刊上，这副刊是吴祖光所编，而举出的抗战中戏剧佳作又正有《风雪夜归人》在内，这就使我很不以为然，觉得在自己编的副刊上说自己作品的好话，是不应该的。我的“反攻”好像就是抓住了这一点。一九五四年在北京看见祖光，握手以后他第一句话就是“你骂得我好厉害！”指的就是这件往事。

从李广田的信里可以看出，“访问记”没有能不走样地反映出他的主张，他也完全同意一卒的批评。事情本已清楚，可惜这信收到时，反攻的文章早已发表，来不及了。

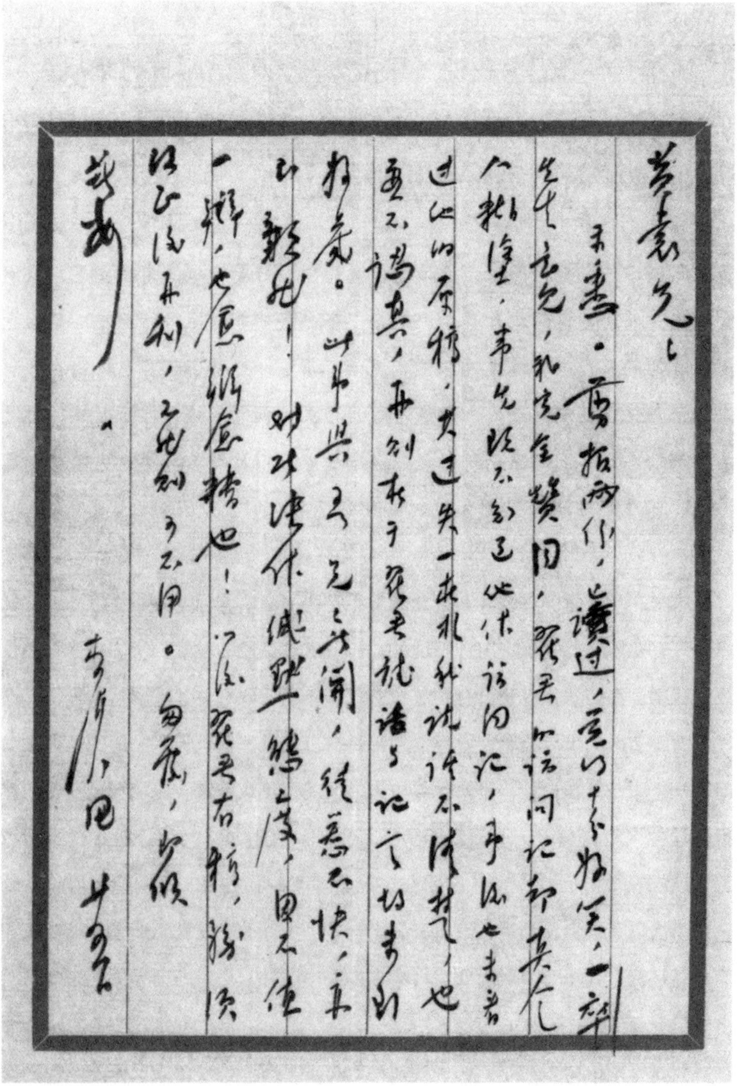
若嘉兄：
来书·剪报两份，已读过，竟以[illegible]为笑，一刹
先生之见，我完全赞同，张君所谈问记都真伪
人难辨，书先说不能还此作，话问记，[illegible]也未看
过此的原稿，其过失一在我说话不清楚，也
要不谈其，再到我于张君就谈与记之切者
相宽。此事只是兄之开闹，徒惹不快，亦
可笑也！对此件作纸上总之废，因不值
一辩，也应[illegible]也！[illegible]张君有错，终须
记此作再刊，不能到了不用。匆覆，即颂
著安
弟 [illegible]巴 廿五日

依人的文章中还提到曹禺的《蜕变》，约略介绍了吕荧、杨晦、胡风的意见，说“恐怕未能使‘杂感’家‘如愿以偿’地满意”。因为我说《风雪夜归人》的题材与抗战无关，而《蜕变》则是正面写抗战故事的。可见当时自己看问题的简单，这真是一个很有价值的经验教训。

一九八三、十、廿七

浦江清

抗战中在昆明，偶然看到开明书店出版的《国文月刊》，颇有兴趣。当时也是一个几乎无书可读的时代，特别是在流离转徙之中，军马倥偬之际，手头有这么一本杂志，可以通过它重温一些古典诗词名篇，确是值得高兴的。在这里，我看到过江清先生说李白、温庭筠词的文字，细腻绵密，印象颇深。战后归沪，又读到他考证花蕊夫人“宫词”的论文。有一天偶然碰见施蛰存先生，知道他们是同乡旧友，就转托施先生要了一张字来，写的是“拟杨西庵小桃红采莲曲”。解放后不几年，就听说江清先生病逝。一九五八年人民文学出版社出版了《浦江清文录》，由吕叔湘先生辑校并作序。所收全是论文，没有作品，因此就觉得这一叶散曲，格外值得珍重了。

除了上面所说的一些论文之外，还有他早年所写的一篇《八仙考》，我也是很有兴趣的。这文章中说到吕洞宾，江清先生说，有没有吕洞宾这个人，很难说。其传说是先虚后实，先有传闻，后有身世记载和著作的。这就基本上否定了吕岩这个人物的存在。可是我确曾看到过他的诗文集，还是明初

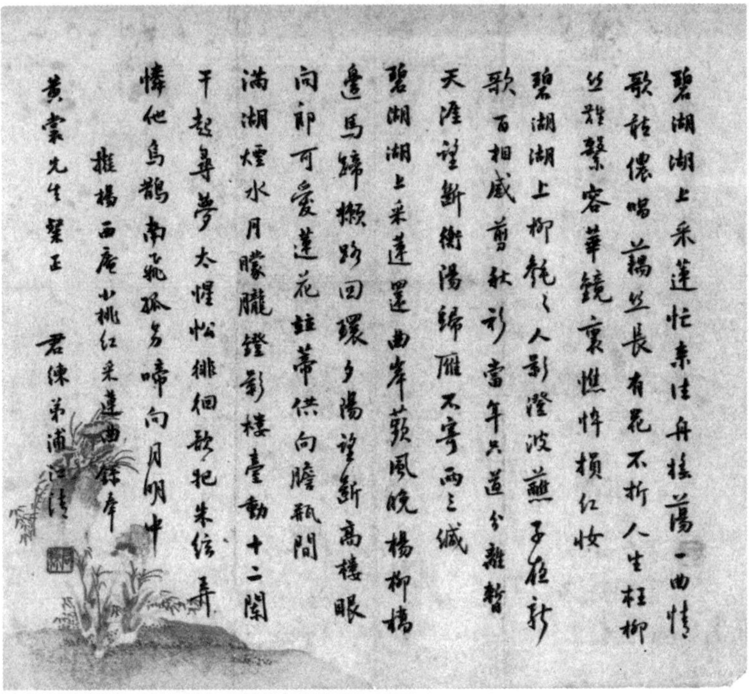
碧湖湖上采蓮忙來往舟樓蕩一曲情
歌話儂唱藕絲長有花不折人生枉柳
絲難繫容華鏡裏憔悴損紅妝
碧湖湖上柳纖〻人影澄波燕子飛新
歌百相感剪秋衫當年只道分離暫
天涯望斷衡陽歸雁不寄兩三緘
碧湖湖上采蓮還曲岸蘋風晚楊柳橋
邊馬歸嬾路回環夕陽望斷高樓眼
向郎可愛蓮花並蒂供向膽瓶間
滿湖煙水月朦朧燈影樓臺動十二闌
干起尋夢太惺忪徘徊欲把朱弦弄
憐他烏鵲南飛孤自啼向月明中
擬楊西庵小桃紅采蓮曲錄奉
黃裳先生鑒正　君陳弟浦江清

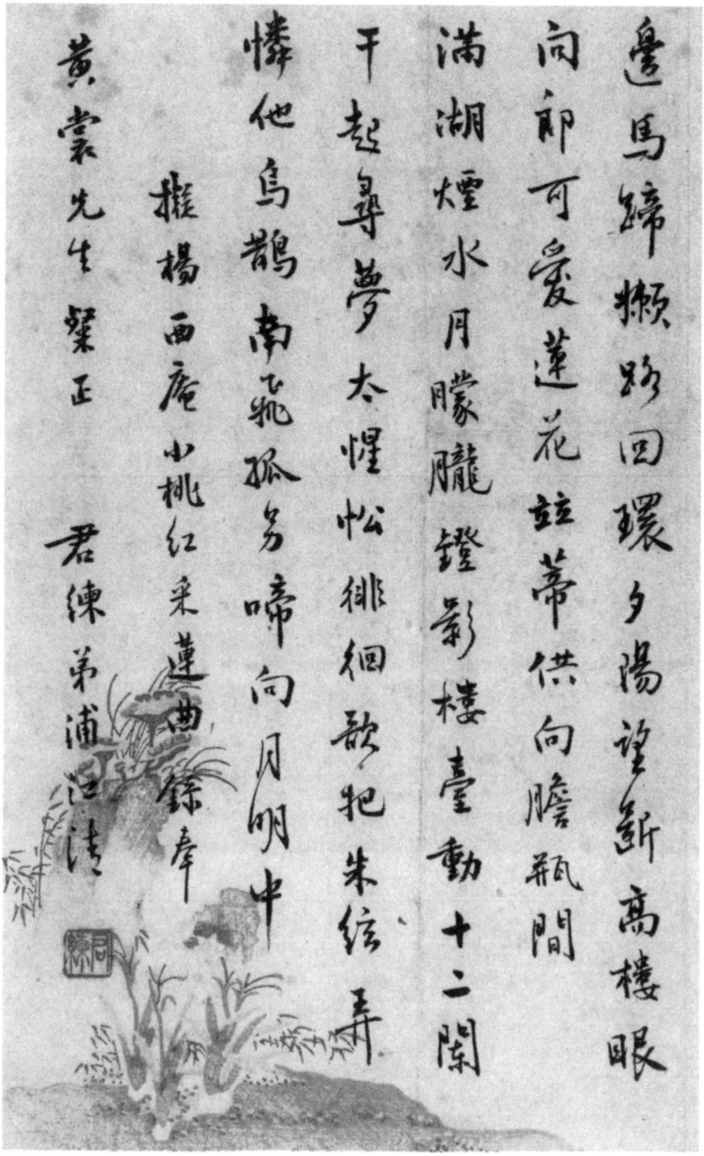
邊馬蹄懶路回環夕陽望斷高樓眼
向郎可愛蓮花並蒂供向膽瓶間
滿湖煙水月朦朧鐙影樓臺動十二闌
干起尋夢太惺忪徘徊欲把朱絃弄
憐他烏鵲南飛孤身啼向月明中
擬楊西庵小桃紅采蓮曲錄奉
黃裳先生粲正
君練弟浦江清

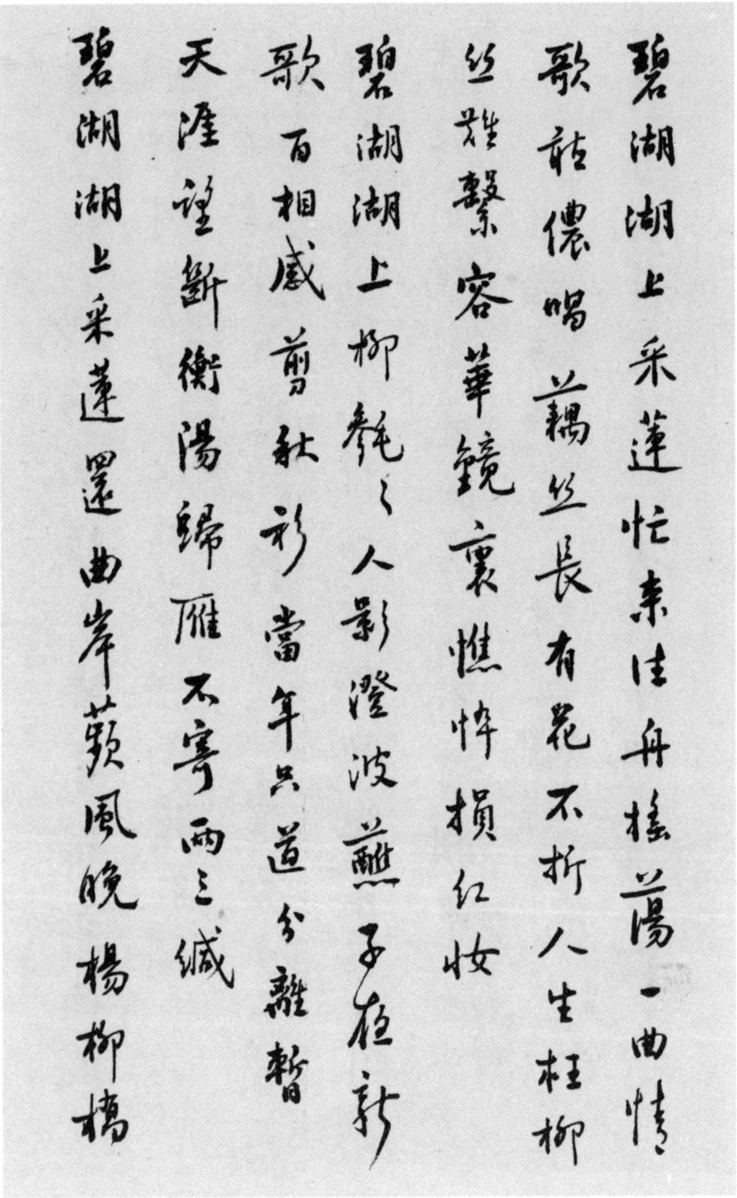
碧湖湖上采蓮忙來往舟摇蕩一曲情
歌姑儂唱藕丝長有花不折人生枉柳
丝難繫容華鏡裏憔悴損紅妝
碧湖湖上柳纖纖人影澄波燕子拍新
歌百相感剪秋衫當年只道分離暫
天涯望斷衡陽歸雁不寄兩三緘
碧湖湖上采蓮還曲岸蘋風晚楊柳橋

黑口本，钱唐丁氏旧藏。不过没有买。当时的想法是，吕洞宾也会有诗文集，不免过于荒唐了。这“交臂失之”使我至今还觉得可惜，终于失去了拜读神仙大作的眼福。

我请徐森玉先生写过一张小条幅，用的是一张乾隆高丽笺。丰腴的书体正像森老自己。可惜这墨迹后来失去了。使我吃惊的是，森老写的正是一首吕洞宾的七绝，那后面两句是“白酒酿成因好客，黄金散尽为收书”。我懂得他的意思。当时我正在拼命买旧书，弄得狼狈不堪。森老是过来人，深知藏书家的种种故事，他是在劝我不必附庸风雅下去了。那上面一句，也是很有点先见之明的。后来，我就曾被指责，经常与朋友在一起吃吃喝喝……这确是非常严重的一件“罪案”，可大可小，可拉可攀，聪明如吕洞宾也将看不透那发展和结局。森老写下的这首“仙诗”很有点预见性，吕洞宾也确不愧为一位值得佩服的神仙。

《八仙考》里还有一位是韩湘子，倒是实有其人的。三十年前我又买到过一本《清虚迂谈蓝关三书》，是嘉靖黑口刻本，刻于四川重庆。这是一本道士写的书，前两种没有什么意思，后一种《蓝关记》，则是写韩湘故事的小说，非常有趣，好像研究小说史的人都不曾提到过。想作一点研究，从《八仙考》之中得到不少资料，不过研究终于没有写成，后来连收集的资料也失落了。

研究神仙的事情，不仅烦难，实在也不大容易为常人所理解。也许看起来有些像看过《少林寺》影片就决心上嵩山拜师学艺之类人物的行径吧。不过我想“八仙”不同于其他形形色色的神仙，他们和中国老百姓的关系是密切的，是为人民所创造，因而也为人民所熟悉、喜爱的理想人物。如果想真正深入了解几千年来普通中国人的心，恐怕就非懂得他们对“八仙”的感情不可。我自己，是对他们抱着不坏的感情的，至少觉得比四大天王、哼哈二将更可亲近。

对有兴趣并傻里傻气地收集资料、寻根究底研究“八仙”的江清先生，也就觉得和通常的学者很有些两样了。

但我对他的生平，可实在知道得很少，写信去向蛰存先生打听。回信说手边正好有江清先生的一份“自传”，可以借给我作参考。这“自传”没有写成的年份，看样子是解放初期思想改造期间所作，中间有许多自我批评的话，并非十分有趣的读物。不过提到的历史事实总是实在的，所反映的知识分子在苦难的旧中国走过的艰难道路也是很有代表性的，读罢还是不能不使人怃然。

江清先生一九〇四年十二月二十六日生于松江。父亲经营小商业，家境不裕。江清先生在中学成绩优异，由私人资助入东南大学西洋文学系，从吴宓、梅光迪、陈去病等学习。一九二六年由吴宓介绍到清华研究院国学门任助教，帮助陈寅恪先生工作，受其影响，多读“东方学”书刊。一九二九年转至清华大学文学院中国文学系。职位逐渐升至讲师，教中国文学史，这段期间，读了大量的古典文献。一九三三年去欧洲旅行，与冯友兰同游意大利、法国、英国，在伦敦博物院看斯坦因盗去之文物甚久。一九三四年仍回清华任教。比较接近的师友有陈寅恪、吴宓、钱稻孙、朱自清、俞平伯、王了一、赵万里、向达、贺昌群、王庸等。“九一八事变，清华师生激起爱国热潮。上海一·二八之役，我追随陈寅恪先生等之后，发出一个要求蒋介石‘切勿阳战阴和，以欺国人’的教授会所不肯通过的较为激烈的电报。其他在政治上一无表现。”

一九三五年与张企罗订婚，次年结婚。一九三八年任西南联大教授，与朱自清等创办《国文月刊》。一九四〇年休假回沪，闭户著书。曾应郑振铎邀在暨南大学任教。后来又辗转去昆明教书，战后回到北平清华。“自传”里曾引用闻一多批评他的话，用以证明自己是一个“不问政治”埋头读书的人。

像江清先生这样的知识分子，是颇有代表性的。他在大学里教了三十年书，教中国文学史的时间最久，曾有志撰写一本《中国文学简史》，到底未能实现，只留下了十来篇论文。许多年过去，人们似乎已经不大记得起这个人了。这是想想都会感到有些寂寞的。

江清先生逝世于一九五七年。

一九八二、七、二十

槐痕

我与平伯先生通讯始于一九四七年。第一封信就是请他写字。我对他的手迹有特别的爱好，可以说是求取不厌，而他也从来没有拒绝过。所以大小幅收藏得不少。尘沙历劫，毁失殆尽。三四年前又开始请他为我补写，现在手头竟又有了好几幅了。出乎意料，他最早给我写的两叶诗笺不久前又找了回来。纸墨如新，别来无恙。一弹指已经过去了三十五年，平伯先生也已经是八十开外的老人了。

这两叶诗笺是静文斋的出品，并非上乘佳制。值得珍重的是，这是当年鲁迅编印《北平笺谱》时挑剩下来的落选物，退还给郑西谛时有一大包，后来西谛就又陆续分赠朋友。“不道归来鬓有丝”两诗是我读了喜欢请他重录的，原诗见《古槐梦遇》。另外一首则是“近作”，也就是一九四七年所作：

凉秋惊远客，归意可从容。燕雁虞罗侧，兰萧束刈中。耳聋疑夜雨，叶静误微风。寂寂萤残照，余生惜暗虫。

餘生惜闇蟲
近作一章
黃裳先生唫正
丁亥九秋
平伯寫稿

今天重读还可以想像经过了八年沦没，又落入“接收大员”手中的古城北平上空飘荡着的空气和诗人的寂寞心情。

最近我的一本小书《榆下说书》印成，寄给了老人一册。我在信中说到，我家屋后的那株大树，被我一直当成了榆树的，后来发现好像并不是。我先是在嘉定城内的秋霞圃、南翔的猗园，后来在苏州的拙政园，都曾见到同样的古树。使我一见就辨识出来了的是那春末就从枝头生长出来的一串串覆垂物，就是到了盛暑的今天也并不脱落，这是被我误认作“榆荚”了的。我向园林工人打听，后来又在拙政园里树身钉着的牌子上，证实了这种树叫“枫杨”。这大概是学名，难怪听起来有点生疏。同游的一位女同志告诉我，这树在北方也很多，在她的家乡山东，人们都唤作“平柳燕”，这可是个美丽的名字。那一串串的“果实”，过去遇到荒年，人们是常常拿来当作食物的。我把自己至今不辨树种的惭愧心情告诉了平伯先生，先后得到他两信，对此事有所谈论。

第二信说：“‘枫杨’一名似曾见过，只不识其为何树，若北人云‘平柳燕’则从来不知。‘多识于鸟兽草木之名’，诚非易事。若吾兄之误枫杨为榆，枫杨冷僻固属无妨，弟之不辨榆槐则其事颇怪。前书所陈，有未尽者。昔有诗句，‘凉月姗姗弄古槐’，先友朱公以为趁韵，后遂有古槐书屋之名，且以之名吾诗词，今不可复正矣。此屋佩弦从前每来京寓辄宿焉，不胜黄垆之戚。其树与屋，皆已俄空。今此名已废，仍偶属‘槐客’，另用南柯记‘槐安国’故事，取义不同。拉杂奉告，聊资谈助。”

前一封信，是就《榆下说书》中两篇小文，“略有补充”：

> 一，名为古槐，实榆树，与尊著名称相似。二，引弟五零年书，可知重印《红楼梦辨》只为经济，与政治无关，可供谈“红”资料，亦第一手资料也。三，“三槐”除《梦遇》以外，更有《槐屋梦寻》，已编好且付印。值七七事变，书局退还，遂佚去。“槐痕”有二义：一、槐下青虫，每留痕。二、Wine 之音译，见《伦敦竹枝词》朱佩弦文引。

老人近来写信多用明信片，用钢笔细字前后书写，工整可爱。这里所讲的故事，都是珍贵的新文学史料，同时又是好文章。短短的篇幅，可是包含了多少内容，浸染着多么浓挚的怀人情愫啊！

一九五〇年顷，我到老君堂的俞宅去过一次，至今仍留下那棵大榆树和在它覆盖下的书屋阴暗静寂的印象。我向他约稿，撺掇他把旧作《红楼梦辨》重新改写。接下去就在我编的报纸副刊上陆续发表了后来收入《红楼梦研究》的开头几章。实在无从想到竟惹起了那样的一场是非！我至今还保存着一册一九二三年亚东图书馆初版的《红楼梦辨》，取出重读，依旧觉得其中的有些论点还是非常重要的。例如，书中说：

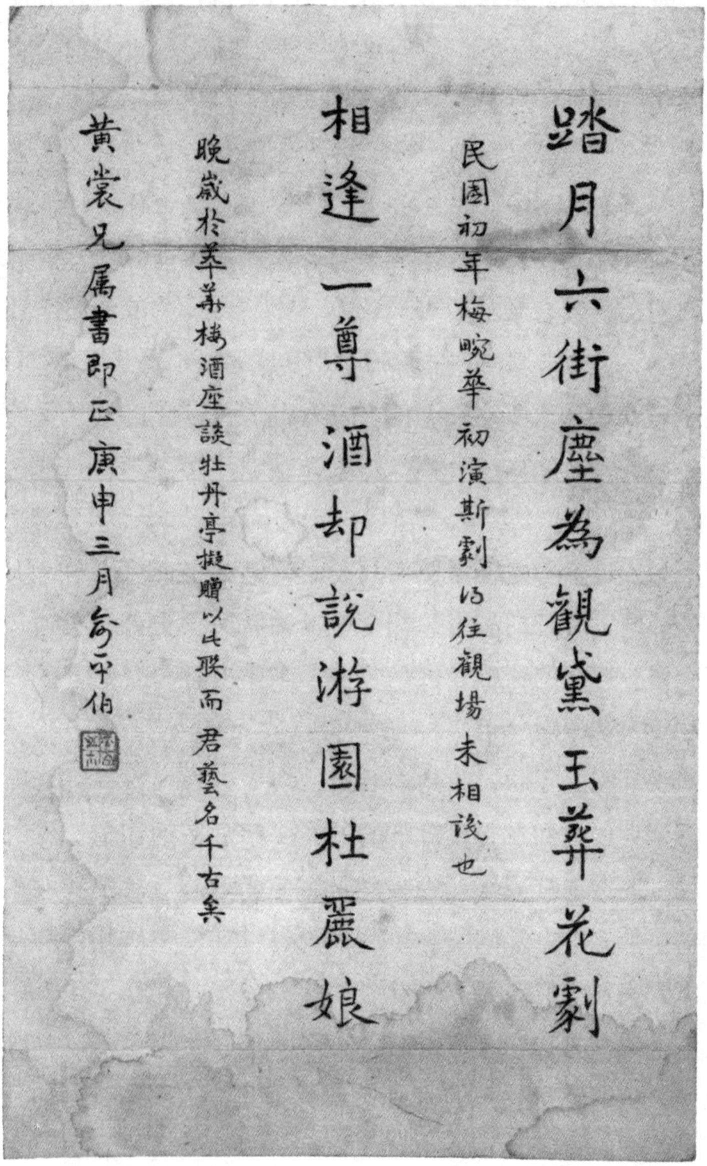
踏月六街塵為觀黛玉葬花劇
民國初年梅畹華初演斯劇乃往觀場未相識也
相逢一尊酒却說游園杜麗娘
晚歲於華美梅酒座談牡丹亭擬贈以此聯而君藝名千古矣
黃裳兄屬書即正 庚申三月俞平伯

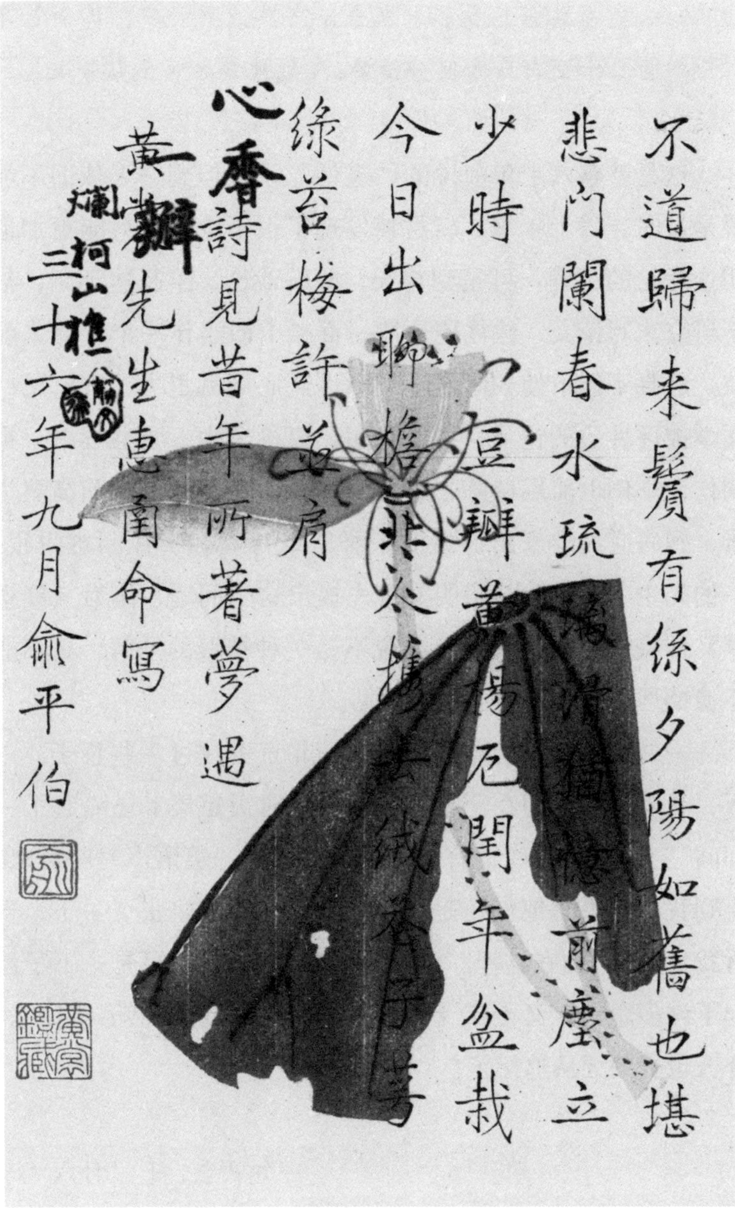
不道歸来鬢有絲夕陽如舊也堪
悲门闌春水琉璃滑憶前塵立
少時豆瓣黄楊厄閏年盆栽
今日出聯檐北公携
緣苔梅許並肩
心香一瓣
詩見昔年所著夢遇
黄裳先生恵圅命寫
三十六年九月俞平伯

> 这书共分三卷。上卷专论高鹗续书一事，因为如不把百二十回与八十回分清楚，《红楼梦》便无从谈起。

这是整整六十年前说的“老话”了，但到今天依旧不能说是过时。六十年来，新材料发现了很不少，但只能更加证明这意见的正确。可是到今天，改编戏剧，绘制连环画，甚至研究家写论文，往往还是把一百二十回当作一个整体来看待，这真不能不使人吃惊。科学性到底到哪里去了呢？某些文学批评性质的论文，说长论短，议论风生，原书续书一视同仁，举例也前后杂陈，毫无别择。我真替曹雪芹和高鹗为难，到底应由谁来出面接受荣誉听取斥责，实在困难得很。平伯先生六十年前开宗明义首先提出这个问题，作为《红楼梦》研究的重要前提，不能说不是一种精辟的见解，更不能不遗憾地说，是一种高明的预见。

一九五四年秋天，我和内人到北京去住过一些日子。一天，浦熙修请我们在全聚德吃饭。那时饭馆楼上还隔起了一间间“雅座”，隔座也有五六个人在吃饭，笑语声时时传来，直到我们离去时他们还是兴高采烈的。浦二姐张了一下，告诉我：“俞平伯在这里。”我没有走进去打扰，可是一下子浮起了许多念头。又是二十八年过去，当时到底想了些什么，今天也真的无从追忆了。

一九八二、七、廿六

老树

郭绍虞先生是我素所敬重的老辈。很早以前就在《燕京学报》的特刊中见到他所辑的《宋诗话辑逸》，援引之富，考订之精，都使我佩服。此书前两年连同《宋诗话考》又重订问世，买到以后，真有一种如逢故人的欣喜。从这书，我懂得老辈学人做研究工作的方法，也看到他们为此所付出的精力。很想学习，但终于学不成。自己明白，不是做研究工作的材料。既无根基，又少耐心，只有惭愧。

绍虞先生还有另外两种著作，也给我留下了不易忘记的印象。一本是杜甫的《戏为六绝句》的集解。这六首诗是中国文学批评史上有名的作品，杜甫开始使用了这样一种文学艺术评论的别致形式，立即就受到了人们的热烈欢迎。论诗绝句、论词绝句……扩大开来一直到论书法、论治印、论古钱……都不断出现了许多仿作，这风气到今天也还不曾消歇。这方法的好处是自由、简练，能表现真知灼见而不必摆出什么大架子，不会使人望而生畏。而缺点也似乎就在这里。诗本来就有“朦胧”的天生特质，再这样一表达，“朦胧”的特点就更加突出了。有些话不容易理解，理解起来也将产生

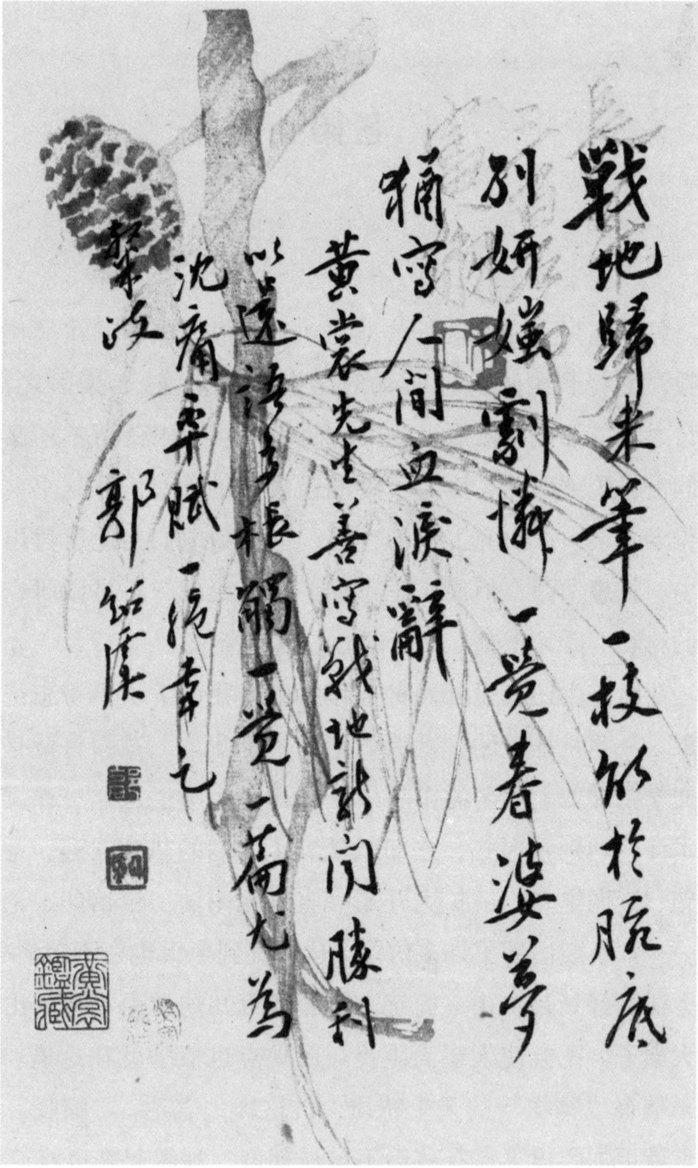
戰地歸来筆一枝欲於腕底
別妍媸劉攤一覺春婆夢
黃裳先生善寫戰地新聞
郭沫若

种种不同的异说。把千百年来人们对这六首诗的不同认识汇集拢来，就不只能进而探寻老杜的原意，还可以看出不同时代文学批评的发展变化。因此，这小册子就不只是一本材料书，同时也是理解文评流变的钥匙。

另一本是《陶集考》，是一九三六年的印本。这是将从梁以前直到清末民初、域内域外所传所刻的陶潜集不同本子加以汇集考证的书。体例也是很严谨的。全录各本序跋，加以考证，是版本学家的好助手。虽然今天看来，还大有可以补充订正之处，但那体例、做法都还值得参考、继承。

绍虞先生精力所聚的巨著是《中国文学批评史》，我并不曾仔细地学习过，所曾浏览的也不过上面所说的几种小册子，然却能从中体会到他为了写批评史曾经下了怎样的功夫。这是不能不使后辈钦敬的。

绍虞先生和叶圣老、周予同……诸位有一个时期都在开明书店工作。好像正在编写《学文示例》与编辑国文月刊。我没有请见的机会，但却托叶圣老请他给我写了一张字。诗笺很快寄来了，是一首诗。得到前辈的奖掖，使我高兴。尤其觉得有意思的是他指出了我是一个记者，是写新闻的。这一点，到今天还时常记起。他所指的是我在《周报》上连载发表的《关于美国兵》。《一觉》则是发表在被封闭的《周报》终刊号上的一篇短文。后来没有印进集子。

我收到这张诗笺以后就想，像绍虞先生这样一直躲在书斋里的学者也喜欢看“战地新闻”，也有那样愤激的心情，这实在是看来有些奇特，但实在却一点都不奇怪的事。无论

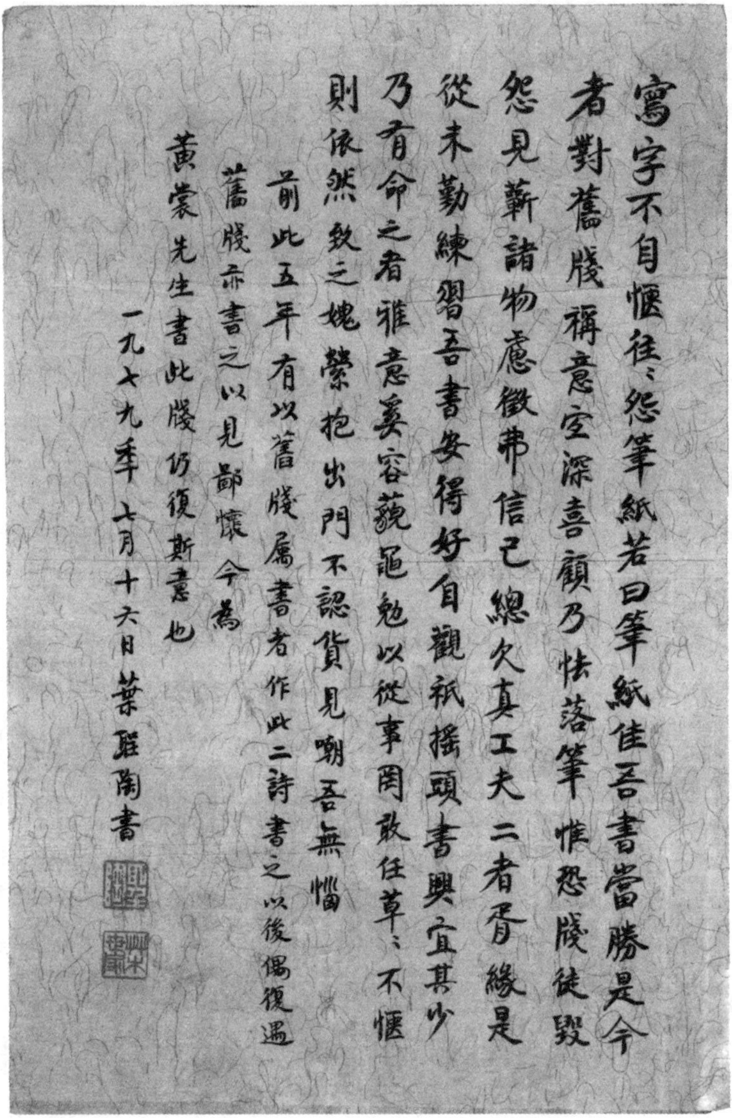

寫字不自愜往〻怨筆紙若曰筆紙佳吾書當勝是今
者對舊牋稱意空深喜顧乃怯落筆惟恐牋徒毀
怨見蘄諸物慮徵弗信己總欠真工夫二者胥緣是
從未勤練習吾書安得好自觀祇搖頭書興宜其少
乃有命之者雅意豈容藐黽勉以從事罔敢任草〻不愜
則依然斂之媿縈抱出門不認貨見嘲吾無惱
前此五年有以舊牋屬書者作此二詩書之以後偶復遇
舊牋亦書之以見鄙懷今為
黃裳先生書此牋仍復斯意也
一九七九年七月十六日葉聖陶書

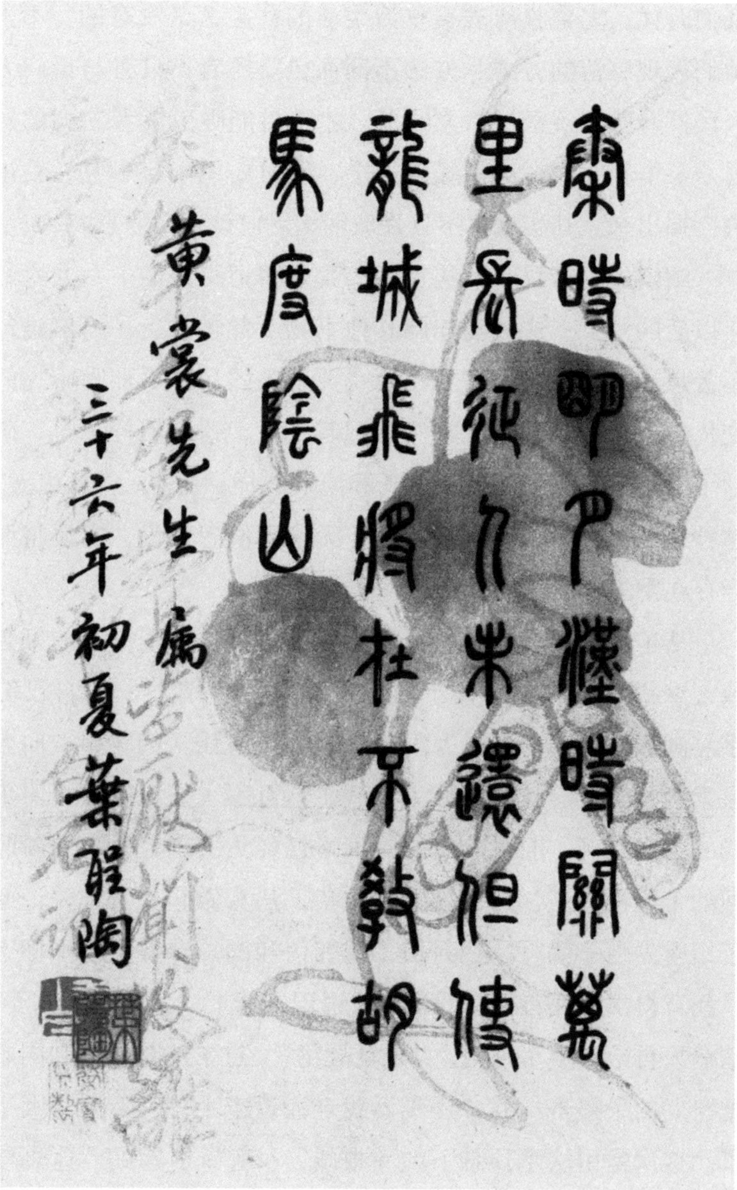
秦時明月漢時關萬
里長征人未還但使
龍城飛將在不教胡
馬度陰山
黄裳先生屬
三十六年初夏葉聖陶

任何时代，完全脱离现实政治生活的社会人是没有的。不过他们表现感情的方式、方法不同而已。还有，只有与最广大人民群众的利益密切相关的事，才是最能吸引读者注意的题材。一个新闻记者必须懂得这个，而且要敢于接触它，钻进去，掘出来。其实这也不只是新闻记者应该懂得的事。

绍虞先生给我写的这首诗，我是暗记得出的。一九六六年以后的一天，这诗笺连同其他书物一起被抄走了，不过却不曾从记忆里被抹掉。当我为《关于美国兵》写那写不完的交代、检查时，有时就忽然又记起了它，这时就停下笔，闭起了眼睛想一想，觉得一切真和演戏一样。我想，“意识流”这种东西，恐怕是确实存在的。无论人们怎样说，它还将照样存在下去，简直一点都没有法子想。

从羊年（一九七九）开始，我又忽地恢复了当年的好兴致，重新干起“小时候干过的营生”来，请师友为自己写字。画我是不求的，因为我知道这是“值钱”的物事，向名家索画，实质上就等于伸手要钱，这可不大好。但有自愿惠赐的不在此例。旧时收集的一大堆已经失去了，看来重新收回的希望也渺茫，那么就再来收集，从头做起。我首先记起了绍虞先生，就写了一封信，托郭信和同志转交。信里抄下了我背得出的那首诗，后面的跋语记不清了。我说明了原委，请老人再给我重写一张，“光复故物”。过了些时，信和同志把写好的条幅寄给我，还告诉我老人近来手抖，不大写大字了。这次是用从屋顶悬下的一根线，吊起臂肘写的。这真使我感到了非常的不安。立即打听了地址，去看望老人。

绍虞先生住在上海市中心最热闹的一条马路后面的一座公寓里。我叩门进去的时候，老人正由郭师母伴着坐在一条长案侧边，房间里到处是书，案上堆着文稿。一位出版社的编辑正协助他修订《文论选》的稿子。老人的耳朵不大方便了，没有听清我开始的问候，也没有弄清我是谁。其实我这还是第一次对他访候。经过郭师母在耳边的解说，他记起来了。他的话逐渐增多，话题也展开了。他告诉了我在那十年中间的种种遭遇。当时的谈话详情已经记不仔细了。有两点却是不易忘记的。我问起他的《中国文学批评史》的修订经过，他说，他开始时是集中精力在修改这部稿子的，但往后越来越改不下去，终于不能不停止。放下这急迫的工作，拾起了别的题目。那种用“儒法斗争”的“理论”统帅一切，解释一切的时髦方法，不能不使他异常愤怒，而终于搁笔。他没有卖论取官。老人有自己的骨气，使年轻人佩服、向往的骨气。

还有一点也是不易忘记的。他对我讲了很久，他对当时扣在他头上的“反动学术权威”的帽子的意见。记得当时我曾有过一种异样的想法，这位高龄老人为什么要对这件事这么认真，这么执著呢？在当时，照我看，这样一顶帽子还是求之不得的。而今天，谁还会对这一切发生兴趣呢？可是不，老人极为认真地讲着。他说，这些话，当时是面对了那些“批判者”说过的。他说，“反动学术权威”可以有两种读法：一、反动的“学术权威”；二、“反动学术”的权威。如果是后者，例如撰写了《我的奋斗》的希特勒，是当之无愧的，也是实事求是的论断。不过当时的标准却大大降低并扩大了。他过去研究的东西，都一律被定为“反动”的“封资修”货色，因此这一切也就无从说起。但如指的是前者，如不具体指出“反动言行”，加以证明，那就无论如何也不能承认。在那种时候，不识时务地提出这样的抗议的后果是可想而知的。

仔细听了这些意见以后，我的心情变得严肃起来。这并不是一件普普通通谁都能做出来的事。譬如我，就办不到。我是不会面对这些“英雄”进行这样的辩论的。我想，我大概是不配做研究工作的，在我身上，缺乏这样一种执著的、认真的、美好的素质。但在做人的基本态度上，我愿意永远学习老人这种高尚的品德。在社会主义祖国里，要做一个够格的公民，不能没有这样的品质。不论是做一个学者，一个工人……都一概没有例外。

前些日子，像出现了奇迹似的，绍虞先生三十多年前给我写的那叶诗笺又回到了我的手中。于是我现在就保存着老人的两张珍贵墨迹了。我是特别喜欢他的书法的。我所收集的师友墨迹的作者，并不个个都是书家。当然我也并不是单纯从书法艺术角度出发来进行搜集的。但绍虞先生却是例外。他的字美，但别有一种刚健之意，不是那种俗媚的“奴书”。八股已经废止了一百年了，但在今天的社会上，“馆阁体”的书法是否就绝迹了呢？好像并不。鲁迅先生曾请他为《北平笺谱》手写序文雕版，那风格就极近三十年前为我所写的诗笺；前年所写的一张更是老笔纷披，别有姿媚。绍虞先生今年九十岁了（实足年龄是八十九），比叶圣老还长一岁。真是人瑞，是中国文坛上的南北相对的两株枝叶繁茂、生机勃勃的老树。这是使我们这些在老树阴凉下工作的后辈感到非常幸福的。

一九八二、七、六

附记：

文章写好后请信和同志读给老人听。老人说，那叶诗笺是一九四六年九月之前写的。这以后他就离开开明书店到同济大学任文法学院院长了。还说，关于《宋诗话考》，近来有读者就该书的引证做出了补遗。自己当年也年轻，有些书看得不全。今天有年轻人提出意见，是大好事，并建议我改去“援引之富，考订之精”的话。我想，改动可以不必，但老人的这节话，却应该补记在这里。

一九八二、七、十一

涉园主人

海盐张元济（菊生）在现代中国文化史上的地位与贡献，近来是看得越来越清楚了。商务印书馆是中国出版史上资本主义企业化最早也最有成绩的一家大书店；《四部丛刊》是迄今为止内容最完备、质量最高的善本古籍影印大丛书；《百衲本二十四史》和两册《校史随笔》更是菊老晚年精力所聚的大工程，为旧史的校勘、流传提供了重要的资料。这只是几件荦荦大事，也是许多人都知道的。但人们往往忽略了他是个“戊戌子遗”，老新党，在当时少数有新思想的知识分子中的代表人物。这特色，直到他的晚年也并不曾减退。

我认识张菊生先生，是在他已经八十四岁高龄的一九四八年。也并没有经谁介绍，当时我想看马叙伦的《读书小记》卷六卷七，这是由商务印书馆印行的线装小册，出版时正值抗战初期，印数又少，找了许久都找不到，只好写一封信给张先生试试看。出乎意料的是一个星期以后就收到了他的回信，并附来了那本书。信中说，这书早已售缺，这一本还是他从商务福州分馆调来的，也是最后一本了。这第一个印象就使我感到惊异。这样一位德高望重的商务印书馆的主

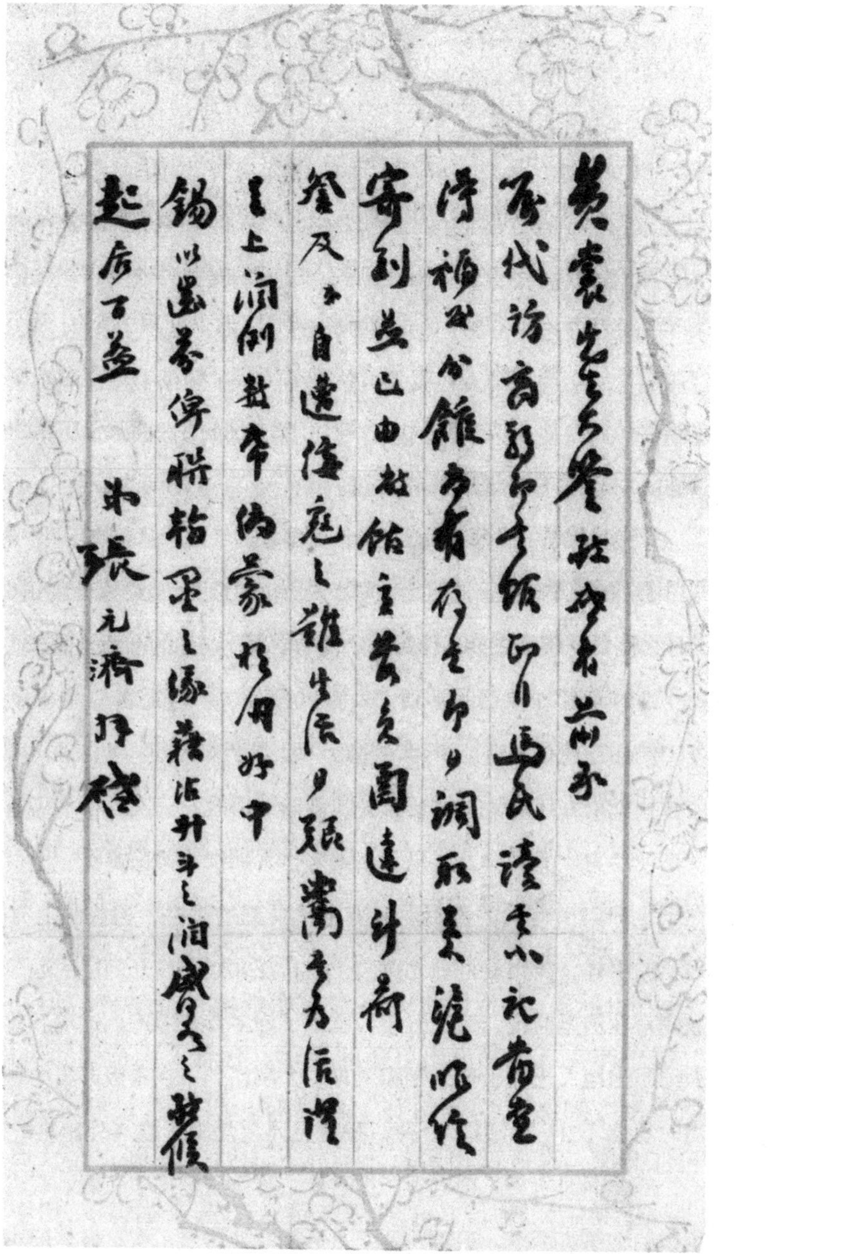
葵裳先生大鉴：敬启者，前承
属代访商务印书馆所印马氏读书小记，当查
得福州分馆尚有存[illegible]，调取来沪，[illegible]
寄到，並已由敝馆[illegible]递[illegible]荷
察及。[illegible]自遭家庭之难，先生[illegible]
[illegible]
锡以[illegible]
起居万益
弟张元济拜启

持人，又是那样的高龄了，对一个素不相识的年轻读者的冒昧请求如此热情地、极快地予以满足，实在不能不使人感动。

我向他提出的第二个请求是，“商务”印行的《古今小说》中有些删去的字句（删去部分都按字数用□替代），希望能看到并补足这些缺文。删节的地方都是色情描写，在公开发行的出版物中是不能出现的。如果换了现在的我，在提出这样的请求之先，是会慎重考虑的。但当时年纪轻，毫无此类顾忌。大约三天以后，回信来了，附有请秘书恭楷在红格纸上抄下的缺文，行款规格与《四部丛刊》后面所附的校记一样。同时还详细告诉我王古鲁先生怎样从日本带回了这些珍本小说照片的经过。

我当时就想，张菊老虽然已是八十多岁的老人，但头脑开明，毫不冬烘，绝非我想像中的道学先生。同时，他对小说所持的态度，与看待正经正史完全一样，并无什么高低、雅俗之分。作为一个校勘学家，与他的前辈是很有些不同的。

当时菊老好像已经不到“商务”办公了，但还密切注意并关心着出版业务。他住在现在上海淮海路常熟路口的“沙法花园”里，是一所普通的弄堂洋房。我就前去拜访，有时还带去几种旧书请教。一次，得了嘉业堂旧藏的宋本《东坡后集》的残卷。这是黄州大字本，那纸薄得像蝉翼，但很坚实，墨色印在纸上晕染出可爱的墨彩。有着宋代蜀刻的风格，但版心上方却偶有“黄州刊”的字样。黄州就是湖北黄冈，在长江北岸，离开四川不远。苏轼元丰间曾被谪官在这里监税，一住五年，留下了许多诗文遗迹。这《后集》刊于南宋，大约是当地人士为了怀念子瞻所刻。大字精劲，在宋版苏集中是出色的刻本。当时所刻不止“后集”一种，我曾见周叔弢丈所藏《外制集》二册，纸墨如一，应是同时所刻。菊老看了很喜欢，称赞它刻得实在好。我告辞时曾想把书留下给他从容摩挲，但被婉谢了。后来我才悟出，像这样的旧本书，是不应轻易留下来看的，免得引起可能的种种麻烦，尤其是并非相熟的朋友，更要留神。但我当时可是一点都不曾想到这一层。

又一次，我带了一本忘记了名目、据说有孙从添校跋的书和四册于奕正的《天下金石志》去请菊老审定。后来得到他一封信：

> 叠奉手教，猥承嘉与，不胜惭恧。所示某书，孙从添手迹，真赝未能断言。《天下金石志》覃谿之蓝笔评注则无疑也。昨检得元刊《五代史》残本一帙，谨以奉赠，藉作样本，乞哂存为幸。复上黄裳先生台鉴。弟张元济顿首　三月廿六日（一九四九）

孙从添是清初著名的藏书家，《藏书纪要》的作者。他的书与手迹极少流传，我至今还没有看到过一种。我带去的一本，附有无可怀疑的伪跋。但菊老却说“未能断言”，这是一种客气的说法。《四部丛刊》多从常熟瞿氏和其他藏书家借得原本，有时原来的鉴定有误，菊老也不径行指出，只在跋文中表示委婉的意见，这种例子不少。这既表现了对原藏书人的尊重，也为了不致搞坏关系。并非人云亦云或鉴定不精，这情形，后来的版本目录学者是应该注意的。

《天下金石志》十六卷是《帝京景物略》的作者于奕正的作品。我得到的是崇祯刻本，与《景物略》刊刻甚似，只是字大一些。书中有清初人孙国敉的校补，葛正笏的跋，还有翁方纲的绿笔批，都极精。现在此书在北京图书馆。

菊老随信送来的元刻《五代史》，存二十四页。书前有题赠的手迹。这些都是重出的副页，抽出另订的。盛伯兮有此书，后归蒋孟苹。蒋藏旧本后大半归涵芬楼。菊老重印《百衲本廿四史》，整理时发现了复叶，就以之相赠，作为旧版书的标本。老人的意思很明白，给年轻人指出一条路，要得到版本上的知识就应该从实际出发，多接触实物，只靠目录和藏书家天花乱坠的描写，是学不到真本领的。我的收集旧本书残叶和藏家印记，就是最初从他那里得到的启示。

我比张先生要小五十五岁。在老先生面前当然知道一个后辈应有的虔敬，但也并不怎样拘束，说话是很随便的。现在想来，除了年轻人不知天高地厚的特点外，菊老的毫无前辈学者架子，以平等相待的风度也是一个重要原因。更重要的恐怕是，以他的高龄与声望，在严酷的白色恐怖下，还勇敢地站出来为人民讲话。这就使当时的青年更易于贴近老人的心。我于一九四九年春在《五代史》卷前所写的题记中说起他时有这样的话："近更以政治败坏，出而为仗义之言。匪独艺林宗仰，且亦民主事业之中流砥柱也。"就指的是这一点。这是非常重要的，说明他从戊戌以还一直沿着这条爱国主义的道路走下去，没有偏离。他所从事的事业，他的社会地位和交游，都在这条道路上设置了重重障碍，但他终于没有背弃这条认定并走了几十年的路。这是难能可贵的。

一九四八年八月我的《旧戏新谈》出版后，曾送给他一册。他给我的信说：

黄裳先生惠鉴：久未通问。昨奉手书，深慰饥渴。蒙惠《旧戏新谈》一册，拜领祗谢。容留案头，细细拜读，必可一新眼界也。《警世通言》现在北平分馆排印，因中有缺叶，需借北平图书馆藏本校补，故一时尚不能出版。敝馆近出邱吉尔《大战回忆录》，其文字不足道，其事实却有可观。不知阁下曾寓目否？手复，祗颂台安。弟张元济顿首。九月八日。

这信用双色套印的梅花笺写成。这种笺纸好像是商务印书馆印的，但没有牌记，也不发售。值得注意的是菊老对邱吉尔回忆录的看法，也说明这位八旬老翁并非长日埋首于故纸堆中，其实却是关心着世界大事的。

我与张菊老短暂的往还中留下的印象是，他不是清朝的遗老，也不像一个大企业的董事长，也并非白首穷经的老儒。这样的人物，我有机会看见过一些，他们身上都有一种特别的气味，表现在言谈、举止和装束中，很容易辨识。但张先生却不然。他清癯，但清健；随和，却有约束；热情，但不流露在面上。他穿着朴素的长袍，举止安详，轻声说话，如

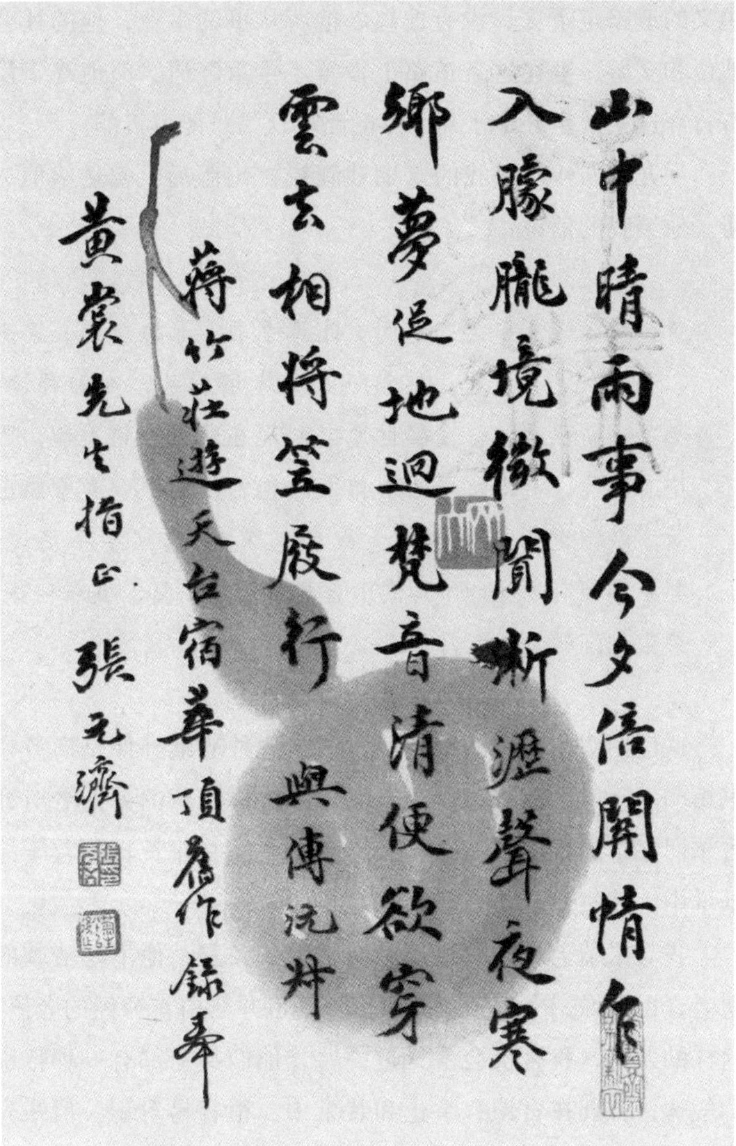
山中晴雨事今夕倍關情
入朦朧境微聞澌瀝聲夜寒
鄉夢促地迴梵音清便欲穿
雲去相將笠屐行
蔣竹莊遊天台宿華頂舊作錄奉
黃裳先生指正 張元濟

在街上遇见，是会误认作一位私塾教师或账房先生的吧。

他喜欢藏书，但并不收藏许多名贵的善本，只注意收集乡邦文献，尤其重视他的先世张氏涉园的旧藏书。有几次我得到了涉园旧物拿去给他看，他细细地翻阅，辨识收藏图记，告诉我这是他几世祖的藏书。然后就小心地把书本理好。我曾想将一种并不珍贵的项刻《王摩诘诗》送给他，因为书上有张芷斋的印记，但他辞谢了，淡淡的，好像已经没有了搜访的兴趣。解放初无锡孙毓修的“小绿天”藏书散入市肆。孙家事先曾将全部书目送来请他定价。我从书店方面听说，他所批的书价还是十多年前的“行情”，比当时的书市高出了若干倍。可见他已久不买书了。我还有一张他写的与傅沅叔（增湘）、蒋竹庄（维乔）游天台诗稿，则是托南纸店求来的。当时他还定有诗文、书件的笔单，算是一种业余收入的来源。

我知道他患病的消息后，就到他家里去探问，知道已经住院。这医院好像就在他的住宅马路对面的什么地方。我赶了去，被引入病房，看见病人仰卧在床上，嘴里大声地喘息着。他这时神智已经不清，认不出人，更不能谈话了。我只是默默地站了一会就退了出来。这以后又过了许多天，才在报上看到他逝世的讣告。

一九八二、十二、二十

补记

前写《珠还记幸》，其中有一篇记张菊生先生事。近来整理丛残，又发现菊老给我的三封旧信，中间有些故事，因作此补遗。

第一封信写于一九四六年八月二十日：

> 手示诵悉。批评原信已读过。拟暂留下录出一份，明日奉缴。能否答辩，当与编审部主持者商之。辱承垂注，不胜感谢。

这大约是报社收到了一篇批评商务印书馆出版物的稿件，我寄给他去核实。批评的是什么书，后来有无答复，现在都记不起了。但可以看出，一位八十多岁退而未休的老人，对待读者批评的慎重态度。这信是当天作复的，答应第二天就交还原稿。这种认真负责、毫不拖拉的作风，不能不使人佩服。

第二封信写于同年十月七日：

敬启者，前日辱荷枉临，获亲光霁，欣幸无似。别后曾赴合众图书馆，潘氏《宝礼堂书目》四册今送呈台阅，乞查入。敝处只存此一部，阅后仍恳发还。此上黄裳仁兄阁下，顺候起居。弟张元济顿首。

这是我第一次访问张先生后收到他的来信。书四册是与信一起送来的。当时不知道怎样谈得高兴，随便说起很想看看这书目，不料他老人家竟亲自跑到图书馆去借了一部给我送来了。这事今天想起还使我非常不安。我也有时收到读者的来信，询问一些问题，或寄了稿子来请提意见，我总是简单地作答，有时还拖延很久，甚至忘却。比起前辈来不能不感到惭愧。在我与张先生短暂的往还中间，可以记下的也只是这类细琐的小事。但也正是从小事里看得出一个人的精神与作风，他对青年热情、无私的帮助，通过这些琐事确是真切地体现出来了。

宝礼堂是南海潘明训的藏书处。他是有钱的商人，因偶然买得袁寒云的藏书而引起兴趣，放手买起书来。但标准极高，除了宋元本是不收的，这一点恐怕也是受了袁二“后百宋一廛”的影响。买书过程中常请张先生为之鉴定。后来又请他代编《书目》，并托商务印书馆代印，体例完善，排版疏朗。粉连纸线装四册。印成后并不发售，只少量送给亲友。潘氏未几逝世，余书全部藏在家里，市上很难见到。偶然发现一部，价钱比普通明版书还要贵。我后来终于得到一部，但已在潘氏藏书全部献给国家由香港运回之后了。

张先生的另一封信没有留下日期，当是一九四八年所作：

黄裳先生大鉴：敬启者，前承嘱代访商务印书馆印行马氏《读书小记》，当查得福州分馆尚有存书，即日调取来沪。昨经寄到，并已由敝馆主管员函达，计荷查及。弟自遭倭寇之难，生活日艰，鬻书为活。谨呈上润例数纸。倘蒙于朋好中锡以齿芬，俾联翰墨之缘，借沾升斗之润，感何如之。敬候起居百益。弟张元济拜启。

这里所说的就是马叙伦的《读书小记》卷六、卷七，一本薄薄的线装小册子。以商务印书馆这样在全国许多地方都设有分馆的大书店，出版图书又如此繁多，总管理处竟能迅速掌握各地库存情况，并及时调拨供应读者，这一点，我们今天的新华书店就还不能做到。

解放前在南纸店中经常可以看到书画家和印人的润例，一张张装在镜框中挂在墙上。这是艺术家和名人的一种业余收入来源。人们也往往视为当然，并不觉得奇怪。卖字卖文也不被看做有失身份。一直到五十年代初期，这办法还依旧保留着，沈尹默的书法润例，就长久地挂在荣宝斋里。我当时虽已认识了尹默先生，但请他写字却总是通过笺扇店。我以为这是对书法家的尊重，也是不愿无偿地剥夺作者劳动成果的意思。只是到了后来，才常常无报酬地请他题写书名或字幅。因为那时“润例”已经撤销了。我倒是觉得这办法还是有其可取之处的。不但合于按劳计酬的原则，同时还可以限制难于负担的求书画者的需索。有成就的书画家大抵年纪都很大了。床角案头堆着一捆捆“敬求墨宝”者送来的纸绢，拼命赶写也完不成任务，这是很苦恼的事，也是很不人道的事。张先生之外，我还见过马叙伦、马一浮的“润例”，目的都是为了谢绝这种好意的承担不起的服务，与沈尹默的情况有所不同。“张菊生太史（元济）鬻书润例”是“民国三十七年元月一日重订”的。钤有“重游泮水”“张印元济”“壬辰翰林”三印。从润例中可以看出当时物价的水平。没有好久，就无论怎样加速地“重订”也赶不上印制钞票的速度。这张“润例”的生命恐怕也只维持了一两个月吧。书家规定的一些细则也很有趣。最后的“鬻文例”也是很有意思的。“散文每篇一千万元，韵语每字六万元”，这当然都是“赋得”的办法，也就是顾客出主题，由作者写成诗文。今天想来这办法是很不妥当的。试想当时如国民党当局带了一千万元法币来请他写一篇“戡乱建国”的大文，真不知道该怎样应付才好。好在没有谁想到这一点，而风雅的军阀如吴子玉大帅一类人早已死光，也没有人再对骈四俪六的宣言通电发生兴趣，才得以平安无事的吧。此外，文体分类与稿酬标准也值得注意。在老先生看来，文章都是“散文”，此外就只有诗，并无小说、报告、论文等等花样。文章以篇计酬，与字数无关。这也是很对的。只要说明了事实、意见就好，不必为了稿费拉得无限长。诗就不同，是要“按字论钱”的。总之，这张“润例”还是有价值的，它是封建文化结末的一种残余的形态。不久就完全绝迹了，但绝迹的也只不过是形式而已。

一九八三、十、二十

钵山一老

柳翼谋先生诒徵，多年担任南京龙蟠里国学图书馆的馆长。一九四六年秋我在南京当记者时，曾几次去钵山精舍访问，得以相识。当时他大约已六十左右，不过精神还好。中等身材，面貌清癯，须发萧疏，说得一口镇江土话。当我请他拍照时，他嘱咐说“少候”，遂即走进房内，换了一套半新的宁绸夹袍，外加马褂，端端正正站在“陶风楼”前面给我拍照。柳先生是我所曾结识为数不多的旧学者之一，在他身上，得以多少领略到旧时代学人的流风余韵，是使我感到异常珍贵的经验。譬如，他在谈天时当然用的是口语，但其中却夹杂了许多典雅的词句。在惜阴书院的书楼前，他就慨叹着说：“书居此楼已三十年矣。”这就不像是通常的对话，仿佛是从古文中忽地跳出的句子；他对抗战胜利后，“八千卷楼”的藏书精华居然还大致保存完整是很高兴的，几次说：“真是神灵呵护！”这好像就是黄荛圃在题跋中的用语了。老先生虽然是一位典型的旧书生，但却有与书生绝不相同的“意气”。他说到抗战之初，教育部不肯派车装运藏书时，戟指大声叱道：“就是那周逆佛海！”眼睛里也发出了异样的光芒。这时我就想，如果要写历史小说，是可以从他身上得到难以捉摸的旧人风貌的。即使有距离，也必相去不远。同时也知道他不是那种炉火纯青了的宁静的学者。

他真是爱书，也热爱他的职守。他和我这个比他年轻近三十岁的记者谈话，居然能谈得兴致盎然，详细述说了有关楼内藏书的收集、逃难、收回……种种故事，几乎忘记了一切。不久，我回沪编报，写信向他问候，也谈到一些藏书方面的事情。他给我写了一封长信。这信后来收入一本薄薄的铅印小册子——《钵山牍存》里，原信则已经失落了：

> 黄裳仁兄惠鉴：迭承垂注山馆，至感盛谊。比荷手书，并赐像片，尤感。敝馆荒僻，整理未竟……尊示慨近日学者，矜秘其有，此亦一时风气，不识学字之义。凡学者所以学为人，学为国，非学为古董商人也。古董商不但可为军阀巨商之清客，兼可作碧眼黄须者之陈列品。搜僻探奇，惟恐一泄于人，则其古董生意不足居奇，而国学二字乃为若辈坏尽。凡为学举无益于人，无用于国。而其人亦自甘卑陋，不知天下国家为何事。语以圣哲之要义，必尽力吹垢索瘢，谓是不足信。实则若辈所信者，金条法币，外此皆不信也。鄙见如此，因君垂询，略述一二……

不记得当时去信曾发了怎样的牢骚，大抵总不外看到一些垄断资料的丑行与将祖宗的家当卖给洋大人的劣迹，表示了自己的愤懑。今天看来，柳先生的意见虽然有点陈旧，但基本上还是正确的。他表现了中国知识分子可贵的骨气。

《牍存》是一本小册子，收集了柳先生于一九三七——一九四七年十年间所写的“公牍”，可以看做后期国学图书馆的小史，也可以算得是一种别致的藏书文献。自抗战开始，转移藏书；直到抗战胜利，千方百计地收回藏书。其间种种艰难困苦，看了令人叹息。这些信是写给国民党许多大员和马叔平（衡）、徐森玉（鸿宝）、李拔可、刘百川、叶遐庵、袁守和等人的。信中所请求解决的种种问题，在大员们看来，简直是一种奇谈怪论。相应不理还算是客气的，哪里说得上加以过问。柳先生在序中说：“语或戆激，不避訾尤；襮之当世，期无讳饰。”这与《牍存》的内容是相符的。但又当得了什么呢？难怪他说：“破庙枯僧，万念灰冷，书痴结习，犹遗语业。”这两句话，对当时的钵山精舍与柳先生本人，正是一种真实而鲜明的写照。

这小册中记下的有收回梁逆鸿志劫去馆中旧藏书八百五十一部事，但梁所印《明实录》的底本则已不知去向了。致徐森玉函中说：“敝馆逸书，续承检寄。眷注之殷，无任感谢。惟书之来源，未测何许。其为军统局所储，抑爰居阁搜获耶？”爰居阁是梁鸿志的斋名，自然可以公开点名；但在当时明揭了军统局的劣迹，却实在是非常危险的。好在军统大员对这样的小册子不会注意，也无兴趣，因而才没有惹出乱子。

最有意思的是追回江北存储的藏书一案。

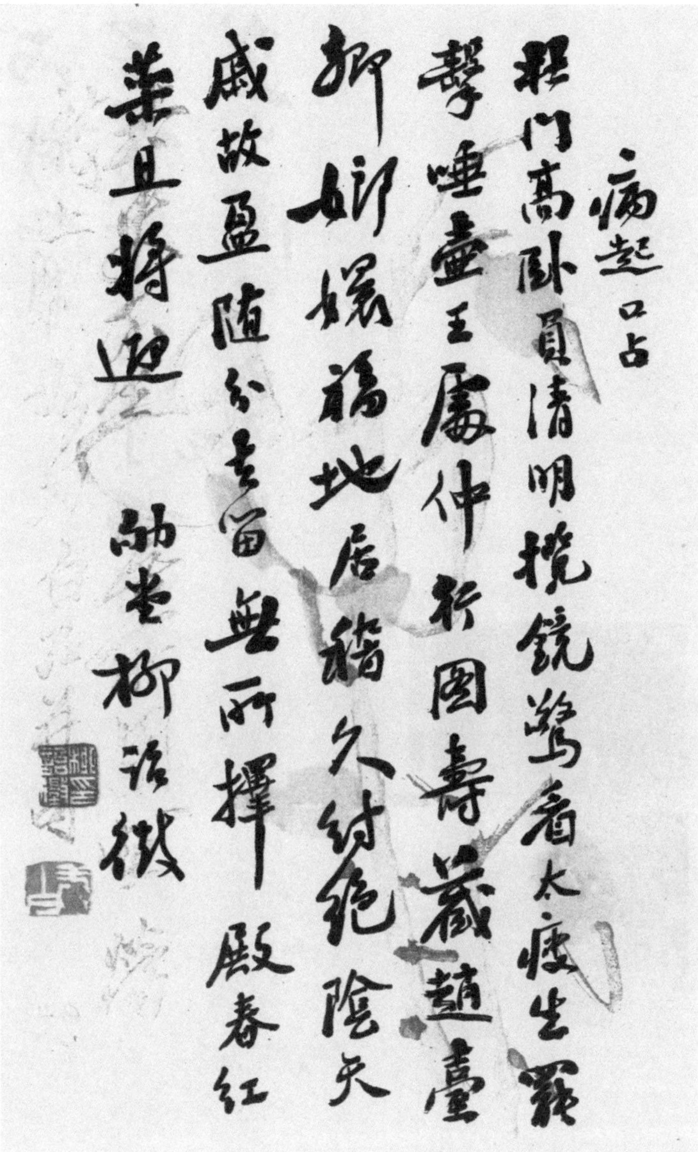
病起口占
劬堂柳诒徵

丙戌九月
容黄裳为予摄於
盘山阅览室（院）中

“诒前运存兴化馆书有万数千册，为马又铭（伪军军官）劫去，百方侦访，未得踪迹。近闻沪上有人以马所劫书求售于合众图书馆，以索价过昂未谐。”（致徐森玉函）于是他就写信给许多人，千方百计打听下落，还设计了种种策略，想得到书单及藏匿地点。又怕知情人不肯提供线索，“以避嫌怨”。又打听友人，“不知现行律中，购买贼赃之处分如何”。总之，他是想尽了办法一定要将这批藏书追回。他告诉徐森玉说：“使诒得以就木之先，稍减罪戾，虽及黄泉，不忘大德。”真是说得十分痛切了。但这批书到底收回来没有，在这本小册子里并没有下文。

这许多，在某些人看来，恐怕像是神经病发作吧？不只是当时，就是今天怕也有人会这样看的。

也是在一九四七年，我请他写了一叶诗，诗题是《病起口占》：

> 杜门高卧负清明，揽镜惊看太瘦生。罢击唾壶王处仲，行图寿藏赵台卿。娜嬛福地居稽久，纡绝阴天戚故盈。随分去留无所择，殿春红药且将迎。

老人刚刚病起之后，心情是有些抑郁的，但依旧掩盖不住内心的激动。他愤激地要击碎唾壶，他严厉地斥责那个垂死的政权。这并不是一首衰飒哀伤的作品。

奇怪的是，老人的书法是腴美的，一点都不像他本人那样清瘦。他的墨迹还有一处石刻，是南社诗人陈去病的墓碣。

这墓在苏州，虎丘山麓左侧的林莽中，知道的人不多。至今还完好地立在那里。这块碑文是北碑的风格。

柳先生大约在一九六二年顷逝世。记得友人曾通知我举行追悼会的时期，但我终于没有去。

一九八二、四、六

自庄严堪

说起来秋浦周叔弢先生还是我的世交前辈。不过这里“世交”二字不作通常的传统解释，并非指上代的交情，而是从小辈的关系倒推上去的。叔弢先生的儿子杲良是我在天津南开中学的同学，而且从初中一到高中二一直是同班同组，如不是日本军国主义者入侵，我们是会一起在南开中学毕业的。

杲良虽然是多年同学，不过我们之间除了上课却并无什么课外的交际。他是走读，我是住校。他好像也不喜欢踢球什么的，一下课就匆匆回家了，也从不曾邀我到他家去玩过。但看得出他的家庭教养是很好的，也可能是“家教綦严”吧。他是受到同学的尊敬的，后来考入燕大，也写写文章，取过一个奇怪的笔名——“姒二”，我始终不懂是什么意思。

不过，我很早就知道他的父亲是一位藏书家了。当时教我们国文的老师是有些怪癖的，在黑板上用粉笔写出的是一笔神似郑板桥的“怪字”；指定的课本也古怪，不用说，图书馆里找不到，书坊里也不一定有。有一天讲楚辞的《九歌》，他就指定戴震的《屈原赋注》为教材。这到哪里去找

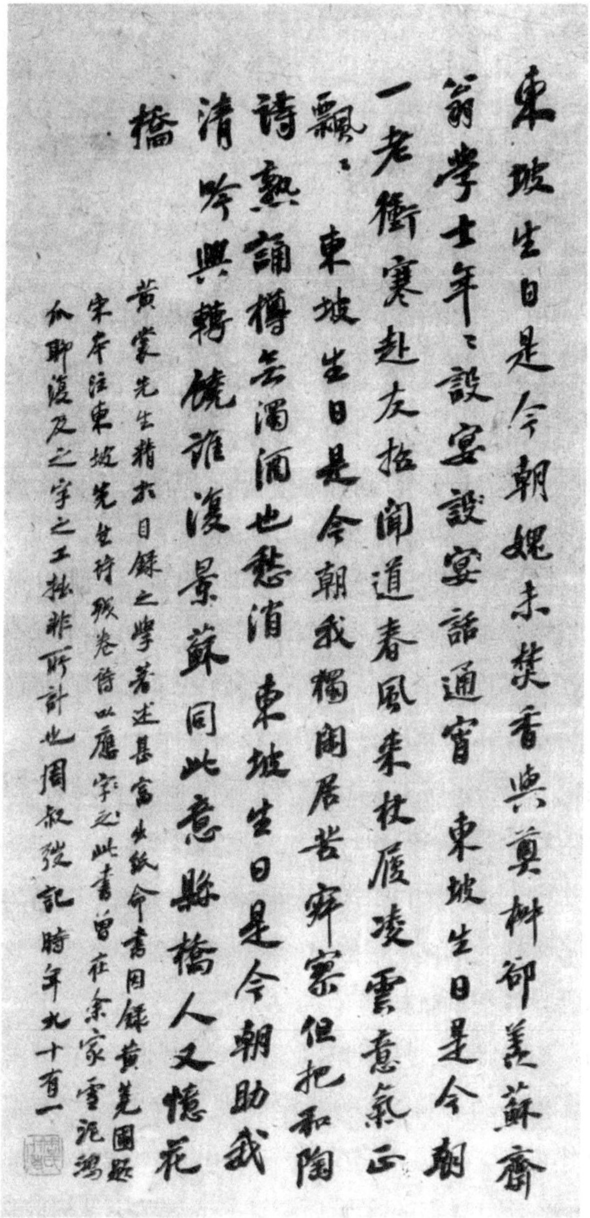
東坡生日是今朝嬾未焚香與奠椒卻羨蘇齋
翁學士年年設宴設宴話通宵 東坡生日是今朝
一老衝寒赴友招聞道春風來杖履凌雲意氣正
飄飄 東坡生日是今朝我獨閒居苦寂寥但把和陶
詩熟誦樽無濁酒也愁消 東坡生日是今朝助我
清吟興轉饒誰復景蘇同此意斷橋人又憶花
橋
黃裳先生精於目錄之學著述甚富出紙命書因錄黃蕘圃題
宋本注東坡先生詩殘卷詩以應宗之此書曾在余家雪泥鴻
爪聊復及之字之工拙非所計也周叔弢記時年九十有一

呢？大家都束手无策了。不料第二天上课前杲良却用报纸包着一本奇大而薄的“古书”来了。打开一看，正是大家踏破铁鞋也无从寻觅的“宝书”。一时大家都凑过来看那“宝书”，我记得这书的扉叶后面还有一块“刻书牌记”，写着“建德周氏雕版”之类的字样。这就说明，书是他父亲所刻的，而戴东原也正是他的“乡先辈”。

抗战后的第五年，杲良从天津来到上海和我们一行四人结伴入蜀。燕京大学当时在成都复校，他的目的地是“锦城”，我则是重庆。行前在上海有近月勾留，常在一起看戏吃饭。我那时已开始跑跑旧书摊，有一次买到一本竹纸毛钉的薄本子，看来还是稿本，书皮上题着《甘遯村氓日札》，里面杂七杂八地记着一些有关古书的故事。我不知道这位“村氓”是谁，就请杲良寄给叔弢先生。后来杲良得到家信，告诉我这是刻《双照楼汇刻词》的吴伯宛（昌绶）的笔记。

我第一次见到叔弢先生是在一九四九年的冬天，从香港北上路过天津的时候。当时他还没有被任命为天津市副市长，所以是到启新洋灰公司的办事处去拜访的。很愉快地谈了半天，讲的全是藏书的内容。在我写的《京尘琐录》里有一点记录。如果当日全部记下，我相信那会是一篇极精彩的版本学“导言”。叔弢先生还约我第二天到他家里去看书，可惜没有时间践约。现在把旧文中极有意思的一节转录在这里：

他论旧刻书，特别标出那版刻美的一点，以为这是中国雕版史上非常光荣的事迹……

最后他说到一本好书，很可以用一位女性作比。刻版好，等于先天的身材好；如果印工好，就是说极清朗的初印本，那就是后天的发育好；再加上很好的装修，像傅沅叔的那种洒金绸面，金镶玉之类的装订，就好像是穿上了很好的衣服；经过名人收藏，钤上朱红的印记，就等于胭脂花粉；要是再有名人的题跋，那就更添上丰韵了。有这样五种好处，才能算一本十全十美的好书。

今天看来，我这里所记也还只能说是“基本属实”。他的原话还要丰富生动得多。此外，也还存在着误解之处。例如谈到装帧的部分，就并不确切。叔弢先生十分重视旧装、原装，极不赞成无必要地毁去原装重新进行俗艳的装帧。这意见是屡屡见之于他的藏书题跋中的。我的不符原意的记录，是由于当时的无知而造成的。

叔弢先生在这里提出的是一种值得重视的意见。

很久以来，读书界就存在着一种流行的偏见。人们讥笑、斥责某些藏书家为古董家、赏鉴家，有的只是“横通之学”。从章学诚起就开始了这种激烈的攻击。他们的意见不是没有道理，他们重视实用的观点也是正确的，受到他们攻击的人也确有许多缺点。泥古、佞宋，都是攻击者的重要口实。至于把古书看作某种意义的货币的书贩子观点，更是被击中了的某些藏书家无可辩解的要害。不过他们忘记了另外重要的一面。书籍作为传播文化的工具，不只具有实用的价值，同时还有文献价值和作为历史文物的鉴赏价值。忽视了这一点，也将同样是严重的错误。

长城，大约很少实用价值了，为什么还要加以保护呢？长城古朴的壮美，又哪里是今天的时髦建筑所能代替的呢？我想这大概不能算是“厚古薄今”论者才有的“偏见”。

叔弢先生是真能懂得“书趣”的藏书家，他的爱书也是真诚的，鉴赏家不是容易做的。没有对事物的透辟的了解，没有敏锐的审美眼光，没有健康平实的趣味，是当不成够格的鉴赏家的。不论是章学诚、洪亮吉，他们都有一种天生的局限，因为客观条件的限制，他们都没有可能广泛接触真正可以代表古代文化水平的雕版实物。他们的发出偏激之论，是可以理解的。

叔弢先生也喜欢自己印书。我见到的就有袁寒云手写的《宋本提要》，这是袁寒云逝世后他从大方（袁的老师方地山）那里见到手稿，为之印行的。还有影宋本的《鱼玄机诗》和《孝经》，都是按原本大小影印的，精美异常，超过了涉园陶氏所印诸种。他还重刊过嘉兴沈涛的遗著，好像他们两家还有点亲戚关系。这也可以看出他兴趣之广泛。不像潘氏宝礼堂那样，非宋本不收；他的兴趣也是多方面的；抄校本、明清本，在他的藏书中分量恐怕要超过宋元，而质量也是极高的。

去年杲良从美国回来讲学，见面时问起叔弢先生的近状，高兴地得知，老人虽已年逾九旬，但精神极好。还按时出去开会，办公，这真使我高兴。后来就转托朋友请老人给我写一张字，很快寄来了。写的是黄荛圃在宋本苏诗后面的题诗，这书曾经是自庄严堪中的珍藏品，现在北京图书馆。由叔弢先生写此诗，真可算得是藏书家极可珍重的故实。

我想，叔弢先生先后捐赠给国家的善本藏书、藏画……应该由有关方面编写一册目录，详加著录，附以考证。尽可能加些书影，精印行世。不只作为老人平生精力所聚的事业的纪念，也将为版本目录学添加一种重要著作。我看这实在是一件责无旁贷应该加紧进行的工作。

一九八二、七、八

今年夏天在北京有机会访候叔弢先生，又提起过《屈原赋注》。叔弢先生告诉我，书刻成后曾印了少量初印本送人，家里只剩下不多几部已扫数交给天津图书馆保存，不知道是否还在了。四十多年来这书始终不曾从我的记忆中消失，因为这是我开始接触版本并得认识雕版之美的第一部书。不过书也确实罕见，多年来遍访南北书坊和藏书家，一次也没有发现过它的踪迹。前两天得到叔弢先生来信，说他已从图书馆找回了一部寄下，还在书前加盖了“周暹”二字小印。信中说，过去他只是在收到甲级善本时才使用，真的已许久不碰这印了。两天后收到这两册书，展卷惊喜，真是纸墨晶莹，精美异常。扉叶钤“寒在堂”印，这是叔弢先生因纪念最初买得宋本《寒山子诗》所取的斋名。扉叶后有双行牌记，

“甲子十一月建德周氏校刊”。甲子是一九二四年，距今整五十九年。九十三岁高龄的叔弢先生不但身体健康而且兴致尤好，亲手封寄他在六十年前刻成的书赠人，而书也和老人一样，神采焕发，触手如新，一点都看不出是半个多世纪以前的印本。这一切真不能不说是新时代的盛事。

六十年前刻书的人还是不少的，也有许多精本流传。最煊赫的有吴昌绶所刻的“双照楼所刻词”和其他一些翻宋本书。这《屈原赋注》是翻刻乾隆原本，是百来年前流行的一种宋体字刻本。但在我看来，却比那些精雕的仿宋元本还要来得朴实、大方，也更可爱。这是一种很奇异的感觉，但我觉得不是没有理由的。宋元本产生的时代毕竟距离得久远了。刻工的技巧、习惯……都已有了很大的变化。无论怎样精心模仿，笔意刀法都很难追蹑原貌，有时只能给人一种“优孟衣冠”的感觉，常常是愈精工反而愈显出了扭捏作态，看了颇不舒服。反不如仿刻时代较近的清刻宋体字书容易得其精神。

清刻本中间有大量写刻本书，也就是通常称之为“精刻本”“软体字本”的，一向为藏书者所重视，其中也确有工巧非常的作品。但照我的经验，看得多了以后，和糖食一样也会感到发“腻”，这时就会发现还是宋体字书来得大方、平实而自然。宋体字刻本中也有精粗美恶，距离相差极远。有的刻得极认真，水平极高，远非草草的软体字本所及。乾隆中杭州地区的许多雕版品，像赵氏小山堂刻的《水经注释》、樊榭山房刻的《宋诗纪事》即是代表性的名

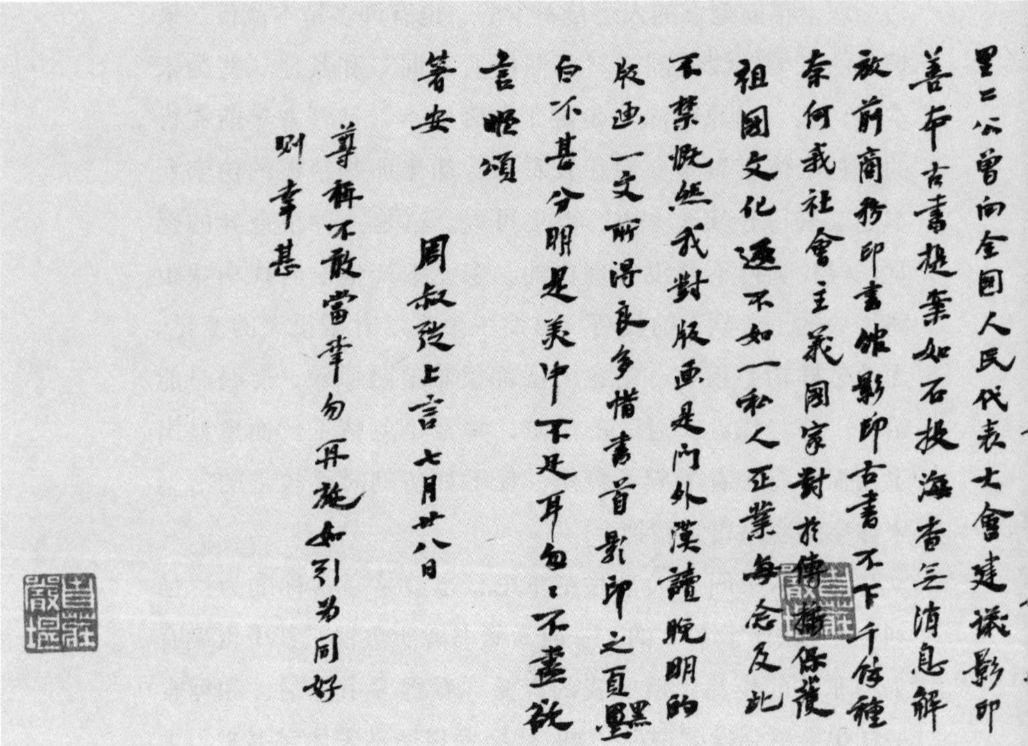
里二公曾向全国人民代表大會建議影印
善本古書建議棄如石投海杳無消息解
放前商務印書館影印古書不下千餘種
奈何我社會主義國家對於傳播保護
祖國文化遠不如一私人企業每念及此
不禁慨然我對版畫是門外漢讀晚明的
版畫一文所得良多惜書首影印之頁黑
白不甚分明是美中不足耳匆匆不盡欲
言即頌
著安　周叔弢上言　七月廿八日
尊稱不敢當幸勿再施如引為同好
則幸甚

黄裳先生有道：前日奉到
惠賜《榆下說書》，適患感冒，未能通讀，上编
閱十餘篇，卓識遠見，哀思妙聞，正如山陰道
上，接應不暇，空谷足音，為年來一大快事。
先生之書，厚義實多，談善本一篇，持論精
闢，欽佩之至。周總理生前指示編輯全國善
本古籍總目，是一件大事，但善本界說，仍
未確定，編委會所定收录範圍（先生想已見過）
画乾隆以前和辛亥革命以前兩条界线，
似不甚妥當。民國初年董康、吳昌绶刻印
之書，紙精墨良，比之明代書帕本高萬萬
倍，亦將不能收入目录矣。總目審定之
之後，保護和傳播就應提到議程上來。傳
播不外影印和排版，影印亦保護之一種方
法。我國印刷水平甚低，比之歐洲德國、亞洲
日本，相差遠甚，必須努力提高質量，方
能負此重任。日本影印《東京夢華录》

作。我看，通常使用的“精刊”字样（如《贩书偶记》）是不恰切也不科学的，不如称之为“写刻”较为符合实际。

一九八三、十二、六，重校记

秋明室

三十年前曾与沈尹默先生有过一些交往。我访问过他在上海虹口的寓居，那是一座日本式的小楼，布置得很素朴。在卧室的墙上，钉着一张窄窄的高丽笺小条幅，上面只有两行半寸大小的行书，字写得飞动腴美，正是沈先生书法的风格，但又不大像。后来他告诉我，“这是内人习字的窗课”。虽然没加什么赞美的评语，可以看出，这是他认为很满意的作品。沈先生很健谈，金石书画，朝章国故，无所不谈。那天他和我畅论了宋诗，发表了精彩的意见。他的旧诗写得好，论诗见解更是超特，有不少与时贤论点颇不一致的看法。我就请他写下来给报纸发表，他笑笑谢绝了，却从阁楼上取出两册自印的《秋明集》来相赠。这是铅字排印粉连纸线装的诗集，可惜后来失落了。

我当然知道他的字写得好，也真正喜欢他的书法，但却一直没有当面向他索书。我曾有他写的几幅字，都是通过南纸店得到的，那时他在荣宝斋这样的店铺里都挂着润例。有一次，我在店里买到一开旧金扇，顺便请他写字，他用行书写了自己的诗。扇面上几乎写满了，挥洒自如，姿媚横生。

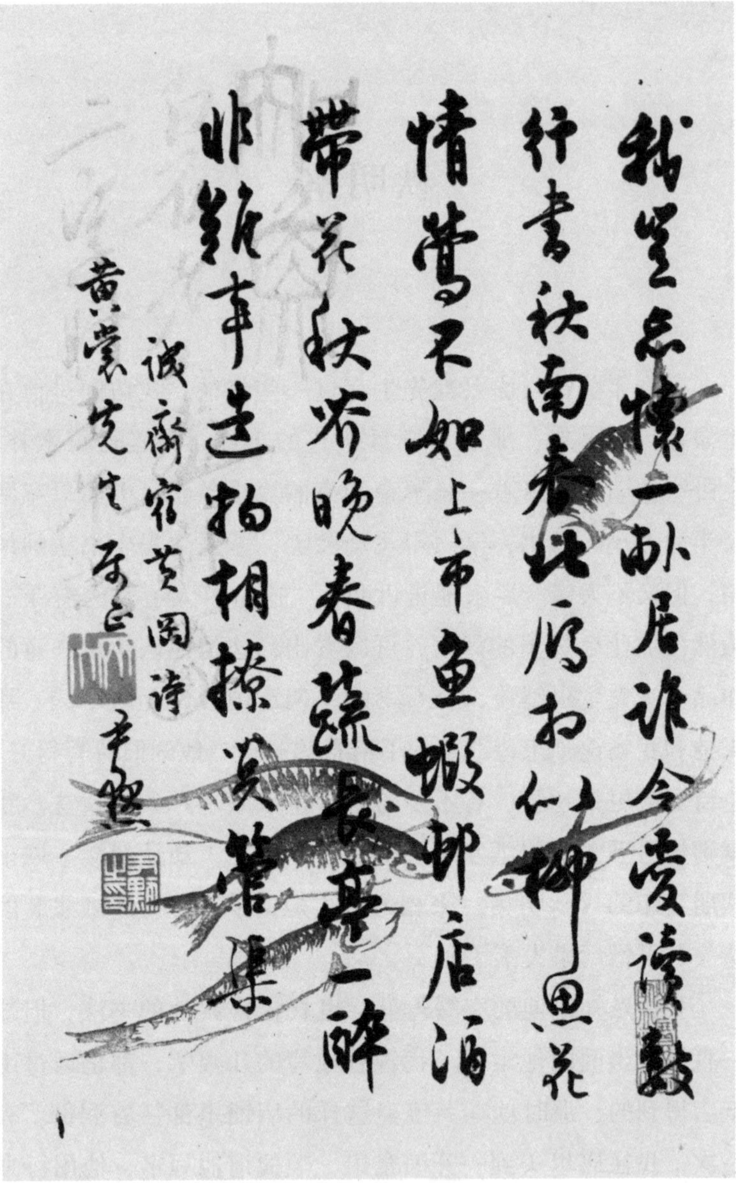

朋友见过的都说这是他少见的精妙之作。很可惜，这把扇子后来也失落了。

现在挂在我家壁上的是他写给我的一张条幅，写的是“陈简斋《中牟道中》二首”，也是极飞动飘逸之作。这张字过去不曾裱过，只夹在一本书里，去年与一堆破书又一起回到我的手中，已经被团成纸团了。幸而还没有被涂抹，于是赶紧裱好、挂起，每天相对，读着“雨意欲成还未成……”的诗句，仿佛又坐在他的小楼上对谈宋诗的情景了。

记得尹默先生有一篇谈“曹娥碑”的通讯，曾发表在《文物精华》上。在书法问题上，他应该算是一位有理论、有实践的专门家，不过他不是泥古不化的，他对“曹娥碑”是王羲之所书的旧说提出了疑问。正因为他对二王有深湛的研究，所以他的话是很有分量的。如果是我说这不可能是大王的作品，怕就没有什么人要来理会，何况我也说不出那许多的道理来。此外，他还提出一个如何对待传世名迹态度的问题。他主张在存在疑问的情况下，不一定硬性否定世传的旧说，但可以在标题上加一个“传”字。例如这“曹娥碑”，就可以说是“传王羲之作”。这是非常通达也切合实际的方法，而且也不只在书画上是如此。我国有大量古迹，如“孔子小天下处”“唐明皇闻铃处”……是都立有旧碑的。如果请“疑古家”来审查，十之八九是会被证明为伪造而被取消的，但这不是太煞风景了么？

尹默先生的书法过去只是在展览会和人们的居室里出现，他虽然书名满天下，但影响到底不能算大。直到建国以后，他为许多出版物题写了书名，这就把他的书迹推向了全国。像人民文学出版社印的许多书，《水浒》《红楼》……的书名都是他写的，至今也还在继续使用，只是并没有在书内指出是他的题字。

他寄给我的信几乎都失落了、仅留下了一通。信里提到他寄给我的也不记得是什么发言稿。不过这随手写下的小札，实在是非常可爱的手迹。尤为有趣的是，他用的是一张有名的笺纸。

鲁迅和郑西谛计划印行《北平笺谱》时的通信中，曾写过这样的一节话：

> 上海笺曾自搜数十种，皆不及北平；杭州、广州，则曾托友人搜过一通，亦不及北平，且劣于上海，有许多则即上海笺也，可笑。但此或因为搜集者外行所致，亦未可定。总之，除上海外，而冀其能俨然成集，盖难矣。北平私人所用信笺，当有佳制，倘能亦作一集，甚所望也。（一九三三年十月二十七日信）

可见，除《北平笺谱》外，鲁迅还有更广泛收集笺纸续编谱录的计划。对于印行诗笺的工作，就在当时，也是遭到过不少嘲骂的。那论点大致不外是，像鲁迅这样的左翼文坛主将，不该去干这种玩物丧志的营生之类。对此，鲁迅在给郑振铎的信里早就指出过：

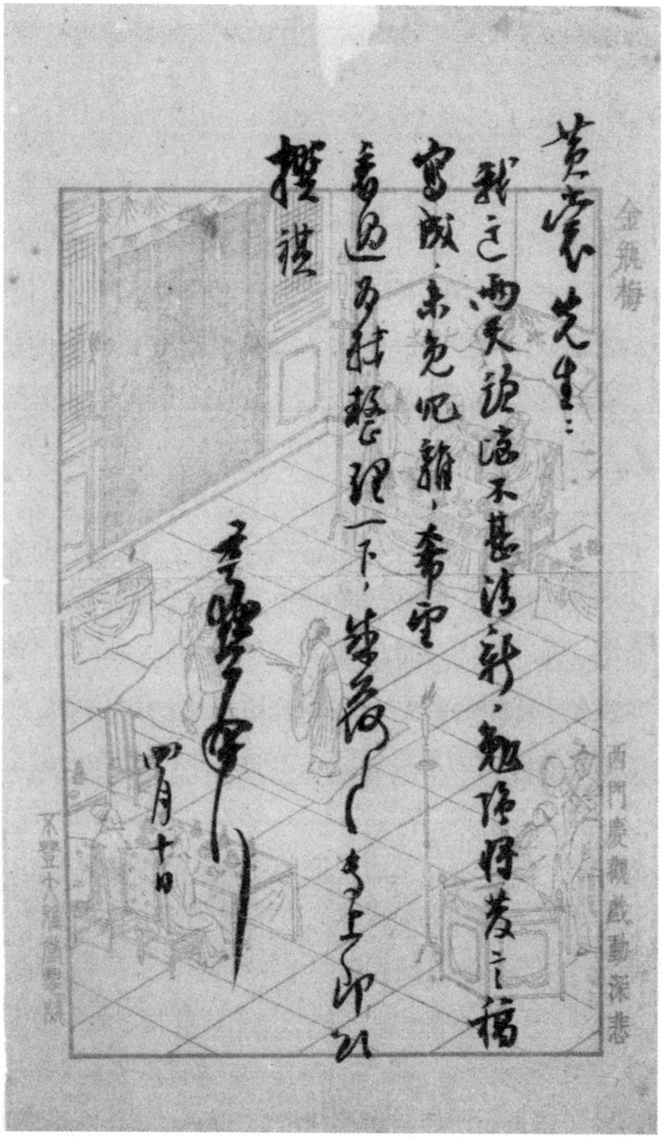
金瓶梅
西門慶觀戲動深悲

这些东西，真是“前不见古人，后不见来者”，吃完许多米肉，搽了许多雪花膏之后，就什么也不留一点给未来的人们的——最末，是“大出丧”而已。（一九三四年一月十一日）

鲁迅除笺谱外，还计划印“明代小说传奇插画”，印明版小说，总之，“这种书籍，真非印行不可。新的文化既幼稚，又受压迫，难以发达；旧的又只受着官私两方的漠视，摧残，近来我真觉得文艺界会变成白地，由个人留一点东西给好事者及后人，可喜亦可哀也”（一九三三年十一月十一日信）。

鲁迅这些话是针对三十年代严重的白色恐怖压迫而说的，至今还可以感受到先生深切的悲愤，和无论如何也要为未来的人们留下些什么的迫切心情。

尹默先生所用的就是一种“北平私人所用信笺”。过去北平琉璃厂的南纸店是接受私人印制诗笺、稿纸……之类的业务的。花样大抵都由自己设计，由纸店代为雕版、印刷。印制数量由顾客自定，纸店不能私印售卖。印毕木版由原主保存。因此搜集也就格外困难，甚至说不出大致曾经有过多少品种，这也就是鲁迅的建议终于未能实施的原因。

这是一张马廉（隅卿）所制的“不登大雅堂制笺”，这七个篆字就写在原笺栏外左下角。笺样全由崇祯本《金瓶梅》的插图翻刻。这一幅“西门庆观戏动深悲”是翻得成功的，可以看出当时琉璃厂的刻工的功力。他们覆刻的《十竹斋笺谱》则尤为出色。自然比起明刻来还是有明显的差别的。人物的眉眼之间，衣褶飘拂之处，都没有明刻的细致生动，看来主要原因不在是否工细，倒是线条的变化和气势不够理想。可能使用工具不同也是重要的原因。

马隅卿的这套笺纸起码有四种不同的花样。记得尹默先生寄给我的信里有一张用的是第六十一回的插图，那才是真正不登大雅之堂的。

敢用这种笺样来印造自用信笺，当然需要一定的胆气；能随手取来写信，也不是容易的事。在这里，我觉得颇能看出“五四”时代知识分子精神面貌的或一侧影。

一九八一、八、五

记得我在文章中还记有一些尹默先生的故事，在发表时被删去了。找不回了原稿，只记得曾说到一九五七年春在上海文化广场与沈先生的一次晤面。周恩来总理那天来作知识分子报告，出席的人极多。我看见沈先生在会场人群里吃力地张望寻找熟人。后来他看见了我就走过来。像许多人一样，他的脸上流露着兴奋的颜色，向我打听近来的政治形势，有关知识分子的问题；打听主席台上都坐着谁……使我留下了很深刻的印象，看得出他是个非常关心政治的人，其实这是一点都不奇怪的。

“纯粹”的诗人、艺术家过去不是没有，但不多。我相信有些著名的“雅人”都是由自己或别人的手打扮起来的。

并不真实，更不可信。一个大知识分子热心关心着国家政治，是一件大好事，不必隐讳。应该尽可能使人们完整地了解历史人物的面貌，而不只限于一隅。即使是“雅人”也不可能遗世而独立，因为这样的人物在实际上从来就没有存在过。

一九八三、十二、七，重校记

马叔平

箧中有马衡（叔平）手迹一幅，大约也是一九四六年托静远求来的，那时他已六十五岁了。书法平正丰腴，所钤一印，当出自己手制，朱白文，遒劲有力，平整，工致，很可以说明他的治印见解与功力。他是浙江鄞县人，弟兄九人，他行四，人称马四先生。与马幼渔（裕藻，行二）、隅卿（廉，行九）都是北京大学教授，著名的学人。叔平先生解放后任北京文物整理委员会主任，于一九五五年逝世，遗著《凡将斋金石丛稿》，一九七七年由中华书局出版。印数很少，等我知道消息，书店里早已没有存书了。后来辗转向他的哲嗣彦祥同志索得一册，因为金石学的知识太少，一直未能通读。只对论治印和论书籍制度、序跋杂文部分稍稍涉猎，觉得颇有趣味，也从中获得了不少知识。书前有郭老的序言，写于一九六三年。对他的评价是“继承了清代乾嘉学派的朴学传统，而又锐意采用科学的方法，使中国金石博古之学趋于近代化”。这一估价是恰当的。如想对这一门学问取得基本知识，《丛稿》应该是一本很好的基础读物。

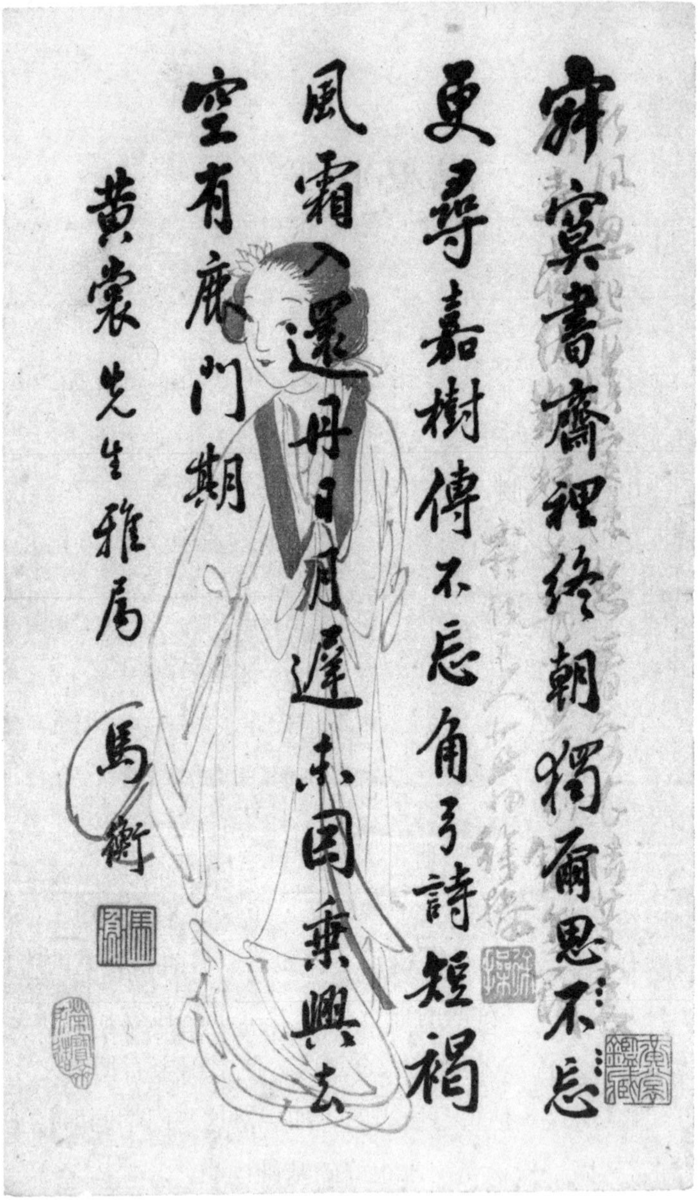
寂寞書齋裡終朝獨爾思不忘
更尋嘉樹傳不忘角弓詩短褐
風霜入還丹日月遲未因乘興去
空有鹿門期
黃裳先生雅屬
馬衡

马先生一九二〇年前后入北京大学，是教授金石学的讲师。他的一些逸事在周作人的回忆录里有所记载。如他的夫人是宁波巨商叶澄衷堂家里的小姐，很看不起大学教书匠的社会地位，所发议论和《官场现形记》里的大官小姐极为相似。他又是教授中有自备小汽车的人物。他对古物有很高的鉴定功夫，一年春节在厂甸遇见朋友，取过买到的“酱油青田”印章远远地一看，不客气地评论道“西贝，西贝！”就是说是假货。这些记事都很传神，大约也不会是捏造的。尤为有趣的是，一次他听说钱玄同想托人请齐白石刻印，特地坐汽车赶到孔德学校的宿舍里去找钱，郑重相劝：“你有钱尽管有可花的地方，为什么要去送齐白石?”这故事如与《丛稿》中《谈刻印》一文对读，可以知道他不曾点名批评的印人是谁了。

他对治印的见解在今天看来可能会被认为是偏于保守或旧派的了。但有些话说得还是有道理的。如他说“金石家不必为刻印家，而刻印家必出于金石家”，就是一种合理的表述，虽然不免严格了一些，但对一些过于自由地创作的印人却不失为一种有益的提醒。这中间就包含着继承与发展的关系问题。为什么治印到今天还采用早已废止的篆文，他的回答是：“正欲利用其不现代化，除用者自身外，莫能辨其真伪也。”这就只从实用的角度立论，忽略了篆文在美术上的功能，不能不说是片面的了。

他又对近数十年来刻印家只讲刀法提出批评。他说：“印之与碑，其理正同。且其设计之难，有甚于碑者，故必自书自镌，而后能踌躇满志。若徒逞刀法，不讲书法，其不自知者，非陋即妄；知而故作狡狯者，是为欺人也。”这也不能说没有道理。接下去又说：“往见一刻印家，摹拟近代人书画，亦有似处。至于刻印，则不知六书为何物。案头置《增篆康熙字典》一部，翻阅几烂，而印文仍多谬误。徒恃其运斤之力，以攻方寸之石，剑拔弩张，狰狞可怖，毫无美感可言。彼则沾沾自喜曰，‘此汉凿印之遗法也’，一何可笑至此。”

这节话无疑是针对齐白石而发的。对白石的画与印，都表示了很大的反感。这是从两种不同的审美标准出发产生的不同见解。他还看轻齐白石的古文字学修养，不承认那些不合古法的书体。从这里可以看出持不同见解的治印家之间思想斗争之剧烈。

他对齐白石所佩服并向之学习的前辈吴昌硕也有相似的意见，说“其刻印亦取偏师，正如其字”。又批评吴昌硕“刻成之后，椎凿边缘，以残破为古拙”的作风为“亟宜纠正”。

这里提出的是一个有普遍意义的重要问题。马叔平引用了程瑶田有关治印的见解，说得很好：

> 今之业是者，务趋于工致以媚人。或以为非，则又矫枉而过正。自以为秦汉铸凿之遗，而不知其所遵守者，乃土花侵蚀坏烂之剩余。岂知藐姑射之神人，固肌肤若冰雪，绰约如处子者乎？

同样的意见鲁迅也曾说过。土财主家里买得古铜器，打磨得精光闪亮，放在客厅里，使客人吃惊而发笑，觉得是做了大蠢事。不知当时这些铜器初制成时，正是如此的崭新而闪烁着金属光泽的。

自然这中间包含着不同的审美标准。土花斑斓所显示的是另一种美，是时代的风雨侵蚀后呈现出来的别一种美，不是崭新的器物所能替代的。重要的是，要采取清醒的实事求是的态度加以对待。我们保持出土文物的原貌与本色，不硬行“复原”。（修复残破与零散的古物是另一问题，但修整前也要留下原始的忠实的科学记录。）一切勉强的、人为的“仿古”大抵都是不可取的。这情形在戏剧舞台上也同样存在。一些只见过著名表演艺术家晚年表演的年轻人，不顾条件，亦步亦趋地学习他们的“特色”，实在并非理想的学习方法。这与治印家故意敲坏边角以求古拙的办法是一样的，只是在努力制造假古董而已。

马叔平还说：“况收藏印多用于古书籍及书画，尤不可以恶劣之印污损名迹。”这一点我十分同意。收藏印应该以规矩的朱文印较为理想，像吴、齐那种狂放恣肆的白文大印是不合适的。近来我收到一些发还的线装书，都钤有发还机关的发还印章（包括早已钤好的别的印章），有些印刻得很坏，而且往往钤在不恰当的地位，有的还倒置了。印泥也是邮递员同志使用的那种货色，看了也实在不舒服。觉得这也可以算作一种“煞风景”的做法，不能不想起马叔平的这些话。

最近文史资料出版社出版了吴景洲《故宫盗宝案真相》，

里面也有许多关于马叔平的故事。自溥仪出宫、故宫博物院开始筹组以来，马叔平就和沈兼士、袁同礼、俞同奎等北大教职员一起参加工作。他是第一届的博物院理事，后任副院长，又于一九三三年继易培基任院长。抗战时期对故宫所藏古代文物多方将护，像十只秦刻石鼓那样笨重的东西，运往西南，是很不容易的。他在这方面的贡献，郭老在《丛稿》序言里也是提到的。

朴学家的传统加上近代科学方法，是马叔平论文的特色，也就是文献记载与实物观察并重的学风。用这种方法写出的文字，往往带有平实、真切的色彩，一切推论也在这基础上做出，正确或失误都是易于检验的。

他论古书装订的“蝴蝶装”，就多取古书为例加以说明。后来的线装书也是从蝴蝶装改进而来的，“然其弊则书口往往易裂。今书贾装旧书最喜衬纸，一衬纸而书口必不能保，此尤可恨也”。这在买卖旧书的人看来，是会发出会心微笑来的吧。过去买到九峰旧庐的藏书，往往一部书多至数十本，即薄薄一本书也要衬纸装成四本。这是藏书家用论本计价的方法买书造成的后果。我买到这样的书，常亲自拆除衬叶，恢复原装的册数。有时又会发现书贾作伪的痕迹，如割去篇叶，以残本充全书……如买到未经书贾手脚的原装古书，就更为高兴。但人们往往不懂得原装的可贵，往往为了美观而重新装潢，这样一来就必然破坏了原状，使比较研究变得不可能了。

他又说：“宋时初改册叶，多为蝴蝶装，书版之左上角，往往于阑外刻书之篇题一小行，为便于翻检而设。今之装法，既以版心向外，而刻书者犹于此处刻字，殊可笑也。”这就是所谓“书耳”的残余形式，是古法留下的遗痕。这类书不多见，往往是名贵的东西。如嘉靖中刻《六朝声偶集》，书耳题“华亭徐氏文房”六字，这已不是篇名，变成一种别致的装饰了。

一九八三、十、卅一

五石居士

一九四七年顷我买了几盒荣宝斋的诗笺，寄往北平，放在吴晗那里，请他有机会找人写点字，先后收集得不少。他所找的多半是清华园里的人物。北大、燕京……就转托了静远。要找什么人也请他选定。我只提出一定要请邓文如先生写一张。那时邓先生刚结束了“罢讲闲居”的生活，几乎不发表任何文章，也没有新作问世，完全过着宁静的书斋生活。在那个风云变幻的大时代里简直听不到他什么声音。可是奇怪得很，我却不能忘记这位寂寞地住在未名湖畔的老人。很快，诗笺寄来了。一笔秀美的小行楷，写在溥心畬画的诗笺上。是三首五律：

一叹手抛书，雕虫愧壮夫。山河因帝醉，牛马任人呼。夺月妖星炯，翻江白浪粗。滔滔天下事，举眼入虚无。

万古虫沙劫，人谋岂未臧。元台操贩竖，列鼎饱贪狼。世事多翻覆，群情正激昂。郁蒸谁苦暑，足寐有仙方。

倦眼看山河，酸心发浩歌。有人工贝锦，无计理烟蓑。恩怨何时尽，沧桑历世多。滂沱一夜雨，平地即风波。

也许静远曾替我向他致意并约稿，还说了些什么吧，他写下的这三首诗看来就是一种回答，也许可以看做他对时局的看法与声明，可惜没有来得及把这三首诗发表出来。

诗是《夏日书事》中的三首。原诗一共有十首。写于丁亥（一九四七）夏五月，无疑是他的近作。属“五石居士邓之诚”，钤“邓之诚文如印”“云水道人”两白文印，都是他自己刻的，是功力深厚的佳制。

近来读到几篇回忆邓先生的文章，说的都是他怎样读史、治学、买书、收集旧照片……的事。读来很亲切，得到不少知识，也加深了对他的认识。我和邓先生没有见过面，只能通过著作认识作者。遗憾的是很少知道他在不同时期的政治态度和意见。他被日本侵略军逮捕囚禁过，曾作《南冠纪事》，也不曾发表。这样，上面介绍的三首诗可以说是异常珍贵的记录了。它说明，在那个时代，书斋生活并不是也不可能是宁静的。邓先生有着与一切正直的知识分子同样的爱国心和激情。他对反动派的斥责是非常严厉的。韵语如果译成口语，将是最尖锐最大胆的口号，能使反动统治者心惊胆落。从黄晦闻的“敢谓邦人无父母，空看党局付儿孙”，到邓之诚的“元台操贩竖，列鼎饱贪狼”，是可以作为二十至四十年代旧中国正直爱国知识分子心声的代表的。这就是诗史。

我最早读到的邓先生的著作是《骨董琐记》，这是他自己印的，铅字排印，线装。这书与孟心史的《心史丛刊》都是我爱读的，是我留心历史掌故最早的入门书。这书是他早年的读书札记，涉及的方面很广。可以看出他在许多方面都有浓厚的兴趣。但缺点似乎也正在这里。没有系统，零零碎碎，引文也不注明出处，不说明是全文还是删节。自然也不免有错误。记得解放后在什么学报上看见过一篇文章，曾指出此书的不少疏误。书是作者的“少作”，治学方法还沿袭了前人的习惯，不够严谨。一九五五年他将这旧作加上新作的补编合为《全编》出版。新增添的部分以明清史为主，篇幅增大，不再是短短的笔记了。史料价值也有增强，可以看出作者治学兴趣的转变、深入。

一九五九年作者的《东京梦华录注》出版了。这是一本用力很勤难度很大的著作。《梦华录》是一本难读的书。难就难在它的作者是一位普通的知识分子，不是著名的学者文士。他记下的又是当时的城市生活、市井习俗。过了几百年，已经很少人能明白他所写下的种种事物了。书的价值也正在于此。这其实是北宋“东京”的一本翔实生动的社会调查报告。但有许多名目，人们不能懂，甚至断句都困难。

记得五十年代胡道静从事《梦溪笔谈》的研究，我曾向作者建议，请他接下去作《辍耕录》的校注。当时还不知道邓先生有《梦华录》注。我想，中国历史上每一个朝代都多多少少产生过一些类似的著作。它们体例不同，对象不同，史学、文学上的价值也有差异，但都值得进行全面细密的研究，这工作做得好就往往能为读者提供一幅幅不同时代社会的草图，真是功德无量的事业。这一类著作也不一定限于地志、杂记……如《红楼梦》就更是理想的研究对象。这是属于“红学”中“外学”部分的研究工作。我以为是很重要的，其重要性殊不在文学研究之下。

邓先生这部著作听说后来有人提出过批评，指出过一些缺点，但我想，作这样的书，而且是开创性的，是难于一下子就达到完善的境界的。

邓先生晚年努力搜集清初人的别集，得到了几百种，读者所得随时写为“书衣杂识”，这就是他的《清诗纪事初编》中每位诗人的小传。这些“小传”其中有许多篇都是他根据作者的本集，参以同时人著作……多方面的材料，经过自己的判断，综合写成，处处有独立的分析见解。只要与一些同类著作稍加比较，就极易看出那些抄撮史传旧文、因袭传统偏见的作品的苍白失色。当然不是说他的一切评论都是确当而无可指摘的，但不能不承认这确是用了功夫，从实际出发，获得了出色成果的著作。

关于明清之际的历史研究，近二十年中出现了两部高水平的著作。也许历史学家们很难承认这个事实，因为传统的观念也实在是太牢固了。我们都明白正宗的历史学者心目中的历史著作的模式。

这两部大书都成于著名的老一辈学者之手。可能有些人会认为他们的研究方法、历史观点都有些陈旧了。可是他们却走出了自己的路，从不同角度掀开了历史的厚重的帷幕，给读者射出了照亮沉暗过去的探射灯光。

一部是《清诗纪事初编》，另一部则是陈寅恪的《柳如是别传》。一部书是企图通过众多人物，探寻时代历史的面影，从许多人物的具体作品的研究出发。也就是“因书著目”的方法。《别传》则是通过一个具体人物广搜博采有关史料而进行的细密研究。那是“按目求书”的方法。两部书用横的、纵的两种不同方法，都企图编织出时代历史的概貌，也都获得了好成就。

两种方法都算不得“创新”，因为在过去的历史学著作中都各有先例。但近来使用这种方法的人很少了，因此使我们感到新鲜。何况两书又各有突破前人之处与新意，也就是一种发展。

最后想说一点的是邓先生的文字。这恐怕又会使人感到奇怪。史学家的本领在于他们的学识，文字是末节了。但我以为不然。记事、说理都离不开文字。如能在这之外，更能给人以文字之美的享受，又有何不好？在这一点上，我以为邓先生的著作也是有其特色的。他的文字实在很美。虽然多少觉得华丽了一些，不像陈援庵那样的干净、充实，自然大雅。邓先生从小是学辞章的，虽然自谦为“诗文皆不能工”，但痕迹还是处处留在文章里。近代史学家讲求文字之美的，他要算是一个。

他又好买书。特别注意野史。经他搜求、介绍、印行的著作有《北游录》《永宪录》等，都是未曾刊刻的秘册，也是重要的史籍。他的藏书已归中国科学院图书馆。我们很希望能看到这个特藏的目录，更希望能陆续印行其中的罕见书册。不只是“藏”起来就算完成任务才好。

一九八三、一、十一

今年夏天在北京，朋友给我看四本邓文如先生的手稿，是诗稿和题跋笔记。诗稿不全，此文所引《夏日书事》即不在内，可见缺佚得很多了。

一九八三、十二、七，重校记

贺昌群

一九四二年冬入蜀，定居在长江边上的九龙坡。异乡没有亲故，也少朋友。假日进城，有时就借住在市中心中华书局的楼上。在南开中学教过我的老师章丹枫先生当时正在“中华”兼了一点编辑工作，那间小屋就是他和钱歌川先生办公的地方。晚上他们下班了，就让我在那里搭地铺。夜深人静，坐在办公桌边看书和写信，倦了时伸一个懒腰，就会看见一只大老鼠静静地坐在桌角，圆睁着一对发亮的小眼睛极有兴趣地默然相对，沉着得很，一动都不动。那气派与风度，在全国的鼠辈中怕也是绝无仅有的。这印象到今天还清清楚楚。几十年中，也不曾再见过这样不凡的老鼠。

章先生在中央大学教书。中大在沙坪坝，于是我就有机会到那里去玩。他们的宿舍好像坐落在一个叫“松林坡”的地方。一排排新搭起来的简易宿舍虽然用竹木泥坯建成，但室内用白粉一涂，却也窗明几净。记得一间里似乎住着两三位教授，好像也不显得拥挤。知识分子总有他们的习气或爱好，在白粉涂过的墙上挂着字画。就在那里我看到了汪辟疆写的“嘉陵水色女儿肤”和胡小石的“总角簪花旧院”的诗

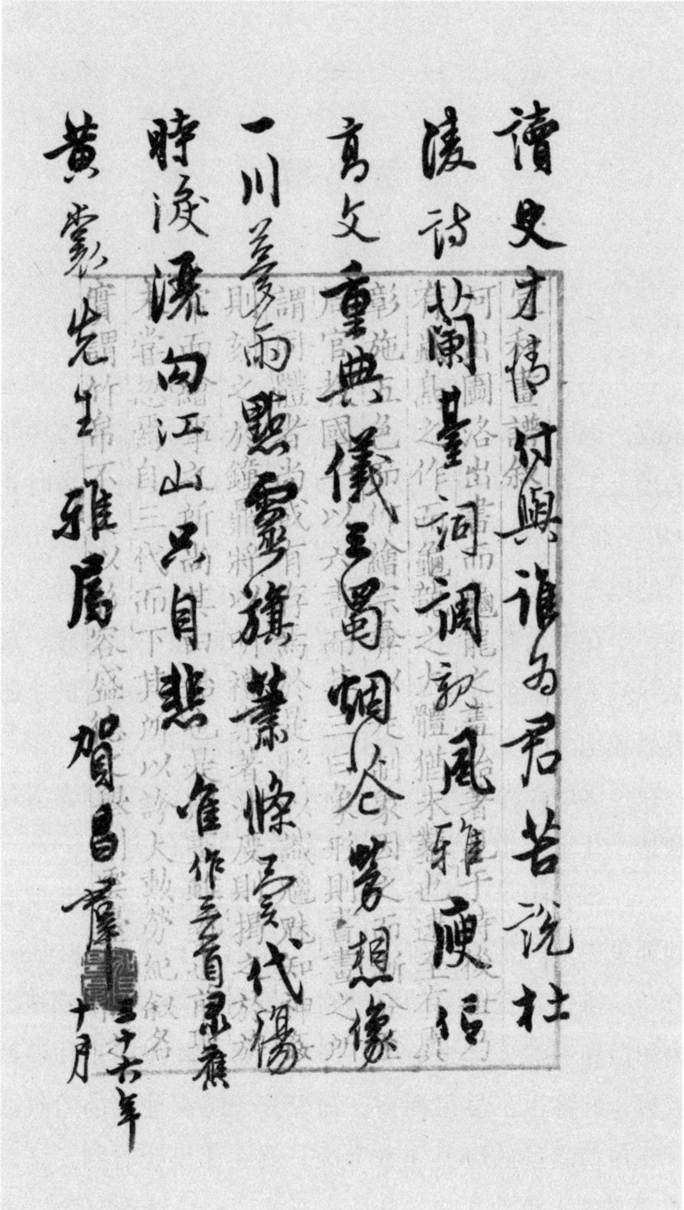

轴，并立即被打动、默记下来，直到今天还不曾忘记。

不必说，当时我没有请他们写字的兴致和要求。可是三年以后丹枫先生与我都回到江南，忆起了旧事，就寄了一些笺纸到南京去。不久就收到丹枫先生在学校里代求来的几叶诗笺，其中有贺昌群先生写的三叶。

贺昌群的名字我是早就知道的，但并没有读过他的著作，只知道他是研究秦汉史和中西交通史的。这都是历史学的专门学科，在我说来是既无多少知识也没有太多兴趣的领域。只记得在杂志上读过他一篇《麈尾考》，是《世说新语札记》中的一篇，颇有意思，但底下却没有了。我不知道他能诗，而字写得又那么好。他写下来的是三首旧作：

风雨纵横思绪多，闲情无着奈愁何。尚留肝胆酬高义，爱写黄庭换素鹅。经济文章销永昼，幽光狂慧困诗魔。未孤花底三更月，再祝龙泉意不磨。

老去庾郎意兴多，江关才调有谁何。诗思唐宋三更梦，风度东南一雁鹅。禅榻茶烟亲晚节，金经贤传却天魔。风高把盏台城路，胜事于今惯折磨。

读史才情付与谁？为君苦说杜陵诗。兰台词调亲风雅，庾信高文重典仪。三蜀烟花劳想像，一川梦雨点灵旗。萧条异代伤时泪，洒向江山只自悲。

这三诗不知写于何时，前两首是叠韵，当作于南京。诗也不是时髦的宋调，倒是受了玉溪生的影响的。贺先生是四川马边县人，一九〇三年生。诗中表现了对故乡的深切怀念之情。第三首论读史，对杜甫寄予了高度的崇敬。又提到庾子山，借杜句“萧条异代不同时”说明对两位大诗人的理解。“梦雨”“灵旗”无疑又是从义山而来的了。

贺先生的字娟美而飞动，使人想起元人的小行楷。这三叶诗笺在我所收集的字幅中，以书法论也许算是精品了。

我最早知道有关昌群先生的故事还是在上海从《文学集林》上读到叶圣陶先生“乐山通信”的时候。知道贺先生曾介绍马一浮与叶先生相识，知道贺先生后来辞去了浙江大学的教职去帮助马一浮办复性书院。这事郑西谛不赞成，徐调孚认为是开倒车。叶先生同意他们的意见，并说：“大约理学家讲学，将以马先生为收场角色，此后不会再有矣。”回忆当年读这些信时觉得很好玩；在抗战中间居然还有人来办“复性书院”这样古色古香的学校，用孔夫子“礼、乐、射、御、书、数”的原则来办教育，又居然有一位贺昌群辞了教授的职位来一起努力。这几乎都是不可思议的怪事。果然，没有好久，在叶先生的信里知道，贺昌群终于和马一浮闹翻了。原因好像是出于熊十力。“马翁似颇不喜熊十力来，而事实上又不得不延熊来，将来两贤相厄，亦未可知。”（叶信）吵翻之后，叶先生评论道：“其分开不足怪，而当时忽然发兴，辞浙大而来此，则可异也。”是的，这是有点奇怪的。但这不也正说明了贺昌群的诗人气质么？

叶圣老的“嘉沪通信”已经在《收获》上重新发表，这次刊出的是全文，当时因种种原因删去的部分都得到恢复。重读一过，依旧感到浓厚的趣味。关于马贺，使我觉得不可及的是叶圣老的如下见解：

> （复性书院）好在学生决不会多，有一二十青年趋此一途，未尝不可为一种静修事业，像有些人信佛信耶稣一般，此所以弟前信有“以备一格未尝不可”之说也。

这是一种非常难得的恢廓而平实的见解，很不容易。一件很明显是没有意义的事，发现其误谬是不难的，起来反对甚至慷慨激昂地高呼打倒也不难。但容忍、允许不同意见的存在就不那么容易了。特别在学术思想问题上是如此。四十年前我觉得这是一种不易得的思想气度，今天也依旧觉得如此。

叶先生在“通信”中还介绍了马一浮的一首诗，确也写得不坏。

“流转知何世，江山尚此亭。登临皆旷士，丧乱有遗经。已识乾坤大，犹怜草木青。长空送鸟印，留幻与人灵。”（《旷怡亭口占》）又记下了贺和马诗断句“娓娓清言承杖履，昏昏灯火话平生”。也称赞说好。在叶老的“通信”中，还有许多与贺先生往还的记事，约略留下了他的言论风貌，这里就不多引了。

也还是读了“嘉沪通信”的影响，我托叶圣老请马一浮写了一张字。叶老告诉我，马先生的书法矜贵得很，不轻易答应给人写字，而对不相识的人从不写上款。但我到底得到了一张字，写的是李贺的诗。马湛翁的字写得极好，署“蠲叟”。他解放后一直任浙江文史馆长直至去世。在杭州走来走去，不曾看见过他的一联一碣，可见他的书法确是矜贵的。

贺昌群先生曾任商务印书馆编辑，因而与郑振铎相熟。又曾任北平图书馆馆员，中央大学历史系教授，解放后任南京图书馆馆长，后去北京任中国科学院历史研究所研究员兼科学院图书馆馆长。一九七三年国庆节因膀胱癌逝世于北京。曾译日本羽溪了谛《西域之佛教》。解放后只印行了有关法显和两汉南北朝史的几本小册子。他是个有学问有才气的人，如能得到较好的工作条件、环境，他的成就当远不只此，这是使人感到惋惜的。

壬戌岁不尽前二日

润例及其他

偶然翻出了一批旧信，其中有叶圣陶先生来信六七封，差不多都是一九四七——一九四八年《旧戏新谈》在开明书店出版时的通信。其一封云：

> 黄裳吾兄：图版已铸就，即用酬简一幅。今将千秋绝艳图两册奉缴，乞检收。余不白。顺颂刻安。弟叶绍钧顿首　七月九日上午

这就是开明版《新谈》的封面，出万历起凤馆刻《王李合评北西厢记》。刊工黄一楷，是徽派刻工名手。插图以富丽工致别树一帜。董康集明清刻《西厢记》插图若干种，用珂罗版精印，宣纸大册，我买得初印本一部，即用作底本。初印本闵刻西厢图尚缺一幅，后得补足，这《千秋绝艳图》就附订在影印清初毛西河本西厢之前。

另一信写于上一年八月廿八日：

> 黄裳吾兄尊鉴：今日接子恺兄寄来写件二纸，并渠与马

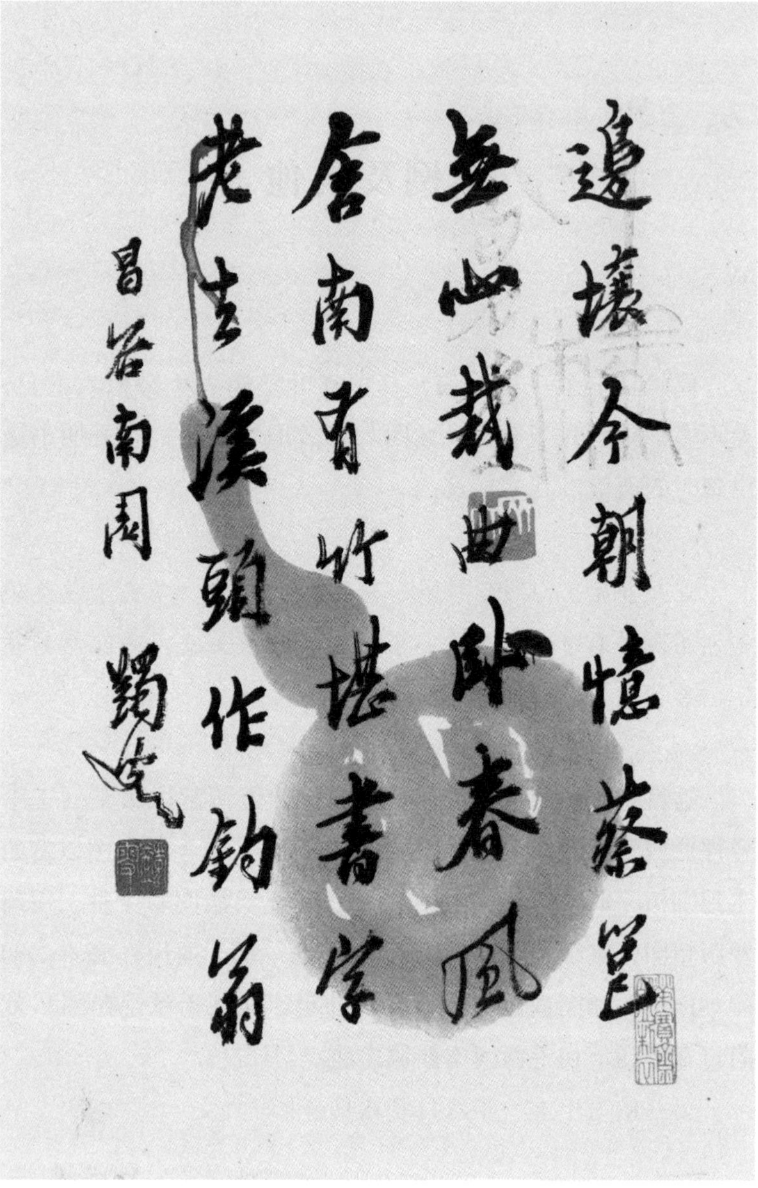
邊讓今朝憶蔡邕
無心栽曲臥春風
舍南有竹堪書字
老去溪頭作釣翁
昌谷南園

先生之润例，即转上，乞检收。马先生处二万元，已由子恺代付。足下可径以书答之，地址见润例。专此即颂大安。弟叶绍钧顿首　八月廿八日

我曾托叶圣老转请马一浮先生写字，寄去一张诗笺。这次寄来的就是那张昌谷《南园》诗。附来“蠲戏斋鬻字润例”（民国三十六年一月一日改订）和“后启”各一份，上面有子恺先生用红铅笔写下的“九月一日起已另订，加二倍，且概不题上款”的批注。这就是我得到的写件没有上款的原因。“润例”中本有“以上诸项均指单款，若欲题上款者，须照润加倍”的话，后来取消了。那原因看以下的规定可以推想而知。“有欲求书自作诗文者，可照指定字体例加倍，惟均以单款为限。祠墓碑志、寿序、寿联、市招、征寿启及讣告题签，一概不书。”（旧例）在旧社会卖字也有许多麻烦。既已订出润例，照习惯只要收钱就有义务为别人写字。不论是反动的贪官污吏、市井“闻人”、刽子手、特务，以及他们的令尊令堂都可以理直气壮地上门交易，那可不得了。一般的市招不打紧，如果花柳医生来请写招牌，可怎么办呢？诸如此类的麻烦是不得不一一考虑在内的，因而有了那一连串“但书”。这样一来，事实上也就把卖字的大门几乎完全堵死，只留下一条细缝让还可以勉强应酬一下的人挨进来。不必说，这办法是与生财之道完全背道而驰的。这样看来，知识分子做生意是不行的，注定要失败。要想成功，首先就得来一番彻底的改造，先要把那些洁癖、骨鲠脾气……通通

改掉才多少有点希望。

在民国三十六年九月一日改订的润例前面，印了一篇骈文“蠲戏斋鬻字后启”，是很有趣味的文字：

> 四方士友，谬重拙书。辗转征求，不容逊谢。暮年事此，比于执御。恒苦日力不给，思焚笔砚，借息诸缘。徒以先茔碑碣未树，分当自竭筋力，稍易匠作之资。苟遂斯志，无所复须，永当辍笔。世间事相，始必有终。今告友朋：从此日起，期以一年，将断兹役。过此以往，吾书不可复得。如或见齿，请无后时。虫御木以成文，何心涉有；鸟飞空而灭影，瞬息不留。本无益人之功，敢希好我之过。旧有润例，改订如别。新附三条，并希垂鉴。
>
> 一、求书者多索题上款。昆弟之雅，昔惟限于通家；先生之称，今乃施之行路。既嫌滥附，亦病不诚。自兹以后，一律弗题上款，犹为不失于义。请勿以是见责。
>
> 二、书画名迹，碑帖拓本，无论古近，真赝杂出。仆未精鉴别，不敢评量。有以题跋见属者，概谢弗应。
>
> 三、旧例有指定写自作诗文一条。今惟以诗为限。除长卷可写古体歌行，其条幅须视纸之长短，以定字之多寡，令行款相称。如四尺仅能写七言绝句一首；五尺可写五律；六尺以上可写七律。皆以一首为限，过此弗应。

无论什么文件、法规，都不是一经颁布就不可更易的。小至一件润例，也不例外。这重订的“后启”，就是经过试行的实践检验以后，又发现了许多具体困难，才考虑补充修订的。其中申明不再题上款的理由，确有充分根据，在今天看来也还是有意义的。其实我的辗转求书，只是由于几年前从叶圣陶先生的“乐山通信”中，看到了许多马一浮的故事，说得非常有趣。如贺昌群因钦佩马的学问道德，与之合作；后终因思想不一致而分手。始末经过，圣老都有分析评论，和平中正，今天看来，也还不失为知言。我则从此知道马是一位怎样的人物，恐怕是道学家最后的典型了。他的有些行为、主张虽然迂阔可笑，但作为代表人物来看，还是有其价值的。此外，他的诗也作得不错。至于书法，则一直不知道他有那样大的名气。我的搜集名家墨宝，只是为了为当代文化界代表人物留下一点纪念，并不以书法为取舍标准。不过收到字幅以后，倒是非常高兴，字确实写得很有个性，不是一般书家那种俗滥的气息。没有上款也并不介意。马先生这张字是与其他许多有上款的字幅一起找回来的，如只此一页，没有上款，恐怕就不可能再回到我的手里。上款的功能，在我看来也大致就在这里。

丰子恺与马先生是熟朋友，新刊的子恺散文集中就有抗战初一起在桐庐避寇的记录，照丰先生所写，马一浮确是一个怪人。润例收件处是杭州里西湖葛荫山庄复性书院，可见一九四七年顷这书院还没有消灭。今天杭州的许多名迹都修复了。匾额、留题也恢复了不少，但我没有发现马一浮的任何书迹。这样看来，保存下来的这一张昌谷《南园》诗，确是有点珍贵了。

一九八三、十、廿六

马一浮（一八八三——一九六七），幼名福田，后改名浮，字一浮，又号湛翁，别署蠲叟或蠲戏老人。浙江绍兴人。出生于四川，说话带四川口音。在日本时，曾与鲁迅过从。《浙江文史资料选辑》第十六辑有《追忆马一浮先生》文。

一九八三、十二、七，重校记

《无题》

无题（一九七八年作）

电闪雷鸣五十春，空弹瑶瑟韵难成。
湘灵已自无消息，何处更寻倩女魂。

此仿李商隐体，虽属无题，实可解说：第一句指一九二六年汉年同志参加革命到一九七七年逝世；第二句指工作虽有成绩而今成空了；第三句指死在湖南不为人所知；第四句指其妻小董亦早已去世。说穿了，如此而已，并无深意。

这是李一氓同志一九八二年十二月三日发表在上海《解放日报》上的《纪念潘汉年同志》一文的第一节。

去年我托朋友请一氓同志写字，后来得到一首诗，写的就是这《无题》。我没有寄纸去，诗人是用一张乾隆旧笺写来的。诗和字我都非常喜欢。条幅上用了三方印：“李一氓吟草”“一氓八十”“存在第一”。墨沈淋漓，别有一番姿媚。

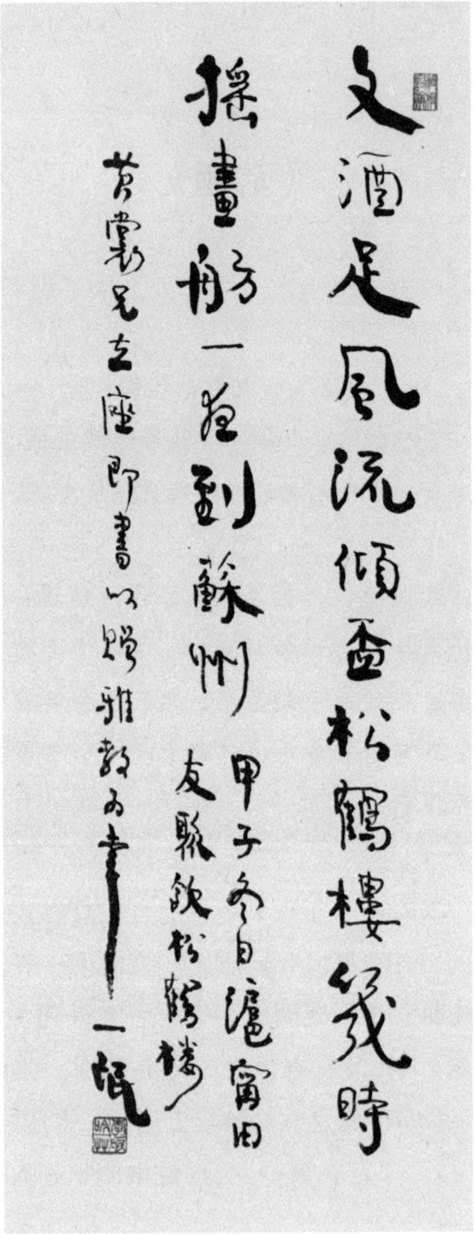
文酒足風流傾盃松鶴樓幾時
攜畫舫一棹到蘇州

我写过一封信去道谢，并说了自己对这诗的理解。我猜这诗大约写于十年动乱的后期，诗人写的是自己的感情。革命半生，眼看人民的事业在林、江两个反革命集团手里被糟蹋得不成样子，不禁引起了对革命理想的重重追怀求索之情。这是一首披着美丽外衣的政治诗，就和李义山的某些诗一样，香草美人，寄托的却是另外的感情。

这些并不是当时信里的原话，但大意是不错的。现在读了诗人自己的说明，知道当时的猜测错了。我想主要的原因是没有能知道这首诗写作的年代。当然也由于难于了解诗人的思想活动。但总的来说，诗中散发的时代气息还是容易为读者领会的，根本说来也不会有怎样的违离，可以达到“虽不中不远矣”的效果。

这就又使我联想起一些有趣的问题。我们平常读古代诗人的集子，最希望得到编年的本子，而不喜欢“分类”的汇编本。这是很有道理的。因为编年诗容易了解诗人的行迹、交游……处处都易于与当时的社会政治形势联系思考，因而也更便于知人论世。

我们读古人诗，更重视好的“笺注”本。而重“笺”尤甚于“注”。因为“注”的是“古典”，起的不过是一种节约读者时间的作用，“古典”都藏在过去的典籍里，只要肯花时间力气，总可以找出那出处来。“今典”就不同，这是作者同时代的人和事，有的见于记载，有的就不见，甚至只藏在作者的心底。旁人、后人是无法知道的。“笺”，只能就记载中的旁证加以推论，工作做得好，是可以揭露部分真相的。

这是非常艰苦细致的工作，所以理应受到重视。但这到底不如作者自己的说明来得珍贵，这就是我们更加重视诗人自加的注解的原因。

至于诗的朦胧的问题，也是很有趣的。我总想，好诗总多少有点朦胧，但这朦胧又是可以使人理解的。这看起来有些玄妙，但又确是实在的。这关系到作品的“能量”。常常有这种情形，有的诗，诗人创作时某些并未想到的意思却会在不同时代、不同读者中得到引发，时时产生新的意象、境界，诗因此而长生，成为不会凋谢的花朵。

这些浅显的意思，都能在这首《无题》中得到印证。

诗人的手迹中，“何处更寻倩女魂”作“相寻”，我却觉得“更”好一些，也许是“先入为主”的关系。

潘汉年同志我只看见过一次。那是在五十年代初上海电影制片厂的一次会议中。夏天，晚上，汉年同志来做报告。他当时是上海市当家的副市长。我坐在台边，看见他穿着干净的纺绸衬衫，戴着金丝眼镜，胸前插着一支金笔，是一位丰姿倜傥、精干成熟的知识分子形象。他的谈话给我留下了非常亲切的印象，到今天也还不能忘记。

一九八二、十二、五

宿诺

沈从文是个写文章的人。也许有人会觉得奇怪，写文章的人不就是作家么？不，这并不一定就是一回事，我在中学里就开始读沈从文的文章了。读过《边城》《湘行散记》，觉得很喜欢。他的小说我读得不多，可是我知道他写得很多。他的小说我也并不是篇篇都喜欢。他是个勤奋的人，细致的人。他很重视技巧，他是很早尝试运用各种技巧于作品中的人。但技巧并不能决定作品的成败，也不能决定作品的“伟大”与“渺小”。记得他很喜欢讲“读生活这本大书”这样意思的话。这是真的，也是不错的。他读过了种种“生活”以后，就用他那枝细巧的笔加以记录，勤恳地、想方设法记录下来。他走过了一条漫长崎岖的道路，看见过各种各样的“生活”。我说他的有些小说我并不喜欢，想想主要的原因恐怕就在他笔下的有些生活本身不惹人喜欢。不知道说得可对。

在通信中我曾说起非常喜爱他写的一本《湘西》。这不是小说，也不是一般人心目中纯正的“散文”。从回信中知道他并没有不高兴，我于是感到心安。称赞一位小说家并非小说的作品，是有点唐突的。这事开始时我并没有意识到。近

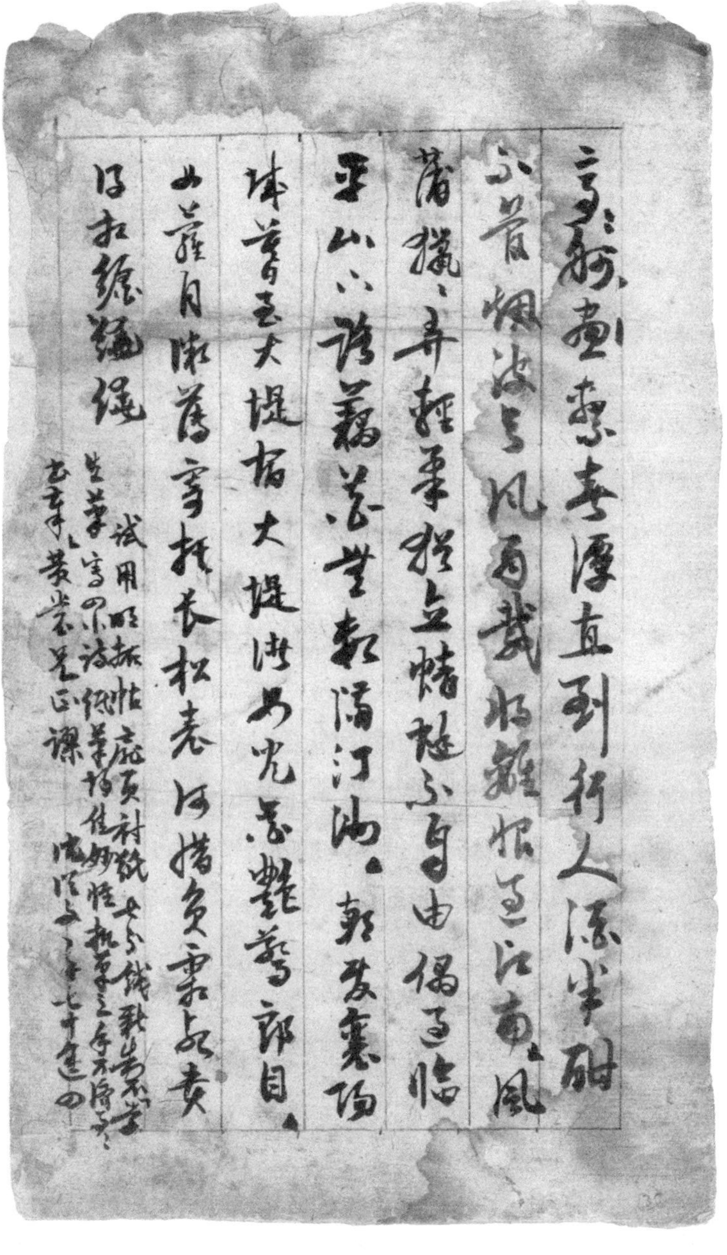

来我又觉得他研究中国古代服饰的那本书写得好，这就更和“小说”不沾边了。他的文字是有一种特别的风格的，这恐怕不完全是由于讲究技巧。这是一种的的确确与旁人不同的风格。有自己的风格是可贵的。我们实在也听腻了某种似乎已成为定局的调子。文字是表达思想的。即使是很好的思想，用那种过于滥熟调子唱出来也不能吸引人。这也许就是我们不能过分轻视风格的原因之一。

上面这些意思就是想说明沈从文为什么是个写文章的人，可能依旧一点都没有说清楚。

听说最近沈从文在海外受到了非比寻常的重视，有不少人在研究他的作品，研究者还有因此而获得高级学位的。听到这类消息我是高兴的，不过也不想设法去找什么研究论文来看，连报道也没有见到过一篇。我感到高兴的是因为一个作者在寂寞了多年之后又被人记起。这事在一个写文章的人说来是头等重要的。文章的生命不就寄托在读者身上么？至于引起重视的原因倒是容易理解的。秦始皇墓侧兵马俑坑的被发现与引起轰动也就是同样的道理。不是站在坑边的一切洋人都一律惊叹并慷慨地称之为世界第九奇迹么？我想这是不必大惊小怪的。说奇迹也确不愧为奇迹，但在严格的美术评论家看来，也不免平平常常、千篇一律。何况这一大批兵马俑的被制造出来，不也只是为了夸耀秦始皇的无上封建权威，有什么意思呢？这样推论下去是很有陷入庄生“此亦一是非，彼亦一是非”的危险的。好在沈从文的文集已经陆续编印出版了，好像已经出版了几大本。还是捺着性子听听读者的意见吧。

也还是一九四七年开始起劲收集时贤书法时的事。曾托靳以寄了一张笺纸到北平去请沈从文写字，不久寄来了。在一张小小的笺纸上临写了三家书法。包世臣、梁同书和翁方纲。在笺尾有两行小字，是他自己的话，字也是他自己的面目。他说：

包、梁二书均不喜。苏斋虽瘦而腴。上官碧。

上官碧是他常用的笔名。他说得对，包安吴、梁山舟虽然都是有重名的书家，但到底看不出那好处来。梁书虽有姿媚，但总脱不出馆阁体的牢笼。安吴是理论家，但理论家往往不能在实践中实现他的理论，正好像我们不能要求文学评论家写出一篇好小说来一样。只是翁苏斋在我的印象中一直是“腴”的，“瘦”的作品则很少看到。

这张字他大概不大满意，不久又寄来了一张长长的条幅。这是他一直写的章草了。署名仍作上官碧，后面有长跋：

黄裳先生远道邮佳纸索书，为用李福寿笔涂抹，竟成墨冻蝇。复检旧纸，经意一书，拙陋益增。始知婢学夫人，大不容易。仍只宜用起码价钱小绿颖笔在公文纸上胡画，转有妩媚处也。因检习字一纸相寄。从文

这些话说得很有意思。过去文学艺术家有许多人发表过相

似的见解。可见好文章、好诗……都不是经意作出来的。当然这也不能说死了。世上无论什么事，一说死总非弄坏不可。文学艺术上的事尤其是如此。写小说又何尝不是这样，讲技巧讲过了头，往往只能产生“墨冻蝇”，这是并不少见的事。

这时他和住在北平的一些朋友好像都喜欢写字，他又寄来了一张更长的条幅，右下角题记说：

霁清轩中三人同书。上官碧记

卷末题记说：“二行至‘万余里’从文书；二至四行充和书；至六行，从文；七行金甫书。时三十六年八月，于故都之颐和园中。”

充和是张充和，从文夫人的妹妹；金甫是杨振声。

这一张字照我外行的看法，应以张充和为第一。至少在流动宛转这一点上，是突出的。杨金甫也能书，这我过去根本就不知道，他的字当然更老到，但在这里却没有凌厉之气。三位都是书家，是明明白白的事。

我连忙向靳以打听关于张充和的事，又要他写信去请她给我写字。靳以是极善于讲故事的，听他讲张充和，就像读一篇小说。可惜三十多年过去，一点都记不起了。

一九七五年前后，黄永玉南来，路过上海。从他那里打听到沈从文的近况，这以后与他又开始了通信。时距锦江楼头一见，又过了十来年。从信里知道他还在写字，不久就寄了一张来，用的大约是从一本旧帖上取下来的厚绵纸副页，经

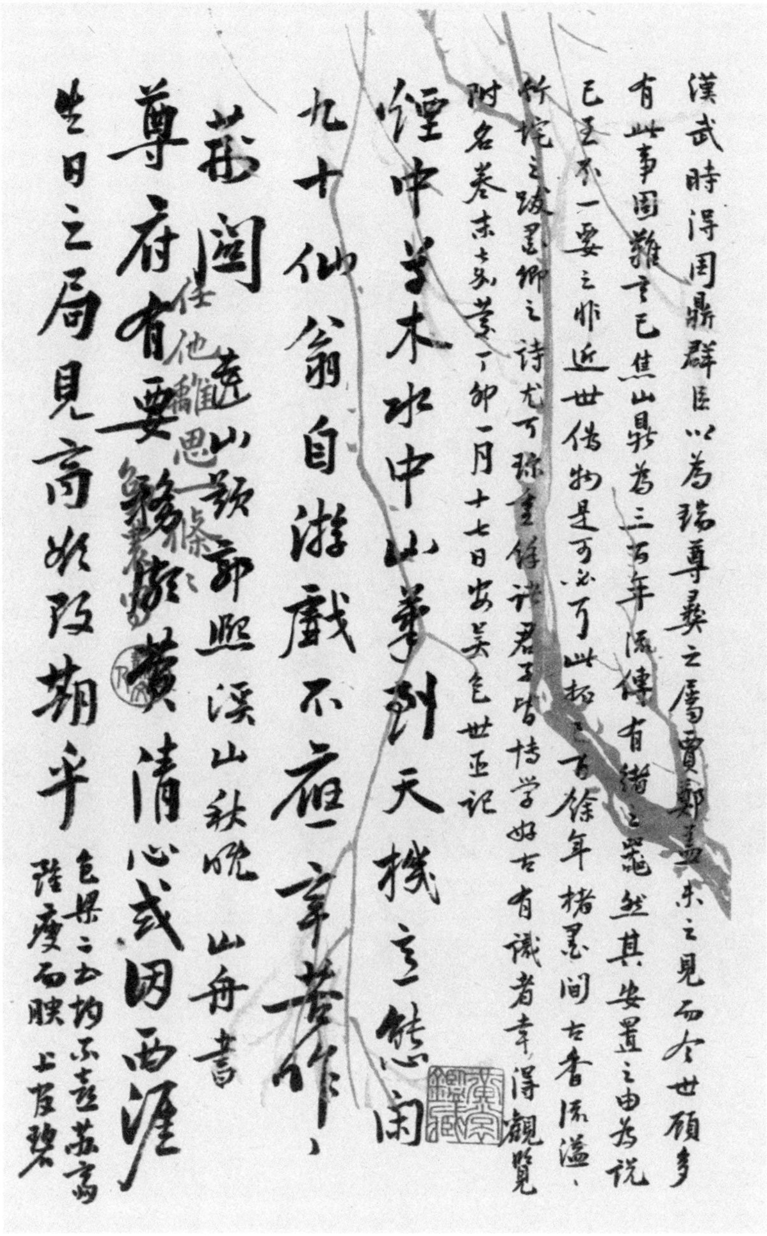
漢武時得周鼎群臣以為瑞尊彝之屬賈鄭孟朱之見而今世頗多
有此事固難言已焦山鼎為三百年流傳有緒之器然其安置之由為說
已互不一要之非近世偽物是可必耳此拓亦百餘年楮墨間古香流溢、
竹垞之跋墨卿之詩尤可珍重餘詵君子皆博学好古有識者幸得觀覽
附名卷末亦為榮丁卯一月十七日安吳包世臣記

悝中艸木水中山筆引天機意態閑
九十仙翁自游戲不辭辛苦作、
芸閣若山頌郎照溪山秋曉 山舟書
尊府有要務蒙清心式因西涯
生日之局見高此段期乎
包棨之書均不甚荒寫
隆慶石腴 上皮碧

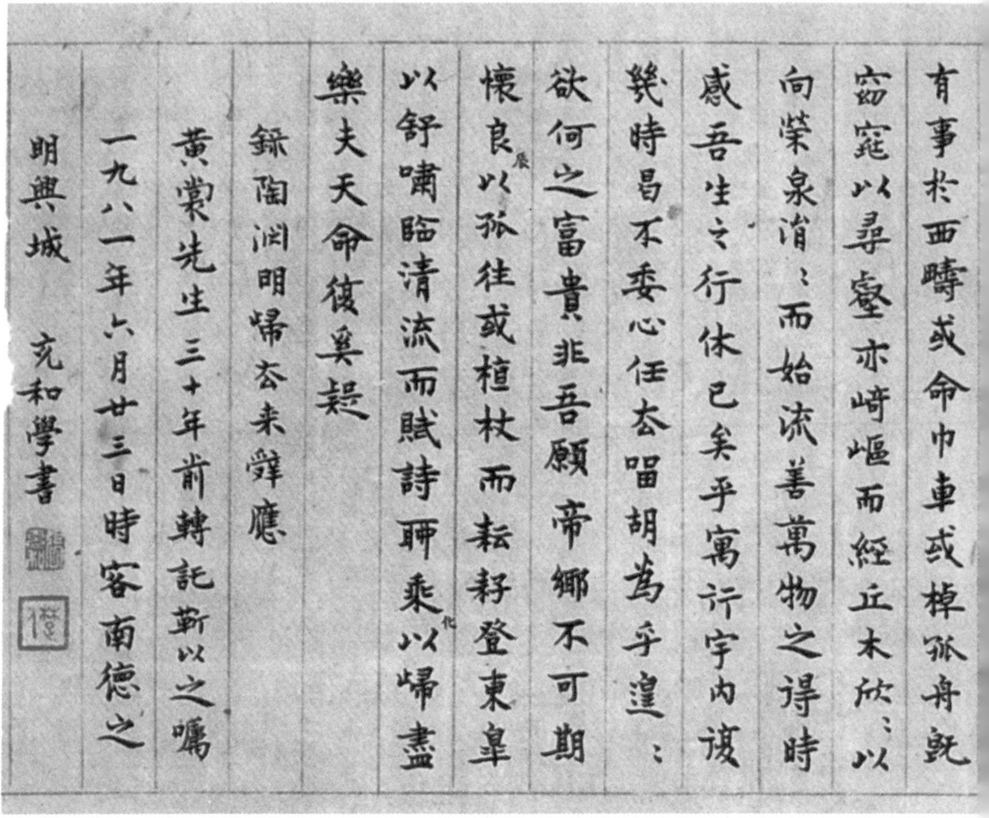
有事於西疇或命巾車或棹孤舟既
窈窕以尋壑亦崎嶇而經丘木欣欣以
向榮泉涓涓而始流善萬物之得時
感吾生之行休已矣乎寓形宇內復
幾時曷不委心任去留胡為乎遑遑
欲何之富貴非吾願帝鄉不可期
懷良辰以孤往或植杖而耘耔登東皋
以舒嘯臨清流而賦詩聊乘化以歸盡
樂夫天命復奚疑
錄陶渊明歸去來辭應
黄裳先生三十年前轉託靳以之囑
一九八一年六月廿三日時客南德之
明興城 充和學書

歸去來兮田園將蕪胡不歸既自以
心為形役奚惆悵而獨悲悟已往之
不諫知來者之可追實迷途其未遠
覺今是而昨非舟搖々以輕颺風飄々而
吹衣問征夫以前路恨晨光之熹微
乃瞻衡宇載欣載奔僮僕歡迎稚
子候門三徑就荒松菊猶存攜幼入
室有酒盈罇引壺觴以自酌眄南牕
以寄傲審容膝之易安園日涉以成
趣門雖設而常關策扶老以流憩時
矯首而遐觀雲無心以出岫鳥倦飛
而知還景翳々其將入撫孤松而盤
桓歸去來兮請息交以絕遊世與我

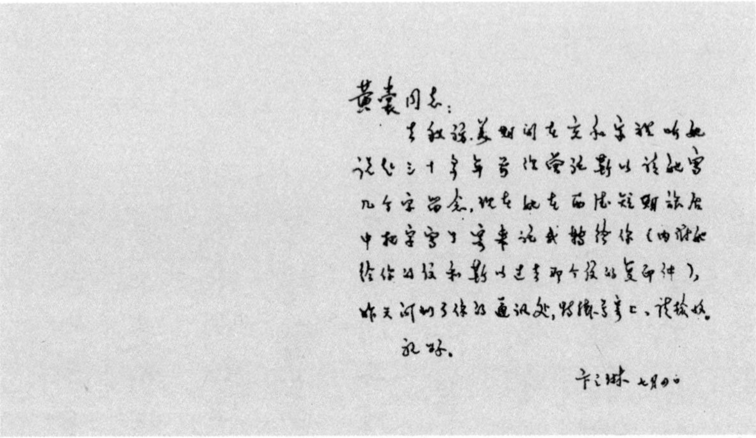

黄裳同志：

　　今叙谈，无疑问在文和字里的也记得三十多年前你曾请充和写过的几个字留念。我在那年在西湖旅游中，被它寄了，寄来让我转给你（内附她给你的信和她写的那个信的复印件），昨天问到了你的通讯处，特请寄上，请检收。

　　祝好。

卞之琳 七月四日

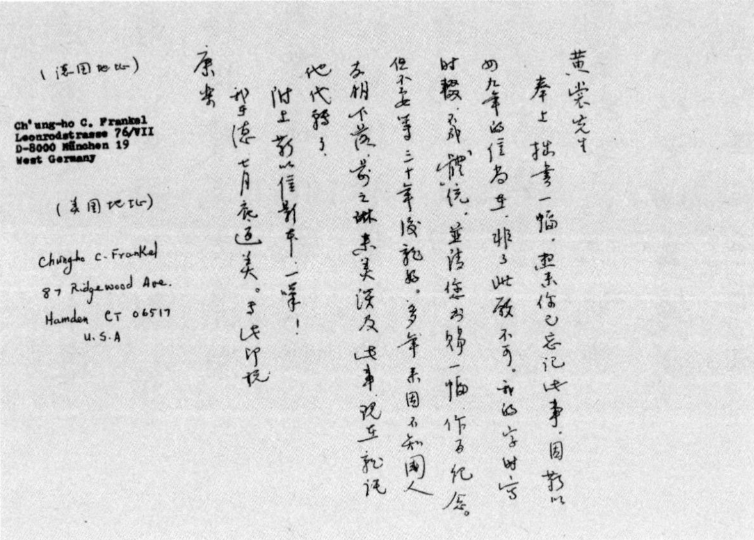

黄裳先生

奉上拙书一幅，想来你已忘记此事，因我以四九年的信为凭，非了此愿不可。我的字那时写得极不成体统，并请您为补一幅作为纪念。但不应等三十年后说好。多年来因不知国内友朋下落，前之琳来美谈及此事，现在托他代转了。

附上新的信封一个。一笑！

我在德七月底返美。充和即候

康安

（德国地址）

Ch'ung-ho C. Frankel
Leonrodstrasse 76/VII
D-8000 München 19
West Germany

（美国地址）

Chungho C. Frankel
87 Ridgewood Ave.
Hamden CT 06517
U.S.A

过水湿，渍痕宛然。纸上用铅笔打了格子，在上面写了四首诗。这幅字写得非常好，虽然旧时面目仍在，但平添了如许宛转的姿媚。小跋说："试用明拓帖扉页衬纸，七分钱新制'学生笔'，写四小诗。纸笔均佳妙，惟执笔之手不济事！书奉黄裳兄正谬。沈从文年七十进四。"

在那时候，得到这样一张字，是使人非常高兴的。那是一小撮人张牙舞爪，全国人民痛苦忧愤的日子。不想听或听厌了"样板戏"的人真是走投无路了。整天赖在公园里打太极拳也不是事。弄盆景、养金鱼、种花、捉皮虫……都成了"风"。"当局"好像也并不起劲地加以禁止。在这种时候，写写字好像就成为一种高雅而无害的高级消遣。也不能说这就没有一点实用价值，抄起大字报来，一笔好字至少也能增加一点吸引力，或增强人们拜读时的忍耐心。不过要写字也还是以抄录"革命"词句为好，像沈从文在这里写什么"不管烟波与风雨，载将离恨过江南"也还是老大的不妥当，即使这诗是宋朝人作的也罢。

前年夏天，忽然接到卞之琳从北京寄来一封信，说他去年秋天在美国访问时遇到张充和，提起三十多年前的"旧约"，现在要实践了。随信附来的是张充和的一封信，略云：

> 奉上拙书一幅，想来你已忘记此事。因靳以四九年的信尚在，非了此愿不可。我的字时写时辍，不成"体"统。……附上靳以信影本，一叹！

靳以的信说：

充和：看了你的信，大家都觉得你们还是回来的好。这个大场面你不来看也是可惜的。当初我就以为你的决定是失策，可是没有能说，也不好说。看到你的兴致那么高。有机会还是回来吧。你答应过给“黄裳”写的几个字也没有影子，得便写点寄来吧。我们都好，大家都盼望你回来。靳以四月廿日（一九四九）

接到这封信和字，真是说不出什么滋味，痴坐了许久。从靳以的这封短信里，似乎又活龙活现地看到了他这个人。他善良热情，关心朋友，爱护朋友。信很短，可是里面藏着的“话”很多。仿佛可以看见、听到他那胖胖的双颊上蠕动的微红，眼镜后面眯缝闪动的双眼，好像有点口吃似的断断续续说出来的话，他那总是抹不掉的微笑和一会都停不下来的动作，这一切都永远消失了。记得我托他请张充和写字，也不过说过就算了。也许开玩笑地催过他。可是他却郑重其事地记在心里，在写这封信时还不忘记提一笔。

读了这信，真不是“一叹”就能了事的。

同时附来的是一幅皮纸朱丝栏的卷子。写的是《归去来辞》。楷书。卷末题记说是应我“三十年前转托靳以之嘱”。在之琳的另一信中说她“今年（一九八一）八月在南德明兴（慕尼黑）客居三个月，回到美国新港，发现田园荒芜，手植菊已被草掩盖，连根都找不着，写信给我说，松还可以，菊何能存”。这似乎可以解释何以要写陶渊明此文的动机。但写此辞时在南德，在回美以前，她还没有看见“三径就荒”的情景。可见这一推测是不确的了。那么女书家到底为什么在去国三十年后写下了这么一篇《归去来辞》呢？

这“辞”可能是背写的，中间有遗漏。但重要的句子却一句都不曾缺少。

三十多年前收集的一批师友墨迹在十年前被抄没了。后来又意外地收回了其中的一部分。在我开始介绍这一组劫余书件时，题下了一个“珠还记幸”的总题，表示了一种意外侥幸的高兴心情。失去的墨迹中就有靳以写的一张。他不是书家，但字迹却是秀丽的。平明出版社有许多新书的封面，就都是巴金抓住他写下的。现在却只能看到一封短笺的复印件。这封短笺被女主人带到国外，幸存下来了。躲过了被抄没的厄运。抄不去的还有靳以三十年前的嘱托。现在她践了“宿诺”。

在这里记下的只是一些微不足道的小事，在有的人看来也许还是迹近“无聊”的小事。有一条奇妙的线在牵动着它们，这条线虽然细弱、飘忽，往来无迹，但它牵动的却可能是非常的重量。这在有些人是不可能理解的，也不应该要求他们理解。

一九八三、二、十八

为了行文的方便，文中提到的许多人都没有加上敬称。作者附记。

卞之琳的事

一九八一年七月，得之琳从北京寄来张充和写的字，卞信如下：

黄裳同志：去秋访美期间，在充和家里，听她说起，三十多年前你曾托靳以请她写几个字留念，现在她在西德短期旅居中把字写了寄来，托我转给你（内附她给你的信和靳以过去那个信的复印件），昨天问到了你的通讯处，特挂号寄上，请检收。祝好。卞之琳　七月四日

附来张充和的信如下：

黄裳先生：奉上拙书一幅，想来你已忘记此事。因靳以四九年的信尚在，非了此愿不可。我的字时写时辍，不成“体”统。并请您书赐一幅，作为纪念。但不要等三十年后就好。多年来因不知国人友朋下落，前之琳来美，谈及此事，现在就托他代转了。

附上靳以信影本，一叹！

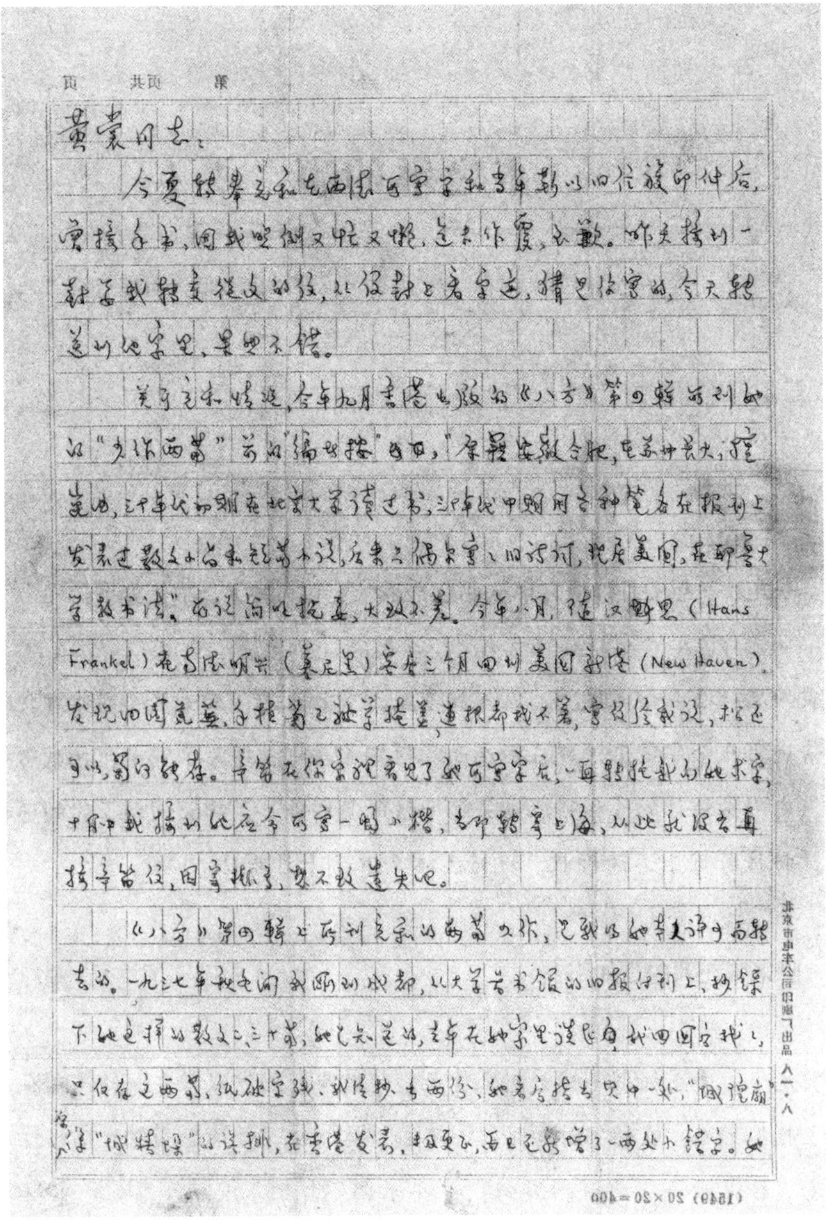

页　共页　第

黄裳同志：

今夏转寄充和在西德写字和书本期以回信读印件后，曾接手书，因我忙乱又忙又懒，迄未作复，至歉。昨天接到一封寄我转交充和的信，从信封上看字迹，猜是你写的，今天转送到她家里，果然不错。

关于充和情况，今年九月香港出版的《八方》第四辑所刊她的“书作两帧”前的“编者按”有云，“原籍安徽合肥，生苏州长大，擅崑曲，三十年代初期在北京大学读过书，三十年代中期用笔名在报刊上发表过散文和若干短篇小说，后来又偏爱旧诗词，现居美国，在耶鲁大学教书法。”这说法简略扼要，大致不差。今年八月，随汉思（Hans Frankel）在西德明兴（慕尼黑）客居三个月回到美国新港（New Haven），发现她周围竟无人，手稿等已被窃去，连报刊都找不着，写信给我说，将这手写的稿寄存。前些天你来信说看见了她写字后，一再转托我向她求字，十月中我接到她应命所写一幅小楷，当即转寄上海，从此我没有再接手书信，因写挂号，想不致遗失吧。

《八方》第四辑上所刊充和的两篇文作，是我从她当年大学时期写的两篇古诗……一九三七年秋也间我回到成都，从大学图书馆的旧报纸刊上，抄录下她选择的散文二三十篇，她已不知道的，去年在她家里谈起，后我回国后找了，只保存了这两篇，纸破字残，我请抄出两份，她看后挑出其中一篇，“城隍庙”

容
误排“城隍庙”的误排，在香港发表，排更正，而且也增了一两处小错字。她

北京市卓孝公司印刷厂出品　八一·八

（1549）20×20＝400

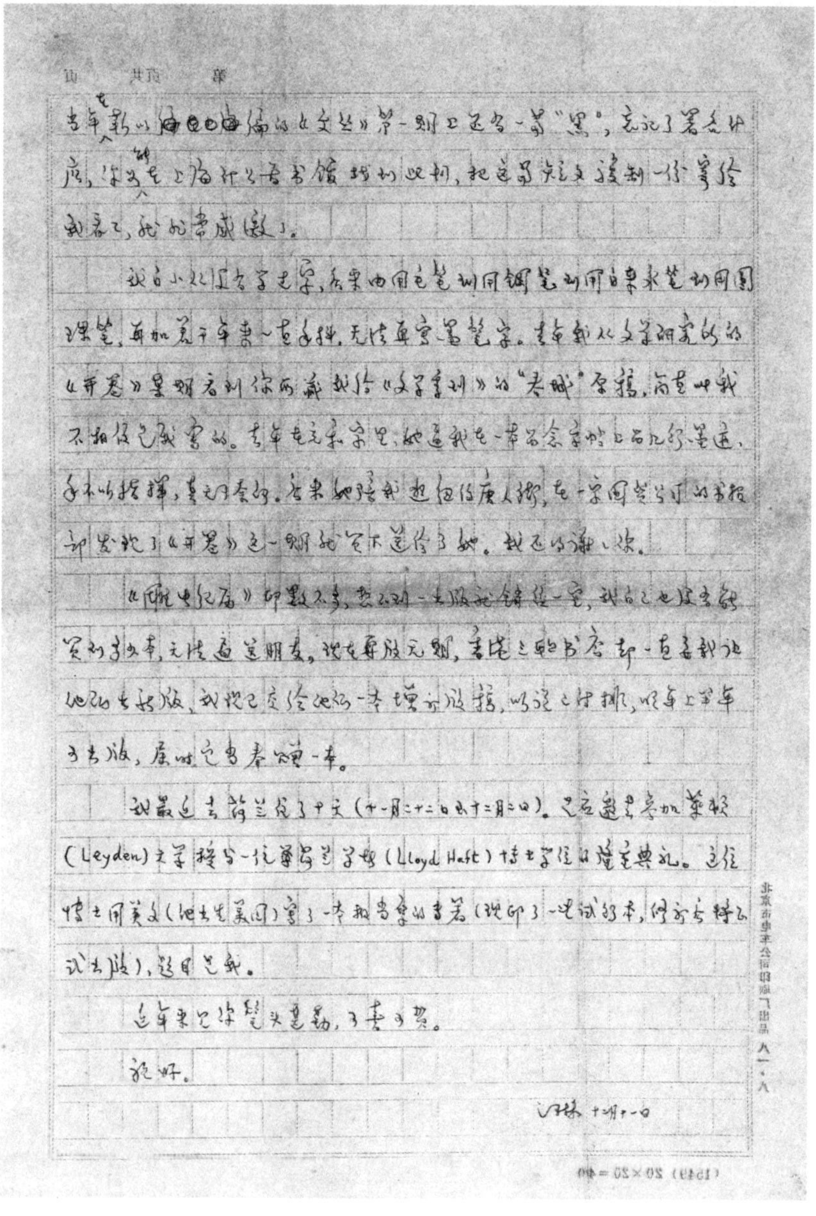

第　页　共　页

去年在[illegible]编的《文艺》第一期上还有一篇"黑"，忘记了署名什么，你能在上海什么图书馆找到此刊，把这篇短文复制一份寄给我看看，我就非常感激了。

我自小不会写毛笔字，后来由用毛笔到用钢笔到用自来水笔到用圆珠笔，再加若干年来一直手抖，无法再写毛笔字。去年我从文学研究所的《开卷》某期看到你所藏我给《文学季刊》的"春城"原稿，简直叫我不相信是我写的。去年在友人家里，她逼我在一本纪念册上写几行毛笔，手不听指挥，真无法交代。后来她陪我逛[illegible]，在一家国营出版公司的书籍门市部发现了《开卷》这一期就买下送给了她。我还得谢谢你。

《雕虫纪历》印数不多，出版社一出版就销售一空，我自己也没有多的买到手头本，无法遍送朋友。说是再版无期，香港三联书店却一直要求让他们出新版，我就已交给他们一本增订版稿，听说已付排，明年上半年可出版，届时定当奉赠一本。

我最近去荷兰住了十天（十一月二十二日至十二月二日），是应邀去参加莱顿（Leyden）大学授与一位荷兰学者（Lloyd Haft）博士学位的隆重典礼。这位博士用英文（他出生美国）写了一本研究我的专著（现印了一些试行本，将来可能转正式出版），题目是我。

近年来已深觉头[illegible]，不多写了。

祝好。

之琳 十二月十一日

北京市[illegible]印刷厂出品 八一·八

(1549) 20×20=400

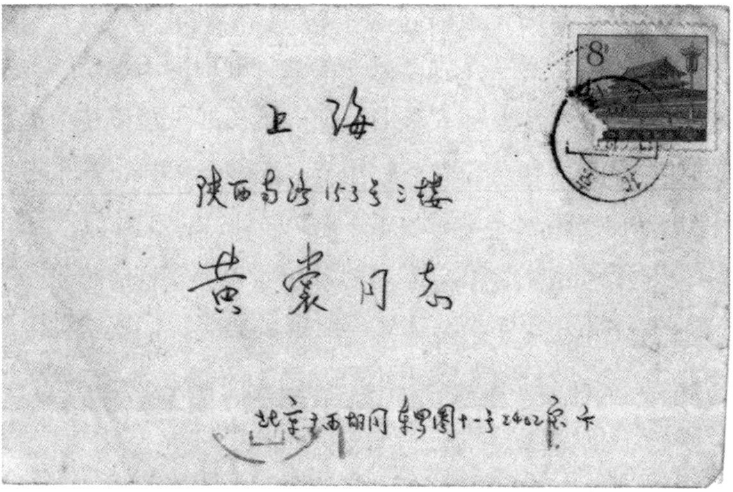
上海
陕西南路153号三楼
黄裳同志

我在德，七月底返美。专此即祝

康乐。

一九四九年前后，正是我发愿收集师友字幅的时候。从从文处知道充和善书，还得到沈从文、杨振声、张充和在颐和园霁清轩中写的长幅书件，三人同写章草，几乎看不出不是一人所书，从文还在后面记下某几行为谁的手笔。从此得一印象，因将充和也列入求书行列。难得的是靳以还为此写了信，更难得的是这戋戋一叶短笺，充和竟保存了三十年而无恙。这使我感念非常，写了一篇《宿诺》，收入《珠还记幸》中。我知道卞诗人与充和的关系非比寻常，但也只是听来的一鳞半爪，更不便写入文字。忽发异想，何不求证于本人，因而写信给之琳请教。这自然是一种愚蠢莽撞的举动。自然是久久不报。直到一九八一年冬，才又得之琳一信。

黄裳同志：

今夏转奉充和在西德所写字和当年靳以旧信复印件后，曾接手书，因我照例又忙又懒，迄未作复，至歉。昨天接到一封要我转交从文的信，从信封上看字迹，猜是你写的，今天转送到他家里，果然不错。

关于充和情况，今年九月香港出版的《八方》第四辑所刊她的“少作两篇”前的编者按，“原籍安徽合肥，在苏州长大，擅昆曲，三十年代初期在北京大学读过书，三十年代中期用各种笔名在报刊上发表过散文小品和短篇小说，后来只偶尔写写旧诗词，现居美国，在耶鲁大学教书法”。所说简明扼要，大致不差。今年八月，随汉思（Hans Frankel）在南德明兴（慕尼黑）客居三个月回到美国新港（New Haven），发现田园荒芜，手植菊已被草掩盖，连根都找不着，写信给我说，松还可以，菊何能存。辛笛在你家里看见了她所写字后，再转托我向她求字，十月中我接到她应命所写一幅小楷，当即转寄上海，从此就没有再接辛笛信，因寄挂号，想不致遗失吧。

《八方》第四辑上所刊充和的两篇少作，是我得她本人许可而转去的。一九三七年秋冬间我刚到成都，从大学图书馆的旧报副刊上，抄录下她这样的散文二三十篇，她是知道的。去年在她家里谈起，我回国后找找，只仅存这两篇，纸破字残，我清抄出两份，她看后指出其中一处，“城隍庙”原系“城墙垛”的误排，在香港发表，未及更正，而且还新增了两处小错字，她当年在靳以编的《文丛》第一期上还有一篇《黑》，忘记了署名什么，你如能在上海什么图书馆找到此刊，把这篇短文复制一份寄给我看看，就非常感激了。

我自小从没有学过字，后来由用毛笔到用钢笔，到用自来水笔到用圆珠笔，再加若干年来一直手抖，无法再写墨笔字。去年我从文学研究所的《开卷》某期看到你所藏我给《文学季刊》的《春城》原稿，简直叫我不相信是我写的。去年在充和家里，她逼我在一本留念字帖上留几行墨迹，手不听指挥，真无可奈何。后来她陪我逛纽约唐人街，在一家国货公司的书报部发现了《开卷》这一期，就买下送给了她。我还得谢谢你。

《雕虫纪历》印数不多，想不到一出版就销售一空，我自己也没有能买到多少本，无法遍送朋友。现在再版无期，香港三联书店却一直要我让他们出新版，我现已交给他们一本增订版稿，听说已付排，明年上半年可出版，届时定当奉赠一本。

我最近去荷兰住了十天（十一月二十二日至十二月二日），是应邀去参加莱顿（Leyden）大学授与一位荷兰学者（Lloyd Haft）博士学位的隆重典礼。这位博士用英文（他出生美国）写了一本相当厚的专著（现印了一些试行本，修订后将正式出版），题目是我。

近年来见你笔头甚勤，可喜可贺。

祝好。

之琳　十二月十一日

这封长信是对我的提问的回答。可以说是答非所问，但实在是最好也最可满意的回答。历久不衰的钟情，珍惜对方的文字留痕，千方百计地搜寻并张罗印出；对方的一颦一笑，都永不会忘记，值得咀嚼千百遍的温馨记忆永远留在心底。这一切，都在淡淡的言语中隐隐约约地透露出来了。

《春城》的原稿，是巴金给我的。后来找出来还给之琳了。是用毛笔写在大张稿纸上的，工楷，飘逸而娟秀，像是出于女作家之手。

其实作者在《雕虫纪历》的自序中，也早已提到了：

> 同时，私生活中的一个隐秘因素也使我在这个阶段里写诗另外有了一个具体特点，写了像《无题》等我以前和以后从不写的这样几首诗……但是后来，在一九三三年初秋，例外也来了。在一般的儿女交往中有一个异乎寻常的初次结识，显然彼此有相通的“一点”。由于我的矜持，由于对方的洒脱，看来一纵即逝的这一点，我以为值得珍惜而只能任其消失的一颗朝露罢了。不料事隔三年多，我们彼此有缘重逢，就发现这竟是彼此无心或有意共同栽培的一粒种子，突然萌发，甚至含苞了。我开始做起了好梦，开始私下深切感受这方面的悲欢。隐隐中我又在希望中预感到无望，预感到这还是不会开花结果。仿佛作为雪泥鸿爪，留个纪念，就写了《无题》等这种诗。

这说得够直率了。我本不该再写信去请教，难怪他压了几个月才写了回信。他说的是《无题》的续篇，余音渺渺，余味不尽，恰可补诗序之不足。诗人已去，而遗篇常存，我这里也算是写了一篇新诗话吧。

二〇〇三年十月廿七日

附：张充和的信

黄裳先生：

老早收到《山川·历史·人物》。不仅是看了，别人借看又还了。游记怎么都能如此写法便好了。其中不少是我去过的，尤其是第二故乡的苏州，一九七八年回苏州也有许多杂感，但却写不出一字。书铺、古董铺、说书茶室这些最使人忘返的地方都没有了。我是七八年十月去的，所有园中字画仍是缺然，最近有人说又挂了些，当不是旧的，想是近代人的。

前几日（一周前）之琳寄来您手抄《黑》。这个笔名再也想不出如何起的，内容似曾相识，可值不得您家亲为手抄。之琳真是好事之徒。可是我仍没有你的毛笔字，但也“知足”了。

从一月起“外勤”，直至现在才稍定，去夏威夷、Colorado 演了四场戏。最近由南部回来，去看世界博览会的。大家一致认为中国同美国是最好的，中国是以“人力”胜。但出来各物都是华贵的商业品。手工艺方面，十分惊人的麻烦（如三十六层象牙球），却在艺术上无甚可观。景泰蓝、瓷器工料，设计都差。还有店中（每馆附设一店）所售各物的陈设还不如中国镇的好商店（如做得极丑的瓷观音，摆上几十百个）。我站了很久，竟无一人经过住一住脚。总之是自己国家的文化，明知可以更好得多，未免失望了。但洋人看了出奇入胜，便都满意。

暑中仍然有一处“江湖”要走。应该是“封箱”时候到了。但正如我祖母当时的行动，与我们这一代大不同，虽然年龄相近，我仍是“一脚踢”。专此再再道谢。即祝

撰安

张充和上

一九八二年六月二日

请巴金写字

巴金很少写毛笔字。不过我手里有他写于四十年代的几封旧信却是用毛笔写在土纸信笺上的。他说过，抗战中他总是在行李包里带着一小枝毛笔和一块墨，不论走到什么地方，也无论是怎样简陋的旅馆，茶碗总是有的。只要翻过来在粗瓷底座上磨起墨来，就立即可以写字了。比自来水笔要方便得多。

巴金写的毛笔字和钢笔字差不多，可以想像他使用毛笔也和钢笔一样。他说过“我不是书法家”，前两年谈天时，他还常为许多人请他题字而感到苦恼。我想这也不是因为字写得不好，只是觉得很无聊。自从今年他宣布了“三不主义”以后，大约情况要好得多了。

巴金的不喜欢题词和不喜欢照相大约是出于同一种心情。不过这后一点，他最近可是让步得多了。无论谁拿出了照相机，他总是毫无意见地任人拍照，甚至还顺从地听任摄影家摆布，移动着位置……只是对题词一事，却一直坚持地抗拒着。前些时在一篇《随想录》里，他记下了怎样推谢过李健吾的要求，并流露了对这种固执的遗憾心情。李健吾的两册

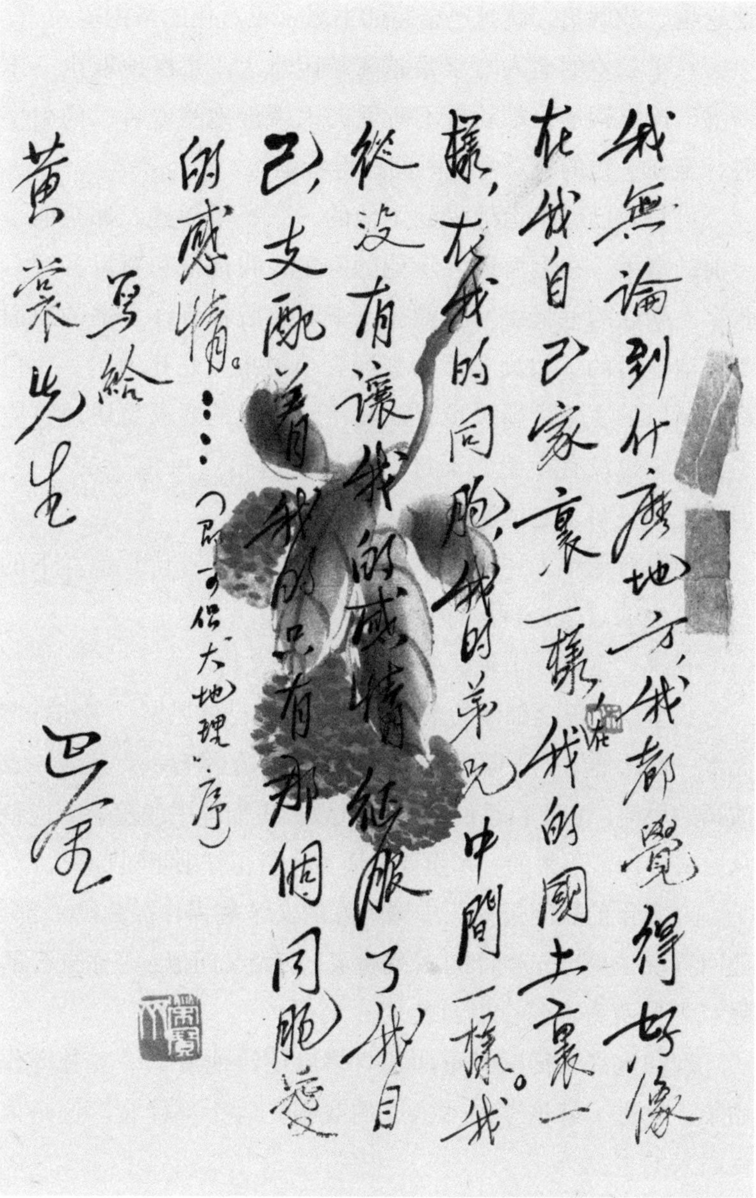
我無論到什麼地方，我都覺得好像
在我自己家裏一樣，我的國土裏一
樣，在我的同胞，我的弟兄中間一樣。我
從沒有讓我的感情征服了我自
己，支配着我的只有那個同胞愛
的感情……（取于偉大地理序）
寫給
黃裳先生
巴金

评论集、戏剧集，就是巴金写的书名，不过用的是钢笔。

八十二岁的老人写字是越来越困难了。每次他取出一本新书，摸出钢笔，颤动着不听话的手缓慢地签着自己的名字时，坐在一边的我总觉得时间过得特别长。

可是我已经幸运地得到了他的一张墨笔手迹。那是四十年前的事了，在上海霞飞坊他的家里，我请他和靳以各写一张字。靳以的毛笔字写得漂亮，平明出版社有许多书的封面都是请他写的，如汝龙译的契诃夫小说集，好几十本，一色都是靳以的手笔。靳以也喜欢写字，对我的要求爽快地答应了。巴金也没有拒绝，不过他嘲笑过这是“风雅”的行径，但到底还是写了。他实在是很宽容的。

他没有像雅人一样写下别人或自己的一首诗，他写下的是邵可侣的《大地理》序中的一节话。

我喜欢读这一节话，觉得像一首散文诗。

我喜欢读巴金翻译的东西，他有他自己的风格。字句好像流水一样从他的笔下倾泻出来，不过并不是没有一点涟漪一点波澜的小河，它有自己的韵律、风致。表面的平淡蕴含着应该从原文中保留下来的一切重要的质素，值得仔细咀嚼吟味。

好多年前我问过他，中国最好的文学翻译作品是哪一部。他回答说是鲁迅先生译的《死魂灵》。我又问他：“你自己的呢?”“是克鲁泡特金的自传。”

现在这部自传已经重印了。书店还给他编了一套翻译作品集，收进了赫尔岑的《家庭的戏剧》等十部译文。这是值得高兴的事。

一九八四年

卷葹

鲁迅在《中国新文学大系》小说二集的序言中，用不少的篇幅和热情的笔墨评述了冯沅君的作品：

> 冯沅君有一本短篇小说集《卷葹》——是“拔心不死”的草名，也是一九二三年起，身在北京，而以“淦女士”的笔名，发表于上海创造社的刊物上的作品。其中的《旅行》是提炼了《隔绝》和《隔绝之后》（并在《卷葹》内）的精粹的名文，虽嫌过于说理，却还未伤其自然；那“我很想拉他的手，但是我不敢，我只敢在间或车上的电灯被震动而失去它的光的时候，因为我害怕那些搭客们的注意。可是我们又自己觉得很骄傲的，我们不客气的以全车中最尊贵的人自命”。这一段，实在是五四运动直后，将毅然和传统战斗，而又怕敢毅然和传统战斗，遂不得不复活其“缠绵悱恻之情”的青年们的真实写照。和“为艺术而艺术”的作品中的主角，或夸耀其颓唐，或炫鬻其才绪，是截然两样的。然而也可以复归于平安。陆侃如在《卷葹》再版后记里说：“‘淦’

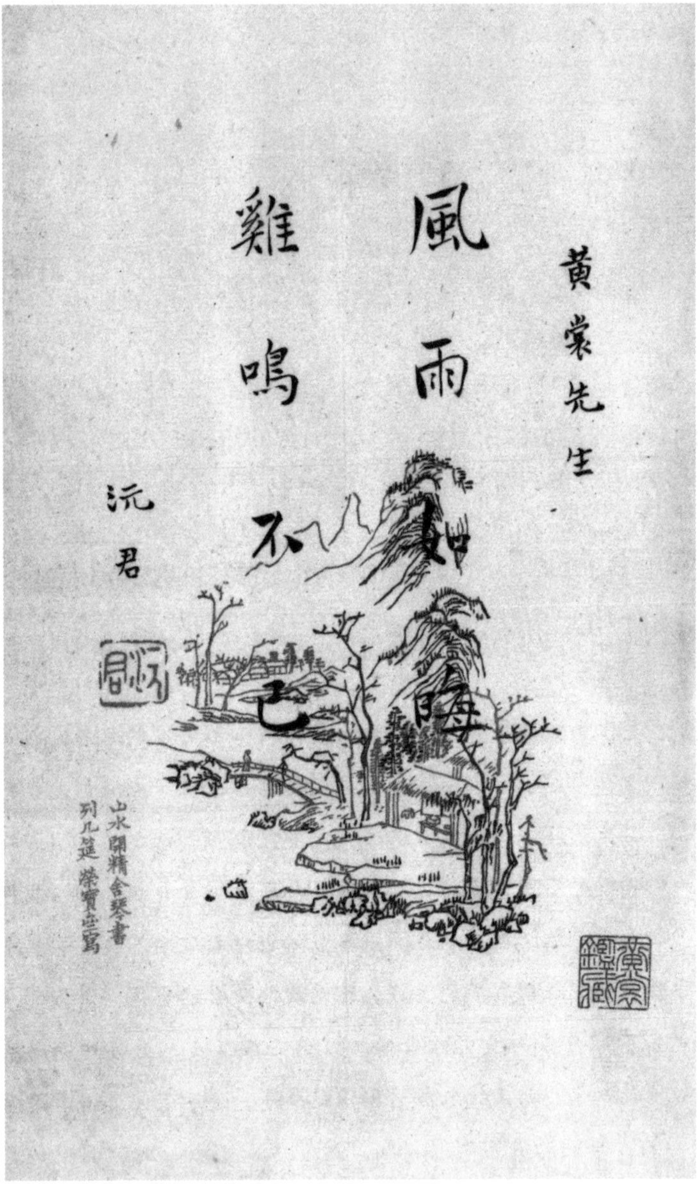
黄裳先生
風雨如晦
雞鳴不已
沅君
山水閒精舍琴書
列几筵 榮寶齋寫

训‘沈’，取《庄子》‘陆沈’之义，现在作者思想变迁，故再版时改署沅君。……只因作者秉性疏懒，故托我代说。”诚然，三年后的《春痕》，就只剩了散文的断片了，更后便是关于文学史的研究。这使我又记起匈牙利的诗人彼兑菲（Petöfi Sándor）题 B. Sz. 夫人照相的诗来——

“听说你使你的男人很幸福，我希望不至于此，因为他是苦恼的夜莺，而今沉默在幸福里了。苛待他罢，使他因此常常唱出甜美的歌来。”

我并不是说：苦恼是艺术的渊源，为了艺术，应该使作家们永久陷在苦恼里。不过在彼兑菲的时候，这话是有些真实的；在十年前的中国，这话也有些真实的。

一下子就抄引了这许多，似乎有点不大合适。但实在无从删节，这实在是对冯沅君的深刻而全面的评论，如果不将她后来的文学史研究也包括在内的话。今天重读《卷葹》，依旧能感到一种真实的美。说理虽然较多，但这是和全篇融合在一起的，并非孤立、外加的议论。重要在于写出了情感、环境的真实，这是使作品至今仍有着生命力的原因。时代过去了好几十年，人物、感情都已经成为历史，只是因为它真实，所以作品并不过时。

《卷葹》由鲁迅编入《乌合丛书》，由北新书局出版。鲁迅还特别写信给陶元庆，请他画封面，并说明道：

《卷葹》乃是淦女士的小说集，《乌合丛书》之一。内容是四篇讲爱的小说，卷葹是一种小草，拔了心也不死，然而什么形状，我却不知道。

沅君是冯友兰的妹妹，在《三松堂自序》里有一节讲到她幼年的学习和生活状况，是很有价值的史料：

自从我们从崇阳回老家以后，沅君就不上学了。我从北大放假回家，在家中也常念诗念文章，沅君听了很爱慕就叫我教她。我照着黄侃的路数，选了些诗文给她讲，教她念。她真是聪明绝顶，在一个暑假的很短时间内就学会了，不但会讲会念，而且会写，居然能写出像六朝小赋那样的小品文章。等到我第二次暑假回家，沅君的学问就更大了。北京传来消息，说是北京女子师范学校要招国文专修科。这个学校是当时北京女学的最高学府。我们都主张叫沅君去应考。沅君也坚决要考，她对母亲说："如果是说我花钱，我将来什么都不要。"意思就是说，将来出嫁的时候不要嫁妆。……父亲在的时候，已经把沅君许婚于唐河的一个人家，所以沅君这时候说出了这样坚决的话。

冯沅君后来和陆侃如结婚，从此放弃了文学创作，转入文学史的研究。他们合作写成的《中国诗史》三册，一九三一年由上海大江书铺出版，银灰色的封面，厚厚三册，是早期中国韵文史的开创之作，收集的材料是相当丰富的。继此转入古剧研究，抗战中在四川写成了有名的《古优解》，我第一次读到的是在重庆买到的商务印书馆印的土纸小册子。在这本论文集里，她用比较研究的方法将中国的古优与欧洲中世纪的 Fou 对比参证，是一册饶有趣味的学术论文。

《胡适来往书信选》中收有陆侃如、冯沅君一九四六年八月十五日给胡适的一封信，那时他们正滞留在四川三台东北大学，等待复员东归。在这封信里简略地说明了她们抗战中的生活：

> 我们离平八载，前四年在中山大学，后四年在东北大学。流亡中，书不易得，精神、时间又多浪费。沅君只写了些关于戏剧史的文章（《古优解》及《孤本元明杂剧题记》两小册，已出版，《古剧说汇》在印刷中），侃如在作《中古文学系年》，以年为纲，以人与作品为目，是西元一至六零零年间的文人综合年谱，只成了东汉、三国一段的初稿（曾整理一部分发表于《清华学报》《中大研究所集刊》《中原》《志林》等杂志）。……东大于夏初致二年聘约，我们也许随校到沈阳。不过那里军政空气过浓，不是个读书的地方。将来环境较好的地方如有机会，即舍而他去。……

五十年代初，他们就转到济南山东大学任教，直至去世。冯沅君晚年的文学史研究成果，一九八〇年山东人民出版社

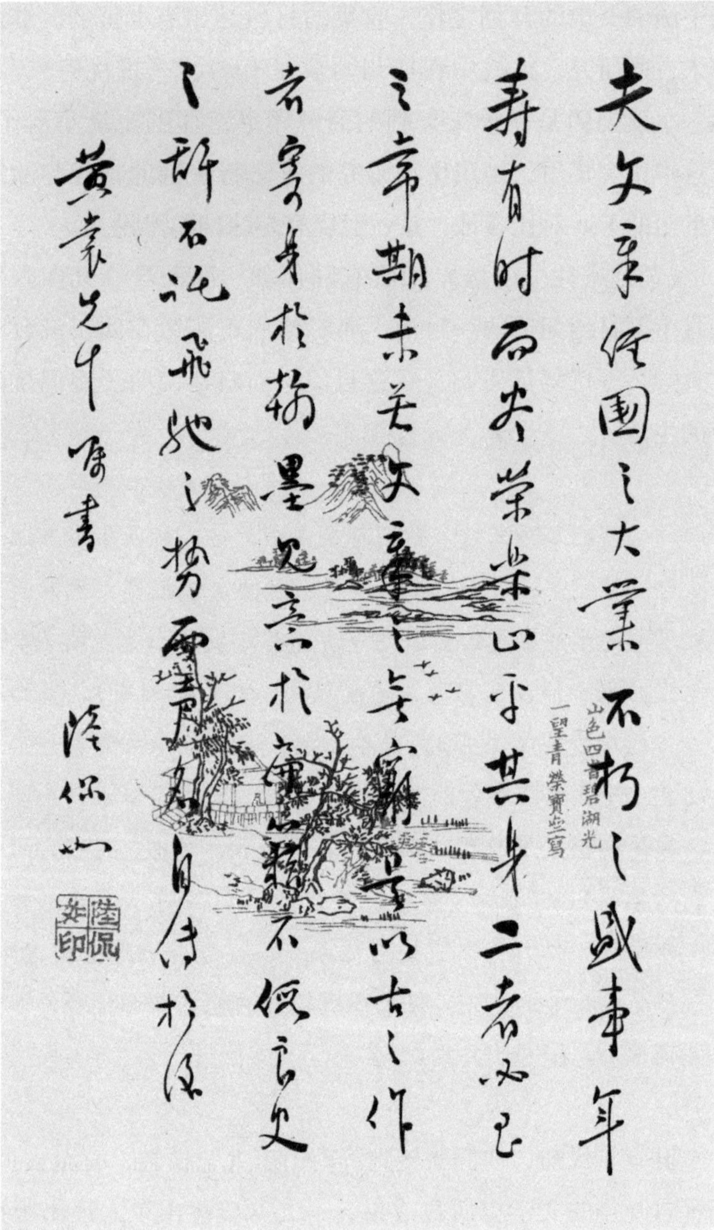
夫文章經國之大業不朽之盛事年
壽有時而盡榮樂止乎其身二者必至
之常期未若文章之無窮是以古之作
者寄身於翰墨見意於篇籍不假良史
之辭不託飛馳之勢而聲名自傳於後
山色四面碧湖光
一望青 榮寶齋寫
黄裳先生屬書
陸侃如
陸侃如印

曾辑印了一册《冯沅君古典文学论文集》。从早期作《古优解》和元杂剧论文，一直到评论《窦娥冤》和《一捧雪》，逐渐从古剧研究踏上了戏曲改革讨论的道路。《怎样看待〈一捧雪〉》一文是一篇有代表性的研究论文。她分析了李玉的原作与京剧改编本的不同，指出在改编过程中主题改变了，从对权奸的抨击转移到对义仆的歌颂，她提出的明清易代之际义仆戏纷纷产生的时代背景，指出这与风起云涌的《奴变》与封建文士的感情趋向是分不开的。她指出明清之交剧坛上小人物开始作为主要人物出现，打破了老爷太太一统天下的局面。最后她还考证了原作者李玉的身世与思想。这些方面都是过去讨论时不曾涉及的。当然她最后并没有拿出一个完善的修改方案，看来这几乎是不可能的。我觉得旧戏里像《一捧雪》这样浸透了时代气息的作品是不少的。在今天它们的价值更多地表现在认识上而不在向之学习上。它使我们知道旧时社会曾经是这个样子的，这就是它的存在的理由所在了。

沅君还考定了吴梅村的《圆圆曲》与《楚两生行》的作期，也是很有趣味的文字。考证之文能写得明白如话，入情入理，趣味盎然，这是很不容易的。这一特色几乎贯穿在作者的全部论文中。

这两张手迹也是我寄了诗笺托人去要来的。沅君写了“风雨如晦，鸡鸣不已”八个字，恰好表现了内战时期中国知识分子的普遍心情。

《玉君》与杨振声

《玉君》是杨振声写的中篇小说，一九二五年由现代社出版。只三个月就再版，可见当时是颇受到读者重视的。杨振声是新潮社同人之一，在《新潮》第一卷第三号曾发表描写在渔霸剥削和警察勒索下的渔民的悲惨生活的小说《渔家》，这大约是以他的故乡山东蓬莱为背景的，对此，鲁迅曾给“杨振声是极要描写民间疾苦的”评语。《玉君》则是他第二部用力的精心之作，鲁迅在《中国新文学大系》小说二集的序言中曾做重点评述：

> 杨振声的文笔，却比《渔家》更加生发起来，但恰与先前的战友汪敬熙站成对蹠：他要“忠实于主观”，要用人工来制造理想的人物。而且凭自己的理想还怕不够，又请教过几个朋友，删改了几回，这才完成一本中篇小说《玉君》，那自序道——
>
> “若有人问玉君是真的，我的回答是没有一个小说家说实话的。说实话的是历史家，说假话的才是小说家。历史家用的是记忆力，小说家用的是想像力。历史家取

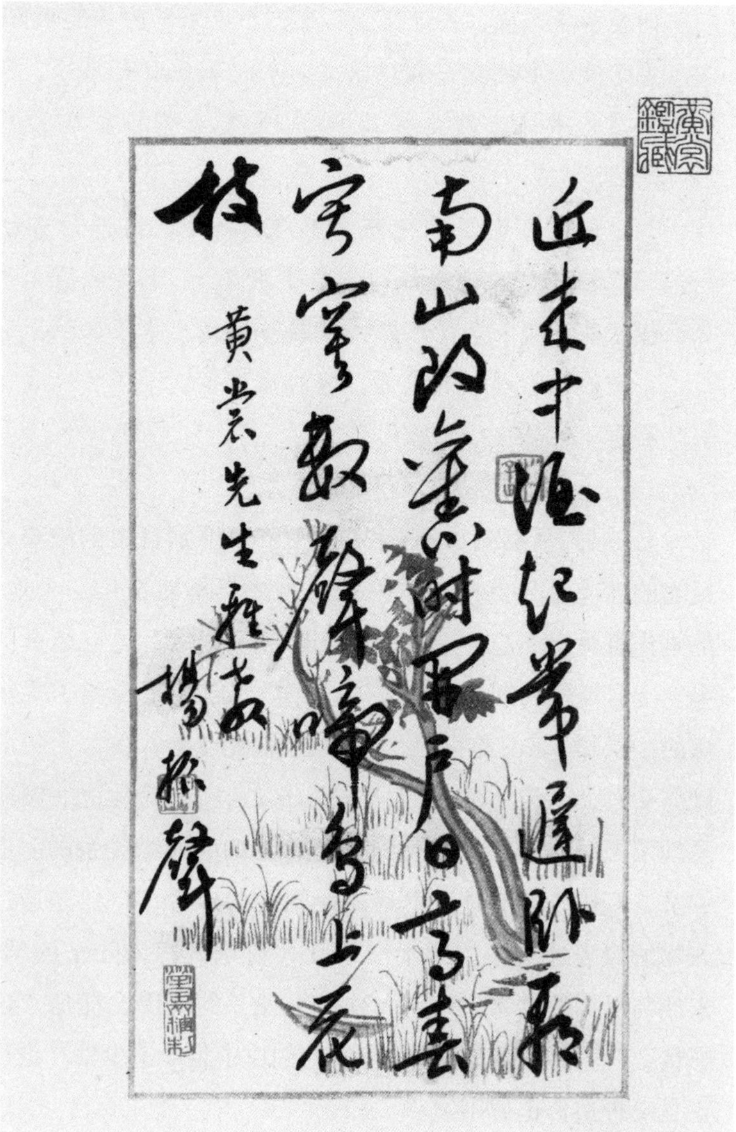
黄裳先生雅教

的是科学态度，要忠实于客观；小说家取的是艺术态度，要忠实于主观。一言以蔽之，小说家也如艺术家，想把天然艺术化，就是要以他的理想与意志去补天然之缺陷。”

他先决定了“想把天然艺术化”，惟一的方法是“说假话”，“说假话的才是小说家”。于是依照了这定律，并且博采众议，将《玉君》创造出来了，然而这是一定的：不过一个傀儡，她的降生也就是死亡。我们此后也不再见这位作家的创作。

《玉君》所写是“五四”时代争取婚姻自由的故事，反封建的性质是显然的。但主角玉君终于不能不是一个傀儡。那是作者念念不忘“艺术化”，驰骋于想像，凭空结撰的结果。玉君是作者理想的“英雄人物”，但她是脱离了生活土壤的“英雄”。由此可见，这种创作倾向是早在六十年前就已露头了，十年动乱中的“三突出文学”，就是这一倾向的恶性发展，应该说彼此之间是存着隐约的血缘关系的。还有一节，《玉君》中时时出现高谈阔论的成分，自然是通过了人物的口表述的。如第十三章就大讨论其程朱陆王的学说，宋儒与汉儒的关系，“绝人欲存天理”的荒谬，真是“说得忘情”。这种写法，就是在今天的创作中也并不少见。也许这正是一种遗传也说不定。

《玉君》改写了三遍，作者在序中说是先后接受了邓以蛰、陈源、胡适的意见改写的。在《胡适来往书信选》中保留了杨振声写给胡适的两封信。一九二五年十一月十五日一信中说："我这里病蚕抽丝似的想抽成这本没长进的小说。好在已抽到三分之一了。若不致中途丝断，下月初或可抽完。那时节若敢出见天日，所见的第一个是先生；若是拿不出手来，就必死在纸炉子里……"这就明白地说出了创造的艰窘，凭着想像使天然艺术化之困难。一九二五年一月六日给胡适信说："关于《玉君》的批评，十分启发，感谢不尽。本章决如教修改。张妈与赵大娘的会话也删去。其中先生代改多字，亦于此致谢。《玉君》写到后面，便时常想到速速了结，以便预备下学年教书吃饭的问题，所以就不免草率了。"事实也正是如此，《玉君》是匆匆结束了的。建议他删去的也不知是什么，也许就是连有历史癖的胡适也忍受不住的大段议论吧。

杨振声后来到青岛大学工作了，他的朋友亲人也纷纷前去。鲁迅在一九二九年七月二十一日给章川岛的信中说：

> 青岛大学已开。文科主任杨振声。此君近来似已联络周启明之流矣。此后各派分合，当颇改观。语丝派当消灭也。陈源亦已往青岛大学，还有赵景深、沈从文、易家钺（君左）之流云。

《北京大学五十周年纪念特刊》中有罗常培《"七七"事变后北大的残局》一文，有一节说：

那天（七月八日），晚上杨今甫（振声）本来预备在他的新居——旧那王府——约我们几个朋友吃饭。临时因为同和居不肯出来“打发”，于是他也把我们“打发”了！那时今甫正和沈从文专心编辑中小学校教科书，还没正式加入北大。可他不久离平赴京，对后来长沙临时大学的成立尽了很大的力量。

也是在这本纪念特刊中收有杨振声作《北大在长沙》一文，详细说明他以代临时大学主任秘书周炳琳职务的身份，在长沙组建临时大学，直至参加徒步至昆明旅行团的详细经过。“他们在路上共行一千六百七十一公里，为时七十三日，于四月二十七日到达昆明。”学校也正式改为“国立西南联合大学”。听说北大校友会正在编写西南联大校史，杨今甫这篇文章却是重要的史料。

抗战胜利后北大复校，罗常培在给胡适的信里推荐杨振声主持国文系。他说：

所以关于国文系的主持，如果您不能自兼，可由今甫兼管。今甫文人气虽重（不是冲锋陷阵的角色，而且有偏见和乡曲之见），他对于文学尚有相当修养。

这大约可以代表当时文化界对杨振声的一般印象。杨今甫与沈从文是熟人，一九四六年顷他们曾与张充和一起在北平颐和园消夏，我请沈从文写字时顺便也求得这张字，他的章草写得很好，从文曾寄我他们三位合作的长条幅。这张写的并非章草，但以书法论，成就颇高，是我很喜欢的一件作品。

杨振声逝世于一九五六年。

沈兼士

沈兼士是沈尹默的弟弟，是北京大学“三沈”（沈士远、尹默、兼士）之一。字写得极好，虽然不及尹默有名，但也很有风致，比起老兄来似乎更多瘦劲之趣，少甜熟之累，鲁迅编《北平笺谱》，请他写过书签。他的专业是“小学”研究，著作不多，我只买到过一册《段砚斋杂文》，已是身后付印的了。兼士与鲁迅是旧友，过往甚密，查《鲁迅日记》，自一九一四年初识，十多年中，来往颇多。一九二六年又一起去厦门大学，因与顾颉刚等的矛盾，没有多久就又离开厦门回到北平。后来鲁迅回北平小住，也曾有频繁的过从，他还拉鲁迅去辅仁大学演讲过，其时他是辅大的文学院长。计算一下，从一九二五年同鲁迅等七人一起签署《对于北京女子师范大学风潮宣言》以来，一直是和鲁迅站在一起的。一九三四年三月二十六日兼士曾以所撰《右文说在训诂学上之沿革及其推测》寄赠鲁迅，周作人在《知堂回想录》里“三沈二马”篇曾谈到兼士的治学过程，有所说明：

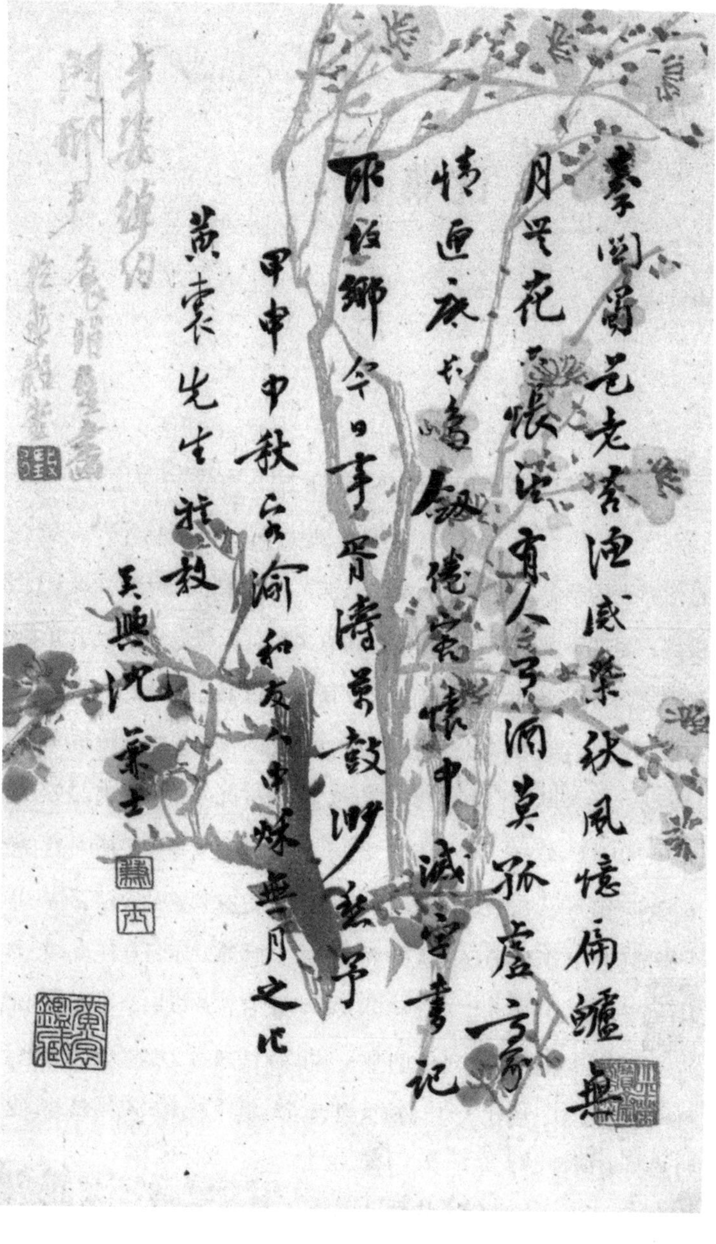

> 他也曾从章太炎问学、他的专门是科学一面、在（物理学校）上课，但是兴味却是国家的“小学”方面，以从他专搞文字学的形声，特别是“右文问题”，便是凡从某声的文字也含有这声字的意义。他在西山养病时，又和基督教的辅仁学社的陈援庵相识。陈研究元史，当时著《一赐乐业教考》、《元也里可温教考》等，很有些新气象；逐渐二人互相提携，成为国学研究的名流。沈兼士任为北大研究所国学的主任，陈援庵则由导师，转升燕京大学的研究所主任，再进而为辅仁大学校长，更转而为师范大学校长，至于今日。沈兼士随后亦脱离北大，跟陈校长任辅仁大学的文学院长……胜利后匆遽死去。……

周作人的《中国新文学的源流》也是沈兼士约去辅仁大学的演讲稿，出版单行本时封面也是沈写的。抗日战争胜利后，周作人入狱，沈兼士还领衔给南京高等法院上呈文，援据日本片冈铁兵攻击周为“反动老作家”等由为周作人辩护，请求宽大处理，可见二人交谊也并不浅。《胡适来往书信选》里收有罗常培给胡适的两封信，说到沈时，有“兼士是苦节孤忠，全活留平一部分朋友的名节，非其他某派学系可比，应由先生斟酌，请其回校”的话，这是说，在北平陷落之后沈兼士仍旧留下了一段时间进行工作，记得在什么地方看到，周作人此时曾两次访沈兼士，意欲有所陈说，可是都被沈支吾过去了。也许这就是周作人对沈怀着憾恨的原因。

抗日战争胜利后，沈兼士是国民党政府的教育部特派员，兼任“清理战时文物损失委员会”的平津区代表。一时声势，俨然是接收大员的架势。在罗常培给胡适的第二封信中就说：“沈兼士是教部平津特派员，权最大，但到处碰壁，而且所有的部下，非党即亲，各方颇有怨言。记得我第一封信荐他回北大，因为他在战时保全许多人没作汉奸，其功不可没，现在我愿自动撤销我的举荐了。”可见当上接收大员以后在朋友之中立即产生了怎样的印象，至于社会的抨击就更不必说。记得当时报上就有揭露沈兼士侵占贪污接收文物的报道，好像也并无下文，因为在一九四六年秋他就突然中风死去了。

这一叶诗笺是托静远给我要来的。诗是“甲申（一九四四）中秋客渝和友人中秋无月之作”。

秦关蜀道老苕渔，感慨秋风忆扁鲈。无月无花空怅望，有人有酒莫孤虚。豪情匣底长鸣剑，倦客怀中灭字书。记取故乡今日事，胥涛万鼓渺愁予。

诗中充满了牢愁，发抒的是在重庆坐冷板凳时的落寞心情。驱驰奔走，竟连怀中名卡的字迹也漫漶了。这和两年后重录此诗时的心情可真是天差地远。

冯友兰在《三松堂学术文集》中有一篇一九三五年所作的《近年史学界对于中国古史之看法》的演讲，其中说到沈兼士：“沈兼士先生和胡适先生是表现两种不同的研究史学的态度。沈先生认为的中国哲学史的发创的时期比胡先生认为的较早，所以沈先生对于‘秦’以前的哲学以为仍有研究之必要，而胡先生的《中国哲学大纲》一书，认为中国哲学是应该自‘先秦时期’开始。”冯友兰在早期北大是沈兼士的学生，他在这篇演讲中又说：“我记得民国四年，沈兼士先生在北京大学讲授‘中国哲学史’，讲了一学期的功夫，才讲到周代。”这件事冯友兰在《三松堂自序》中有更生动的讲述：

> 给我们讲中国哲学史的那位教授，从三皇五帝讲起，讲了半年，才讲到周公。我们问他，照这样的速度讲下去，什么时候可以讲完。他说：“无所谓讲完讲不完。若说讲完，一句话可以讲完。若说讲不完，那就永远讲不完。”

这有点像《世说新语》，也算得是有关沈兼士的一件有趣的轶事。

兼士死后，尹默曾有哭弟诗，四十年前曾在报上读过，深受感动，可惜全诗记不起了，只记得一些断句，“六十年来好弟兄”“老泪无多不供洒，木然翘首立秋晴”。还记得兼士哭子诗的一句，“而今寂寞对楹书”，这都是使人不易忘记的。

三叶

一九二〇年亚东图书馆出版了三位青年诗人的通讯集《三叶集》，受到青年读者的热烈欢迎，四年中印了三版。这在那时的出版界是不多见的：这是一本难得的思想历史资料。三位作者——郭沫若、宗白华、田汉都是年轻诗人，他们把“青年人裸露的灵魂和坦荡的胸襟”勇敢地向青年朋友们展示出来，感情是那么真挚，抒写是那么豪纵，只有郁达夫的小说《沉沦》可以与之相比。田汉就干脆把这本小集称之为中国的《少年维特之烦恼》，不是没有理由的。

《三叶集》结尾处有郭沫若给宗白华的一封长信，报告他和田汉在日本博多湾旅行、漫游、谈诗的生活。这是通讯，是散文，是游记，是诗话，是生气弥漫的美文。郭沫若的散文有他独特的风格，是读后使人激动而不易忘记的。三十年代他写的《达夫的来访》《浪花十日》也是这样的散文。可惜后来很难见到它的流风遗韵了。

参加了“少年中国学会”的宗白华一九二〇年前后在上海编《少年中国》月刊和《时事新报》的《学灯》副刊，这

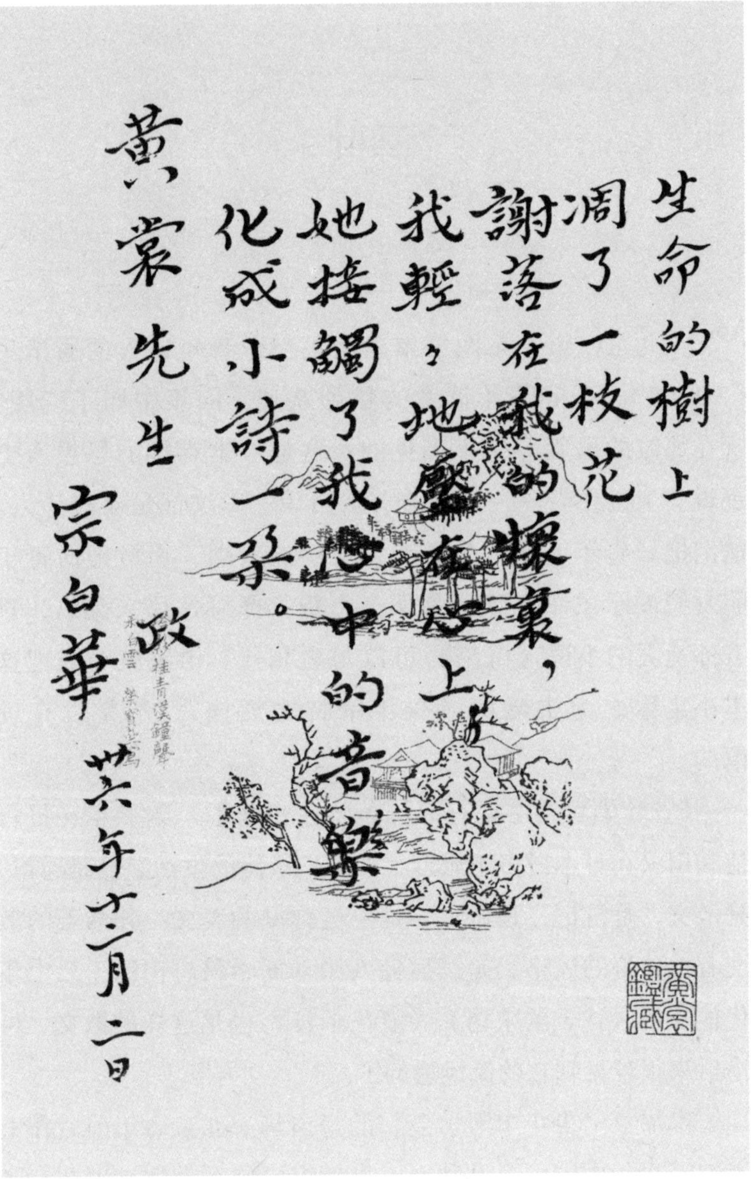
生命的樹上
凋了一枝花
謝落在我的懷裏，
我輕々地壓在心上
她接觸了我心中的音樂
化成小詩一朵。
黃裳先生 政
宗白華 卅六年十二月二日

时他发现了“一个抒情的天才”郭沫若。在一个作者和投稿者与编辑之间发生了浓挚的友谊。郭沫若早期的诗作包括著名的《凤凰涅槃》在内都是在《学灯》上发表的。郭沫若说：“我要把全身底脂肪组织来作《学灯》里的油。”这是可以说明诗情像火山似的迸发的那种状态的。

宗白华这时也写新诗，有诗集《流云》出版。

宗白华后来一直在大学里教美学，“随着时代的动荡”，三个人见面的机会少了。今天，白华先生已辞世，但他在八十七岁高龄，还是依旧扶着手杖在未名湖畔散步，挤公共汽车进城看展览会。宗白华很少发表美学论著，只是前几年出版了一册《美学散步》和一册美学论文集。他观看展览会时，常指着作品说：“这多美啊！”可是美在哪里，为什么算做美却很少申说，只留待参观者自己去体会、琢磨。宗白华的美学论文也同样带有这特色，用李泽厚的话说：“我终于领悟到宗先生谈话和他写文章的特色之一，是某种带着情感感受的直观把握。”（《美学散步》序）这说得好。李泽厚还对比了宗白华与朱光潜两位美学大师的风格：“朱先生的文章和思维方式是推理的，宗先生却是抒情的，朱先生偏于文学，宗先生偏于艺术；朱先生更是近代的、西方的、科学的；宗先生更是古典的、中国的、艺术的；朱先生是学者，宗先生是诗人……”这种勾勒也是逼真而有趣的，虽然并不能说是科学的严密的。如果借用《诗品》中的两句话“落花无言，人淡如菊”来形容宗白华的风度，不知道可有几分肖似。

宗白华在《论〈世说新语〉和晋人的美》中畅论这个特

定历史时代最哲学的、因为是最解放、最自由的时代精神。最可以看出他对生命活力的赞颂，对中国人超脱但不是出世的思想的深刻理解与爱。他说“晋人向外发现了自然，向内发现了自己的深情”，他说“晋人的美的理想，很可以注意的，是显著的追慕着光明鲜洁、晶莹发亮的意象”。对人们心目中充满了动乱悲剧的这个时代，却能看出“这几百年间是精神上的大解放，人格上思想上的大自由”，能使人“联想到西欧十六世纪的‘文艺复兴’的特色”，称之为“中国周秦诸子以后第二度的哲学时代”。这种健康的明净的思想风格，是多么值得钦服啊。

一九四七年冬我得到他的一张手迹，写的是一首小诗，不知道是否出于《流云》，不知怎的，我觉得正是作者自己——一位宁静微笑的哲人的写照。他在一九二三年写的《我和诗》短文的文末说：“……朝霞满窗时，我也赞颂红日的初生。我爱光，我爱海，我爱人间的温爱，我爱群众里千万心灵一致紧张而有力的热情。”

这几句话，则更完美地写出了诗人自己，恰好可以作为小诗的补充。

天行山鬼

魏建功是语音学家，著有《古音系研究》，未见。只在周作人的《苦茶随笔》里看见过一篇序，戏称其为“未来派”，意思是说这种专门的学问不是一般人所能懂的。魏建功是北京大学出身，鲁迅、周作人、钱玄同的学生。在大学读书时还没有养成“纯正学者”气度，倒是颇为调皮的。曾因盲诗人爱罗先珂批评了同学演出的话剧而写了一篇有名的反批评《不敢盲从》，从这题目也可以看出行文之波峭。后来鲁迅出来加以斥责，写了《看了魏建功君的〈不敢盲从〉以后的几句声明》，刊于《晨报》副刊，不过后来并未收入杂文集，所以知道的人不多。现在是已经连同魏建功的原文都已采入《鲁迅全集》了。其实这倒是早期话剧运动不无价值的一份文件。

虽然有过这样的一重公案，他们师生之间的关系依然是很好的。建功很帮助鲁迅做了一些事，如《唐宋传奇集》的编定，就曾由建功在北大图书馆代校了部分篇目。鲁迅在“序例”中说：“先经许广平君为之选录，最多者《太平广记》中文。惟所据仅黄晟本，甚虑讹误。去年由魏建功君校

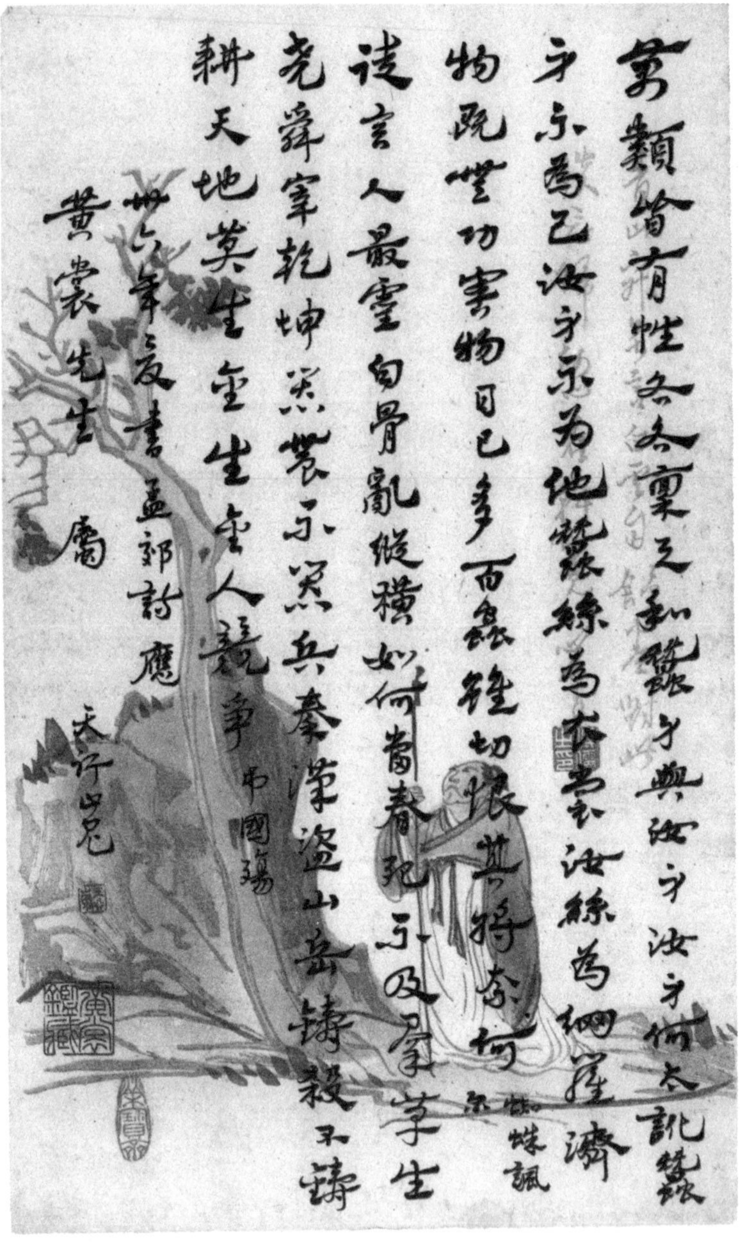
卅六年夏書孟郊詩應
黄裳先生屬
天行山鬼

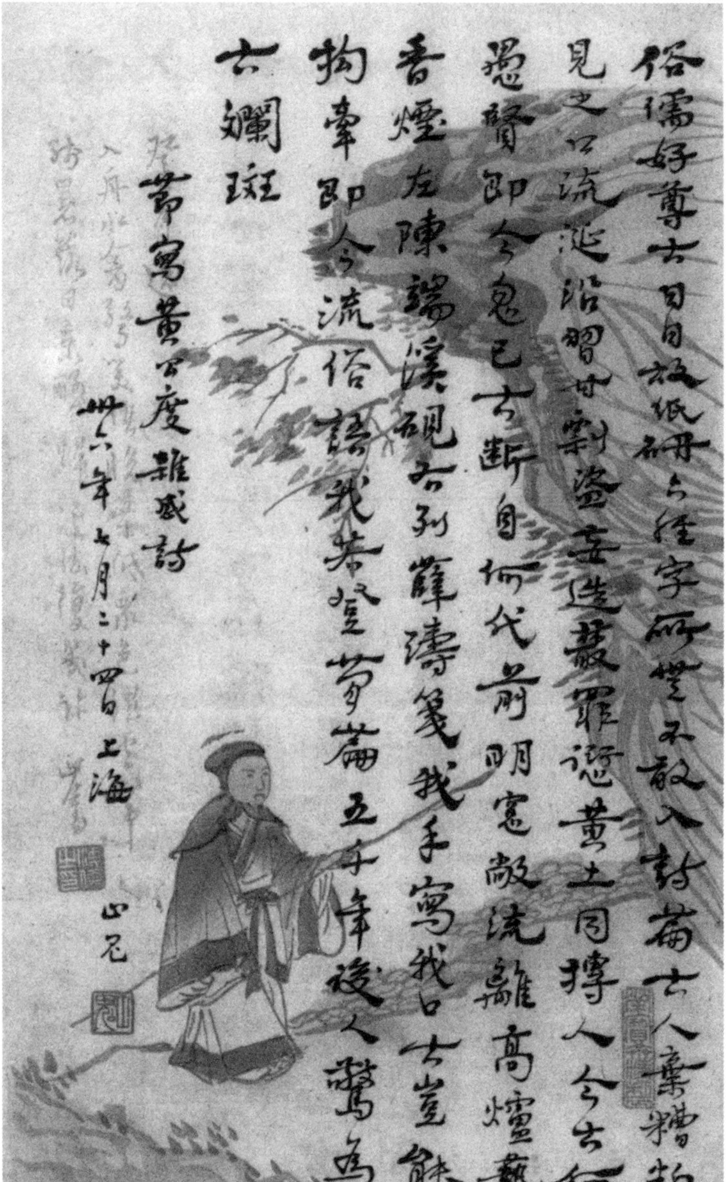
俗儒好尊古日日故紙研六經字所無不敢入詩篇古人棄糟粕
見之口流涎沿習甘剽盜妄造叢罪愆黃土同摶人今古何
愚賢即今忽已古斷自何代前明窗敞流離高爐爇
香煙左陳端溪硯右列薛濤箋我手寫我口古豈能
拘牽即今流俗語我若登簡編五千年後人驚爲
古斕斑
節寫黃公度雜感詩
卅六年七月二十四日上海

以北京大学图书馆所藏明长洲许自昌刊本，乃始释然。”这不独可以看出先生治学的严谨，也说明了当日得书之不易，《太平广记》还有更好一些的谈恺本，但只得见许自昌本也就满足了。《鲁迅全集》的注释说此本是“嘉靖间校刻《太平广记》大字本”，那是说错了，许书其实是刻成于万历中的。

一九三二年鲁迅回北平小住。来往旧友中就有建功。《两地书》中寄许广平信中有这样的话：

> 晚上来了两个人，一个是忙于翻检电码之静农，一个是帮我校过《唐宋传奇集》之建功，同吃晚饭，谈得很为畅快，和上午之纵谈于西山，都是近来快事。

后来鲁迅与西谛编《北平笺谱》，就又托建功手写序文上板。鲁迅给郑振铎信中说：“序文我想还是请建功兄写一写。”又在给台静农信中详谈此事：

> 写序之事，传说与事实略有不符。郑君来函问托天行或容某（忘其名，能作简字），以谁为宜，我即答以不如托天行，因是相识之故。至于不得托金公（按指钱玄同）执笔，亦诚有其事。但系指书签，盖此公夸而懒，又高自位置，托以小事，能拖延至一年半载不报，而其字实俗媚入骨，无足观。犯不着向悭吝人乞烂铅钱也。

于是《北平笺谱》序就是魏建功手书刻板的。后来鲁迅与西谛重刊《十竹斋笺谱》，书前的一块“牌子”，也同出魏手。我的最早看到并喜欢了他的隶书，就是看了“笺谱”以后的事。其实魏建功的字是学钱玄同的，但较健拔英挺，不像钱玄同那样肥得近于瘫痪。鲁迅的评论还是有道理的。

一九四七年，一天中午走过来薰阁书庄，看见案上有一大本厚厚的册子，中间粘贴着钱玄同给魏建功的几十封信，其中还有明信片、贺年片……非常有趣。钱玄同是喜欢说笑话的，信里有许多好玩的故事。因为是随手所写，有的还很潦草，所以很少常见的他那种规规矩矩的气息。自然这中间论古音韵的论学书札也不少。封面题签是“先师吴兴钱玄同先生手札，弟子魏建功敬藏”。听书店伙计说，建功刚从台湾来沪，就借住在书店楼上。这本钱玄同的手札想托书店代为影印。我不认识他，就跟书店伙计商量，代请写两张字，他们慷慨地答应了。过两天我又走过书店，字已写好。署名是“天行山鬼”，天行是字，“山鬼”是从魏字化出来的。不过始终没有见过一面。

这本手札两三个月后印出来了，是石印，原件的风采荡然无存，这就使我非常讨厌石印，直到今天还是如此。

“文化大革命”开始时，有人到北大去看大字报，看见好几个老头子站在门口示众，头颈上都挂着牌子，上面写着姓名，其中之一就是魏建功。他那时是北大的副校长。这是二十年后第一次听到有关他的消息。后来又听说他的处境改善了，也不知道详情。想想古音学那时候怕是用不着的，和儒法斗争也难以沾得上边，终于莫名其妙。

魏建功逝世于一九八〇年。

故人书简

——钱锺书十五通

一

奉书感愧。佳笺已付内人，命其从容习写，以塞尊意。丈夫肯大踏步走出，妇人女子必千呼万唤始出来，解人如公，当不怪其迟缓也。但身非名器，误玷山公启事，惶愧何极。拙作蒙齿及，感刻、感刻。大名早在再版书赠送之列。聊报《美国兵》佳贶。近作一首，纸尾呈教，不一一。即颂黄裳才人吾兄吟吉。弟钱锺书顿首。

秋怀

鸣声渐紧草根虫，时看停云抹暮空。寥落感深秋后叶，高寒坐怯晚来风。身名试与权轻重，文字徒劳较拙工。容易一年真可叹，犹将有限事无穷。（后山语。时方订《谈艺录》付印。）槐聚未是藁。

此信大约写于一九四八年顷。当时我的《关于美国兵》刚出版，他的《谈艺录》正待付印。我又正收集师友思迹，

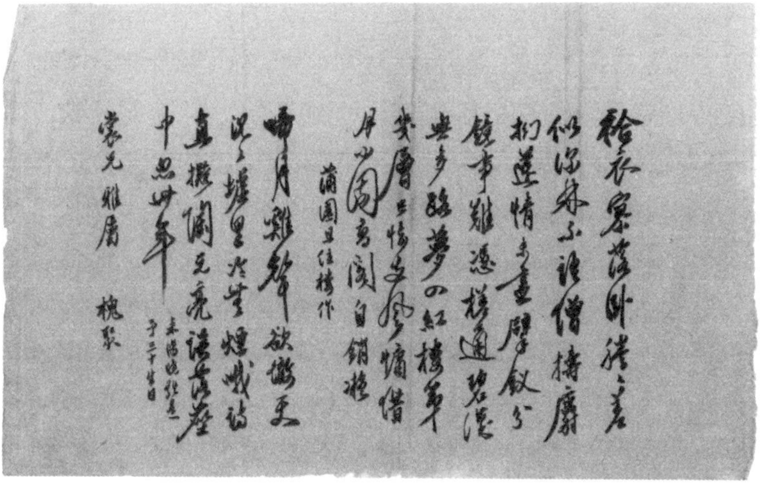

袷衣寒落卧徘々看
似汝冰不语僧持扇
掷遣情丝画壁钗分
镜事难凭楼道碧浅
无多路梦四红楼第
几层無情多风雪惜
月明离乱自销魂
　蒲园且住楼作
晓月难寻欲邀更
深坛里火萤烟咸（“识”）诗
真撒阔兄亮清冰声
中忽卅年　　未得晚经意之于三十生日
褱元雅属　　槐聚

给他寄去两张诗笺，不久收到他们写赠两诗，即收入《珠还记幸》中的开首两叶。默存谈笑间咳吐珠玉，即长笺短札亦复风趣可观。他每有著作，我也必向之索赠，这事四十年前即已如此。不料近来的“当代学人”以为怪事，读此信当可知其端末矣。

二

《围城》遵命已致初版一册奉贻，乞饬足来取，先事可托湛贤通一电话也。人事历六，续写小说，迄未着笔，思之怅恨。垂询一节，乃极劣之拉丁，代译如左：

They are not men, they are animals whom we have vivisected.

兄文笔之佳，著译皆然，甚畏佩也。匆复即颂裳兄文祺。弟名正肃。二十日。

此信约写于一九四八年。《围城》一九四七年在上海初版，翌年再版，我向他要了一本初版本，当时正着意收集新文学作品的初版本，于此书亦不欲遗珠。湛贤姓王，笔名阿湛，当时在上海出版公司工作。默存常托他转递信件，阿湛曾有短篇集在开明书店出版。解放后在一次运动中被流放，不幸死去。

我当时正在译一本威尔斯的小说《莫洛博士岛》，这书是先师李林先生未完成的遗译，由我为之续完。后收入《译文丛书》，由文化生活出版社出版。原文中有一句拉丁文，无处请教，想起了他，就麻烦他代译了。

三

> 黄裳道兄文几：顷奉手帖并惠赐大译，欣感无既。九十五面拉丁文一句，极易译，乃蒙齿及，只益惭耳。《谈艺录》中衍文误脱错简处甚多，再版时或可改正。考订旧小说者（甚琐屑，不足道）他年当另成一书耳。弟蓄念又写一长篇小说，经营一年许，人事历六，仅写八百许字，未知何时可卒业也。专此布谢，即颂撰安，弟钱锺书顿首。

这是收到我《莫洛博士岛》赠书后的复信，又提到了那句拉丁文。《谈艺录》在开明书店初版，颇有校误。后再印一次。新版增订则是一九八四年中华书局本了。此信说到他又蓄意写另一长篇，构想经营已有一年，但只写成八百字。这就是他在《围城》重印前记中所说的《百合心》，后来写成了两万字左右，手稿于移家北京时遗失了。未再续写，真可惋惜。

四

> 裳兄文几：复书奉悉。比见《人民日报》及《读书》杂志中大作，均隽妙迥异凡响，忆蔬堂李翁晚岁识君，驰书相告，喜心翻倒，老辈爱才，亦佳话也。题目仰观俯拾，在在都是。所谓宇宙之大，蝇虱之微，何至描画及

于老夫，君休矣。小集乃《旧文四篇》，上海古籍出版社索去者。《堂吉诃德》初版校者草率将事，讹漏百出。季康俟重印校正本出，必奉一部。现手边亦无书。十年前小诗一律，补白呈吟教，即颂著安。

叔子病起寄诗，并招游黄山，和韵奉答。病余意气尚赛腾，想见花间著语能。老手诗中孤竹马，壮心酒后海东鹰。雕疏亲故添情重，落索身名免谤增。欲踏天都酬宿诺，新来筋力亦难胜。弟钱锺书上。十四日。

此信约写于一九七九年。信中所说蔬堂李翁是李释戡。我于梅浣华座上相识。李翁是诗人，喜观剧。早年曾精刊罗瘿公《鞠部丛谈校补》，浣华新剧编制亦多出其手。晚年居沪上，座上多梅门女弟子。观剧之兴甚豪，每撰七绝观剧诗，附以小注。诗简见投，月必数至。晚岁诗曾油印成《苏堂诗拾》。

默存信中对文字涉及他表示反对。于和叔子诗中“落索身名免谤增”句旁，自画数圈，亦是此意。知其宿志如此，不自今日始也。

一九九四年二月二十一日

五

裳兄鉴：剪报奉到，谢谢。弟两日前移住干面胡同十五号，三三〇一室。犯暑历六，殊惫。一切都未就绪，先以奉闻。新寓较旧居舒旷，足慰远系。拙选已增订七八十处，月前交出版社。（请勿告人，以免索者纷纷。）出书后必以一册呈教。即颂撰祺。名正肃，杨绛同叩。

这是一张明信片。寄于一九六二年八月。我当时在《文汇报》编文艺理论版，曾向他约稿，拟了一些题目，可是他都谢绝了。三月八日来信说：

弟数年来兼一外文职务，未能专以所中研究工作，亦乏暇晷。兄所出考题，无一不好，但举子不能入场，无从缴卷。奈何，奈何。

正好伍蠡甫教授主编的《外国文论选》中有他的一篇译文，就设法取来发表，写信去征求同意，后得八月四日信说：

译稿专应伍翁之属而成，限于体例，未能详加诠评考释，单独发表，殊觉不伦。伍翁三日前书来，已专函请其代向贵报谢绝。顷奉手教，乃知生米已下锅煮饭，不便固辞，只好勉强应允，并将误字校定寄还。然牛鼻子脾气，总觉期期不可耳。发表后烦惠一叶。弟六月起又全部外调半年，只偷暇写得论诗画一文，尚有新见。惜未能定稿。将付《文学评论》，出版后请教。

从这几通信里可以看出他对自己的著译是如何的审慎，

对我迹近绑票的约稿，也是大有意见的。明信片中所说订正的选本就是《宋诗选注》。我买得此书初版的精装本后，曾发兴取手边旧刻的宋诗加以校定，发现异文不少，有一些是可以订正《选注》的，就写了一纸校记寄去，随后就接到一九六二年十月一日的来信。

六

裳兄文几：得书一月来公私猬集，遂稽作报，歉疚之至。承校勘异文，如获珠船。恨早付削瓦，弟又为外务所牵，喧宾夺主，无眼旁及。只能待三版耳。先此谢谢。内人开刀经过良好，已出医院，知注并闻。匆布即颂秋安。弟钱锺书再叩。国庆日晨。

七

裳兄文几：音问久疏，忽奉惠颁尊集新选，展卷则既有新相知之乐，复有重遇故人之喜。深得苦茶庵法脉，而无其骨董葛藤酸馅诸病，可谓智过其师矣。贱名与唐尧裔孙同挂选中。虽一荣于华衮，而一严如斧钺，要均得藉以并传，作庄生齐物观可也。弟前年大病以来，衰形俱备，心力销亡，畏笔墨如寇仇。容老夫袖手偷闲，婆娑风月，祝诸子挥毫竞爽，弹压江山，如是我云。草此复谢，即颂春禧。弟钱锺书上。十二日，杨绛同候。

这大约是收到《榆下说书》以后的复信，这书中有两篇写到他的文字，紧接就是一篇谈周延儒的杂文，所以才有那一节对比的话。他指出我受了周作人散文的影响，也自是一种看法。知堂的文字我是爱读的，但不一定亦步亦趋。他所指出的那些缺点，也正说中了周作人文章的缺失。相比之下，鲁迅晚年杂文中如《病后杂谈》《题未定草》却正是我衷心向往而无从追蹑的典范。他的另一封一九八一年三月来信中，又对我的杂文作了过情的鼓励。

八

> 裳兄文几：报刊上每读高文，隽永如谏果苦茗，而穿穴载籍，俯拾即是，着手成春。东坡称退之所谓云锦裳也，黄裳云乎哉。南北不相识少年，函索拙著者络绎，并附钞票，弟无以应求，徒增退款麻烦。十日前人民文学出版社通知，初印销罄，已决增印二十万册，流毒愈广，钳我市朝之期不远矣。承命如奉军令，即将自存一册挂号寄上，亦徵兄之声威遥被，持黄钺垂衣裳而治天下，一笑。即颂近安。弟钱锺书上，杨绛同候。十四日。

此信寄于一九八一年三月十五日。《围城》新版于一九八〇年十一月印行，印数十三万册，不及半年即售罄。我得讯晚，市上已无存书，只得求救于作者。承以自存本一册见惠。扉页有墨笔“槐聚自存本”五字，又题记六行云：

> 裳兄函索此书，手边只存是本。不敢自秘，倾箧上

贡。感惠酬知耶？畏威乞怜耶？姑学太白之笑而不答，留供后世学人聚讼题目。一笑。

下钤“中书君”印。

默存先生的长笺短札，正像他平时谈话一样，是庄谐杂出，极得手挥目送之致的。这写在书前的小跋更是一个特例。不料不等“后世学人”的聚讼，早已得到“当代学人”的讥评，现在就将附此书同寄的原信发表出来，有兴趣的“学人”不妨作进一步的研讨。新文学书的版本研究是一门新兴的学问，成绩不小，收获甚多，但也应防止陷入琐屑沦于恶趣。像这样一本小书的投赠，是不值得聚而讼之的。默存先生流露出来的微意，大抵就是如此。友朋戏谑之言，也当不得真。下面是一九八四年十一月一信，是收到《过去的足迹》《晚春的行旅》等两书的复信。

九

裳兄文几：两周中叠奉惠赐大集二种，足迹长留，晚春常在，西子灵严之印，庄生灵椿之寿，差堪喻其必传也。贱冗稽复为罪。散文之风，比来弥盛。学会书刊，各标帜招。众星拱北，百川归海，皆推贤者为教主矣。匆此布谢，即颂近祉。（黄裳将易服为红衣乎，一笑。）弟钱锺书上。二十二日。

十

裳兄文几：前奉致内子书，甚感垂注。弟十月下旬中寒，牵动宿疾，哮喘复发。打针服药，未为大患，而转成咳嗽，终日如《西青散记》中腐儒鬼咯咯先生，病魔多情变幻，缠贱躯作祟，前后约四十日，幸暂舍而之他矣。顷奉《山川·人物·历史》，昔之仅窥豹斑龙爪者，今乃获睹全身，情挟骚心，笔开生面，解颐娱目，荡气回肠，兼而有之。愚夫妇得挂姓名，如登金榜，不胜愧谢。惟弟发已半灰，山妇发未全白；弟面色黄而兄目为紫棠，是变《水浒》中之病关索为《金瓶梅》之王六儿矣。大著必传世，误尽千秋考据家，奈何奈何，呵呵。专此布谢，即叩冬祺。弟钱锺书敬上，杨绛同候。十二月五日。

此信写于一九八一年二月，是收到我的《山川·历史·人物》后的复书。照例说了些过情的话。信的后半，对原书所记作了更正，晤面之时，我确为他的健康和善谈高兴，印象深刻，就这样写了。他又提到“考据家”，可见对之是一直怀有敬畏之情也。

一九九四年二月二十四日

十一

裳兄文几：奉书失喜。年光逝水，世故惊涛。海上故人，零落可屈指。而酌古斟今，雅人深致，首数贤者与陈君西禾。契阔参商，如之何勿思也。弟无学可讲，可讲非学。访美时绝未登坛说法，彼邦上庠坚邀，亦皆婉谢。报章渲染，当以疑古之道疑今。兄旧是个中人，美言不信，必不受眼谩耳。明年或尚须远役，自知不舞之鹤，难为伏枥之骥，贻讥腾诮，且食蛤蜊。拙选初非惬意，本勿欲灾祸梨枣，而出版社强聒不舍，以台港盗印为口实，烈女怕缠夫，遂增订数注与之，未及细校，讹错殊多。重劳齿及，徒增颜汗。有小集一种，月内问世。差如韩陵片石，君堪共语也。马君美才，通函以少作相询。弟老而无成，壮已多悔，于贾宝玉所谓小时干的营生，讳莫如深。兄不为锦被之遮，而偏效罗帏之启，薄情忍心，窃有怨焉。弟此番在美，睹博士论文及拙作译本小传，语多不经。一作者自加拿大来见，问之则云，曾至港台，遍访弟师友，采撷轶闻，弟乃知自传不可信，相识回忆亦不可信。古来正史野史，均作如是观。Voltaire所以言Pyrrhouisme de L'histoire，身外是非谁管得，隔洋听唱×××可矣。佳笺玷污，愧甚。即颂近祉。弟钱锺书上，四日，杨绛同候。

此信写于一九七九年九月，是暌隔了三十年后收到他的第一通来信。我曾在《榆下说书》的一篇文章中引用过一次，但不是全文。他在信中提到的陈西禾是一位使人不易忘记的朋友。学养俱美，议论风发，是聚谈极好的伙伴，难怪

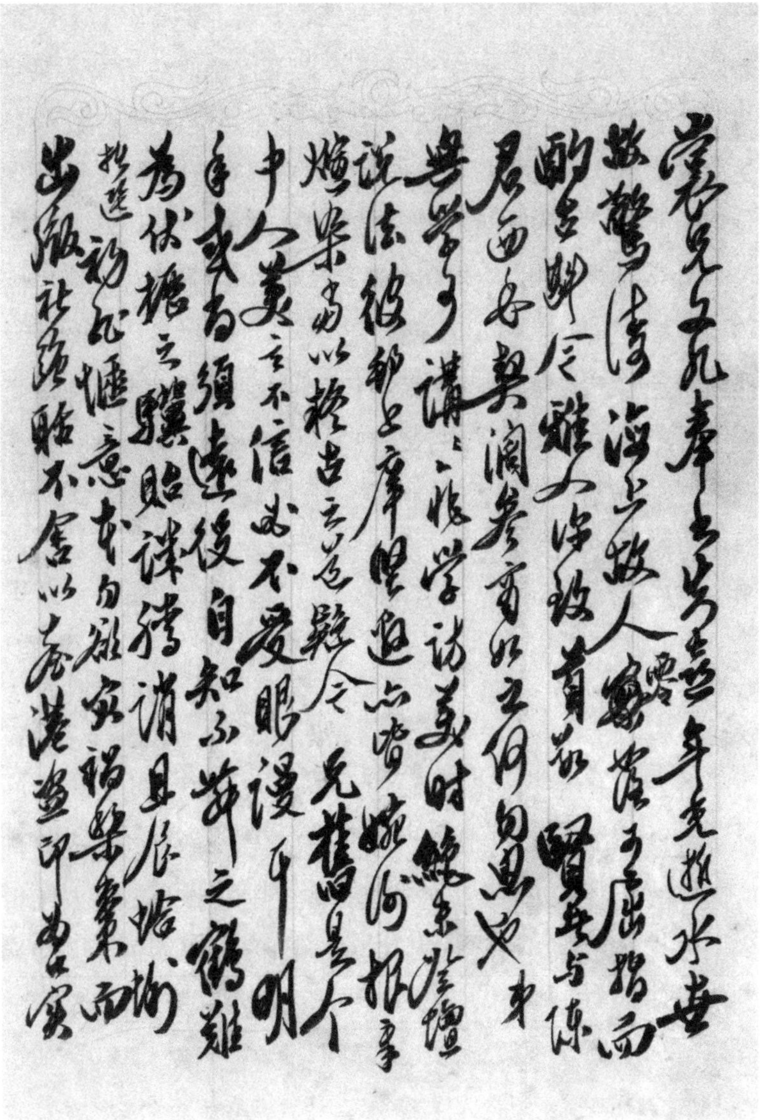

默存忘不了他。惜因久病长逝，身后寂寞，几乎已被遗忘。解放前他和巴金同住霞飞坊（今淮海坊），常常夜里来巴金处谈天，因而相熟。他在一家银行里工作，精通法文，专研戏剧，后来就下海当了导演，曾导过《姊姊妹妹站起来》，是写妓女解放的故事的。根据巴金原著改编的电影《家》也是他导演的。他为人拘谨，考虑甚多。译作矜慎，好像只印过一本戏剧《沉渊》，一本译剧《玛婷》，都是文化生活出版社印的。此外还发表过几篇讨论电影艺术的论文，都是着力之作，终于未能成书。他对川剧有特别的爱好，每逢川剧来沪演出，座中总少不了他。他特别欣赏一出《帝王珠》，在座谈会上大加称赏。有一次到他家里访问，他取出一本齐白石的册页《借山图》看，这是我所见过的白石老人最精的画卷，可见他对美术的真知笃好。一次我到国泰电影院去看电影，看到他站在戏院门口自言自语地说，“到底是看还是不看呢”，不禁失笑，可见他对无论什么事都是要再三斟酌考虑的。

默存信中提到的马君是香港中文大学的马力，曾经帮助他校订过《谈艺录》的，也是最早研究钱学的人，曾向我打听默存散见报刊未经收集的诗文。默存对少作是不愿人搜集的，曾戏称之为“摸金校尉”，而下面的一通信中，又有强烈的表示。

十二

裳兄文几：得书惊诧。弟初不忆曾与范用同志出言编集

上海
陕西南路
一五三号
三室
黄裳同志
北京钱缄

事。得无曲解鄙意耶？上月马力兄来，云晤范，范嘱其征弟同意，搜集拙作，弟坚拒不许。盖并世诸公，自识之无时，即已吐言为珠玑，掷地比金石，故数十年来片纸只字皆珍惜如头目，而自信可以寿世。弟于旧作，自观犹厌，敝屣视之。而国内外不乏无聊好事或嗽名牟利之辈，欲借弟为敲门之砖，易米之帖。港商越在化外，非王法所及，只得听之；他年弟身后有为此者，弟不能如郑板桥之化厉鬼以击其脑，亦惟衔恨泉下。一息尚存，则掩耳摇手而已。去冬人民文学出版社请出选集，最近上海古籍出版社第三次请重印《谈艺录》，均不敢闻命。两年来高等院校以《围城》为论文题者约三十余人，皆来函请提供著作及传记资料，弟胥答以林之洋所谓一概勿得知，外交辞令所谓无可奉告。前日贵报徐君开垒惠过，欲作采访，弟亦婉却。此物此志也。盛意心识而已。即颂近安。二月四日夜。

此信写于一九八二年三月。是义正词严的一纸告白，自然使动员他重印旧作的野心变得烟消火灭了。平心而论，搜集佚文，编成全集的事，是古已有之的。从或一角度看，也是研究的基础工作。近来人们推而广之，新文学的辑佚工作也已成一种显学，成绩不小。但在作者看来，就未必值得赞赏。爱惜羽毛，务求精粹，这是人之常情。在这里也只有尊重作者的意愿，不强人所难为是。

十三

裳兄文几：读今日《人民日报》中大作《衙内》一篇，正击节称妙，忽得尊书，大有“偶思小饮报花开”之致。山妇拙著将由读书编辑部单行，剪示之文，已承广角镜社复制寄来。潘君忆未见过，闻名则久矣。王湘绮自言有帝皇思想，故其日记中叙家常琐事皆用朝廷堂皇之词，戏以此博兄一笑耳。拙诗补白，乞吟教。即颂近祉。弟钱锺书上，二十七日。

马先之属题诗集

先公宿许老门生，行谊文章异俗情。旷世心期推栗里（君题陶集云千载邈无伦），胜朝宗派守桐城。（君亦出其乡姚仲实先生之门，撰姚年谱。）风恬春雨知时霁，潦尽秋潭澈底清。把玩新编忽惆怅，卌年梦影溯诗盟。（山中诗社同人，君其一也。）

此信作于一九八一年五月。

十四

裳兄如握：音问久疏，每于刊物中睹大作，病眼为明，有一篇跳出之感。兄虽考订之文，亦化堆垛为烟云。时贤小品，抒情写景，终作握拳透爪，戴石臼跳舞之态。瓯北诗云，此事原知非力取，三分人事七分天，信然。承惠重印本记游旧集，谢谢。改正处尤感虚怀，信史美具难并，然后世学人失去考据题目，只能作校雠功夫，不免扫兴矣。弟七月起忽蒙命承乏敝院副院长，尸位挂名，捉将官里去，不待人笑，弟复自笑。幸邀曲体其衰朽龙钟，不以公事相嬲，而俗务未堪全谢，逋客因以剧增。故每周辄避地数日，重订《谈艺录》，应中华之请也。作辍不恒，未识明春能交卷不？今日适返舍，即获尊刻，岂心有灵犀耶？专布，敬叩近绥。弟钱锺书上，杨绛同候。十八日午。

此信写于一九八二年十月。在这封信里，又顺便对“后世学人”捎带了一笔，可见他的痛心疾首。他却未料到，不及等“后世”，“当代学人”就对《围城》下了手，所作的也正是“校雠功夫”，不由分说，连原作也一股脑儿绑了去了。

一九九四年三月十四日

十五

北来得三晤，真大喜事也。弟诗情文思，皆如废井，归途忽获一联奉赠：

遍求善本痴婆子

难得佳人甜姐儿

幸赏其贴切浑成，而恕其唐突也。如有报道，于弟乞稍留余地。兄笔挟风霜，可爱亦复可畏（如开会多、学生于文学少兴趣等语请略）。赵家璧君处乞为弟一促，

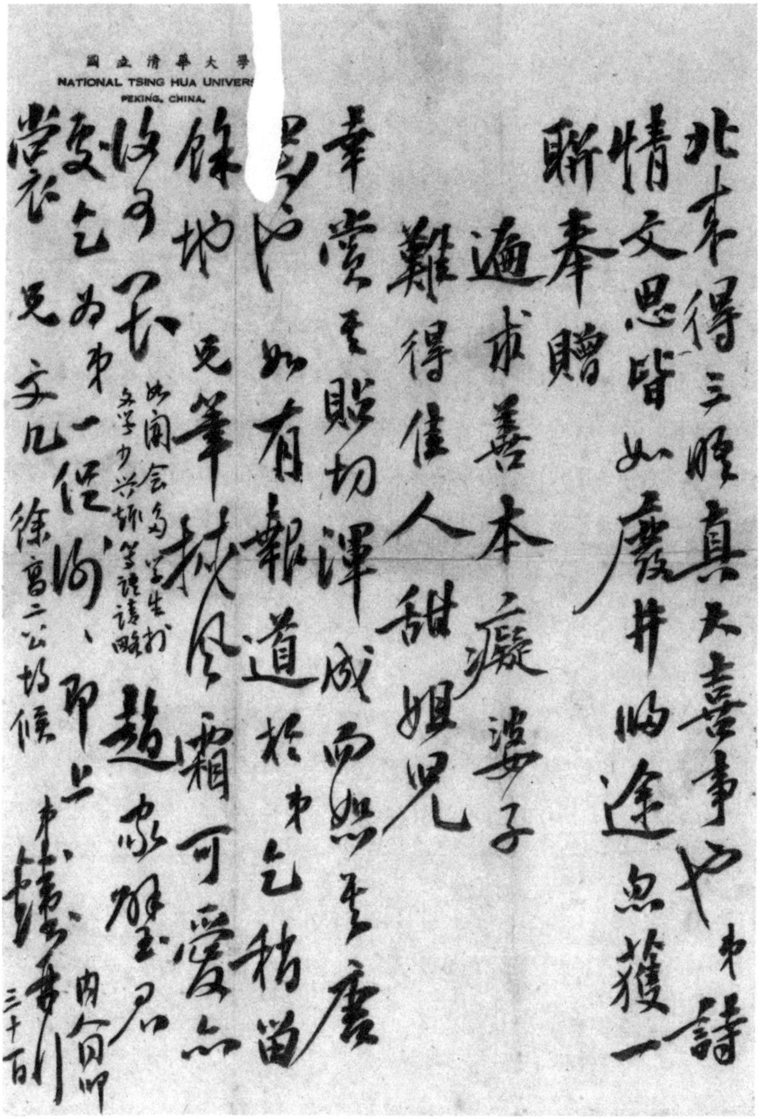

國立清華大學
NATIONAL TSING HUA UNIVERS[ITY]
PEKING, CHINA.

北京得三曉，真大喜事也。弟詩情文思皆如廢井，將逢忽獲一聯奉贈：

遍求善本癡婆子，
難得佳人甜姐兒。

幸賞其貼切渾成而恕其褻慢也。如有報道，於弟乞稍留餘地，兄筆挾風霜可畏也。晤及趙家璧君處，乞為弟一促詢，即上

（如開會為學生打 [illegible] 文學方興趣等語請 [illegible]）

裳衣兄文几

徐曾二公均候

弟鍾書頓首　內人附叩

三十日

谢谢。即上裳兄文几。徐高二公均候。弟钱锺书再拜。内人同叩。三十一日。

于书丛中又发现默存一笑，系一九五〇年春所作。是年我因事到北京，曾去清华园。在许多教授中，相熟的只有默存，曾数度访晤，听他畅谈，真是妙语如珠，可惜未作报道，所说《痴婆子传》是我在琉璃厂买得的一册抄本。是书肆伙友从旧本中影写的，实在算不得"善本"。但此联实在是妙手天成，不愧佳制。赵家壁处，是要我代催《围城》版税。徐高是徐铸成和高季琳，是一起同住的。"三十一日"想系笔误。

二〇〇三年十二月一日记

拟书话

——《西行书简》

上世纪三十年代商务印书馆出版了一套“文学研究会创作丛书”，共二辑，不知共有多少种。手边只保存了《你我》(朱自清)、《西窗集》(卞之琳译)、《汉园集》(新诗集，共收何其芳《燕泥集》、李广田《行云集》、卞之琳《数行集》三种)、《西行书简》(郑振铎，为丛书之第二辑)。这套丛书印得相当精致，像“人人丛书”那样的小开本，浅绿布面精装，书名烫银，各有厚纸封套。这套书解放后都未重印，只施蛰存为江西百花洲出版社重印了《西窗集》，曾经译者重订，把蒲宁的短篇《中暑》删去了，十分可惜。

西谛先生是文坛上的大前辈，在小学读书时就读过他在《小说月报》上发表的《北宋词人》和《南宋词人》，为平生读词之始。抗战开始，移家上海，也还是读中学，打听到他住在静安寺庙弄，一天，就冒险去访问。在他家的小花园里相见。随身带了这册《西行书简》，请他题字。西谛就站在花园中，在扉页上写了两行字：“旧游之地，多已沦为狐兔之窟，何日得重游？郑振铎。”我在三十年后重读此书，也在旁

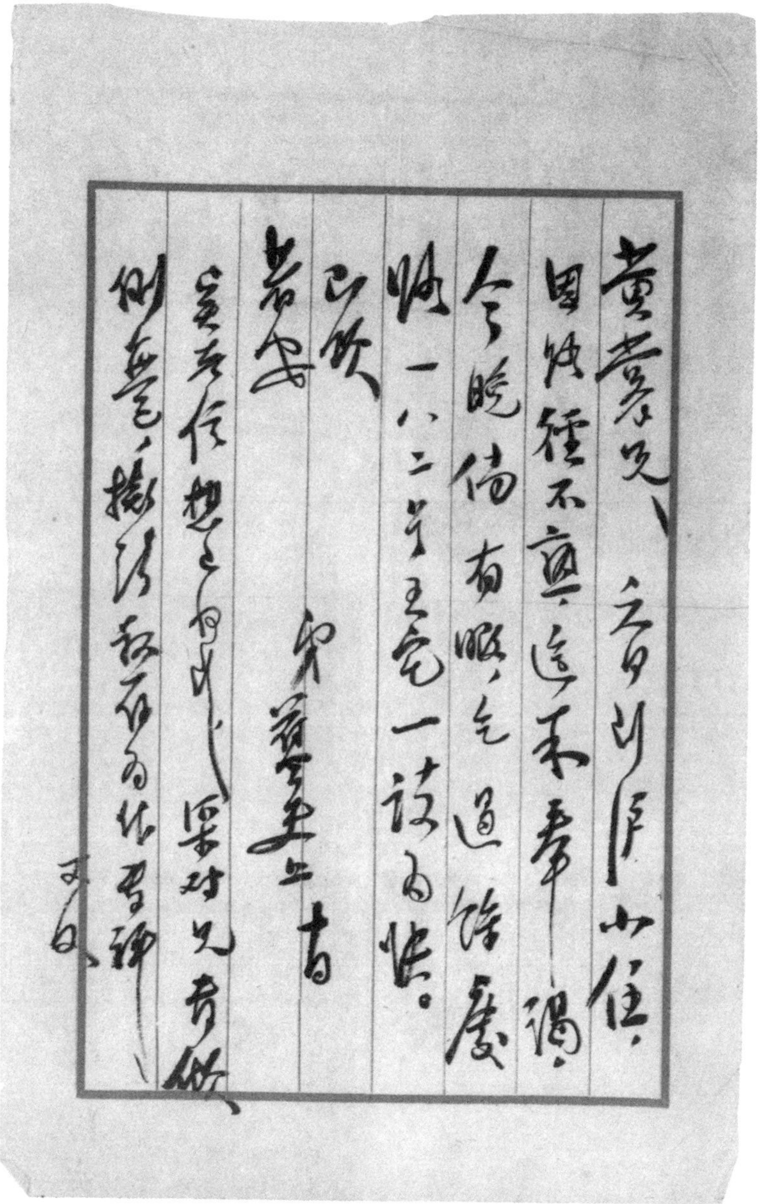

西行書簡
鄭振鐸著

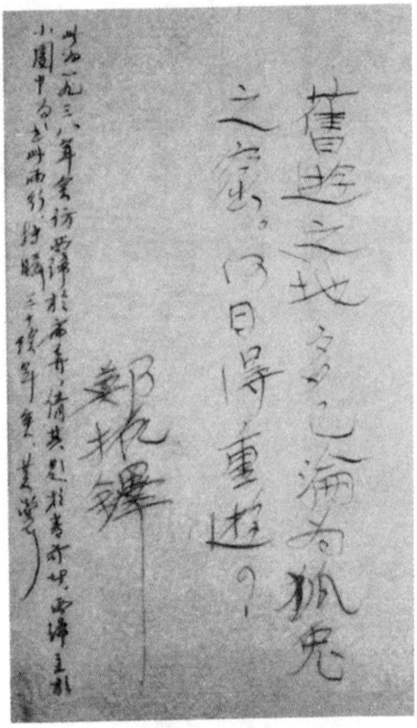
舊遊之地，多已淪為狐兔之窟。何日得重遊耶？
鄭振鐸

边写了两行题识：“此为一九三八年余访西谛于庙弄，倩其题于卷前者，西谛立于小园中，为书此两行，转瞬三十余年矣。”小园中花木扶疏，如在目前。前些时在报上看见郑振铎在沪上的故居发现了，好像是别一处，后来打听下来，才知道庙弄早已拆除净尽，不禁惘然。

这册《西行书简》，版权页题“中华民国二十六年六月初版”，书前有铜版照相二十八页，近六十幅，是我最感兴趣的。因为在这前后，我也曾在春假中到绥远去旅行过，还写过一卷日记记事，刊于《南开初中》。读此一卷书，仿佛重温旧日游踪，如云冈的雕像，大同诸寺，相传李凤姐卖酒的久胜楼……尤为可喜的是看见了在蒙古包前冰心女士和雷洁琼的合影，得见心仪已久的女诗人的留影，真是使人高兴的事。

书前有作者写于“二十三、九、八”的题记，原来这本书是他旅行中写给高君箴夫人的一束家信，他说：“但最近的将来，就将成为问题的中心的西北，其危急的情形，以及民间的疾苦，或可于此得到些消息吧。”可以看出他执笔时的心事，必将扫穴犁庭、光复故物的大愿。不想题记写成后四年，此书出版之际，已是淞沪抗战之时，此书际此印行，流布必不甚多。又过一年，他又在书前题句，慷慨激越，动人心魄。则更是这本小书值得珍重的因由了。

又过了几年，与西谛重见，已是一九四八年前后。那时他正主编《文艺复兴》，要组织一期中国文学研究专号，要我投稿，我想写一篇吴梅村《〈鸳湖曲〉笺证》。一夜，在庙弄他那塞满了唐三彩陶俑的书房里谈天，说到搜集材料不易，西谛随手从书架上抽出一部崇祯刻的《几社文选》给我，要我带回去查查，可能有关于吴昌时的材料。慨然相假，不少憾惜。那时张葱玉的藏画易手，将流出域外，西谛用珂罗版印了一厚册《韫辉斋藏画》，留个纪念。也一并取出脱手相赠，凡此都可见其豪迈气概。

一九四八年九月，吴晗从北平来沪。本拟乘飞机去港转解放区，而忽有凭照片始可登机的新规定，走不成了。只得住在沪西王艮仲家，闭户读书，西谛以新刊《玄览堂丛书》赠之遣日，因其中多收明季史料也。十月一日，西谛、叶圣陶约吴晗去苏州游散，我亦同去。此游叶圣老有日记，在《叶圣陶集》第二十一卷，惟系事后补记，不免遗漏。如同游者无周予同，只是在火车站偶然碰到，他是去社会学院上课的。看见我们就坚邀去学院演讲，而吴晗又不能出头露面，西谛就要我去应付一下，终于辞谢了。

我们一行四众，先到木渎。观韩蕲王碑后即在石家饭店午饭。秋光正好，是鲃鱼上市的时候，服务员用面盆盛了鲃鱼给我们看，圣老捞起一条，用手紧握，鱼腹渐渐鼓起，成球状。看了十分有趣。至于鲃肺汤，圣老说“实无甚好吃”，却是此店的名菜也。

此后即登灵岩，上天平，回市里晚饭后，“振铎、黄裳欲访书，而护龙街书肆已关门，叩之都不应”，圣老日记如此。其实还是走进了一家，架上满满的都是清初刻本方志，是许博明的旧藏，西谛笑对我说：“这些都可以买。”其实我们都没有买书钱，一笑而罢。至于游汪义庄戈裕良堆的假山，并非在翌日上午，而是从书店出来后摸索到的。昏黑中一片模糊，什么都未看清。至于是否真是汪义庄，也不敢确说。圣老所记，必是旧有印象，偶然忆起而已。

也是在这前后，我在一家旧书店里，看到西谛手写的一册《纫秋山馆行箧书目》，说是预备出让，而且已有四川客人看过，只是尚未议定。我当时年少好事，就想设法为他保存这批书，多方筹借（“小黄鱼”加“大头”），等我提了换得的一袋“法币”去付款时，却因币值突变，没有成交。这事并没有让西谛知道。后来对旧书认识较深，才悟出这批书并非他藏书中的精粹，大半是常见的明刻本，弃之并不可惜的。

解放后他出任文物局局长，在北京团城办公。我去访问，见面后称赞这是理想的办公地方。在光线不佳的屋内，他的座后有一只陈旧的保险柜。西谛开柜取出一卷绢本旧画，打开给我看，说绢底脱落，看一回就少一回了。我感谢他的盛意，又因实在不懂书画，草草一观就请他收起了。

又一次我在来青阁买到一册宋本的《尚书图》，是南宋建阳刻本，白麻纸初印，有胡心耘跋，在古版画中算得是最早期的作品。西谛收古版画数十年，著有《版画史图录》，不能不给他看看。于是再访团城。西谛一见此书，高兴得几乎跳起来。急问在哪里买的，花了多少钱？不容分说，就做主留下，照原价由国家收购，马上送到正在举行的雕版印刷展览会上去了。

一九五一年春西谛来上海，拉了巴金来我家看书。见到崇祯甲申钱栴辑刻的《城守筹略》，大为赞赏，认为是难得的好书。又看到一部碧筠草堂刻的《笠泽丛书》，却没有顾肇声印，没有封面，也没有印记，皮纸精印，阔大近尺。西谛说："在杭州浙江图书馆看到同样的一本，是他们最近用高价买进的，定为元刻，真是荒唐。让我拿了去给他们看看。"后来我在浙江图书馆的办公桌上真的又看到了此书。从这两事可以看出西谛的豪情胜概。同时他又见到一部康熙刻张岱的《西湖梦寻》，也是不忍释手，要我送给他，我没有答应。西谛不无惘惘，后来在《劫中得书记》的后记中添了一笔，说过去以为张宗子的书没有旧刻本，现在见到康熙刻的《西湖梦寻》，才知道旧说不确。

西谛和上海出版公司有颇深的关系。他的几种巨著都由它印行。出版方针也多由他规划。西谛工作起来有极雄大的魄力，更有非常开阔的眼光，在学术研究上，他是个开启门户的人，颇有"只开风气不为师"的风度。因此也有许多未竟之业。他的兴趣是多方面的，但有时也会见异思迁。在搜集旧书时表现得尤为突出。最近在《档案与史学》上读到他解放后的日记，他买书的魄力与兴趣是惊人的。为了研究唐诗，他着力收罗历代唐诗总集、选集，连汲古阁所刻的唐人集部也要搜罗无遗。他收集版画，连明人所刻的曲本、杂剧、通俗书，只要有附图，都每见必收。他也收词集，曾与李一氓比赛藏品。方面既广，粗疏就不可免。我曾从上海出版公司的刘哲民处借得两册珂罗版精印的古陶俑图录，就是他的著作印好而未发行的，哲民后来急急索还此书，说是不能发行，因为所收大半是伪品。这就使我想起庙弄书房中那些唐三彩，都是他举债收得的，竟有不少是古董商人拿给他的伪品。

买书成癖，同好之间的矛盾即不可免。五十年代初，我曾与傅惜华合作编一部古版画图录，商请上海出版公司印行，刘哲民也满口欢迎，惜华还将珍贵的藏书寄来上海拍照。一切说得好好的，但总是不见实行。每次催问哲民，总是好言应付，后来我也悟出，西谛是不赞成傅惜华印这部书的，尤其是版画。傅惜华也是收藏大家，特别是小说戏曲版画，成就与马隅卿相捋。可惜“文革”中藏书扫数为康生掠去，不知下落，倒不如西谛身后藏书归国家图书馆，得以保存。原议设专室收藏，后来被打乱，无从得见原藏旧貌，是很可惜的。

此后因梅兰芳《舞台生活四十年》出版问题，西谛对我颇有意见，过从渐少。但一九五七年后，我被剥夺了写作权利，但我编剧的电影《林冲》却得及时上演。西谛曾在报刊上撰文介绍。他是从来不写影评的，这不能不使我感念。

近来读巴老《怀念振铎》文，感慨无端，其中有这几句话：“振铎是因公逝世的，后来听见一位朋友说，本来要批判他，文章已经印好，又给抽掉了。这句话使我很不舒服。”是的，我读了这些话，也觉得很不舒服。

甲申始秋

附记：

西谛与巴金，虽然在对待古书文物上，有过不同意见，但巴金对西谛重印古籍的工作，一直是热情支持的。鲁迅、西谛重印《北平笺谱》的广告在《大公报》上出现，当时我正在寒假返里的车中，读了西谛的《访笺杂记》，激动异常，想无论如何也得有一部，再看看《笺谱》的预约价，银洋十元，这却不是一个中学生所能担负的，嗒然意尽，一直惆怅了许久。若干年后，在巴老座上，看到此书，还是崭新的初版鲁迅、西谛签名本，不禁意动。想借回去细读，可是书太珍贵了，不敢开口。后来又在巴老家看到鲁迅、西谛重刻的《十竹斋笺谱》，我本有此书，"文革"中肚子饿得慌了，只好卖掉。现在手头只有初印的"版画丛刊"的第一卷。西谛的《中国版画史图录》，也是极珍贵的大书，也在巴金家看到，曾借过两函，回家细阅。巴金还是西谛所编《古本戏曲丛刊》的预订者，这也是一部西谛未完成的巨作，我曾预定过一部，出到第三辑后因无钱半途中止了。但在巴老那里，却一直看见送来的第四、五辑的新书。古典戏曲并不是巴金研究的重点，但西谛凡有制作，他总是不遗余力的支持的。

西谛热情如火，死去时不过六十岁。他没有学者架子，对后辈总是那么热情地相待，循循善诱，如对春风，使人忘记他是文坛的大前辈。正如丁聪虽年登耆耄，朋友见面仍只以"小丁"相称一样。所以在写此文时，为行文便利，不别加敬称，这样会更亲切些。读者谅之。

二〇〇四年十月十二日再记

拟书话

——《忏余集》

《忏余集》一册，郁达夫作。民国二十二年天马书店初版。封面陈之佛作。三十年代出版物中，陈君所作封面，以别致的图案风格出之，另具一格，虽繁缛而不失于琐碎，自然大雅，算得是书衣制作的上乘。版权页于“版权所有”栏中，粘方形印花一枚，用蓝色，有古衣冠人物，下缀“郁达夫著作之印”双行小字。仿鲁迅著作所粘印花而较大。此书为达夫生前自印散文小说合集之最后一种。名篇《钓台的春昼》《迟桂花》俱在集中。后附《沧州日记》《水明楼日记》两种。起一九三二年十月六日，讫同年十一月十日。

坦率地说，郁达夫的著作，我最欣赏耽读的是他的日记。《日记九种》不必说了，即以此书所附两种而论，所记无非身边琐事，然而真实，不卖弄，记游踪，记创作思路，记买旧书，还有几乎每日都有寄王映霞信的记事，可见两人之间情感的浓挚，虽小别亦系恋如此。有谁能想到三五年后的“毁家”“仳离”，这是读后不能不使人怅惘的。

《钓台的春昼》是全书中最惹眼的一篇。写得随意自如而

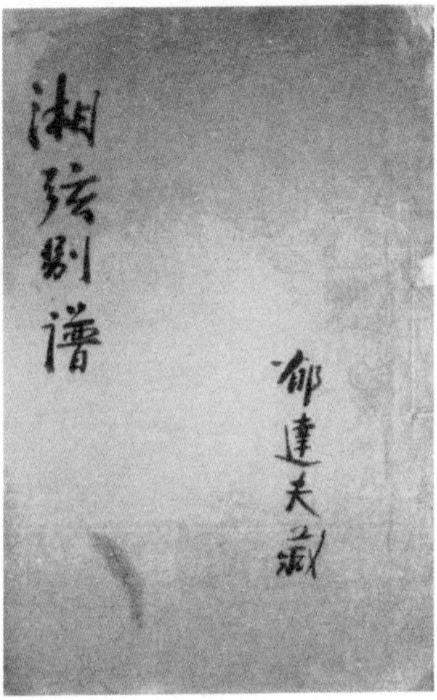

湘弦别谱
郁達夫藏

懺餘集
郁達夫著

情感激荡，似乎不是一篇记闲情的春游散记，而是有如骆宾王讨武曌那样的一篇檄文。

严子陵的钓台确是一个好题目，历代文人（特别是清人）的集子里，总免不了有一篇“过钓台”之类的诗，其实早在明代中叶就有人编过一本《钓台集》了。说到钓台，好玩的故事真的足足有一箩筐，什么“客星犯帝座”；“买菜求益”；“先生之风，山高水长”（范仲淹《严先生祠堂记》）；谢皋羽祭文天祥的遗址西台；以及严子陵当日在山顶台上垂钓，要准备多长的钓丝……真是目不暇接。在有的作者看来，真是眼花缭乱，来不及抄撮，背上了这一捆重载，结果弄得自己也爬走不动。弄不好还会弄出一些小小蹉跌，摔个鼻青脸肿，惹人笑乐。郁达夫则不然，他目中似乎全然不见这些有趣的故实，就连七里泷的风光，也只草草写过。他在文章的开头，就揭出他是在怎样的环境、心情中踏上征途的：

> 一九三一，岁在辛未，暮春三月，春服未成，而中央党帝，似乎又想玩一个秦始皇所玩过的把戏了，我接到了警告，就仓皇离去了寓居。

试想在这样几乎是逃亡的情形下春游，哪里还有悠闲的情趣。但他还是用了不少篇幅细写了夜登桐君山的感受，在去钓台的舟中还写了一场昼梦，“和数年不见的几位已经做了党官的朋友高谈阔论”……“和几位朋友闹得心里各自难堪”，谈论中“还背诵了一首两三年前曾在同一的情形之下做成的歪诗”，诗是一首七律，那下半是：

劫数东南天作孽，鸡鸣风雨海扬尘。悲歌痛哭终何补，义士纷纷说帝秦。

这几句将他胸中的块垒和眼下不得不逃亡的处境说得十分明白。

达夫在荒凉破败的严祠里徘徊，并不说及严子陵的隐士生活和归隐在历史社会学上的评价，却一直“怕在这荒山里要遇见一个干枯苍老得同丝瓜筋似的严先生的鬼魂”。

达夫在祠堂的题壁诗中发现了同乡夏灵峰的诗句，因而又联想到“南满尚书”和“东洋宦婢”来，说道“就是以骨头来称称，我想也要比什么罗三郎、郑太郎辈，重到好几百倍”。全文以一声闲长而有节奏的鸡啼和船家的一句“先生，我们回去吧”作结，实在空灵婉妙得紧，也着实写出了山居的荒寂。我曾说过，散文杂文之间，没有一条鸿沟。达夫这篇《钓台的春昼》似乎可以为我作证。其实鲁迅《朝花夕拾》和《且介亭杂文三集》中有些篇章，何尝不是这样。

达夫是参加过“左联”的，好像和鲁迅一样还是发起人。试看“左联”的作者们，在严重白色恐怖的局势下，有谁曾在文字中公开谴责过“中央党帝”，可怜幼稚的“左联”主持人竟自将这位斗士开除了。

集中另一篇杰作是《迟桂花》。这是达夫自己也非常满意的笔酣墨饱的文字。在日记中也曾多少记下创作的发意，他说：“在石屋洞大仁寺内，遇见了弘道小学学生的旅行团。中有一位十七八岁的女人，大约是教员之一，相貌有点像霞，对她看了几眼，她倒似乎有些害起羞来了。”“在南高峰的深山里一个人徘徊于樵径石垒间时，忽而一阵香气吹来，有点使人兴奋，似乎要触发性欲的样子，桂花香气，亦何尝不暗而艳，顺口得诗一句，叫作‘九月秋迟桂始花’，秋迟或作山深，但没有上一句。‘五更衾薄寒难耐’，或可对对，这是今晨的实事，今晚上当去延益里取一条被来。”“今天的一天漫步，倒很可以写一篇短篇。”（十月七日日记）

短短一篇日记，把《迟桂花》写作发意、酝酿的过程说得十分清楚。连诗人的偶然得句，也说到了。一句好诗的写成，那情形就是这样。

他在十月十日的日记中又说：“《迟桂花》的内容，写出来怕将与《幸福的摆》有点气味相通，我也想在这篇小说里写出一个病肺者的性格来。”达夫译过这篇德国小说，收在生活书店出版的达夫所译短篇集里，如果拿来对读一下，可见两者之间的香火因缘。日记中还零碎记着“大约《迟桂花》可写一万五六千字，或将成为今年的我作品中的杰作”。为写小说，他还到翁家山去视察了一回。全文于十月二十日写成，共二万一千字，即寄沪。

此集中《碧浪湖的秋夜》，是写厉樊榭故事的小说，比起《迟桂花》来就差得多，写历史故事究竟不如写现实生活来得顺手，虽然这也是虚构的。达夫写厉鹗，就比不过曾孟朴的写李慈铭，那道理也是一样，就近观察，总比暗中摸索来得实在。达夫还有写拱宸桥、写南宋宫廷小说的计划。至于念念不忘的《蜃楼》，却终于未能着笔。

大约一九四〇年顷，我曾在一家旧纸铺里见到逸经出版社散出来的一批杂志、文件。其中有达夫《饮食男女在福州》的手稿，龙飞凤舞的用钢笔写在逸经社稿纸上，如获至宝，赶紧买了回来。可惜在离沪后失落了，十分可惜。总想能得到他的手迹，以为纪念。一九四七年在上海编报，才起意收集作家墨迹，不料达夫早两年已在南洋被东洋残寇暗暗杀害了。一九五三年，从一位书友手中买得一册词集，封面却有达夫手书的"湘弦别谱、郁达夫藏"两行字，不禁大快。书为道光刻，作者是"元和朱绶仲环"。这是作者生前刻本，后来又收得作者的《知止堂词录》四卷，则是身后友人汇刻本了。《湘弦别谱》列为卷三。我曾写有一跋：

> 癸巳三月，石麒访书越中，道出湖上，归而以祁忠敏《按吴政略》、《疏草》及顾千里、钮树玉手校之《庄子》遗余，更偭以清刻本词集数十种，此其一也。罕传佳本，卷前更有郁达夫识语，盖自风雨茅庐中出者，更可珍重。黄裳记。

达夫喜买旧书，但他不是藏书家，所买多为清刻之有参考作用者。也爱读词，日记中有"晚上读彭（原误鼓）羡门《延露词》，真觉得细腻可爱"。杭州新居里藏书，除线装本外，还有大量的西文书。达夫藏书不钤印记，风雨茅庐于“毁家”之后，书籍零散。多年买书，未见郁家藏本。今得此册，以有手题，知是达夫遗书，可欣幸也。

二〇〇四、十一、十一

南行琐记

我曾经到过一次广东，但那已是三十三年前的事了。

一九四九年冬，上海解放后不久，我因事过广州。那时火车刚通到南昌，经过赣州到韶关，是一直坐在运板鸭的卡车上的。人仰卧在车厢货物上面，鼻子离卡车篷布不过一尺，到今天想起来还不能不感到气闷。一路经过不少检查站，南下的解放军在站上查问从上海去广东的旅客，其中大部分是商人。到了韶关，在船上宿了一夜，第二天又坐上平板货车经铁路来到广州。

广州的饮茶

那一次在广州前后只住了三天。正好遇见做记者的C，他陪我去市里转了一些地方，还饮了茶。C是广东人，职业是记者，但又是很豪爽的一位诗人，广东人好客的印象最初就是从他身上获得的。三天也走不了几处地方，因此我对广州的旧印象也只能是个朦朦胧胧。

今天记得起的，是那次曾去了六榕寺，还在一个坐落在山坡上的茶馆里喝过茶。喝茶中间忽然端上了一盘炒青菜

（后来知道那是芥蓝），曾使我大吃一惊。过去也曾跑过一些地方，在形形色色的茶馆里吃过各种茶；吃茶中间也吃点瓜子、花生，最多也不过是糖食，炒菜则是从未见过的。何况是一味炒青菜。不过这菜的味道确是不坏，到今天还不曾忘记。

这次C听说我到了广州，就又赶了来相见。我要求他还是照三十年前的旧例，请我饮一次茶，这样我们就来到了“泮溪酒家”。这是由一家私家园宅改成的茶楼，有亭台花木之胜。我们就坐在新建的大厅里。像“北园”一样，这里也有非常精致的点心。一只只小盘子里装了镶着精致花边的小点心。这是不折不扣的艺术品，不只是内容，连形式也是极美的。为什么要做得那么小呢？简单得很，那是要给茶客提供更多的咀嚼、欣赏机会。这些小点心也许各有一个漂亮的名字，可惜说不出，也不清楚它到底有多少种花色。在纤纤的细雨中，院子里的芭蕉泛出了一片新绿，阁子上的红漆髹彩映衬着叠石的假山，显得异常静穆，看不出什么火气。我注意了一下左右邻座，人们不只是喝茶，也喝酒，还有喝“可乐”的。台子上也有各式炒菜。在这里，茶园和酒家是不可分的。而一清早就在茶桌上饮酒的风景，好像也只有在广东才能看到。从“一盅两件”到丰盛的酒食，从厅里到走廊上，到处都是饮茶的客人。有的还在庭院的回廊栏杆上安置了茶具、盘盏，曲了膝踏一只脚在木槛上悠然地品茗。

我又提起了三十年前第一次在广州饮茶的经验，说到那个坐落在山麓的可爱茶馆。不料C告诉我，那其实就是“北园”。前两天我到过一次“北园”，分明看到这“园”是坐落在一条繁华的大街上，一点都没有看见山的影子。但C说一点都不会错，那就是“北园”，它的背后也确是一座山，不过现在已被新起的建筑物遮去了。

这大约可以作为今昔之异的一点证据，说明广州在这三十多年中确实发生了不小的变化。

“东方”和“白天鹅”

我们还参观了在沙面新建的白天鹅宾馆和早已建成、最近又装修更新了的东方宾馆。这都是具有国际现代化水平的宾馆，和我三十年前住过的爱群不可同日而语了。

在去广州的车上，曾经碰到一位年轻的香港旅客，不止一次向我推荐了东方宾馆，说是很不错，值得去看一下。又曾听到人们介绍，“白天鹅”和“东方”是代表了“冷调”和“热调”两种不同设计风格。“东方”西楼大厅壁上的巨型木雕“大观园庆元宵”确是金碧辉煌、给人带来火辣辣感觉的巨型壁雕杰构。带有浓重广东色调的潮汕金漆木雕，镂空处玲珑剔透，精巧而又雄浑，用来表现这样题材的设想是极巧妙的。

“白天鹅”就不同，人们说这是依偎了沙面上榕阴和宛转的珠江的一座“水上游宫”，它是俏丽、秀雅的。进门处的“故乡水”，有澄潭、假山、瀑布、花木、亭台，四面是重重白色围栏。小亭上挂着一副对联：“故人情重一江水，南国春深万树花。”这热情的宣言、欢迎辞，真会使远游归来的游子为之心醉。

在广交会期间，广州的宾馆全都住满了，“白天鹅”的二十八层主楼和一千间客房都无法进去参观，只能去看了“总统套房”。

这里使用的主要色调是绿、淡白、乳白。布置豪华却极清雅，就在套房内部也留着铺着土种植绿色植物的隙地，还有假山石，宛如大型盆景。设计者使现代的建筑成就与中国传统风格结合的努力是分明的。

在广州，我们看到的现代化宾馆还不只这两处，此外还有不少新宾馆正在加紧建设，几十层高的楼面一一拔地而起了。这规模和气魄，在国内是少见的。在吸收外来文化时，采取了难得的豪迈态度，并不束手束脚，是颇为彻底的“拿来主义”。在具体运用中，又有自己的设想，同样也是大胆而有魄力的。“东方”和“白天鹅”都被赋予了起主导作用的中国基调，两种基调截然相异，但都是中国的。一切现代化的手段、装置……都为这基调服务。这就不再是简单的“拿来主义”了。

鲁迅先生写过一篇杂文，从一篇《如此广州》中所说“店家做起玄坛和李逵的大像来，眼睛里嵌上电灯，以镇压对面的老虎招牌”的事实，指出了广州人虽然有点迷信，“但那认真，是可以取法，值得佩服的”。鲁迅一直极重视这“认真”，在论述中日国民性不同时说起过，在讥刺广州人迷信的文章中也同样看出了这一点。五十年前，迷信又算得了什么呢？直到今天，也很难说就已经绝了种，不过迷信起来也有“没有出息”和“认真”的不同，这一节可就不是谁都看得清楚的了。如果我们真的能肃清了迷信，又保留了认真，那将出现怎样的一种新局面，应该是明明白白的吧。

六榕寺、光孝寺

三十年前曾游过六榕寺，但已经没有了任何印象。

这寺是和苏东坡有些关系的。在广东，差不多他走过的每一处地方都多少留下了一些纪念性的遗迹，真是表现了对诗人非常的情分。东坡因做诗吃过很大的苦头，被捉进宫里去审查了许久，几乎论死，但终于不悔。贬到岭南，还是到处吟咏，留下了集中最后的两三卷诗。他在元符中来游这净慧寺，写下了“六榕”两个大字，还有“轼”字的签名和印记。这是真确无误的东坡楷书，即使翻刻了若干次，依旧不曾大走样。

东坡当年所见并为之欢喜赞叹的六株大榕树早已没有了，今天小院中错落分布着的是后来补种的，但也都很有了些年纪。寺很小，那座漂亮的巍峨秀特的花塔在这里显得异常局促。塔侧有一座小小的“六祖堂”，中间供奉着禅宗六祖惠能的铸铜像。惠能是人们非常熟悉的开宗传代的大和尚，也是一位以不搞烦琐哲学出名的和尚，比起其他佛教大师高僧来声名更显赫。我想这与《红楼梦》的宣传很有些关系。住在大观园里的贾宝玉忽然看破红尘要参禅了，参禅是做和尚的第一步，这可是一种非常危险的新动向。为了消弭这一叛逆的思想萌芽，林、薛是站在同一条战线上的。她们采取了

“以毒攻毒”的策略，抬出了六祖。菩提无树，明镜非台。这是彻底的唯心主义，一下子就把宝玉那点浅薄的“觉悟”击溃了。

古今一切做人的思想工作的，似乎还少有这样成功的先例。两员女将简直是神速地取得了预期的战果，而且并未留下什么后遗症。

为了装点六祖的遗迹，六榕寺内也种着一两株菩提树，但这其实并非惠能当年悟道的所在，那应该是在光孝寺里。那里有着更大更古的菩提树，但当年六祖是否真的在树下打过坐、参过禅，当然也难说得很。光孝寺内还保存了几座六祖惠能的石像碑刻，是阴文线刻的素描。好像较早的一座还是元泰定中的遗物，但已风化剥落得很厉害了，于是又有翻刻。碑侧有新的拓本，神采生动，在老和尚脸上流露出浓重的悲天悯人的神色，刻工不坏，想来应当根据的是更古的可靠原本，不是凭空捏造得出的。

光孝寺是粤东最古的佛教建筑。那座面阔七间的大雄宝殿，真是一座使人惊叹的带有浓重唐代特色的杰作。从照片上人们看到过日本的仿唐建的招提寺；在山西五台还留下国内仅存的唐代木结构的佛殿孤例——佛光寺。这些留在人们头脑里的依稀景象现在在光孝寺大殿身上竟得到意外的印证、落实。这殿无疑曾经过多次重修，但我深信，重修只是在原有的基础上进行了加固、抽换、仿做，因而并不曾过多地改变原貌。大殿的气势是极厚重沉着的，稳稳地端坐在那里，好像无论怎样的飓风都不能撼动它分毫。但一踏进殿门，就会立即发现殿宇的崇高巨丽，真是不可思议。最激动人心的还是殿外重檐下巨大繁复的斗拱。那规模、结构，那雄大而坚实、庄严而谨饬的气势，绝不是宋明以下日趋纤巧、仅存装饰意味的制作所能比拟。这只是像我这样对古建筑毫无知识的人吃惊的感受，实在并没有请教过古建筑学家。

有趣的是，在这样巨大堂皇的大殿里，却不见一尊大佛，只在一排排玻璃橱内安置了数十百尊小小的佛像，木雕、泥塑、范铜……种种不同风格、手法的艺术品，整齐地排列在殿宇中心，仿佛是一个小型的袖珍佛教雕刻展览。人们说，六榕寺是寺小菩萨大，那是指寺后靠墙露天坐着的三四尊巨大铜佛，那是清初的制作，从别处移来的。他们只能背倚高墙默默地俯视脚下的矮小殿堂。而光孝寺则是寺大菩萨小，指的就是这大殿里成群小菩萨。

光孝寺山门上悬着一块万历四年区大相写的“诃林”匾额。这说的是寺址曾是三国时虞翻的故居，诃子树是他所喜欢的树种。现在寺内也还有这树，但好像并不怎样古。虞翻是惹恼了孙吴的统治者孙权被流放到广州来的，一直到死都不能回到江南去。陈寿给他写的传里语焉不详，不能知道他们吵翻的确实原因。大抵虞翻是有些学问识见和社会地位的人物，与以豪族起兵取得政权的孙氏集团产生了矛盾。同样因政治问题而被流放，虞翻则是苏轼的前辈。

自古以来，在中原人士的心目中，广东的存在似乎只有两方面的意义。首先这地方富庶，物产丰饶，又沿海，容易得到外来的珍货，因此大家都跑来搜括宝贝，明珠大象、奇香蛮锦都是使人看了眼热的；同时广东当时算是极边远的地方，气候又与中原大两样，这就成了政治流放的理想处所。路上走起来得一年半载，把政敌送到这里，至少也能大大限制其政治影响，可以使统治者感到心安；万一经受不住殊方异域自然环境的折磨因而死去时，就更求之不得。唐朝的韩愈在贬到广东的路上，就发出过“夕贬潮阳路八千”的哀叹，心情是异常凄苦的。但韩愈并不消极，写了《祭鳄鱼文》，在他看来，海中吃人的鳄鱼与盘踞在大地上吮吸人民骨髓的“佛骨”是同样货色。他后来终于生还了；李德裕就没有经受住考验，被政敌驱逐到岭南后，终于死在了这里。

贪泉、五层楼

在五层楼上保存着一块“贪泉”的石刻，明万历二年刻成，是从广州石门移过来的。关于这泉，屈翁山在一篇《高大令文集序》中曾借来发表过一番深刻而激切的议论。此文收入康熙刻《翁山文钞》卷一，翁山有《广东新语》，是诗人为故乡而写的名著。但《文钞》中记广东事的重要篇章却不多，这篇序则是一个例外。

> 吾粤故有二贪泉。一在广之石门，一在连之五溪。来为宦者，饮之辄冒财贿，丧厥令名。即不饮之，而珠玑香翠之珍，犀象珊瑚之瑰，辄与奸商相为表里，交通于昆仑之舶，亦莫不富累巨万，捆载而归。一箧之宝，辄资数世。语云：“登大庾岭，则芳秽之气分；饮石门

泉，则清白之质变。”噫嘻！是何吾粤之不幸而为天下之膻乡；百宝丛生，货皆难得，以为有位卿大夫之玷也哉！

翁山在这里尽情倾吐了千百年来广东人的愤懑，指出了一直被看做一块肥肉的土地与人民的不幸。“贪泉”的神话是人民创造出来赠给一切到这里来发财的“卿大夫”的。在石门树起的这块石碑可以看做对即将进入广州的大小官儿的警告。翁山所说广东落得一个“膻乡”名目的不幸，也正是一种反话。好像官员们本来是清白的，只因喝了这里的水才变坏了。

翁山又说：“乃今也，上不藏富于国，下不藏富于民，而尽藏之于百千娄吏……乃一绾粤符，亦往往于五羊之市，失其所守。”这一切，正是清初广州的实况。

在越秀山上镇海楼头凭栏遥望，一片绿海中的广州尽在眼底了。薄阴天气的晨雾遥遥布下了一片迷蒙，不能清楚地望到大海，朋友指点描述当年鸦片战争广州城守的形势。侵略者想正面攻取广州的图谋失败以后，却从别处偷偷登陆，间道袭取了就在镇海楼后身的四方炮台，控制了广州的形势，终于击败了守城的清军。就在越秀山前脚下，可以看见中山纪念堂的圆顶。还有中山先生当年开府建节所在的建筑……广州的革命遗迹太多了，在楼头也不可能一一看到。但这确是一个非常理想的所在，指点江山，回顾往史，无论是谁都会激动起来的吧！

广州，一座英雄的城市，也是一座历经苦难、屈辱的城市；一座古老的城市，又是一座年轻的城市。你孕育了多少志士仁人，为祖国献身，站在时代前端勇敢的一群；同时，在这里也出现过一些逆历史潮流而动的丑恶名字。你曾吸引了鲁迅前来，后来又使他失望而离去……一百多年来广州的历史几乎就是祖国近代史的一个缩影。

站在五层楼上，是不能不想起这许多往事的。这不是通常人们所说的“怀古”，这种追溯回想带给人们的不是哀伤、怀旧，不是宛转低回，而是恰好相反的东西。正是在这一点上，广州和我国许多历史名城不一样，有它独特的个性，也正是它可爱的地方。

一九八三、六、十四

东单日记

序

六月中在北京住了十来天，借住在东单附近的一条胡同里。走出胡同就能望见北京饭店东楼的侧翼，再走几步就踏上了王府井大街，向右一转是王府井书店，要买书也是极方便的。再过去就是百货大楼，东风市场，还有著名的东来顺与吉祥戏院。……这一带是繁华的市中心，街上行人密度不下于上海的南京路。一次我在王府井的街上走，为了躲避正午的太阳钻进了东风市场。不料一下子就陷入了重围，进退失据，几乎完全失去了自由。前后左右都是贴身的游客，一步移不了三寸，好不容易从王府井北口被推出来时，已经是十多分钟之后了。

小时候在北京断续地住过几年，就是有一点旧印象也早已模糊。五十年代初来过几次，也都不曾久住。三年前重来，又已在暌违了二十多年之后。这样，我对北京的印象、记忆也只能是片断的、零碎的。好像一本照相簿，里面零零落落地贴着不同时期的一些旧照片，有的还已发黄褪色，也正因此，北京在我说来总是充满了诱惑力与新鲜感，觉得她既古老、又年轻；处处有古迹、满眼是新楼；有举世无双宽阔平直的街道，也有饱含古味蜿蜒曲折的小胡同……和我们伟大的祖国一样，虽然肩负着历史留下的重担，但却奋勇地、一往无前地大步前行。住在北京的那些短暂日子里，这样的感受是常常出现的。

从北京回来一下子一个多月过去了，天气一直极热，是几十年来少见的酷暑。想写点什么的计划就这样一直延搁下来。取出日记来翻看，仿佛又回到了东单胡同二楼的那间小屋里。日记是每天晚上顺手写下的。活动了一天以后已很疲倦，所以记得非常简单，不过记着到过些什么地方，看到了谁等琐事。也偶尔记下一点感想，那就更为简略，往往只是一句话。现在就加以摘抄，并在有的地方做些补充。事实上与原来的面目大不相同了，只不过还保留了排日记事的形式而已。

一九八三、八、二十

六月二日

早晨天色阴阴的，有点小雨，好像并没有气象预报所说大风雨的迹象。九时许到民航站，十时开车。在机场吃了午饭。飞机十二时起飞，很快就爬到了云层上面，正是晴空万里。取出一本新出版的《新文学史料》翻看，里面有西谛的《求书日录》，读来颇有趣味。记得《日录》曾在一九四五年的《大公报》上连载，后来并未写完。这次印出的也说不清是不是过去发表过的。郑西谛对祖国传统文化的热爱，他的魄力与豪情，都是举世无双的。他是一个勇敢的开拓者，一生有一个接一个的伟大设想与计划，可惜这些计划都没有很好地完成。他像一位跨在骏马上的勇敢骑手，在荒原上纵善驰骋，在这里那里打下一根根桩子，界出一块块区划。终于勾出了虽然粗略但大致明晰的蓝图。这正是他的贡献所在。他所着手的许多研究课题，几乎都是要由集体力量经过长时期努力才能有所成就的。如果他下决心埋头于其中一项的研究，必然会汗青无日，也就失去了那幅雄阔的蓝图。转眼西谛逝世已经二十多年，从此就再没有了到北海团城那间阴凉暗静的办公室中访问，听他豪谈惊座，并从保险柜中珍重取出新收集的国宝相与赏析之乐了。

飞机在北京上空盘旋时，广播告诉乘客，地面温度是三十二度。一时半降落，机场上一片骄阳。

乘交通车进城。每人收费一元二角，这是最近开始实行的新规定，果然，在门口就发现了说明改革理由的布告，不过，我没有细看。

交通车开到民航大楼时，C 早已等在那里了。两人分提了简单的行装向王府井走去，中间还搭了一节车，在大太阳底下蹭路，真有在火罐中旅行之感。晚上 C 请我在新侨饭店吃西菜，他先让我坐了，就去张罗饮料、刀叉，又点了菜。刀叉是租用的，要付押金；饮料则付“押瓶费”。上菜时如疾风骤雨，一时竟难以招架。我想这些菜大约早已预先烧好，只要随时盛出来就是。味道虽说不上怎样好，但这“快”则是我所十分欣赏的。不过像我们这样的顾客这里并不多，多的是浅斟低酌的一对对儿。我们吃好以后收拾刀叉向柜台走去时，先已坐在那里的同桌的一对仿佛还正刚刚开始。

宿舍里用的是弹簧床，没有席子，只铺一条被单。被子也很厚。只好赤了膊睡上去。幸好，半夜转凉，那条棉被也正合适。心想，北京大约是从今天开始才热起来的吧。

六月三日

早晨去访C。在东长安街北京饭店对面等车时仔细观看了这家饭店建于不同时期的三座主楼。一九五四年来北京时，西面的新楼刚造好，曾在这里住过半个多月。当时已算是设备先进的宾馆，但与最近建成的东楼相比，又变成算不上怎么先进的东西了。“先进”如不附以时间的限断，那是必然会造成混乱的。

在C的办公室里坐了一下以后，他就带我去参观机关里的图书馆。这里的机关真是大，图书馆好像就占了一座楼。《红楼梦》写到贾母住的正房和室内陈设时，印象里曾有过大房子，大柜子……一切都是大的这样意思的话。这里看起来好像就正是这样。

有意思的是这图书馆里还有几间专藏线装书的屋子，其中一间藏的还是“善本”。据说这是五十年代的主持人陆续搜集的。这实在是很有眼光、魄力的措施。当时这类书在琉璃厂、隆福寺真是汗牛充栋，价钱也极便宜。但买的人却简直没有。到今天，绝大部分都已变为可遇而不可求的好书。如地方志、笔记、文集……虽然大半是近代的，但参考价值却并不低。可惜没有充分利用，在我们参观时才请主管人打开了房门。至于善本，倒不大有。我只在普通书架上翻到了一册《苎萝志》，康熙刻本，倒是少见的书。我只有一册残本，下卷残失了。卷前应有一张西施像，刻得很好，这本也已失去。

在这图书馆里我还看到台湾的书店印出的一大批旧本书。底本都是原中央图书馆的藏书，解放前被运到台湾的。石印、缩小、新闻纸、精装，很方便，价也较廉，是颇有参考价值的。

下午到东四八条叶宅。在大门内的侧室里看到了叶至诚，知道今天下午六届人大开幕，圣老开会去了。早就听说至诚从南京请假来京，帮助父亲整理文稿。现在就亲眼见到工作进行的种种，用报纸包得整整齐齐的圣老日记手稿就放在案头，正在校订的文稿摊在桌上，他正在紧张地工作，这时就停下来和我闲谈。

圣老身体和精神都很好，只是视力差了，没有至善和至诚兄弟相助，整理编辑文集的工作是困难的。眼下圣老文集的散文部分已基本编好，在已刊单行本的基础上还增补了不少从报刊上辑得的散篇。有些篇读给作者听时，连他自己也没有了印象，一点都记不起曾经发表过这些文章。集子所收的每篇文字都曾读给作者本人听过，必要时还抄成大字，给圣老过目并修改。这实在是一种非常细致而繁重的工作。

约好下星期再来后就告辞，乘车回到台基厂的淞江餐厅晚饭。这是C推荐的一家上海馆子。不过菜式与烹调已与北京传统的山东馆非常接近了。这大概也是一种规律，地方风格传到一个新地方，多少总要与当地的传统交流同化，逐渐形成一种新的风格。饮食、服装……无不如此，要保持百分之百的纯粹是困难的。听说北京新开了一家“大三元”，是地道的广东馆，连生菜都从产地用飞机运来。大概就是以完全彻底的纯正风格为特色的。又听说康生的旧居现在也变为一家饭庄了。精致的菜肴之外，还可以欣赏园林花木之胜。可惜这地方只经营筵席而不接待个体吃客，而想纠集十来名同此雅兴的好事之徒也不容易，只好罢了。

六月四日

晨十时C来，同乘车去后海宗江家。

宗江设午宴招待我们。从橱里取出了几瓶红白葡萄酒。酒罢吃面。饭后饮武夷岩茶和法国咖啡。

二时许我约了C到后海去闲走。过去一直没有到这一带来过，但早已从旧书里知道这是一处名区了。明代的李东阳曾在这里卜居。入清后又出现了不少王府相府，如先是大学士明珠的第宅后为成亲王的府邸、恭忠亲王邸（曾是和珅府）就都分布在这一带。英煦斋（和）和法梧门（式善）则以贵官兼文化名人，更为关心当地的故迹。法梧门的《存素堂文集》中有一篇《西涯考》，就写得非常翔实而有趣。西涯是李东阳的别号，也是他住宅所在的地名，法梧门考证的结论是："盖广福观（在今鼓楼斜街。——原注，下同）之南，响闸（今之万宁桥、澄清闸）之西，月桥（今之三座桥）之北，海潮寺之东，地名煤厂。文正故第当在是，厂西则为李广桥。""至于西涯，则今之积水潭无疑。潭即水关，在诸河极西。林木丛郁，水石清幽……桔槔亭、稻田、杨柳湾，沿洄遁迤，皆可指识其地。净业湖、十刹海分流汇注而下，归宿于澄清闸。"

法式善生活于乾嘉之际，他这篇"考"是结合旧记与实地踏勘又经过探索以后写出的，去今不过一百八九十年，依旧不失参考价值。杨柳湾……则是"西涯十二景"中的名目，也都有实地可指的。我只知道法式善曾写过这样一篇文字，内容却记不得，所以对游览并无什么帮助。上面这一节是现在补进去的。但也觉得很有意思。如宗江的住处就叫"东煤厂"，我一直以为是个后起的地名。现在知道，在两百多年以前就早已有了。

海子岸边有不少大树，水畔栽着连续不断的铁栏杆。缓缓行去，倒也有点意思。不过"海"里并没有"荷香"与岸边的"柳影"相配。对岸开着一排商店，中间有几家煤球店，门口地上撒下了一片黑色煤灰。东头是一座小小的石桥，打听下来原来就是有名的"银锭桥"。过桥右折，在拥挤的市肆中间发现了"烤肉季"的招牌。店身虽然逼仄，但经过装修，已具备了向国外旅游者开放的一切特色，但没有剩下一点"古意"。有名的"会贤堂"饭庄的旧址也不知道坐落在哪里。

我们沿着对岸的路向西走去。走了好半天，才望见了一座深宅大院，原来是卫生部。门口停着许名大小汽车。C说宋庆龄故居就在这一带，大概还在前面。又走了许久，终于看到了“故居”，这里原也是一座很深的宅第。不是开放的日子，大铁门锁着。我们在临水的石凳上坐了很久。这中间，园林工人曾推了小车进去过，大铁门开了一条缝，使我们幸运地看到了院子里的绿阴。

海子里有些小青年在游泳，我们掉转身来坐了，和一位坐着休息的青年闲谈，向他打听这一带有什么风景点。他热情地回答，不过说的都是目前的情况，他当然不会告诉我们有关李东阳、法式善的故事。C说，过去从这里是可以望见西山的，怎么今天不行？小青年说，今天的云太低了。也许这是一种合理的解释。不过《天咫偶闻》说：“湖上看山，亦此地最畅。”《燕都游览志》也说：“此城中水际看西山第一胜处，不似净业湖之逼且障也。”（转引自《西涯考》）这些今天都成了“虚话”。

这时，天上真的开始落着如尘的细雨了。我们赶紧往回走，送C到鼓楼大街去乘车。从小胡同穿出去，才发现这里保留着许多老北京的旧建筑。门楣装修有各种各样的奇妙形式。不过房屋都已十分陈旧，院子里又横七竖八地新造了些毫无规则的小房子，弄得一片混乱。有一座庙就变成了集体宿舍，里面有一家裱画铺，据说是颇有名的，本想进去看看，后来终于打消了这念头。我想，这是不能多怪居民的，他们也并不喜欢这样的居住环境。又想，在城市规划中，有计划地保留一个区，一条胡同，一所房子，一座门楼……让几百年的古城更多留下一些历史的遗迹，留给人民看看，应该是亟待研究考虑的吧。皇帝的住宅保存下来了，那么老百姓的呢？

在鼓楼大街上站了一会，马凯饭店正在装修，街上的各种商店也无不齐备，繁盛得很。从门面装修上也可以看出几十年来变化的痕迹。二十、三十……年代的门面直到最新式的装潢排列在一起，看看是非常有趣的。《天咫偶闻》说："地安门外大街最为骈阗。北至鼓楼，凡二里余。每日中为市，攘往熙来，无物不有。"这是清末同光时的情形，到今天好像也没有什么大变化。

仍旧走回东煤厂。四时许车来，与宗江一起赶到一处聚餐会，吃了点东西就又赶到人民剧场。今天是江苏省昆剧院首演《玉簪记》，在休息室里看到了许多熟人。苗子和小丁约我过两天到他们的住处去玩。《玉簪记》前些天已在南京看过，即乘原车回到旅寓。

一点微雨也带来了一点凉意，写了封家信就早早休息。

六月五日

昨晚刮了一夜大风，白杨树的萧萧声在耳边也响了一夜。这种声音，在南方是听不到的，感到久违后的非常亲切。睡得很好，甜熟而安适。凌晨起来，窗外的两棵白杨兀自不停地摇撼着。

八时许到王府井闲走。风势一点都没有减弱，自然也卷起了阵阵风沙。年轻的女同志都用粉红、橘黄、淡青各色尼龙纱巾紧紧裹起了头脸。她们迎着风走，纱巾尾向身后直飞，疾风有如雕塑家的手，尽情摆弄着贴脸的轻纱，使脸型清清楚楚，轮廓分明。这也是在南方难得看到的风光。

在店里买了一包茶叶。在北方人们喜欢喝香片，这大约和当地的水质很有点关系。货架上长长一排茶叶桶，五分之四是花茶。价钱也着实不低，我选了一种低档的，也得二元左右一两。近来南方人也喜欢起香片来了，大约是逐渐悟出了茉莉花香是克服自来水漂白粉气味的最佳武器吧。我们伟大的祖国有悠久产茶、饮茶历史，人民至今都爱茶，各地的名茶更是品种繁多，数说不尽。但有好茶先得有好水，这道理陆羽早就说过了。一面鼓励种茶，一面却听任水质快速地坏下去，其实是在用最有效的手段来取消名茶、拉平茶的等级……

现在各地的矿泉水颇有装瓶远销外地的了，强调的大抵是它的医疗价值。我想，天下有多少名泉，何妨也试行装瓶出售呢？“龙井茶叶虎跑水”是多少年来杭州游客总结出来的经验之谈。我们如能在全国大小城市和海外的超级市场里同时买到龙井新茶和虎跑泉水，肯定将成为一件被茶客赞为“功德无量”的大好事。这可不是梦话也不是笑话。

中午到和平饭店去参加一个宴会，见到了范用、亦代、毕朔望、冯牧、董鼎山、沈昌文诸位。

饭后回旅舍休息，下午三时半踱到北京饭店去访问杲良。杲良是我在南开中学时的同学，又在一九四二年结伴入蜀。

现在是美国斯坦福大学医学中心的教授。近年来曾好几次回国讲学。前年在上海相见，约好下次在天津见面，并顺便访候他九十三岁的父亲周叔弢先生。正巧这两天叔弢先生在北京开会，杲良就安排今天在旅馆里晤面。

走进客房时发现房中已坐满了人。叔弢先生坐在沙发里，珏良、杲良都在身边，还有好几位叫不出名字，他们都是老人的晚辈家属。一九四九年冬天我在天津见过叔弢先生一面。一晃三十四年，看来老人一切都还和过去差不多。只是头发白了，耳朵有点背，步履也没有过去的灵便。三十年的岁月，这点变化实在算不了什么。一坐下老人就和我滔滔地谈起版本来，这一点，和一九四九年相比简直一点也没有走样。

真的谈了许多。

“我家是安徽人，不过从小就住在扬州，所以说话带着淮上口音。一住天津，不觉七十年……”

老人微笑地这样说着。“一住七十年”，这可不是谁都能随便说出的一句普普通通的话。很自然的又使我想起了陶渊明的“归田园居”“误落尘网中，一去三十年”。只不过打了一个四折，陶渊明就这样的慨叹着了。这种陶靖节式的意兴，在叔弢先生身上可是一点都没有。

他是喜欢陶渊明的。他很早就得到了黄荛圃陶陶室旧藏宋本陶集的第一种；过了若干年，陶陶室的第二种宋刻汤汉注本陶集又从海源阁流出，落入琉璃厂文禄堂王晋卿的手里，知道叔老必不肯放弃这机会，使双璧分居异地，就狠狠地敲了他一榔头——四千元。书是买下了，可是实在觉得这种作风可恶，有大半年和文禄堂没有来往。后来过了很久，王晋卿才悟出此中的道理。

叔弢先生的全部善本藏书和藏画很早都已先后捐献。不过在“文化革命”前他有时还偶尔买点零星书画，每件价钱以不超过十元为度。他说，这样零星买到的有时也有不坏的东西，并因此而得到了一个“十元斋”的别号。

他的藏书目录早已编好交给天津的出版社了。书前附有百来张善本书影。这是老人平生精力所聚的事业，他自然非常关心，但至今还没有付排，据说是天津没有繁体字的铜模。

他很关心恢复与重建琉璃厂。他说必须有买有卖货源才能畅通，旧书当然也不能例外。他还说，上海曾有个能写样刻书的人，曾影刻了大德本《稼轩词》，成绩不坏。可惜刻了一部书以后就中断了。不知道这人现在还在否。可见他对我国垂绝的雕版事业的继承也在关心着。几十年来他还影印、编刻过不少古书，都非常精美。家中剩有不少复本，都交给天津图书馆了。也许至今还成捆好好地放在那里，可以找两部出来相赠。这些印本如宋本《孝经》《鱼玄机诗》《寒山子集》等我本来都有，可惜早被抄得无影无踪。如果可能，我倒愿意得到一本他重刻的戴东原的《屈原赋注》，这可是几十年来一直梦寐以求但一次也没有碰上过的书，使我最早懂得木刻线装本书趣的书。

六月六日

今天早晨不出门，坐下来想写一篇小文章。写到十点钟，朋友来访，约我去吃烤鸭。文思一被打断，就再也不能照原计划完成，有时连写下去的兴味也会一扫而光。

现在就将这篇半截文章抄在下面。

《红楼梦》第八十回写天齐庙道士王一贴向宝玉提供了一个医妒病的方子，二百年来被无数读者当作一个绝妙的笑话，滑过去了。这是一种不幸，曹雪芹可并不这样想。“妒”，不只如通常所理解，只发生在女同志身上，其实是一种顽固的社会病。曹雪芹多次提出这个问题，想加以研究解决，可是终于没有法。王一贴开出了冰糖煮秋梨药方，就是声明对此束手无策的告白。因为这药的全疗程是要以人死为度的。“死了还妒什么！那时就见效了。”这是非常沉痛的话。

平心而论，男人们一旦妒起来，娘儿们是绝非对手的，什么一哭二闹三上吊之类，相形之下也显得过于浅薄了。翻翻日报，这方面的新闻是不少的。举其小小的一隅，如妒贤嫉能，打击排斥，穿小鞋，抛冷眼……都是常见的起码手段。有的人对此置之不理，你妒你的，我干我的。不灰心，不泄气。这是很高的标准，平常人不易做到。功夫差一点的就难免不在打击下动摇，减低甚至丧失了工作的积极性。社会上到底平常人多，因此“妒”病后果之严重也特别表现在这里。功夫更差一些的就难免在想不通之余，寻了短见。自杀是弱者的行为，虽可同情却不宜鼓励。这都是不必多说的。何况皇帝早已没有了，“尸谏”也失去了对象。

我想，《红楼梦》写尤二姐故事，就是作者解剖、探讨这问题所作的一次重大努力。凤哥儿是个不像女人的女人，她的举止行事，心计手段就是在男人群中也是罕见的。王熙凤和尤二姐的矛盾看起来似乎只是大小老婆之争，但实际意义恐怕还要深刻得多。尤二姐何尝不知道凤姐的为人，她在经过长久严重的思想斗争之后，确实下了“你妒你的，我干我的”决心，在小花枝巷的小房子里和贾琏同居了。这是需要很大的勇气的。可是后来怎样呢？先是被骗入大观园，接下去就被摆布得求生不得、求死不能。小说虽然写于二百年前，王熙凤这个人物到今天依旧是活生生的典型，而且还是“妒”病患者似乎永远也学不像的学习榜样。给尤二姐穿起小鞋来，那巧妙与狠毒，又哪里是她的后辈所能望其项背的呢？尤二姐终于还是不能不走上弱者的末路，吞金自尽了。曹雪芹写了一个不幸的女人力求掌握自己的命运终于一败涂地的全过程。真实而深刻，使人信服。同时也指出了“你妒你的，我干我的”办法的不牢靠。

尤二姐死后贾琏呼天抢地，咬牙切齿，赌咒发誓，虽然都是毫无用处的马后炮，但却点出了这场你死我活斗争的实质。通过这一事件，贾琏的觉悟是大大提高了。

想来想去，对一切丑恶的社会现象，歪风邪气，惟一的对策只能是正面的对抗，而不宜采取“清高”的不与计较的方略。人们是生活在同一个社会里的。你不理他，他却要来惹你，想躲也躲不开，想绕开却没有路。想前进的人只有勇敢地清除面前障碍的一法。

文章是很浅薄的，因为想说的一点意思本来就浅薄。惭愧的是近来常常只能产生此种浅薄的念头。加以匆匆结束，已经想到的一些意见也没有写进去，变成一篇典型的赋比兴三段论法的新八股了。现在想来补救一下。改写太困难，只好作点补充。

紧接着尤氏姊妹事件之后，曹雪芹又放笔写了抄检大观园一组极力经营、花团锦簇的文字。作者借这一事件调动了大观园中重要和次要人物一一出场并表态，笔墨极经济又极准确。这使我们想起京戏舞台上的某种场景。像“醉酒”那样的戏开场时，一对对执着宫扇……出场的宫女，她们来到台口一站，随即退居两厢，再让第二对出来。先后要走出若干对。如果这些扮演宫女的演员都是年轻美丽光彩照人，那么观众从他们简单、重复的动作中也能感到一种流动的美。曹雪芹使用的其实也是同样的手法，但用分房抄检作情节贯串，又加浓墨重彩，使读者目不暇接，终于忘记了他使用的这一朴素手段，只觉得这是一次极为火炽、突出的人物性格大展览。有意思的是，这一役中林姑娘被放免了。她因早已睡下，被凤姐按住不许起来，就轻易地躲过了一场是非。当然因为这出重头戏要由探春来唱，黛玉只能让贤。不过也不能忽略作者的细心考虑。以黛玉的性格，如真与王善保家的冲突起来，恐怕是不可收拾的。而事后黛玉对这一场风波也没有发表过什么重要评论，还不如同是亲戚的宝钗态度鲜明。

当然还有一种解释。这一组文字主要是写大观园（贾府）内部矛盾的发展、激化，所以作者用大量笔墨写了迎春三姊妹，而略去了只有亲戚关系的林、薛。探春是主角，自然写得笔酣墨饱，不必说了。惜春绝望的阴冷也写得极好。我觉得最有意思的还是二丫头迎春在金凤事件中的表现。曹雪芹用种种笔法刻画迎春的性格，他在故事发展中让有关的人都来表示意见。邢夫人，偷了金凤还要挟制姑娘的乳母媳妇，维护姑娘利益与尊严的司棋和绣橘，直到探春姊妹们和最后解决纠纷的平儿，她们都按各自的身份、地位表示了理所当然的态度，但都与迎春的态度不同，这是何等有力的写法。像堆漆一样，经过层层髹饰，迎春的性格凸立在读者面前了。

迎春其实就正是一个"你说你的，我干我的"的典型。"罢、罢、罢，省些事吧。宁可没有了，又何必生事。""要等我去说情儿，等到明年也不中用的。""任凭你们处治，我总不知道。"天大的事缠上身来总与自己无关，只是放不下手里的一本《太上感应篇》。迎春是有她自己的理论体系的，她的一切言行都受这理论的制约，她也曾详细阐明过她的理论与实践，虽然效果只是"众人听了，都好笑起来"，但读者却不应只是笑笑而已。

六月七日

今天写了一篇《琉璃厂》，是记昨天下午的游踪的。从下午开始写，一直写到晚上，还剩一个尾巴没有写完。晚饭也没有吃，只将前天从全聚德带回来的烧饼、薄饼随便吃了一点。北京的气候干燥得厉害，只隔一天，烧饼已经变得像石头一样了。

住在王府井附近，吃饭却是个大问题。前两天看见北京饭店摆出了广告牌，说是在后门新辟了小吃部，非常高兴。今天中午朋友走来约我去试试看。走到后门口不过十一时半，铁门已经拉起了。一位穿了整齐制服的管理员在门口维持秩序，指引我们到柜台上去买票。这里卖的是“份饭”，每客四元。走进去看，被长长的屏风界开来的北京饭店宴会厅，留下左侧狭长一条算是“小吃部”，已经座无虚席了。“份饭”两菜一汤，都是很小的盆子，麻婆豆腐与炒肉丁，毫无特色。四下一看，到这里来的顾客绝大多数都是来喝啤酒的，这是市上供应紧张的饮料。佐酒的有冷盘，味道倒不坏，这两样也得自己排队去买。

坐在好像还开放了冷气的“豪华宴会厅”里，W 笑嘻嘻地说：“这里菜不怎么样，不过环境是好的。”“那么我们今天就算‘吃环境’吧。”我说。

一九八三、八、二十二

六月十日

上午把前天没有写完的《琉璃厂》补完了。文章结尾处说了一点很久以来就在考虑着的意见，终于因为思考不够成熟，手头又缺乏资料，所以到底说不清楚。

例如在列举《茶馆》《骆驼祥子》这些颇带点“怀旧”色彩的电影时，就忘记了还有《画儿韩》这样的小说，也是应该提到的。听说有的评论家把这类小说归入“地方风土小说”一类，并认为是不值得提倡的。这当然不无道理。变成一窝蜂的任何事物，不可避免都会产生这样那样的毛病，“地方风土小说”（?）也不可能例外。可是难道它们就没有存在的理由与价值么?

说来也奇怪，每次到北京，都怀着一种复杂矛盾的心情，那就是处处觉得这座古城的可爱，又时时警惕着会因此而引起怀恋过去的感情，变成遗老遗少。这种担心是有点可笑的，但又是确实的、难以回避的。

梁思成的文集出版了第一卷，重读一过仍觉得有趣味。他是一位古建筑专家，他从心底热爱伟大的祖国，那具体表现就是对千百年遗存下来的古建筑的邻于疯狂的爱。记得一九四九年我在清华园梁思成的住宅里访问他和林徽因时，就听他说起过北京解放前夕的种种故事。当时人民解放军为了做好万一攻城的准备，曾向他请教，并要他提供一张应该注意保存的北京历史文物建筑图纸。他满怀激动，热情地完成了任务。当时我就觉得站在面前的是一位学者、艺术家，同时也是一位高大的爱国者。解放后他为北京的城市规划努力地工作，无保留地提出自己的意见。不久就听说他受到了批评，在保护古文物建筑的问题上犯了“保守”的错误。他在设计中使用过的“大屋顶”更成了一个驰名的“笑柄”。他对“三座门”“四牌楼”的意见并不一定切合实际，不过他对北京旧城的改造也不是主张一切保留原状，“不是连‘泰山石敢当’那块界石都不准动”，他反对拆除城墙、城楼，主张保留全世界封建时代名都大邑中惟一保存下来的古城历史面貌。他的学生，清华大学建筑系主任吴良镛和刘小石在《梁思成文集》的序言里有一段话：

> 在建国初期，全国都在贯彻执行“变消费城市为生产城市”的号召。梁先生当时能结合北京应有的政治中心、文化中心这一特点，提出重视环境保护，防止工业污染，保护文化名城的面貌等意见，现在看来，实在可以说是难能可贵了。

是的，这真是难能可贵。我们花了三十年时间，付出了很难估计的代价，才终于认识到了这一点。

我想，“梁思成与北京”应该是一个很有意思的题目，这中间值得分析总结的内容是很丰富的。不只可以具体总结他的建筑思想、学术见解；还能进一步探讨诸如过去与现在，文化的积累、变迁及其与时代政治经济的关系这一类很有点“学院气”的问题。尤为重要的是如何正确对待知识分子，了解他们，影响他们，帮助他们，使他们放心放手地为人民工作，这问题在梁思成身上也有其代表性。

我说：“对社会上存在或曾存在过的一切事物，人们都必须表态，回避不了。”就是想说明这么一种感觉。我们如对这个问题回答不好，不及格，那后果将是非常严重的。

下午四时出门，到大雅宝胡同附近的招待所去访苗子和小丁。他们在政协大会期间集中住在这里，有许多朋友都能顺便见到，不必排日东跑西跑，在时间上说倒是经济的。

自以为时间充裕，带了一张地图，到了朝阳门，就下车边问边走，从小胡同里向南穿插行去。尽管问了许多人，还是大大地走了冤枉路，好容易赶到招待所门口，已经六时五分了。小丁他们已在门口等候，李一氓同志也正好漫步走来，他住得近，只要一转弯就是。

看到了许多朋友。苗子和小丁夫妇，祖光因有事，在门口匆匆握手后离去，君武、浅予、范用、宪益、德明诸位都见到。王世襄是第一次见面，以新出版的《髹饰录解说》一册相赠，在扉页上用墨笔写了题字。这是一本高水平的学术著作，但书名却如作者本人一样取得那么谦退。

听到廖承志同志今晨逝世的不幸消息，不禁唤起了三十八年前在重庆中共办事处第一次看到他的印象。那是在周副主席招待记者的会上。会客室很小，已经坐满了客人。办事处工作人员都挤在外面的走廊里。恩来同志发表了长篇谈话。这是中共代表团迁宁之前在重庆的最后一次记者招待会。那时国民党已在东北、全国动手大打起来了。

政府在六个月中间，天天打中共，而要我们不还手。这种不平等的内战，我们是不能接受的。战争是双方的，你们可以打下八个城市来，我们就可以打长春！到底谁应该负这个责任呢?

这是对一篇题为《可耻的长春之战》的“论文”的回答。恩来同志停顿了一下，向在座的记者扫了一眼，眼睛里闪烁着激愤的光。

“说老实话，共产党是不会断根的，只要有老百姓在。也许在座的记者的子孙，将来会变成共产党。”这时他像寻找什么，又发现了什么似的用手指了门口。

“国民党员的儿子不就变成共产党了吗?”

这时站在门口的就正是廖承志。清瘦的一条汉子。人们一下子都盯着他看，他依旧倚着门静静地站在那里。

这印象到今天依旧清清楚楚。谈话部分则引自我当时发表的一篇通讯。记忆力不好，不见旧报，有许多细节早已变得模模糊糊了。

东单日记续篇

序

今年春末上了一趟北京，住了三个星期。住的地方在东单二条靠近王府井的一条胡同里。这是一座老房子，灰砖的两层楼，相当有年纪了。我住在二楼靠西的一个单间里，朝南开着一扇窗，窗外有两棵杨树。虽然房里摆着两张床，可是只有我一个房客。这是居停主人的关照，我非常感谢。说是让我一个人住，清净点，也许还能写点什么。其实二十天当中只赶了两篇不能不动笔的短稿，此外就是每天记日记。

我一直保留着记日记的习惯。除了十多年前住在“小房间”里的那一阵子和以后的一两年，一直没有间断。不过因为懒，日记记得非常简单，有时只写上阴晴和来往信件、来访客人等项，一两行就拉倒了。总算是已经记过，算是一种自我安慰。但出门旅行时日记就记得详细些。看见些什么新鲜事，听到些什么有意思的议论，吃了什么好吃的东西，看了什么好戏或坏戏……都要记下来。为什么要记，自然是自己觉得有趣，也为了“以备遗忘”。前些日子整理了一部分出来，照抄原文，稍做加工。当然也删掉一些，增添一点，不再是原本的模样了。日记里虽然并无什么军国大事、机密新闻，但也还是不能照原样抄下来；何况这些日记都是在深夜灯下所写，不免草率，文字自然也粗糙。即使如此，我还是觉得喜欢。并不是说这些日记写得如何好，我只是觉得它较为自然，较少修饰，比平常费尽心思苦苦做出来的文章读起来总要舒服一些。

几年前写过一篇《日记文学……》的短文，中间说起自己过去因写日记而吃过的种种苦头。后来收到一位前辈老作家的信，告诉我"日记文学"这名词在他还是第一次听说。我懂得老人家的意思。不过我也是有所本的，并非自我作古。好几十年前郁达夫就写过有关"日记文学"的论文了。我还读过小说家用日记体写成的小说，不必说也读过正宗的旧日记，从陆游的《入蜀记》、范成大的《吴船录》，一直到李慈铭、翁同龢所写的大部头日记。我觉得这些都是散文，只要写得好，无论记的是什么都是好散文。这中间，平平常常，自然而少雕饰应是一条重要的评断标准。

整理出来的稿子给朋友看了，说是这样写下去恐怕要写得很长，而且容易松散。想想这话也说得是。那么就来改变方法，把前后几天中带连贯性的事件编在一起，这样就可以独立成篇，并能较有系统性。当然这里只有剪裁，并无编造，这是不言而喻的。即使因此而被认为不是"文学"，也不打紧。何况俄国的屠格涅夫早就这样做过了，他有一卷《猎人日记》，就是把一些日常见闻编在一起的。有人说这是极美的散文，有人说这是一束短篇小说，有人说这不应称为《日记》。我看这些话可以不必说。《猎人日记》的译名是俄罗斯文学老翻译家耿济之先生用起的，保留下来也是一个很好的纪念，何况这书名原也译得蛮不坏，很可以表现出作者的原意，他的将这一切都看作平居的“日常”见闻，用意其实是很深刻的。按GARNETT夫人的英译（我只能看一点英文），书名应该是《猎人速写》才对。那么一来恐怕就更隔了一层了。

总之，这样的方法是不妨试一试的。

吃饭

翻着日记的时候，忽然发现每天三次都记着在什么地方和什么人一起吃饭的记录，自己也觉得无聊。住在家里时，这种事是从来不记的。倒不是因为粗茶淡饭不值得记，其实即使每天桌上摆着山珍海味，几十年不间断地记下来，一定也会变成一种公式化的“吃饭文学”的。当然也有例外，过去皇帝的身边人中就有专门负责撰写《起居注》的官儿，一日三餐就都忠实地记在“注”中。有时还附了御膳房的菜单，长长的一大串，今天还偶然可以从刊物上看到那复印本；其中的有些品种，还得到了恢复，变成北京特色的“风味菜”。“满汉全席”原是北京饭庄门口挂着的广告牌，北海的“仿膳”就在供应清宫御膳房里的名菜。不过我没有去吃过，说不出那好处来。只在一次同学聚餐时，H特地带来了从“仿膳”预订的豌豆黄和小窝窝头，这就使我非常高兴，一连吃了好几块。照过去的习惯，像豌豆黄这样的点心，我是可以不停地吃，一面看书，一面吃，一会子半斤就吃掉了。但这回不行，总共也不过吃了两三块。也不是胃口退化，这豌豆黄实在已经没有了过去那种入口即融、清香细腻的特点，连颜色也变成了深黄的栗色，两三块下肚就已半饱了。小窝窝头也一样，已向现实的大窝窝头靠拢了一大步，变得粗而硬。当年西太后如真的吃了这样的小窝窝头，也许倒能多少体会到一丁半点民生疾苦也说不定。

北京是祖国的首都，是建都已五六百年的历史名城，理所当然有它丰富的独具特色的文化积累。这中间很重要的一个组成部分就是吃的。从金玉奴给莫稽吃的豆汁，到满汉全席、天厨美味，都凝聚着从古就生活在这地方的各色人等的习惯、爱好、趣味；它是精致的、细腻的，是一种经过精心提炼的物质和精神的结晶体，是那类积累起来艰难，消灭起来容易的事物，也是不可缺少的。小窝窝头不能当饭吃，但在人们的精神生活中也占着一种重要的地位，这个道理懂得的人逐渐多起来了。今天的努力恢复种种地方文化特色，并不只是为了国际旅游的需要，也是不言而喻的。住在北京或从全国各地来到首都的人，谁不希望吃到真正北京风味好吃的东西呢？

计算了一下，在北京的日子里，平均每天总有一顿饭由朋友招待，剩下要自己解决的，只有早餐和另一顿正餐。早餐简单，只要买好一包点心，泡一杯茶就解决了。正餐就麻烦，虽然住在靠近王府井大街的地方，有时也还是不能不发生困难。

“东来顺”过去吃过几次。涮羊肉不必说了，最使我难忘的是它的烧羊肉、葱爆肉和用口蘑做成的汤。这都并非什么高级菜，但称之为风味菜是没有问题的。一天中午，兴冲冲地跑去，走上三楼，取过菜牌一看，三种之中只有“烧羊肉”还写在上面。问服务员，回答是“没有”。我也不细问那原因，猜想大概是时令不对。只好胡乱吃点什么就出来了。不死心，第二天又去了，这次上了二楼。菜牌与三楼的一样，只好还是随便叫了点什么。同桌有一位提着大包小包的同志，兴致却好得多，叫了两个菜，外加一只冷盘。托我照管一下行李，又匆匆下楼去了，不一会手里端着满满一升啤酒笑嘻嘻地回来。天气实在热，啤酒的诱惑力很不小。我向他打听，他用手指了指窗外的街。他的指引不免有点笼统，我就进一步请教坐在饭店门口高凳上的一位老师傅。不必细问就能知道这是一位在“东来顺”工作了几十年的老人，他给了我热心的指点，指出街上有几家店是卖啤酒的，又说：“您碰碰看，实在不行，那边一家饭庄里也许能商量给匀一升。”老人的姿态、声音、气派是地道的“老北京”，今天少见了，我想，即使买不着啤酒，听见这两句话，也是一种意外的收获。后来同桌的朋友见我提了一瓶汽水回来，不禁瞪大了眼睛：“怎么，旁边市场里不就有啤酒么？”

三访“东来顺”没有登楼，一进门就见缝插针坐在一张台子上。这回也不再看菜牌，叫了三两羊肉饺子。

饺子是一批批出锅的。不巧正碰上上批刚分完，下批才下锅。周期将近半个小时。同桌的人吃着啤酒，用带来的卤菜下酒。这时又来了一个老北京，端着一盘柜台上没有分完的饺子挤着坐下来了。他几乎是不停地说话，他刚从郊区进城，数说着一路上的见闻，交通的情况。他的结论是，现在进城比“四人帮”那时候可强多了。“那时候，一清早上车站排队，能赶上到城里吃晚饭就算福星高照了。”可是他对当前的市容、秩序、市场供应……还是很不满意，处处拿“彭真当市长那时候”来进行对比，他指的是五十年代。从服装打扮上完全看不出他的身份、职业，可能是一位采购员吧？他对“东来顺”的羊肉饺子的评价是：“只有这儿的饺子还多少有那么一点原来的意思。”饺子上桌了，吃过以后，我觉得他的评价倒是实事求是的。

一天下午从北京饭店出来，时间还早。就坐车到大栅栏去。三年前在这里住过几天，从珠市口到前门这一带走得有点熟了，忍不住要去“访旧”。先到了“六必居”，门市的布置、装修已经完全改变，我猜大概是仿上海土产商店的那种“模式”改的，但又不大像。传说是严嵩写的那块旧匾也不见了，也许是挂在后进的什么地方。多年前见过的那块黑不溜秋的旧匾确是一件“古物”，但是否真的出于严嵩的手笔也难说，书体倒是典型的明人官方文书体势。明代内府刻书（所谓“经厂本”）的字体就是同一路数。“六必居”这三个字笔画都很少，不大容易安排得好，他却能布置得妥帖稳重，是需要一点功夫的，写这种字必须经过长期的训练，洗净一切“野气”才行。严嵩以“青词”起家，长时期得到皇帝的赏识，他的书法应该说是已经达到炉火纯青的地步了。

走进廊房头条，想到一家熟悉的新华书店里去看书，不料却已没有了，街对面好像是火烧过的一片瓦砾场，也许不久就会有崭新的高楼建造起来。“同仁堂”也去看了一下，店里挂着启功写的新匾。启功是著名的书法家，字也写得秀逸。不过挂在这大厅里却不协调，气局好像小了些了。忽然悟出，挂在大厅大殿里和书房精室里的书件是宜于使用不同的书体的。这大约就是馆阁体产生并得以存在的一种理由吧。

蹓到珠市口已经是该吃晚饭的时候了。不远就是晋阳饭庄。不过三年前到这里来吃刀削面的经验还记得清清楚楚，那种下馆子好比上战场的光景是可怕的。踌躇再三，下决心走进了一家店。这里只卖简单的冷菜与啤酒，主食是包子和云吞，都是现成的，交钱取筹就能到手。这实在是个很大的优点。只是每张桌子上都挤满了人，候补的机会很不容易。一位外来干部模样的客人，买了一大盆包子，就放在地皮上，蹲着吃。我没有“蹲功”，只好站着。不过我买得少，没有几分钟，包子就已全部下肚。味道也很不错，颇有“狗不理”风韵，可惜的只是不太热。

抄了许多，仿佛都是不大满意的经验。难道在北京吃饭竟是如此的艰难和使人不能满意么？当然事实并不如此。朋友招待我吃了许多次，无论在家或饭店里，都极满意，吃到了不少好吃的东西。这是事情的一个方面。一个人单枪匹马地去碰，那就往往非失败不可。听说康生的“故宅”现在变成一家著名的饭庄了，很想去领略一下，多破费一点也不要紧。后来听说那里只供应原桌的筵席，一个人闯了去，那是会被看成去吃“客饭”而遭到谢绝的。其实我的兴趣倒是去吃北京的小吃，能和普通的就餐者挤在一起就尤妙。不独能吃到风味菜，还能听到各种“老北京”的议论，有时候这比名菜还要来得有味道。可惜没有行家指点，住的时间又短，收获因而不很多。

一天要到“长安”去看夜戏，下午很早就出发了。打算提前在西单附近找个地方吃饭。前两天乘车经过西长安街，在六部口附近看到一家“鸿宾楼”，门面气派非常，金地黑字的崭新门匾还是郭沫若的手笔。这时记起了，就跑去试一试。先是走到了这座“楼”的侧厅，果然装修得大方漂亮。只是一点不妙，还不到四点半，这里已经高朋满座了。四面八方占据了座头的年轻人正在兴高采烈地喝啤酒。空位子是有的，但都放着一只皮包，一条网袋，一本书或一把扇子。在侧厅里走了一转之后，还是只好退出去。正“楼”倒是冷清的，推门而入，发现这里还有“空调”。径直走上楼去，左手是一间大厅，四五张圆台面上都铺着雪白的台布，放着玻璃酒杯，杯子里插着叠成漂亮花样的餐巾。正迟疑间，笑嘻嘻的服务员手中的冷毛巾早已递过来了。我立即悟出自己是被看作了第一位赴宴的客人了。经过一番无聊的问答，我由经理陪同依旧从那条楼梯上走了下来。当经理知道我先已去过侧厅，就客气地向我致歉，握手告别。

这样折腾了一阵以后，已经将近五点。只好加紧赶路，没有多久就到了西单。这里可是有不少家饭店，但一时竟下不了走进某一家去的决心。

忽然眼睛一亮，面前出现了一家叫做“又一顺”的清真馆子。不言而喻，这是又一家“东来顺”了。也许失之东隅的真能收之桑榆，果然，我在这里吃到了烧羊肉。不过这与当年“东来顺”的烧羊肉可完全不同，羊肉被切成小块，几乎全部是精肉，味道极咸，还是冷的。

我坐的是“雅座”。“雅座”有“雅座”的好处，买啤酒不必排队，不必奋勇争先，只要在这里买好一张小纸片就能到柜上取得啤酒。慢慢地吃着烧羊肉、黄焖鸡，喝着淡啤酒的时候，隔座来了一位老头儿。他和这里的服务员很熟，当他听说还有最后两份没有卖掉的烤鸭时，非常高兴并放了心，同时与服务员和同桌的人畅谈起来。他集中谈论的第一个主题是现在的吃饭难。“像×××、××那些大馆子眼下都看不上我们这号主顾了。”像他这样每天出门“打游击”的人，想吃点可口的东西是越来越困难了。他也是一位老北京，可是像我一样也得天天出来找饭吃。不必说，他的阅历比我丰富，地面也比我熟，但碰到的困难却几乎没有两样。他的胃口很好，用甜酱、京葱、薄饼大口地吃着烤鸭。当一份烤鸭差不多吃完时，谈话进入了第二个主题。他谈论起国画来。因为谈话对手不是同行，因此他不谈画论，不讲技巧，说的是展览会的盛衰，画坛的市面和每尺的行情之类。谈话引起了听众的兴趣，纷纷问他自己每日能画几张，有多少收入……但他对这些发问，一律笑而不答，只是绕着圈子反复地说绘画是一种有前途的事业，也是一种高雅的劳动，他劝人们不只要学会欣赏绘画，最好还自己动笔来学画。啤酒和烤鸭助长了他的谈兴，这样有趣的讲话，我想无论在课堂上或画院里都是不可能听到的。

看戏

“老北京”上戏馆是去“听戏”，和别处“看戏”的说法不同。这习惯恐怕到现在也还照样保持着。两种说法并无本质的差异。只不过一个强调的是“听”，即着重于歌唱的欣赏；一个则偏重于欣赏表演。虽然只是一字之差，也多少透露了民间戏曲艺术从外省走进北京后发展变化的一个侧面。很久以来，有人对“听戏”这种说法不满意，尽力加以嘲笑，举出的例证大抵是坐在台下，闭起双眼，摇头晃脑，用手在大腿上按拍，心醉神迷的戏迷形象。这样的戏迷确实有过，但现在不多了。其实他们也并非一踏进戏园就立即闭起了眼睛，我觉得也不必那样加以嘲笑。“看戏”这说法比较普遍而来源也古，在前人的诗集中就有不少“观剧诗”，可以为证。因此这里就把题目定为“看戏”。

这次在北京，二十天当中看过三场戏，这在我已经是很高的纪录了。三次中京剧、川戏、昆曲各一次，戏院则分别在吉祥、长安和广和楼。三处都是老园子，几十年前它们的旧模样闭起眼睛依然想像得出，现在则都已翻修改建。这中间“广和”的历史最久，怕已在二百年以上。它们都位于闹市区，前后左右都造满了房子，没有伸展的余地，因此只能改造，无法扩建。记得我在“吉祥”最后一次看杨小楼的

《艳阳楼》，那台角讨厌的柱子现在早已没有了，这是使人高兴的。改造总是带来了进步。不过我又想，像北京这样的地方，能保留一两所古老的剧场、戏楼也不是坏事。不过现在再来提出这样的希望，也许已经太迟了。

在北京多的应该是京戏，但不知怎的，那段日子吸引观众的京剧演出很少，或简直没有。只看了一次《吕布之死》(其实就是《白门楼》)，还是远道从湖北宜昌来的剧团演出的。戏院客满，观众是欢迎的。演吕布的演员的嗓子不坏，演出也认真。不过我总觉得演员形体上的锻炼差一点，在老观众的术语中，这就是所谓“身段”“功架”，也就是舞台上的“造型”。譬如“云手”这一基本动作，就和我从盖叫天先生那里听来的要点、要求很不一样，手执银枪的姿势也不理想。这许多都影响了人物在观众眼中的形象。《白门楼》在过去是以唱功为主的戏，是要“听”的，不过表演也重要。这也正是一个好例，说明“听戏”到底不如“看戏”来得妥帖、周到。

川剧团到北京来了，在“长安”演出。第一天拿出来的是一台折子戏。开演前在剧场门口看到不少熟人，曹禺也来了。他们都是“内行”。常听见这样的议论，某种事物，包括某些出版物、某人的演出、某家的绘画……是“只吃内行”的。意思是不为大众所理解、欣赏。言外颇有憾然之意。这情形是确实存在的，如多少年前的南北昆的逐渐从大剧场里被赶出，后来连小戏院也不能存身，只有落荒而走、几乎灭亡，就是一个好例。这种现象也许可以部分地用“曲高和寡”来加以解释，但我想这大约并不是全部原因所在。即如“川戏”，除了故乡四川以外，就被公认为只“吃内行”的剧种。也许三十年前川戏开始频频走出三峡时，情形确是如此，但后来情况就有了变化。今夜在长安戏院门外就挤满了许多等退票的观众，他们并非全是“内行”是无疑的。

四出折子戏除了大轴的《金山寺》外，《铁笼山》《逼侄赴科》《踏伞》都是过去看过的。正因为过去看过，所以才更增加了再看一遍的愿望。我的票是绍武给我的，他应该说是一个介于内外行之间的人。他的票是广告见报第一天在售票处买来的，这就很好地说明了像我们这样的普通观众对川剧的热情。

第一次看《铁笼山》是在三十年前的上海，是阳友鹤、曾荣华主演的。我还记得非常清楚，坐在我旁边看戏的西禾当时所表现出来的激动与狂热。西禾是货真价实的“内行”，为人温文尔雅，极少疾言厉色或形之于色的时候。但这次他确是激动了。好像后来还写出或谈论过有关《铁笼山》的意见，警策非常。就在这次川剧团的说明书中还提到了他的名字。我当时看戏也感到了同样的激动。不过我想，我们当时都是从艺术性出发得到强烈的震撼的，这就和我这次看戏的感受完全不同。

这次扮演铁木耳与杜后的蓝光临和青年演员郭存筠的表演也是出色的，套用一句旧时代剧评家的话，应该说是“典型犹在”。但也有一些小小的变动了。例如铁木耳发兵还朝，过去的舞台调度是将围绕着高台的军马，从上场门斜摆开来，与舞台正面成一斜角。这就使我开了眼界并惊叹川戏风格的大胆、泼辣，打破了常规。这次演出，就又恢复了传统戏曲的坐帐方式，从舞台正中面对观众了。我觉得就不如老路子来得好。

《铁笼山》是《帝王珠》中的一折，写的是元英宗、杜后、铁木耳的故事。皇帝糊涂，奸臣当道，朝中大乱，铁木耳领兵回朝，镇国除奸。这是一个老模式了，也不一定非坐实在元朝不可，放在无论哪一个朝代，只要改换一点细节都是可以成立的。这是“大团圆”套子的样式之一。但造成这种“公式化”的责任却不能由艺术家承担，一切都是历史真实所决定的。关于旧戏曲是否已经过时，甚至即将消灭；除了封建糟粕之外，是否就再无别的值得一顾的因素，这些问题也争论了很久了。三十年前后两次看《铁笼山》，给我以不同的震撼，就因为看戏时带着两种不同的思想准备的缘故。

泼辣旦这类角色行当在各剧种中恐怕都是有的。这也是由生活所决定的。但发展成一个有丰厚创造、积累的体系，似乎也以川剧为较突出。连《烂柯山》中的崔氏，也被他们看做是泼辣旦，可见艺术家眼界之开阔。他们又非常讲究人物性格随剧情发展产生的变化，以及伴随而来的行当的变化。《永巷宫》中的吕后出场时也是道貌岸然的，只是演到“观人彘”，面对死敌的戚姬时才化为泼辣旦。杜后没有吕后那样的“福泽”，她一出场就已面临了必然覆灭的边缘。仇人的“皇儿”带了重兵回来了，自己的面首、党羽都已绑起跪在一边。这时她只剩下了孤零零的“国母”身份，也就是一种架子。这架子还是很有点力量的，因为它有全部的封建道德、秩序作后盾。元朝虽然以少数民族入主中原，可是立即就感到了这种庞大森严的社会力量的重压，接下去就逐渐被熏染、同化、制服。铁木耳在“国母”面前也感到束手束脚，一时失去了斗争的勇气，特别是当杜后不顾一切羞耻地开始“卖妖娆”的时候。不要轻看在这种状态下的女人的力量，就是三军也会为之辟易的。这是封建权威的垂死挣扎。在舞台上进行着生死斗争的双方使用的都是从封建道德武库中拾来的家伙，满台是戏，满台的笑声。三军都在笑，笑声解除了杜后的武装，因为她最后终于丧失了“国母”的身份；同时也解放了三军的思想。在他们看来，“国母”不应该是这样子的，对这样的“贱货”，不必再讲什么客气了。杜后如醉如痴，甩发、飞袖，表面的轻狂掩盖着内心的痛苦。出现在川剧舞台上的这些不常见的舞台语言，确是取得了镇住了全场观众的艺术效果。

绍武在我耳边说：“这才是戏，是真能让人过瘾的戏。”这大概是场内内外行观众一致的评价。

《逼侄赴科》是全本《玉簪记》的《秋江》前的一折，是一出奇妙的轻喜剧，有时几乎已经带有“闹剧”的色彩了，演潘必正的晓艇受到了首都观众热情的赞赏。

就在几乎同时，江苏省昆剧院在北京演出了改编的昆曲《玉簪记》，这是一个改动较大的新本子，由一些年轻的演员演出。前不久在南京我看过这戏的试演，同时还看了张继青的《牡丹亭》。江苏省昆剧院的工作特点是，以继承昆剧的优秀遗产为主，但也不放松革新的努力。根据具体剧目加以区别对待。像《玉簪记》的改编就是改动得很多的，甚至企图把原来只是配角的张于湖提高到主要地位上来。这是很大胆的设想，当然也是很艰难的工作。但这也正好说明他们并不是一切“动不得”派。改编的缺陷与不足应该给以评论和热情的帮助。

在一次座谈会上，有的同志提出，改编本《玉簪记》删去了《秋江》，觉得可惜。我初看时也是觉得可惜的，但后来想，不应该干涉改编者应有的权利。突出什么，冲淡什么，这是作者的自由。批评家只能从新的整体上讨论改编的成败，这也是批评家的自由。

为删去了《秋江》可惜，无疑是看了川剧以后的结果。那么《逼侄赴科》呢？删去岂不同样可惜。同样的情节，在不同的作者、演员手中会出现截然不同的成品，这大概是舞台上一种普遍现象。有许多开锣戏，经过演员的改造加工变成重点剧目。《卖马》《碰碑》这些戏是从谭鑫培开始才确定了今天的演出程式的。如果谁想进一步加工，观众应该抱欢迎态度，只有当他改得不伦不类，降低、破坏了原来的水准，又无新的创造时，才能加以责难。川剧的《玉簪记》离开昆曲原著已经很远了。像《逼侄赴科》那样的处理，昆剧里是没有的：但改得好，有特色，为观众所接受、欢迎。但我们并不希望昆剧也来走同样的路子。《秋江》也是一样。它不但与昆曲原本不同，就是在川剧内部，不同演员的演出相差也很远。人们大抵看到过的是陈书舫演的陈姑，我有一次看见阳友鹤的演出，那简直是完全另一出戏。同样的原料在不同厨师手里会烧出完全不同的菜来。顾客只有批评味道的权利，但不应干涉厨师的配方和烹调手法。

川剧的《秋江》是誉满全国了，于是大家都来“移植”。有的剧种的移植还是极忠实的，连艄公的四川土话也移了过来，可惜又学不像。听了以后不只兴味索然，甚至有些肉麻，就为了它失去了“本色”。自从看了其他剧种的《秋江》，就使我对“移植”的办法怀疑起来了。

这次还看了张继青的《朱买臣休妻》，这是经过了修改的全本《烂柯山》，其中包括了著名的折子《痴梦》。过去曾经看过，留下了极为美好的深刻印象。这次看下来觉得似乎不如过去的丰满了，也说不出那根据。也许是“全本”冲淡了单折的意境，也许是别的什么原因。看单折《痴梦》时，观众的脑子里留下的“空白”是多的，可以根据每人的生活经历、想像去补充。他们夫妇之间过去的恩恩怨怨，就可以有多种不同的设想；“马前泼水”的结局大家都知道，但怎样泼，在什么情景下泼，崔氏的反应怎样，结局如何，这些也会在不同观众头脑中形成不同答案。看了这样的戏，每一个观众好像都有机会来写一篇小说。现在一一交待清楚了，原来如此。这解释可能不妥，但我还是愿意在这里记下来。

《痴梦》原本的设计是绝妙的。这是完全有着现实依据的梦。那铺排、音乐、动作都是少有前例的独特创造，特别是那严肃沉重得近于森寒的气氛烘托，真是一种诗，是近似老杜《三吏》《三别》那种意境的诗。

梅畹华是非常赞赏《痴梦》的。他认真地学过，可是从来没有演过。不过后来他将《痴梦》中的许多身段都用在《宇宙锋》里了，当然不是生搬硬套。不是他自己说起，谁曾发现过这中间的微妙继承关系呢？我国优秀丰富的文化遗产就是经过这样长期的、一点一滴的积累、渗透、融化以后的结晶。就像蜜蜂酿成了蜜，饮蜜的人谁也说不出它是从哪几朵花里掇取出来的一样。

张继青最好的演出是《牡丹亭》，这次在北京却错过了欣赏的机会。今年春末在南京，一天夜里她在南师的小礼堂里作教学辅导演出（?），是为中文系的师生表演的。礼堂里坐得满坑满谷，连出入都困难。观众里有教师、同学、留学生，大家聚精会神地看，场内静极了。“惊梦”“寻梦”是够“单调”的，我怀疑是不是观众都睡着了。回头望去，看见的是一双双专注台上歌舞的眼睛，人们脸上都带着一种近于“微醺”的柔和幸福的表情。这真是一种“奇迹”。我自己也是这样，眼睛只随着台上的杜丽娘转，抽不出时间去看字幕。当然，我背得出那两支著名的曲子，但不是全部。后来，觉得曲子也并不怎样重要了。

让一个外行条分缕析地点出演员的唱功与表演的精妙，是一种愚蠢的不合适的要求。我只能凭直觉与经验作出一种简单的回答。张继青的气质好。梅畹华的《游园惊梦》也主要是在这一点上取得了无可比拟的成功。我这样说，也许是由于见识褊浅。不是每一位演员都有条件演杜丽娘这种人物的。这是事实。张继青扮好了杜丽娘，出场，站在台口，身上披着斗篷，没有开口、没有身段，一切都还没有开始。就只是这一站，观众就觉得“有了”。这是一种近于稀奇古怪的感觉，我说不出其中的奥秘。但我确信，这是真实的。

游园

这次来北京，没有、也不想游览什么名胜古迹，连北海和景山也没有去。不过却在无意中游了一次颐和园。这样，在日记里就又有了这样一项内容，总算游过园了。

一天在《文艺报》开会，遇见罗荪同志。忽然记起已经确定了馆址的现代文学馆，就请他写一张条子介绍我去参观。他把介绍信递给我时说：“这地方很远，不好找，还是等机会有了车子再去一下吧。”但我不相信这地方竟如此难找，决心自己试一下。

第二天我买了一张地图，又向招待所的同志打听了去万寿寺的路线，就信心十足地上路了。我得到的指示是先到动物园，再换乘去颐和园的汽车，半路上下来再问。这指示虽然简单，却并不错。去动物园很方便，但那路也实在长，在车上几乎坐了半小时。到站以后立即发现对面已经排好一条长长的队伍了。我想，这大概是去颐和园的游客。果然不错。没等多久就又上了车，还得到一个座位。郊区汽车两站之间的距离是长的，当我估计差不多该是半路时，不料早已过了站了。这时就只剩下折回和前进两法。我想，事已至此，就只能补票向前，没有后退之理。这样，没有多久就到了颐和园。

不到此园已经整整二十九年。面貌果然大变了。园门左右已新建了两排商店。时间还只上午十时，饭店里已经顾客盈门，进去转了一下，发现一个空座也没有了。广场右侧停了好几排公共汽车，等车的乘客都躲在墙角的树阴里。大小旅游车、小客车就都挤在门前广场上。买票进门，只见满眼都是游人，真有点“如织”的感觉。买好了另外一种可以参观几处殿堂的联票，就走进迎面的仁寿殿里去。这是慈禧、光绪当年接见大臣办公的地方。殿本身并不大，加上游客拥挤，几乎连回旋都困难。这里大概已很久没有修缮彩画，朱漆已多黯淡，殿壁上挂着大幅字轴，都是翰林院出身的大臣们用工楷“敬书”的。没有什么保护措施，显得分外敝旧，也更加暴露了馆阁书体的缺点，那简直是不可救药的。

颐和园里那座著名的三层大舞台——戏楼，论规模，确是宏伟的。舞台前面是一个院子，正北的颐乐殿和东西两廊都是当年太后、皇帝、大臣、太监等看戏的地方。比起古今中外的一切包厢，都要阔气得多。就是那么几个人，享用着这样一座大舞台。我想，在这舞台上，演出《游园惊梦》这样的节目是不合适的。杜丽娘和春香除非在“花园”里跑圆场，否则将无法填满如此广阔的空间。如照习惯演法，遥遥望去，恐怕只能模糊地看见两个小女人在那里捉迷藏，效果一定不会好。看了这戏楼才懂得清宫承应大戏产生的背景和原因。那些闹得人头疼的鬼神乱出、妖魔毕现的连台大戏，只能是在这样的舞台上演出的理想节目。

戏楼阴森森的，当中铺着一块旧台毯。一边斜放着一只衣架，上面挂着一排像是供班底穿用的戏装。难道这里还有演出么？一会儿有几个外国游客攀上去了，一位老太太从衣架上选了一件大红帔穿在身上，望着两条长长下垂的水袖，露出了无可奈何的神情。又戴起了凤冠，在头上摆弄了好半天，还是只好低低扣在额前眉手上面，她的老爱人则扮作高力士模样，手执拂尘，侍立一旁。他们向台下的游客露出了孩子般的得意的笑，一面拍起照来。

离开了戏台，穿出游廊，向山上走去，山石曲径修治得极整洁，错落点缀着的白皮松，看起来并不高大，但年纪却不小了。从山顶高处望去，有名的长廊围起了波平如镜的昆明湖，确是不坏的景致。近来一些园林学家很喜欢谈“借景”，这是传统造园的一种手法，但也不像专家们吹嘘的那么奇妙，仿佛处处都埋伏着这种巧妙的心思。臂如这昆明湖，照造园家的理论，在设计时必然是把远处的西山作为“借景”考虑在内的。但这西山实在又过于低而平，看起来只是淡淡的一抹，“借”了来也添不了几分风韵。从山上回到长廊里，一下子又落进了人海。许多游人就坐在长廊两侧的矮栏上休息，吃着随身带来的食物。酸梅汤已制成软包装，倒是非常理想而方便的饮料，不过味道与“信远斋”的不能比了。为了行动自如些，我跳出了栏杆，在长廊外面的草地上走着，这样走了没有好久，已经到了排云殿下。也并无攀上去的野心，只仰望了一下就回到池边来看水。忽然想起，也许这就是当年王国维自沉的所在。但又想，那是五十六年前，颐和园里大概没有这许多游客。换了今天，跳下去不消两分钟就会被捞起来，这恐怕是确定无疑的。

就在意外地游了一次颐和园之后的第三天，设法借了一部车，才从容地来到了现代文学馆的所在地——万寿寺。

这寺是明代万历中始建的。在《帝京景物略》中被列入“西城外”的卷五中：“慈圣宣文皇太后，所立万寿寺，在西直门外七里，广源闸之西。万历五年时……太监冯保，奉命大作。……中大延寿殿，五楹；旁罗汉殿，各九楹；后藏经阁，高广如中殿：左右韦驮达摩殿，各三楹，如中傍殿。方丈后，辇石出土为山。所取土处，为三池。山上三大士殿各一。……山后圃百亩，圃蔬弥望。种莳采掇，晨数十僧。……寺之碑，大学士张居正奉诏撰。……”

这大约是明代有关万寿寺较详的记载。著名的永乐时铸成的大钟，原来就藏在这寺里。这钟的内外壁，据张居正说是铸了八十一卷华严经和金刚般若三十二分的，写经出于沈度、宋克辈名书家之手。每天要派六名和尚来击。“每击，八十一卷、三十二分，字字皆声。是一击，竟华严一转，般若一转矣。”这实在是很高明的设想，也是偷懒的好办法。只要敲一下，就有如诵经若干卷了。为什么古钟上大都铸有经文，那道理可能就在这里。

《日下旧闻》《宸垣识略》等书也各有有关万寿寺的记录，但大半因袭着旧说。大钟在乾隆十六年移往觉生寺，就是现在的大钟寺。钟上所铸，据近人考证并不是华严经，而是明成祖朱棣“御制”的一部什么经。

万寿寺于明末战事中被毁，乾隆中重修；咸丰十年又遭到英法侵略联军的焚掠，光绪间第三次重修。“旧有松七株最有名。光绪庚寅后，楼火，并松俱烬。”（《天咫偶闻》）北洋军阀统治时期，变为兵营、学校、毒犯收容所……又被烧过一次。自初建始，这寺前后大约至少烧过四次。不久前又烧掉了一座大殿，我们去参观时看见被烧成焦炭的梁架，至今还完整地站在废墟上。因责任、赔偿的交涉至今仍在扯皮，所以没有清除，据说有电影导演还曾想利用了来拍外景。

我们就在废墟后面的一进大殿里受到接待。听负责同志介绍万寿寺拨交现代文学馆后的工作进展情形。李枫同志后来也赶了来给以指导、说明。工作是艰难的。地处西郊，交通不便；生活设施几乎全无。因为是古文物建筑，按规定在寺的周围若干米之内不得建造取暖的锅炉房，殿里更不能生火。北京的冬天，在这四面透风的大殿里办公就先是一种严峻的考验。殿里的佛像早已没有了。改为练功房后，方砖铺地也改成了水泥地，大殿里疏落地堆放着一些新购置的书架、铁床和零碎的办公用具，此外就是一捆捆新出版的文学书。有的还没有解开、上架。每种书大抵都有两套复本。报纸杂志也有一些，一切都呈现着草创的样子。

文学馆在万寿寺只是临时的暂住，将来还要选址新建。目前的计划是在这大殿里装上一座能保持适当温湿度的密封仓库，用来收藏征集来的手稿、照片、珍本书刊……一切重要资料。恰如在一只大盒子里套起一只小盒子来。寺里的一切古建筑，包括大殿在内，都要尽可能保持原貌，以便将来新馆建成迁出时，这地方仍是一座可供游赏的古寺名迹。文学馆是隶属国家档案馆的。藏品以“五四”新文学运动以来的资料为主，也包括一些“五四”以前的资料。这在研究上是必要的，不能硬性地画线、割断。它与国家图书馆、纪念馆……在业务上也有交叉分工。怎样明确规定任务，并采取复制、复印等手段互作补充，都是要考虑的。资料馆不应消极地办成一个古物保存所或陈列所，而要更积极活泼地为广大文学工作者和爱好者提供方便的有价值的服务。这是人们普遍的希望。资料工作无论在什么时候都是一种寂寞的事业，除去从为人民服务的出色工作中得到充实汲取力量外，应该更无别的希求。总之，这是一种“给出去”而不是“捞进来”的光荣的事业。需要一批有理想、有毅力、有干劲、肯埋头苦干的同志来努力办好。他们应该受到人们的尊重与感谢。

人手不足是当前主要的困难。干部流动性过大，创建初期还没有完整的设想、规划，还没有来得及选好、配备一个坚强有力的班子。我打听了一下，目前是否已收集到什么作者的手稿、资料？回答是没有。一位已过世作家的家属打算交出作品的手稿，也还没有送来。我想也许是因为考虑到文学馆刚刚创建，设备还不完善的原故吧。但也可能还有更复杂的原因。经过十年动乱，无论当时的造反派还是被“造反”的对象，都深深懂得了日记、照片、信札……这一切都是多么珍贵的物证，又是多么可怕的祸害。现在这一切绝不会再被利用了对作者进行迫害，已是无疑的了。但是否就什么顾虑都不存在了呢？

文学资料的发掘、研究目前已成为一种兴旺的新兴事业。总的来说，这当然是很好的，成绩也是大的。“寂寞”的事业一下子变成了“热闹”的事业，使人高兴。但热闹中有时也会产生一点偏差甚至混乱，也会出现一些不愉快的事情。有人提出过一个奇妙的比喻，“摸金校尉”。这是曹操发明创设的一种官职，专司发掘古墓或新墓，掘出殉葬的宝贝来，以充军费的。这是曹操想出来的一个“古为今用”“化废为宝”的聪明主意，只是动机不纯，“向钱看”的气味过于浓重了。这种官职曹魏以后好像就已不见，大约继起的王朝发现这名目实在不够典雅、堂皇，但那用意还是暗地里被激赏着的，只是换用了另外的手法和招牌。在坦率这一点上，比起始作俑者的曹操来可是差得远了。沦到末流，就是盗掘古墓的古董商和他们雇佣的“土专家”。解放前河南、湖南有上千座古墓被他们掘得不成样子，宝贝都卖给了外国人，自己也发了财，关起门来安稳地吃着鸡油炒饭。这种丑恶行为是应予谴责、诅咒，并依国法严惩的。现代文学资料虽然只有几十年的历史，一旦化为文物，就也难于逃脱类似的觊觎，贩卖，利用。最近就听见过一件奇闻。一位已逝世作家的亲属写了有关的回忆文章，在编辑部里放了一些日子。还没有发表，忽然在另一刊物上出现了内容几乎相同的文章，很快又被另一书刊作为典据加以引用了。信息之灵敏、出手之快捷，都是罕见的，似乎也表现了对有成就、贡献的作者的热爱与尊重。但这只是表象，掩盖在底下的则是十分肮脏的东西，是对作者的明目张胆的欺凌，自然更说不上学术研究上的谨严与信实。推而广之，一篇佚文，一段日记，一封手札，一张照片，在某些“研究者”手中是都可以作出洋洋洒洒的文章甚至研究专著来的。过去资料分散藏在人们家里，“摸金校尉”们千方百计用种种不忍形诸笔墨的手段去“摸”，去骗取：现在一股脑儿集中在一起，如不事先做好周密的考虑，在准备献出资料者看来，恐怕就是一个大大的顾虑。

梅兰芳同志逝世后，梅夫人就陆续将一切有关的文献遗物统统捐献出来，为筹建的梅兰芳纪念馆提供了重要基础。纪念馆迟迟未能动工，这些资料就被妥善地保管在什么地方。三年前听说他的孩子想为父亲整理传记，想看看这些原始资料，想了许多办法，打了多次报告，找到多少负责干部，终于还是不成功。这种“侯门一入深如海”的状态是使人叹息的。献出了资料的人还遇到如此困难，遑论其他！博物馆、图书馆都是人民建立起来的，惟一的目的也只要求它为人民服务。应兼具保管与流通双重职能，绝不能办成皇史那种样子。这恐怕也是筹建现代文学馆时必须考虑的。

大殿后面就是那座“辇石出土”的山，取土的地方自然成为水池。左右是回廊。山上有一座殿，书上说是大士殿，但人们都称之为“梳妆楼”，是西太后休息、梳洗的地方。每年到了初夏四月初八，慈禧就要到颐和园避暑。乘御辇到绮红堂，然后乘船从水路往颐和园。上船之前要到万寿寺拈香，休息，吃点心。全国有许多座“梳妆楼”，都是与历史上有名的女人有关的遗迹。她们的业绩当然不是“梳妆”两字所能概括的，不过是一种象征罢了。在池前的房子里有几位建筑工人正在开会，他们正紧张地讨论修复施工的事情，工程的进展也是迅速的。有几处已完成了油漆彩画。文学馆利用的是寺的“西路”，前后共七进。山门内的一进现在变成宿舍了，住着许多人家。搬迁也不是简单的事。总之，文学馆的建设已经开始，进行得也不算缓慢，困难不少，但前途是广阔的、光明的。

梅家

今天很早就醒了，再也睡不着。躺在床上想这想那，后来记起，绍武今天要我到他家里去吃饭，于是就又想到梅家。朦胧中还得了两句诗，“百本牵牛花碗大，十年无梦到梅家”。这诗是不是真是我的，也难说，那下句就很可能是什么人的旧句。果然如此，那就算是我借用的，这也是常有的事。“十年”也应该是二十或三十年才对，但那样一来就不成诗了。就是“十年”吧，十年者极言其长久也。至于牵牛花，无论在上海的思南路、北京的护国寺街，还是今天要去的西旧帘子胡同，我都不曾见到过一朵。那其实是从齐白石画的一张诗笺上看来的。诗只有两句，也并不想补全。常常看到有的诗，中间有一句两句还看得过，但通体读来就不行，这往往是硬凑硬补的结果。好像补起来的碎瓷器，留下了一排排锔齿，难看得很。只两句，就像日本人写的俳句似的，又有什么关系？

五十年代每次到北京，总要去看梅先生。那时他住在护国寺街，是一所中型的四合院，听说过去是什么王府的马号。

梅先生夫妇住在上房左首，当中是客厅，客人就都随便在这里坐。院子里东厢房是饭厅，里面放着两张圆桌面。谈天到了吃饭的时候，梅先生常常留客人在这里便饭。每次开饭总是两桌。梅家的大师傅手艺很好，即使是家常便饭也做得精致。像现在这样的夏天，就有带荷叶香绿荫荫的小米粥、家常饼，这在别处是吃不到的。

我很喜欢到梅家去作客，倒不是为了去吃好吃的饭，而是想去听他谈天。那真是一种非常美好的享受。记得有一次谈得高兴，他说起了演员手中的扇子。他讲了扇子的种种用法，家常便服、布鞋，手里一把白折扇，一面说一面就在客厅里作身段。卧鱼，抖袖，……步法、指法、神情都细细地用慢动作分解出来，一面解释着每一个动作的目的性。有时着重说明他多次改动某一具体动作的过程、为什么这样才是合理的、美的。他说得很轻很慢，声音里带着感情，听起来像好的音乐。有时头部微微扬起，眉梢眼角也随着向上一翘，那神气到今天还能清楚地记得。在他家的客厅里看见的是素身的杜丽娘、杨玉环，同时也看到了角色内心的隐秘，这些好像都是从一把扇子里传出来的。

梅先生是大艺术家，是品德非常高尚的人。他待人谦和，有分寸，没有一点虚伪造作，也没有一点架子。这一点每一想起都使人怀念不已。我认识一些老演员，他们品评起同行来有时是很尖锐的，无论在艺术上、品德上都毫不假借。只有提到梅先生的时候，听不到他们有一点微词，有的是衷心的赞誉和钦佩。这都不是空话，每一句后面都伴随着一件或许多件事实作依据。这实在是很不容易的。无论在舞台上或私底下，他都得到同样广泛、深切的好感与爱重。正是在这个意义上，人们说他是真正的人民艺术家。

十年动乱中，梅家从护国寺搬到了西旧帘子胡同。这里是梅夫人过去买下的一所小四合院。我过去认识梅夫人，只见她爽朗豪侠，觉得确是丈夫的好助手。在十年动乱中时时传来她的一些勇敢正直的言行，听后又不禁使我肃然，为自己过去片面肤浅的理解而惭愧。从此才悟到，没有梅夫人的那一份，对“梅家”这个概念的理解就不可能是真切的、完整的。

三年前我第一次到西旧帘子胡同访问，梅夫人已经不在了。我当时就曾想，“梅家”是不是还在呢？他们的孩子还住在这里，绍武和屠珍夫妇住在这里，许姬传先生也住在这里，这里当然依旧是梅家。可是我说的那个“梅家”是不是还在呢？

我说过，绍武是介于内外行之间的人，就是说他虽然是梅先生的孩子，自己却不做演员。他们夫妇都是有成就的外国文学研究者、翻译家。“梅家”的传统，在他们这一代，还能是像过去的那个样子么？

这次一走进梅家，就看到在正房中坐满了一屋子人。正房过去是梅夫人住的，现在改为客厅，许姬老就住在侧屋里。他和还有几位行家正在为客人说戏。我向他借了笔砚，躲到绍武的屋子里去写一篇题跋。题跋要写在一部旧抄本书上，必须使用笔砚。等我写好回到正房，他们的谈话还在热烈地进行。七八个年轻客人都是江苏省昆剧院的演员，带来了《玉簪记》的。姬传说，原本里的“朝元歌”其实用不着像现在这样子拆开删减，我觉得他说得对。过去传唱已久的著名曲子，已为观众所熟知，我认为都不宜轻易改动。我们的才情笔墨不见得处处都能胜过前人。其实在思想意识方面何尝也不是如此。梅先生一生在舞台上塑造的大量人物，约略数一下，从赵女、杜丽娘一直到穆桂英、白蛇，包括杨贵妃，几乎无一不是用公开或隐蔽、直接或间接种种不同方式向封建道德、秩序进行激剧斗争的女性。这中间有一条清晰的红线，从封建社会上层到底层，直到幻想中的女妖，都被一起贯串起来了，她们组成了一条紧密的反封建战线。透过表面现象，人们不难看到这样的本质。不过这不是人人都能清醒地认识并承认的。他们有时只看到人物身上的外衣，甚至还发现了衣衫上的污迹，就简单地宣布这些是“封建糟粕”了。有时我竟觉得他们似乎和过去时代里的道学家倒是情投意合的朋友。

年轻的演员们热心地向老专家请教着表演上的许多事情，例如基本的练功方法这类非常专门的知识。我只能坐在边上旁听。

江苏省昆剧院这次到北京是来参加“推荐演出”的。推荐这方法的用意是好的，推荐的对象是确有才华和成就的中、青年演员。由专门家介绍给观众，由他们来观摩评断，是培养人才的一条可行途径。从首都报纸发表的报道和文章看，热烈的程度是空前的。这个剧院确实培养了一批演员，各种行当都有不少出色的新人，发展平衡。从大戏和折子戏的演出中都能看出这种情形。这是新社会戏曲教育的一个显著的特点和优点。旧社会里组班只靠一两块老牌子，另外的演员从广义上说都是班底。像梅、程那样组成比较固定演出集体的并不多，而这正是进行改革、创新、整理传统、编演新戏必不可少的条件。演员的过分分散、流动都是非常不利的。当时他们只能从戏曲界、票友中间随时发现人才，努力争取，充实自己的小团体，并向社会推荐新人。俞振飞就是先后被程砚秋和梅兰芳所发现、争取，进入戏剧圈，成为重要合作者的。道路很艰难，却也踏实。在当时，俞振飞在戏坛上的出现，也就是一种“推荐演出”。可又是多么艰难。限于当时的条件，他们只能推荐一两个人，不能不使用许多包括宣传在内的特定手段，真是值得同情。因为我们今天已排除了这种干扰，可以实事求是地、勇敢地举办“推荐演出”了。同时，为了显示新人培养的平衡发展，也不妨实事求是地、有分寸地介绍更多几位演员，这对剧院，对青年演员（其实有许多已是中年了）都是一种鼓励与鞭策，应该是有好处的。

这样默默地想着时，绍武夫妇邀我们去吃饭了，也是在东厢房里，但只能摆下一张圆桌。小菜的味道也不似当年了，但我还是感受到了当年在梅家吃饭的愉快，这一点没有什么变化。

梅先生生前并没有在这里住过，他的许多遗物、资料……也早由梅夫人送给有关的机构了。绍武的住房里还挂着梅先生早年一幅着色的舞台大照片，是近来偶然发现的，我也并没有提议请年轻人去看看。时间一晃过去了三十年，人也换了两三代，但这里的主人还是那么好客，那么热情地接待着已经隔行了的“同行”。如果说我们也有自己特色的“沙龙”的话，这就是一种很有意思的形式。这里到底还是“梅家”。

一九八三、十、二

后记

“光阴似箭”，转眼又到了一九八三年的岁末了。这一年写得不多，因为到几个地方跑了一下，把“春秋佳日”都在旅途中空过了。其实这也是一种“遁词”。前人早就说过，“春天不是读书天……”要找回护的客观原因，是并不困难的。

从一九七八年冬重新发表作品以来，前后曾编过几本集子。除旧著重印不计，这本《珠还记幸》算下来该是第六本了。回顾几年来所写的文字大致不出以下三类：读书笔记、记游文和随感。要简便，是通通可以归入杂文一类的。这里我用的是杂文的古义，指的是在传统文集中挨不进论、议、考、说、碑传、庆吊文……中去的一切东西。如果读者宽容，把其中某些篇看做散文，当然也没有什么不可以。

如只从文字来看作者的生活，那就很可能得出这样的印象。这里反映的不过是闭户读书与游山玩水的种种。看来似乎倒是一种颇为理想的生活方式。难怪碰见朋友时彼此总不免要交换这样一通大同小异的对话。

“好久不见，近来身体还好吧?”“还没有退休么?”

“唔，唔。”

“近来又到什么地方去过了？”“又写了些什么东西吧？”

“唔，唔。”

“还在×××工作么？”

“唔，唔。”

…………

只是到近来我才发现了这“唔，唔”的无与伦比的适应性。这真是一种奇妙的，充满了迷离惝恍诗的意境的语汇。既不肯定，又不否定；似赞成，也不排除反对的微意；承认“基本属实”，但还很有一点保留。总之，这是一种高超的语言艺术结晶。相比之下，外交家口里的什么“无可奉告”之类可真差得远了。

语汇虽好，究竟只能是“速效”而不是“长效”的。正像程咬金的三板斧，应付得一时，管不得长远。碰到要追根究底的朋友，就发生了困难，“唔唔”不下去了。

总之，这是一种很难说得清楚的、奇奇怪怪的事情。要想用一两句话解释明白几乎是不可能的。

最近偶然从《吕叔湘语文论集》里看到了一句话，高兴极了。“早几年，在我被强迫赋闲的日子里……”对了，这正是我苦思不得的恰当的表述。只要把“早”字换为“近”字就行了。吕先生接下去说，“有时候走进旧书店里去看看”，于是在一本旧书里发现了一点材料，联想并论述了“语言作为一种社会现象”的问题。这是在语言学家身上出现的积习难忘的现象。在我自己，上面所说的那三类东西，也正是写了几十年的职业文字。积习难忘，虽然被苦心孤诣地取消了工作的资格与机会，也还是自说自话地写了这一些。当然，因为条件不同，写法与风格随之也有了多少的变化了。

好多年前看到过一首旧诗，据说是叶玉虎所作。全诗早已忘掉，只记住了中间的一句，“弃妇浑难忘米盐”。说是“积习难忘”也好，“不甘寂寞”也好，反正这句诗所表达的某种意境确是实实在在的。

工作是美丽的。

干了几十年的记者，试过了与报纸有关的许多行当，包括装运新闻卷筒纸这样的工作在内，那是早已不能再干记者以后的事情了。这是很强的体力劳动，还需要一定的专业知识与技术，可我还是干得津津有味。现在想想几乎是不可理解的。有什么值得高兴的呢？起早摸黑，流血流汗运来了许多卷筒纸，到头来还不是印了罗思鼎和石一歌们的大作？当时觉悟不高，对脑力劳动与体力劳动差别的理解是机械的。觉得能不直接插手炮制只是卖点力气总要干净一点，好一点，可以少受些良心的谴责。如果说这是一种典型的“为劳动而劳动”，并从中得到某种满足，也不能不说是事实。

人活着就要工作。在社会主义祖国里，劳动是每一个公民的神圣权利。想限制、封锁、剥夺谁的这种权利是困难的也是徒劳的。我不能不在这里再一次表示，对重新获得用笔参加劳动的欣喜与感激之情。

珠还合浦的故事见《后汉书》“循吏列传·孟尝传”。合浦在广东，汉置郡相当于今天新兴、开平西南沿海一带地方。

海中盛产珠宝。因为历任地方官搜刮得太过凶狠，“珠遂渐徙于交址郡界”，人民被迫害得好苦。孟尝到任后“革易前敝，求民病利”，结果“曾未逾岁，去珠复还”。这是一个有名的故事。乍一看，好像并不是历史而是神话，但我相信范蔚宗采用这个充满了美丽想像的人民传说入史，是经过慎重的考虑的。他并不是一位态度不严谨的史家。人们后来把它作为譬喻失而复得的泛用语，其实是缩小了原有的意义了。这里说的是重新得到了比多少颗珍珠更珍重千万倍的产珠资源，指的是有无比生命力的事业的生机的恢复。

我非常高兴为这本小书取了这样一个名字。

一九八三、十二、十八

伤逝

——怀念巴金老人

10月17日晚饭后，我正在电视机前观看神舟六号飞船胜利返回的新闻。电话传来了巴老逝世的消息。我没有吃惊，依旧平静地看完电视。可是上床休息却一夜无眠，六十年来与巴老往还的往事，纷至沓来，次第上心，不能自已。真是没有法子。想想只有将这些如尘的记忆片断，捉到纸面上来，作为对老人的纪念，才能获得心的平静。

我最早见到巴金，是1942年冬，在重庆。当时我只身入蜀，举目无亲，只带了他的三哥、我的老师李林的一纸便条，把我介绍给他。便条上什么都不敢写，只报告平安而已。巴金的话不多，但却热情地接待了我。记得曾介绍我去吴朗西在沙坪坝开的一家寄售商行，卖去了一件大衣，作为生活费。他还将我所写的旅行记事散文，介绍给《旅行杂志》。得到在重庆的第一笔稿费。

我们见面不多，不过两三次。谈话也简短。这以后，我就走到军中，当一名翻译官。在昆明、贵阳、印度都曾收到他的来信，都是商量把我发表过的散文收集起来的事。他也真不怕麻烦，为一个年轻人做这些琐碎的事。最后编辑成书，就是由他以编委身份，收入中华书局的“中华文艺丛刊”的《锦帆集》，时在1946年。这是我的第一本书。没有他，我不会走上文坛。

这以后，就是编入文化生活出版社的“文学丛刊”的《锦帆集外》，他是出版社的总编辑。取回原稿一看，着实令我吃惊而脸红。那些零乱的底稿，一一都由他用红笔改定，连标点也不放过。例如我喜欢写的“里”字，也一一改成“裏”字。从此我才懂得做编辑工作的责任与辛苦。当时他已是名作家，却肯埋头做这些“小事”。想来从他身上受到的教育、影响又何止此一端。他是大作家，又是伟大的组织者，从他手中推荐了多少新人，为文坛添加了如许新生力量，这许多，都是在默默无言中完成的。

1946年后，他定居上海卢湾区的淮海坊59号。这时我已成为他家的常客。因工作忙碌，我不常回家吃饭，经常在他家晚餐，几如家人。饭后聊天，往往至夜深。女主人萧珊好客，59号简直成了一处沙龙。文艺界的朋友络绎不断，在他家可以遇到五湖四海不同流派、不同地域的作家，作为小字辈，我认识了不少前辈作家。所谓“小字辈”，是指萧珊西南联大的一群同学，如穆旦、汪曾祺、刘北汜等。巴金工作忙，总躲在三楼卧室里译作，只在饭时才由萧珊叫他下来。我们当面都称他为“李先生”或“巴先生”，背后则叫他“老巴”。“小字辈”们有时请萧珊出去看电影、坐DD'S，靳以就说我们是萧珊的卫星。我还曾约他们全家到嘉兴、苏州去玩过，巴金高兴地参加。1956年我重访重庆，在米亭子书摊上买得巴金祖父的木刻本诗集，回沪后送给他，他十分高兴。巴金是喜欢旅游的，不只是对杭州情有独钟。

巴金也喜欢坐咖啡馆，随意聊天。没有什么郑重的话题。他没有宣传过什么“主义”，对文学批评也并不看重，虽然他和李健吾有深挚的友谊。他也偶尔对某些作品作些评价。我问过他，最出色的译本是哪一部，他脱口而出地答道，“鲁迅译的《死魂灵》”。他还说过胡适的白话文写得好，一清如水。他对徐懋庸是有意见的，但从未听他背后的议论。

巴金也有激动的时候。一次他和吴朗西、朱洗等在家里讨论什么问题，大概是有关文化生活出版社，大声争论，我枯坐一旁，听不懂也无从插嘴。

他还关心过我的恋爱生活，出谋划策。后来先室之丧，在告别仪式上，我发现有一只署名“老友巴金”的花圈，着实令我感动，其时他住在医院已好几年了。

为李林墓碑设计，我曾提出请马夷初写墓碑，被他立即否决了。后来是请钱君匋设计的。

他喜欢买书，也喜欢赠书。我陪他走过不少西文旧书店，店伙都和他熟识，有好书都留给他。他的版税收入，大半都花在买书上。他喜欢将新出的书送给朋友，不论是自著还是别人的作品。因为经常见面，所以得到他签赠的书很多，有些是新刊的小册子，后来很难搜全了。至于大部头如“全集”“选集”，更是高兴地持赠，仿佛是夸示自己新生的孩子似的递过来。他的译文集曾有香港三联版，印得很精致。后来又出了台湾版，大本精装一叠，又欢喜地取来相赠。最后是“人文”本的译文全集。他实在又是一位出色的、成果累累的大翻译家。我最喜读的是他译的赫尔岑的《一个家庭的戏剧》，是一部难得的译品。我喜欢搜集亲近师友的著作，力求其全。不知何以不为某些人理解，加以讥嘲，真不可解。他迁居武康路宅时，我曾帮他搬过书，一束束洋书，搬上二楼他的书房，吃力得很。他真是位大藏书家，浩如烟海的卷册，生前多已捐赠各大图书馆。他还有个遗愿，想完成一座“尧林图书馆”，纪念三哥。我多次看到新华书店按时给他送来新出的图书，一次就是几十、上百册。可见他爱书的豪情。

有人认为，巴金当了好几届政协副主席，又当了多年作家协会主席，就认为他当了官。其实我觉得他对当官毫无兴趣。虽然在医院病房门口总有几位战士在卫护，出游时有车队，浩浩荡荡，对这些他都觉得没有什么意思。平常闲谈，也从不涉及官场。在我的记忆中，只记得他曾提起周扬曾劝他入党，也就是闲谈中的一句话，没有深论。他多次去北京，也会见过高端政要，他都没有细说，只有胡耀邦请他吃饭，他说得较详，也有兴趣。

他喜欢西湖，晚年曾多次到杭州休养。1983 年秋，还从杭州到鲁迅的故乡绍兴去过一次，我与内人陪同前去，黄河清（源）也同行。他的兴致好得很，虽腿脚不便，也还到了禹陵；在三味书屋坐进鲁迅当年读书桌的小凳子，顽态可掬。在百草园照了相，是他晚年最从容、最健康也照得最好的一帧。

一次单位搞个人鉴定，我请他给我提意见，他指出我“拼命要钱”是大缺点。这批评是确切的。因为买旧书，钱总是不够用，于是预支版税算稿费，编书也要编辑费（如“新时代文丛”），无所不用其极。为了买书，一次还向萧珊借过三百元，自然没几天就还了。可见他对我的批评也是说真话的。大型文学刊物《收获》一直是他主持着，80 年代我给《收获》写稿，没有一次退稿。但有两件小事可以看出他的处事风格。我有一篇《过去的足迹》，是写吴晗的。篇末有许多文字被他一刀砍掉了。还有一篇当中有对老友不敬的话，也被他删去了。两次都没有同我商量，只是由编辑转告，对第二篇的处理，说明将来编集时可以补入。我非常佩服他这种处事风格。觉得有如在大树密荫之下安坐，是一种幸福。

他总是劝朋友多写，多留下些东西。他苦口婆心地劝曹禺完成剧本《桥》，在病房里也是如此。他对我也总是勉励，每次见面几乎都希望我多写。回思往事，至今不敢懈怠。

他晚年完成的巨作《随想录》，在香港《大公报》的副刊《大公园》连载，曾引起一些流言飞语。我也在《大公园》上写了一篇读后感（收入《榆下说书》），他曾当面称赞我说得好。这是少见的夸奖。不是说文章写得如何好，只是可见一时舆论风气而已。《随想录》陆续发表，不同意见也层出不穷。一时风云雷雨，作者的感受就像在太空飞行的航空员一般。但我在闲谈中从未见他有任何表露，沉着得可惊。所有细节我都是从侧面了解的。

写到这里，来了一位记者，问起许多古怪的问题，小故事，关于巴金的“小故事”，我回答不出，手足无措。好容易送走了客人，拿起一本《随想录》来读，随手一翻，翻到一篇《大镜子》，读罢身心通泰，写得好，是上好的散文，也是上好的杂文。文章中有这样几句话，“我不需要悼词，我都不愿意听别人对着我的骨灰盒讲好话”。好像正像两天前他讲的话。我记起他曾对我说，《随想录》就是当作遗嘱来写的。当时着实吃了一惊，觉得刺耳，也手足无措过。现在想来，他并不曾说谎。《随想录》就是一本讲真话的书，虽然有的人读了不舒服，但她要存在下去，直到谎言绝迹那一天为止，她也就自然灭亡了。

“文革”后期我陪黄永玉到武康路访问过一次巴金，这是暌隔了十多年后第一次相见，使我出惊的是，他的头发全白了。永玉是带了沈从文的问候来的。他一家都住在楼下的客厅里，别的房间全封了。萧珊不久前过世，他的神情落寞得很，话更少了。我们坐了一会就告辞了。得以从容访问长谈则是80年代初期前后。

巴老逝世，是中国文学界的大损失，损失了一位领军的人物。他享年一百零一岁，但依然站在时代前面。记得过去谈天时，我曾对新出现的作者文字不讲究，不够洗练、不够纯熟而不满，他立即反驳，为新生力量辩护，像老母鸡保护鸡雏似的。他是新生者的保护者，是前进道路上的领路人。他的两项遗愿，一是现代文学馆的建立，现在已初步建成，日益壮大；另一项是“文革博物馆”的实现，虽然八字还没有一撇，但倡议确已得到广泛的拥护、认同。应可无憾。匆匆急就，写此小文，以为巴老纪念。掷笔惘然。

二〇〇五、十、十九

书缘小记

写完《伤逝》，又想起一些琐事，补记于下。

十多年前，一次去看巴老。他正在整理藏书。他那时虽已衰老，脚步却还能对付。他缓慢地登楼，又蹒跚地从书房下来，手里拿着一部旧版本书递给我，问是不是我多年前借给他的，忘记还了。

我接过来一看，原来是一部明刻唐诗选集。书名记不起了，是万历刻本。白绵纸，初印，相当漂亮。这种明代的“马二先生”编刻的唐诗选本，就像今天市上多有的《唐诗选》似的，是当时的通俗读本。市上常常遇到，算不得“善本”，价钱也不高。因为精刻精印，颇可爱，就买了回来。照例盖上印章，收起来了。

后来与巴老闲谈中，知道他喜欢读古诗，许多唐诗名篇，如白傅的《长恨歌》《琵琶行》，他都能全篇暗诵，一字不遗，就记起了这部万历刻选本唐诗，想送给他闲时翻阅。字大便于老眼，比新出铅字排本好得多，是个好主意，就拿来送给他了。

年深岁久，他也忘记了旧事，因为书上有我的藏印，怀疑是我借给他的，因此动问。我看书上又有他自己好几方印章，鲜红可爱。他在漳州的朋友送给他几盒当地名物印泥，他分给我一盒，我一直用着。由此可见他也喜欢这部书，就说明原委，他随手将书放在一边，接着谈别的闲话了。

巴金喜欢买书，但从不买也不藏线装旧书（朋友送的不在此例）。他送了我许多许多书，其中并无一册线装本。我还赠他的书可太少了。但只要自己有新书出版，必然持以相赠，那是怀着小学生交作业似的心情的。《文集》六册，明知他已不能翻阅，也还是跑到医院病房中送了去。告辞时他握着我的手，久久不放。我明白他的意思。此后往探，就只有相对无言了，哀哉！

图书在版编目（CIP）数据

珠还记幸：修订本/黄裳著.--济南：山东人民出版社，2022.2
（黄裳集.创作卷.XIII）
ISBN 978-7-209-13319-7

Ⅰ.①珠… Ⅱ.①黄… Ⅲ.①散文集—中国—当代
Ⅳ.①I267

中国版本图书馆CIP数据核字(2021)第116312号

珠还记幸（修订本）
ZHUHUAN JIXING (XIUDINGBEN)
黄裳　著

主管单位　山东出版传媒股份有限公司
出版发行　山东人民出版社
出 版 人　胡长青
社　　址　济南市市中区舜耕路517号
邮　　编　250003
电　　话　总编室（0531）82098914
　　　　　市场部（0531）82098027
网　　址　http://www.sd-book.com.cn
印　　装　天津图文方嘉印刷有限公司
经　　销　新华书店

规　　格　16开（160mm×230mm）
印　　张　29.75
字　　数　300千字
版　　次　2022年2月第1版
印　　次　2022年2月第1次
ISBN 978-7-209-13319-7
定　　价　78.00元